R. West

Glacial Blue

R. West

GLACIAL BLUE

BOOKAPI
VERLAG

Bibliografische Information der Deutschen Nationalbibliothek:
Die Deutsche Nationalbibliothek verzeichnet diese Publikation in der Deutschen Nationalbibliografie; detaillierte bibliografische Daten sind im Internet über http://dnb.dnb.de abrufbar.

1. Auflage

Wallgrabenstraße 27, 89340 Leipheim

Cover: Dela Studio
Lektorat & Korrektorat: Nina Hirschlehner
Buchsatz: Stefanie Scheurich

Druck: booksfactory
ISBN: 978-3-9821-4836-6

In Erinnerung an alle,
die schon einmal am Ende einer Kette von Ereignissen standen,
die sie nicht selbst ausgelöst haben.

… and whatever is going down
will follow you around …

~ Wilco – *How to fight loneliness*

Note that it is unwise to assume
that works will necessarily be
where you expect to find them.

~ Endymion Wilkinson:
"Chinese History – A Manual",
Kap. 9 *Locating Books*

Das Ende

TEIL EINS

Oslo, Norwegen
25. Mai 2016
N 59° 55‘ E 10° 45‘

1

Bastiaan Fehr fischte seinen Schlüsselbund auf den letzten Stufen des Treppenaufgangs aus der übervollen Tasche seiner Jacke. An einem der Ringe baumelte ein Keramikanhänger in Form eines Amsterdamer Grachtenhauses. Er war an den Kanten bereits abgegriffen, lag deswegen umso besser in der Hand und erinnerte ihn daran, wo er herkam.

Mit leisen Handgriffen schloss Bastiaan die Tür zu dem Apartment unterm Dach auf und verschwand im dunklen Flur dahinter.

Im Haus befanden sich noch drei andere Wohneinheiten – alle belegt, soweit er wusste. Bisher waren sie noch nie einem der Nachbarn begegnet und er würde es gern dabei belassen. Zumindest solange sie sich noch nicht auf eine einheitliche Geschichte geeinigt hatten, die erklärte, warum sie hier von Zeit zu Zeit auftauchten. Und diese Einigung schien, wie so viele, noch in weiter Ferne.

Der Haustürschlüssel landete auf der Kommode direkt neben der Tür. Bastiaan stieg währenddessen aus seinen Schuhen und schob sie mit der Fußspitze unter das Billigmöbel. Seine Jacke fand ihren Platz an einem Haken darüber.

Bastiaan hatte in seinem Leben noch keinen ganzen Tag in Oslo oder dieser Wohnung verbracht und würde es auch nicht tun – soweit er wusste. Ein kleines Zuhause war er aber trotzdem, dieser Ort, und die letzten Jahre hatten ihn gelehrt, die Dinge so zu nehmen, wie sie sich ihm anboten.

Auf dem Weg durch den Flur, am Spiegel vorbei, hob er unbewusst die Hand an seine Haare. Er tat es jedes Mal, dabei saß alles, wie es sitzen sollte, in einer provokanten Welle tief in die Augen. Er konnte seine Finger gerade noch davon abhalten irgendetwas zurechtzurücken und grinste sich dabei selbst ins Gesicht. Die 2010er waren ihm am liebsten. Hier konnte er herumlaufen wie immer und keiner sah sich zweimal nach ihm um. Zerschlissene Jeans oder nicht – hatte sich nicht viel getan in den paar Jahren.

Der Dielenboden knarzte wie gewohnt leise im Takt seiner Schritte, als er von Zimmer zu Zimmer ging, die Lichter anmachte, die Fenster öffnete und im Vorbeigehen flüchtig über Regalböden und Tischplatten strich, um sicherzugehen, dass sich seit dem letzten Besuch nicht allzu viel Staub angesammelt hatte. Vor zwei Monaten war der vorige Besitzer ausgezogen. Seit einem Monat befand sich die Wohnung mitsamt Mobiliar auf dem Markt und nächste Woche würde ein neuer Kaufvertrag unterschrieben werden. Ein junges Paar; ein Schlafzimmer, ein Medienraum statt der Bibliothek, die heute noch das Zentrum der Wohnung darstellte, und das pure frischverliebte Glück. Sechs Monate später dann zwei Schlafzimmer, verärgerte Nachbarn und ein WG-geeignetes Wohnzimmer.

Im Ganzen stand diese Wohnung gut sieben Wochen leer. Nur drei Nachmittage waren durch Besichtigungen und die Reinigungsfirma verplant. Den Rest der Zeit konnten sie darin machen, was sie wollten. Solange Bastiaan weiterhin

Buch darüber führte, wann genau sie dieses Apartment für ihre Zusammenkünfte nutzten, würden sie das problemlos noch Jahre lang tun können, ohne sich den Nachbarn erklären zu müssen.

Der Kühlschrank leuchtete feierlich auf, als er die Tür öffnete. Bis auf ein paar Flaschen Bier vom letzten Treffen am Tag zuvor fehlte nichts weiter. Die Sandwiches, die er beim Bäcker vorn an der Ecke besorgt hatte, waren noch frisch, direkt daneben stand, wie von Lydia gewünscht, ein Päckchen ungewürzter Gemüsesticks.

Er schloss die Tür mit einem zufriedenen Lachen und machte sich daran, den Geschirrspüler auszuräumen. Gestern Nacht – vor fast fünf Monaten – hatten sie sich das letzte Mal hier zusammengefunden. Gestern, in dieser Zeit. Fünf Monate für ihn und all die anderen.

Bastiaan tat gut daran, nicht zu lange darüber nachzudenken, dass er gerade einen Geschirrspüler leerte, den er vor Monaten angestellt hatte. Das Geschirr darin aber war vom Spülvorgang immer noch warm, denn der war erst vor ein, zwei Stunden beendet worden. Also verwarf er den Gedanken mit einem Kopfschütteln und stapelte die handwarmen Teller auf. Ein paar davon ließ er direkt auf der Anrichte stehen, die Gläser auch. Den Rest räumte er in die Schränke und Schubladen. Dann wanderte er zurück in das Wohnzimmer, dessen Energiesparleuchten allmählich den Raum erhellten. Drei der vier Wände waren mit Bücherregalen gesäumt. Der Vorbesitzer hatte sie und ihren Inhalt nicht mitnehmen wollen und der Vermieter zählte sie zur Einrichtung.

Bastiaan hatte schon zwei Abende damit zugebracht, in den Regalen nach Schätzen zu stöbern, heute fehlte ihm dafür die

Geduld. Er warf das dünne Notizheft, das er bei sich trug, auf den Couchtisch, wo es gebogen wie ein Schälchen liegen blieb, und ging noch einmal durch die Räume, schloss die Fenster wieder und drehte die Heizung auf.

Zurück in der Bibliothek sah er sich suchend nach etwas um, das er vergessen oder nicht bedacht hatte. Diese Unruhe hing ihm schon seit Stunden im Nacken. Nur langsam machte sich die Erkenntnis breit, dass seine Nervosität vielleicht gar nichts mit dem bevorstehenden Treffen zu tun hatte. So etwas hatte er jetzt schon ein halbes Dutzend Mal organisiert. Meistens hatten sie sich hier in diesem Apartment getroffen und immer war alles glattgegangen.

Bastiaan drehte sich einmal um sich selbst, lauschte in sich hinein und zählte still die Tage. Es waren sechs. Sechs Tage unterwegs. Ein paar hundert mehr oder weniger nicht in seiner eigenen Zeit. Die hier machte keinen großen Unterschied; das war nur ein Sprung von knapp fünf Jahren. Sein 2011 und dieses 2016. Aber davor war er weiter entfernt gewesen.

Es war der Drang, nach Hause zu gehen, der auf sich aufmerksam machte. Wenigstens äußerte er sich dieses Mal nur durch Nervosität. Das letzte Mal waren es stechende Kopfschmerzen gewesen, die ihn mehr als unsanft aus der Bahn geworfen hatten. Aber einen halben Tag länger, das sollte wohl gehen.

Trotzdem schnappte er sich seine Unterlagen vom Tisch, rollte sie wieder zusammen und stopfte sie sich in den Rücken, zwischen Hosenbund und Shirt. Alles, was er nicht am Körper trug, würde er bei einem überstürzten Aufbruch nicht mitnehmen können. Und nichts war peinlicher, als noch einmal zurückkommen zu müssen, oder schlimmer, mit so einer dummen Geschichte einen der anderen dazu zu zwingen, auf seine Sachen aufzupassen.

Mit einem frustrierten Schnauben stapfte er schließlich auch zurück in den Flur und schlüpfe wieder in seine Schuhe. Die Jacke konnte bleiben. Er nahm nur den Schlüssel an sich, das Geld, das er bei sich trug, und seinen Ausweis.

In solchen Momenten ärgerte es ihn.

Die Fähigkeit zu haben, durch die Zeit zu reisen, über diesen Planeten zu wandern, wohin auch immer er mochte, und doch nur begrenzt Kontrolle darüber zu haben, wie es geschah und vor allem, wann.

Gut, dass er das Philosophieren anderen überließ, denn wie konnte da diese gewaltige Möglichkeit sein, alles auf dieser Welt zu sehen und zu tun, und gleichzeitig dieser unbändige Drang, zurück in seine eigene Zeit zu kommen – in sein eigenes Leben, seine Linie, zurück in die Bahn seines eigenen Schicksals?

Es war absurd!

Die Hände in die Taschen seiner Jeans gehakt, postierte Bastiaan sich schließlich vor dem Fenster im Wohnzimmer, von wo aus er auf die Straße vor dem Gebäude, die gegenüberliegenden Wohnhäuser und die geparkten Autos sehen konnte.

Die Unruhe in ihm hatte einen Grund, der nur mit ihm zu tun hatte, das wusste er. Hatte sie auch Ähnlichkeit mit der Art Misstrauen, die ihn manchmal auf Reisen überkam, wenn er unvermittelt herumfuhr und sich umsah, weil er das Gefühl hatte, etwas stimmte nicht. Wenn er durch Zufall in einen anderen Reisenden gestolpert war.

Wobei ein Zufall bei den Milliarden an Optionen praktisch ausgeschlossen sein musste. Es sei denn, die Zeit hatte auch dort ihre Finger im Spiel.

Bastiaan schüttelte in Gedanken den Kopf. Da stand er nun und philosophierte doch.

Johns Anblick in der Spiegelung des Fensters traf ihn kurz darauf dermaßen unverhofft, dass der Schreck darüber alle halbgaren Gedanken im Keim erstickte.

Bastiaan hatte ihn nicht kommen gehört und fuhr herum. Den zierlichen Beistelltisch, den er bei dem ungeschickten Manöver zu Fall brachte, fing er nicht mehr auf. Er fiel ihm krachend vor die Füße.

2

John Hovecar empfand die Idee von Menschen, die durch die Zeit reisten, als etwas, das viel größer war als er selbst.

Ein falscher Schritt, ein zerbrochenes Glas, das hätte ganz bleiben sollen, und man änderte den Fortgang der Dinge, war am Ende vielleicht der Einzige, der sich noch an die Zeit erinnerte, wie sie einmal gewesen war.

In der Praxis allerdings hatte sich gezeigt, dass man das blöde Ding auf den Boden schmeißen und in tausende Stücke fliegen sehen konnte, ohne die Welt aus den Fugen zu reißen. Zumindest hatte es bisher keinen Unterschied gemacht. Keine falsche Entscheidung hatte bisher in eine Katastrophe geführt, kein unbedachtes Wort in der Vergangenheit einen Krieg ausgelöst. Oder einen beendet.

Als Bastiaan ihn endlich hinter sich stehen sah und erschrocken herumfuhr, schüttelte John nur den Kopf.

Sie hatten schon oft darüber gesprochen. Dass Bastiaan vorsichtiger sein musste und nicht immer aus den Augen verlieren konnte, was um ihn herum geschah. Irgendwann einmal würde ihm das zum Verhängnis werden.

Bastiaan rollte die Augen und winkte ab, dabei hatte John noch gar nichts gesagt.

»Du hast schon wieder diesen Cop-Blick«, erklärte Bastiaan – nach außen hin der unangepasste Hipster mit Gamer-Tattoos, doch innen drin ein wohlverzogenes Kind – entschuldigend.

John wandte sich ertappt ab und sah sich in der Wohnung um. Außer ihnen war noch niemand da.

»Irgendetwas Neues zum Anlass für das Treffen heute?«, fragte er und sah Bastiaan den letzten Rest Überraschung über seinen unangekündigten Auftritt abschütteln.

John hatte kurz überlegt, ob er zur Tür reinkommen sollte, wie es zivilisierte Leute taten und er es hätte tun sollen. Aber dann hatte er Bastiann schon von der Straße aus verträumt herumstehen sehen, und es war ihm nicht gelungen, sich zu bremsen. Glücklicherweise brauchte der Junge nie wirklich lange, um sich wieder zu fangen und eines dieser unverfänglichen Lächeln aufzusetzen.

»Du siehst mich genauso ratlos wie dich. Ich weiß eigentlich nur, dass der Professor das Treffen in Auftrag gegeben hat. Das ist dir aber bereits bekannt, oder?«

»Hm«, lautete seine Antwort, dann machte John sich auf den Weg in die Küche, um nachzusehen, ob wie üblich mit dem einen oder anderen Snack oder einem Bier zu rechnen war, und auch um Bastiaans aufmerksamem Blick zu entgehen.

Allmählich sah man John sein Alter an. Sie alle hatten bemerkt, dass sein kupferfarbenes Haar nicht mehr ganz so voll war, die Schultern nicht mehr ganz so gerade. Die Falten um seine Augen waren mittlerweile so tief, dass sie nicht mehr verschwinden wollten, egal welches Gesicht er machte. Markante Furchen zogen sich auch um die Winkel seiner schmalen Lippen, hineingefräst wie Narben.

Witzig – eigentlich sogar ironisch – wie das Alter seine Züge nur umso deutlicher hervortreten ließ. John wusste wohl, dass er schon immer jemand gewesen war, der eher ungehalten dreinblickte. Manche sagten *ernst*, seine Frau war eine davon. Allerdings war das auch immer etwas gewesen, das sie an ihm gemocht hatte, sogar attraktiv fand. An dem jungen *Hov*. Ihre Fingerspitzen hatten die dünnen Linien nachgezogen, die sich während ihrer gemeinsamen Zeit geformt hatten, eine Klammer um seine Mundwinkel bildeten und um jedes Wort, das er sagte.

John starrte die Flaschen im Kühlschrank so lange in Grund und Boden, bis er aus Richtung des Wohnzimmers hörte, wie Bastiaan sich auf das Sofa fallen ließ. Dann schüttelte er unwirsch den Kopf, griff sich ein Bier und schloss die Schranktür mit gewollter Zurückhaltung.

Es war zornig und das schon sehr lange. Brachte der Job mit sich. Manche Cops verloren irgendwann einfach das Interesse, die anderen wurden erst frustriert und dann wütend. Und er hatte seine Zeit verloren. Das Gefühl dafür.

Vor siebzehn Jahren war er das erste Mal unterwegs gewesen. 1991. Seine Tochter hatte da gerade ihren Abschluss

gemacht. Aber manchmal sah er in den Spiegel und war erschrocken, betrachtete sich gefühlt zum ersten Mal und erkannte den Mann, der ihm entgegenblickte, nicht wieder. War sich nicht mehr sicher, wie viele Kerzen mittlerweile auf seinem Kuchen stehen sollten.

Er öffnete den Schraubverschluss mit einer geübten Handbewegung und warf den Deckel in die Spüle, nur um noch einmal in den Kühlschrank zu greifen und die Platte mit den Sandwiches rauszuholen. Dann machte er sich auf den Weg zurück ins Wohnzimmer.

»Teller stehen da auch«, warf Bastiaan betont hilfreich ein.

John kämpfte gegen das Bedürfnis an, ungehalten zu schnauben. »Hab ich gesehen.«

Waren das letzte Mal schon da gewesen, frisch gespült auf der Anrichte. Dieses Mal hatte er sie bewusst ignoriert. Aller Wahrscheinlichkeit nach würde dieser Abend ähnlich kurz werden wie die letzten in dieser Wohnung. Wenn er überhaupt zum Essen kam, dann jetzt, bevor alle da waren. Und solange nur sie zwei dem Schauspiel beiwohnten, gab es wohl kaum Anlass für Etikette.

Als John das Abendessen auf dem Tisch abstellte, betrachtete Bastiaan mit einiger Entschlossenheit die Regale neben sich. Wenn John sich recht erinnerte, hatte er das auch beim letzten Mal schon getan.

»Keine Bibliothek in deinem Haus?«

»Haus!«, entgegnete Bastiaan verächtlich.

Ja, seine Generation hatte es nicht einfach. Johns Tochter und sein Sohn gehörten auch dazu. Würden sich nie ein eigenes Heim leisten können.

»Also, wer kommt?«

John setzte sich ihm gegenüber in einen tiefen, viel zu komfortablen Sessel. Er nahm einen Schluck.

Bastiaan streckte seine dünnen Beine aus und machte einen Augenblick lang den Eindruck, aufstehen zu wollen. Dann überlegte er es sich anders, blieb sitzen und wahrte die Distanz zwischen ihnen.

»Na ja, der Prof und Lydia, soweit ich weiß. Zumindest sollte ich auch sie einladen. Du. Nathan. Kleiner Kreis.«

»Ich kann mir kaum vorstellen, dass Nathan so einem Treffen zustimmt, ohne den Grund dafür zu kennen. Wie hast du ihn dazu gekriegt, trotzdem zu kommen? Er hat sonst auch immer Besseres zu tun.«

»Eigentlich ist das nur seine Ausrede, wenn es um dich geht, denke ich.« Bastiaan ließ es wie einen Scherz klingen und meinte es doch ernst. Auf seinem Gesicht war so etwas wie Zustimmung zu sehen, dabei hatte Bastiaan noch nie auf eine Ausrede zurückgegriffen, wenn er ihm aus dem Weg gehen wollte. Er war immer einfach nur nicht aufgetaucht. Auf dem Gebiet waren er und Nathan sehr verschieden.

»Lydia hast du sicher nicht überreden müssen.«

»Nein, aber es war schön, sie mal wieder zu besuchen.«

… in ihrer Zeit.

»Champagner und Kaviar?«

»Immer«, versicherte Bastiaan und grinste frech.

»Willst du mir erzählen, was du dir bei deinem Besuch in Pasadena gedacht hast, oder heben wir uns das für später auf?«

Bastiaan verdrehte die Augen mit der Absicht, Zeit zu schinden, bevor er sich eine echte Reaktion auf die Frage und den Ton, in dem sie gestellt worden war, erlaubte. John hatte

vor Wochen schon versucht, ihn zur Rede zu stellen, aber Bastiaan hatte sich aus dem Gespräch gewunden, wie so oft.

»Auf Fotos aufzutauchen, in einem Jahrzehnt, indem du noch nicht einmal geboren worden bist, ist nicht schlau. Solche Sachen werden archiviert.«

»Das weiß ich!«, erwiderte Bastiaan leicht genervt und stand nun doch auf, stopfte seine Hände in die engen Taschen seiner noch engeren Jeans und holte sie gleich wieder heraus.

Natürlich wusste er das. Zwei Drittel seines Lebens verbrachte er in Hörsälen und Bibliotheken. Er wusste es! Und hatte sich trotzdem zusammen mit den Studenten des 1981er Jahrgangs fotografieren lassen!

»Hast du eine Ahnung, wie viele Menschen auf dieser Erde gerade eben durch die Gegend laufen und sich bis aufs Haar gleichen?«, fragte Bastiaan rhetorisch. »Ohne Witz, es ist verblüffend. Die entscheiden sich morgens sogar für die gleiche Kleidung, tragen eher die Sneaker statt der Boots. Da gibt es Studien drüber. Facebook-Aktionen!«

»Ist das dein Ernst?«

»Niemand wird es merken.«

»Es ist ein unkalkulierbares Risiko!«

Bastiaan atmete hörbar aus. »Vertagen wir das Gespräch.«

»Ja? Ist vielleicht nicht so schlau. Du wirst wohl gleich nach dem Treffen hier verschwinden.«

»Ist dir aufgefallen, dass auch ich manchmal beschäftigt bin?«

»Nein, aber unruhig. Und deine Schuhe hast du auch nicht ausgezogen, dabei hast du sogar mehr Anstand als ich.«

»Ich wurde ja auch vernünftig erzogen.«

»Weichst du jetzt aus?«

»Du spielst dich vielleicht immer auf, Hov!«

John überging den entnervten Ton. »Wie lange bist du schon nicht mehr in deiner Zeit gewesen?«

Über den Couchtisch hinweg blickten sie einander an. Der ehemalige Cop und der unvernünftige Student. Ja, er spielte sich auf. Und Bastiaan wollte nur lernen. Beide füllten sie ihre Rollen ganz hervorragend aus, und seit ein paar Wochen existierte ein Foto von einem jungen Mann in einem Jahrzehnt, in dem er noch nicht einmal existierte. Und mit einem Schlag war das alles größer als er selbst, größer als alles andere. Vollkommen außer Kontrolle.

3

Lydia Hallward trat die Stufen hinauf und ließ jeden ihrer Schritte einen Moment lang nachhallen. Ihre behandschuhte Hand glitt über das glatt polierte Geländer und die Fingerspitzen ihrer anderen über die raue Tapete der gegenüberliegenden Wand. Das Kleid unter dem halboffenen Mantel raschelte angenehm im Takt ihrer Schritte, der seidene Schal um ihren Hals rutschte mit jeder Etage ein Stück tiefer.

Auf der letzten Stufe angekommen, hatte sich der helle Stoff so weit gelockert, dass er einen netten Blick auf ihren Ausschnitt freigab, ohne den Eindruck zu erwecken, Lydia hätte die Aufmerksamkeit gern dort. Noch zwei ankündigende Schritte und – tada! – sie musste nicht einmal mehr anklopfen, um eingelassen zu werden.

Bastiaan hatte sie kommen gehört und war ihr entgegengeeilt, wie es sich für Männer gehörte, die eine Dame erwarteten. Er schwang gerade im rechten Moment die Tür auf und bat sie mit einem strahlenden Lächeln herein.

»Du siehst bezaubernd aus.«

Allerdings, dachte Lydia, bevor sie seine Begrüßung erwiderte und ihre Arme um seine Schultern schlang. »Wie schön, dich zu sehen. Ich hoffe doch, du hast problemlos zurückgefunden.«

Bastiaan drückte sie kurz an sich – mehr wagte er nicht – und gab sie sofort wieder frei. Wie ein Wilder sah er heute wieder aus, mit den Haaren im Gesicht und dem zu großen T-Shirt, dessen Aufdruck sich aufzulösen schien. Dabei war Bastiaan ein herausragender Mann. Er war intelligent und charmant, witzig und uneitel. Er hatte keine Angst vor Menschen und ließ sich gern auch einmal treiben. Lydia mochte ihn seiner Leichtigkeit wegen nur noch mehr. Denn ihr ging sie gefühlt jeden Tag mehr verloren.

Als sie ihm den Rücken zuwandte, nahm er ihr den Mantel ab. Sie wollte noch schnell einen Blick in den Spiegel werfen, bevor sie ins Wohnzimmer trat, als John in der Tür auftauchte und ihr diesen kleinen Moment allein mit sich selbst stahl.

Soweit sie erkennen konnte, war der Raum hinter ihm leer, im Flur hingen einzig ihr Mantel und Bastiaans Jacke am Haken. Anscheinend waren sie bisher also die einzigen Anwesenden, dabei war sie schon spät dran. Wie ärgerlich! Es war nie angenehm, auf den Rest der Gesellschaft warten zu müssen. Zu viel freie Zeit, die gefüllt werden wollte.

»Hast dich herausgeputzt?«, bemerkte John mehr, als dass er fragte.

»Man weiß ja nie, wohin es geht«, antwortete sie gewohnt kokett und gab sich Mühe, nicht aus Reflex das passende Gesicht dazu aufzusetzen. Ihn konnte sie mit einer solchen Scharade nicht täuschen. Sie kannten einander lange genug, John wusste, dass die Hälfte ihrer Attitüden nicht echt war. Jeden weiteren Kommentar beließ sie ebenfalls lieber, wo er war. Seinem Blick nach zu urteilen, war es besser, heute keine ernsthaften Diskussionen mit diesem Mann zu riskieren. John hatte selbst an guten Tagen wenig Humor und leider verstand er sich nicht darauf, Gespräche wieder in die richtige Bahn zu lenken, nachdem sie einmal vom Weg abgekommen waren. Keine guten Eigenschaften für einen Polizisten. Aber darauf würde sie ihn ein anderes Mal hinweisen. Wenn sie einmal wieder das letzte Wort brauchte und er nicht schon auf Ärger eingestellt war. Denn Ego, das hatte er, und so ein Satz würde ihn für ein paar Sekunden ruhigstellen. Und Sekunden konnten, wie sie alle wussten, eine Ewigkeit sein.

»Ist Nathan noch nicht hier? Er wollte mich abholen. Ich habe abgelehnt.« Sie sagte es mit dem Blick immer noch auf John gerichtet und sah ihm dabei zu, wie er sich einen Moment lang ärgerte. Es freute sie, zu sehen, dass sich aus diesem Gesicht mit wenigen Worten eine Reaktion herauskitzeln ließ, auch wenn sie nicht sagen konnte, was ihn an dem Gesagten störte. Vielleicht, dass sie und Nathan sich trafen, ohne dass er davon wusste. Vielleicht auch, dass Nathan ihre Absage einfach hingenommen und nicht darauf beharrt hatte, sie nach Oslo zu begleiten.

»Bisher nur wir beide«, antwortete Bastiaan und klang, als

wäre auch ihm nicht ganz recht, dass es gerade John hatte sein müssen, mit dem er zum Warten verurteilt worden war.

Lydia zuckte ihre schmalen Schultern, die in diesem Kleid neben dem Ausschnitt die eigentliche Geheimwaffe waren, und ließ das Thema fürs Erste fallen. Es würde noch genug Gelegenheiten geben, es für ein wenig Unterhaltung auszuschlachten, sobald die anderen einmal da wären.

»Gibt es Kuchen?«, fragte sie und ließ ein Strahlen auf ihrem Gesicht erscheinen, das Bastiaan zum Lachen brachte.

»Lydia!«, gab er gespielt entsetzt zurück und gestand schließlich: »Nein.« Er legte entschuldigend den Kopf zur Seite. Für einen Moment war da eine Vertrautheit zwischen ihnen, die unwahrscheinlich guttat und gleichzeitig eine erdrückende Schwere hatte, die alles sofort wieder ruinierte.

Sie zuckte die Schultern. Keinen Kuchen für Lydia. Zumindest keinen aus einer Zeit, in der niemand wirklich wusste, was da alles drin war. Lydia beharrte zwar weiterhin darauf, dass es der Rum gewesen war, der diese eine gemeinsame Nacht vor viel zu vielen Monaten zu einem Debakel hatte werden lassen, aber der gemeinsame Scherz mit dem Kuchen machte schlicht mehr Spaß.

Bastiaan schloss die Tür hinter ihr und ließ sie vorgehen.

John, der das kurze Zwischenspiel genutzt hatte, um sich aus dem Flur zu verabschieden, saß nun in dem Sessel, von dem aus er die Tür im Auge hatte. Er musterte sie im Licht des Salons. Es schien flüchtig, nicht einmal wirklich interessiert. Gesehen hatte er aber alles, wie üblich.

Andererseits war es schwer nicht zu erkennen, dass sie heute keinen Umweg gemacht hatte und direkt aus ihrer Zeit hergekommen war. Den Zwanzigern eines vergangenen Jahr-

hunderts. Dennoch waren da die nicht ganz zeitgemäßen Schuhe. Die nicht so recht passende Tasche.

Sie war gespannt, ob er sie darauf ansprechen würde. Ob er sie zurechtweisen würde. Manchmal fing er ein solches Gespräch an, aber mit den anderen war er schon immer strenger gewesen. Keinen von ihnen würde er heute gehen lassen, ohne dass dieser ihm versprach, nicht irgendwelche Dinge in eine Zeit zurückzubringen, die dort noch nicht existierten.

Unter seinem Blick entschied sich Lydia für den Platz auf dem Sofa und sah betont gedankenverloren zum Fenster hinaus. Es hatte leicht zu nieseln begonnen. Binnen Minuten würde die ganze Stadt mit einem feuchten Film überzogen sein.

Bevor sie fähig gewesen war zu reisen, hatte sie sich so sehr gewünscht, in Amerika leben zu können, hatte ihre ganze Schulzeit davon geträumt, hatte Pläne geschmiedet. Wie kam man von einem Küstenstädtchen in Südfrankreich nach New York? Andersherum, ja, das war einfach. Jeder zweite New Yorker war schon einmal in Cannes gewesen, Tausende verbrachten den ganzen Sommer dort und zogen dann wieder zurück. Aber die hatten es in Amerika schon geschafft. Hatten sich etwas erarbeitet, einen Namen und Geld. Wie schaffte man es in Frankreich?

Jetzt, wo sie überall hinkonnte, war sie oft in New York gewesen, zu jeder Zeit, und träumte noch immer von Amerika. Als hätte sie das Richtige noch nicht gefunden.

Der skandinavische Norden allerdings hatte sie bisher nicht angesprochen. Es war so … anders. So blass, steif und kalt. Nicht elegant und kühl, wie sie den Osten der USA erlebt hatte.

Mit einem winzigen Seufzen verwarf sie den Gedanken und wandte sich zu John um, sah ihm direkt in die Augen und in dieses finstere Gesicht, das mit seinem Ärger täglich älter zu werden schien. Was für einen herausragenden Kontrast sie beide darstellten.

Doch einmal mit ihrem konfrontiert, wandte er seinen Blick ab und kein Ton kam über seine Lippen, obwohl sie die Knie überschlagen hatte und er ganz deutlich die Aufschrift auf der Sohle ihrer Schuhe sehen konnte. Prada. Herbst/Winter 2012.

Bastiaan trat zwischen sie und reichte Lydia ein Glas Limonade. Sie konnte das Knistern der Kohlensäure hören und nahm es abwesend entgegen.

Manchmal wünschte sie, sie könnte noch einmal von vorn anfangen. Alles auf null stellen und auf einem weißen Blatt Papier neu beginnen. Eine andere werden.

Alle kannten sie nur so, als das zerbrechliche Mädchen, dem man entgegenkommen musste. Sie wusste selbst nicht, warum sie plötzlich Widerspruch wollte. Umso schwerer war es, andere davon zu überzeugen, dass sie heute eine andere war, oder gerade eine andere wurde. Die Situation ermüdete sie. Allmählich wurde es unerträglich.

Würden all diese Reisenden, mit denen sie sich umgab, sie nicht bereits kennen, würden sie sie anders behandeln. Aber alles Reisen nützte nichts. Kein Ortswechsel brachte Erleichterung. Ein erster Eindruck ließ sich nach so langer Zeit nicht mehr rückgängig machen, oder sie hatte noch nicht genug von ihrem alten Leben abgelegt, um eine neue Betrachtung zu rechtfertigen.

»Ich habe meine Aufzeichnungen dabei. Ich nehme an, keiner von euch beiden weiß, warum wir sie mitbringen sollten?«, warf sie ein und blickte dabei John an. »Deine Aufzeichnungen

würde ich liebend gern sehen, um ehrlich zu sein.« Bisher waren sie nie dazu gekommen, einander so viel von sich preiszugeben. Vielleicht wäre es zur Ausnahme einmal ganz schön. »Ich kann mir vorstellen, dass du gut darin bist, dir alles bis ins Detail zu notieren. Und du bist uns immer dermaßen auf der Spur, wahrscheinlich hätten wir uns alle das Aufzeichnen unserer Reisen sparen können.«

»Genauso wie dieses Treffen hier«, kommentierte er, ohne ihr eine Antwort zu geben. In solchen Momenten hielt sie ihn nicht einmal mehr für eine echte Person. Er glich einem dieser berühmten Fernsehpolizisten, die aus jedem herausholten, was sie wissen wollten, ohne sich selbst hinter die Fassade blicken zu lassen. »Aber dann hätten wir deinen Auftritt verpasst.«

Sie lächelte ihm gewohnt süß entgegen und war sich plötzlich nicht mehr sicher, ob es zum Schauspiel gehörte oder echt war. »Was eine Verschwendung dieses wundervollen Kleides gewesen wäre. Wann hast du dich das letzte Mal hergerichtet. Zu deiner Hochzeit?«

Noch eine Spitze. Wieder reagierte er nicht, wie sie es erwartete. Kein verärgerter Satz, kein Zurückschießen.

In dem Moment erst verstand sie, dass er gar nicht versuchte, sich mit ihr zu streiten. Er ließ die Bemerkung an sich abperlen, ebenso die Vorstellung, dass Lydia ihn vielleicht zu gern an diesem einen Tag in seiner Vergangenheit besucht hätte, um zu sehen, wie John Hovecar sich kleidete, wenn er beeindrucken wollte.

Statt zornig zu reagieren, grinste er sie plötzlich an und hatte sie geradewegs in einen Flirt navigiert, ohne dass sie es bemerkt hatte.

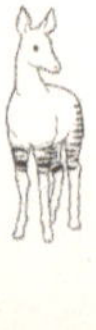

4

Immer ein bisschen daneben.

In Raum und Zeit.

Immer ein bisschen spät dran.

Wenn es wirklich so etwas wie Schicksal gab, dann war das hier seins.

Nicht das erste Mal stapfte Nathan Peeregaard deswegen ungehalten durch leere Straßen.

Nr. 185.

Er war sogar schon einmal dort gewesen und trotzdem kam er mehrere Eingänge entfernt an! Nicht nur ein paar Meter! Oder gar nur ein paar Schritte. Nicht einmal in Sichtweite befand er sich.

In seinem Ärger über sich selbst entschied Nathan sich zweimal für die falsche Richtung, fuhr nach ein paar Schritten wieder herum und entdeckte erst nach langem Suchen die ihm bekannte Kreuzung und nicht weit entfernt die verfluchte grüne Tür. Schon von Weitem spähte er hinauf zu den Fenstern unterm Dach. Er war nicht sicher, ob man auf ihn warten würde oder ob der Anlass dieses Treffens es überhaupt wert war.

Nathan war bekannt dafür, Einladungen dieser Art auszuschlagen, wenn er den Grund dafür nicht mochte oder wie heute nicht einmal kannte. Doch es war der Professor gewesen, der dieses Mal geladen hatte. Das allein war Grund genug, nicht direkt abzuwinken. Wenn der Professor lud, lehnte man nicht ab, es sei denn, man wollte gern im Nachhinein erfahren, dass der Mann unüberlegt im Namen anderer Entscheidungen getroffen hatte.

Davon abgesehen war John meistens mit von der Partie und es war immer besser, zu wissen, wo genau dieser sich befand!

Nathan war schon halb über die Fahrbahn geeilt, um auf die andere Straßenseite zu gelangen, als ihm einfiel, dass Unachtsamkeit ein gern gesehener Anlass für die Zeit war, Unfug mit ihm zu treiben.

Er blieb abrupt stehen und blickte sich auf der regennassen Straße um. Die einzige Bewegung, die sich in näherer Umgebung zeigte, kam aus einem geparkten Auto. Eine junge Frau saß darin. Lesend auf dem Beifahrersitz. Der Platz hinter dem Lenkrad war leer, das Licht über ihr eingeschaltet.

Ansonsten war da nichts, also joggte er zum Gehsteig rüber.

Ein kleiner Teil von ihm war dennoch alarmiert. Der Wagen stand nicht weit von der Adresse, zu der er wollte, aber es würde doch keiner von ihnen mit einem Auto kommen, oder?

Nathan huschte zwischen zwei Stoßstangen hindurch und gab schließlich dem Drang nach, sich suchend nach dem Fahrer, oder der Person, auf die sie wartete, umzuschauen. Er blickte in jeden Hauseingang und suchte die Schatten ab. In keiner der umliegenden Wohnungen brannte noch Licht.

Nur mit Mühe bekam er sich wieder in den Griff und erinnerte sich daran, in welchem Jahr und an welchem Ort er sich befand. Es gab keinen Grund, sich zu sorgen. Nicht hier.

Er trat über den Gehweg, steuerte auf die Haustür zu und näherte sich dem Auto. Erwartungsgemäß erregte er damit die Aufmerksamkeit der Beifahrerin. Sie hob den Blick von ihrem Buch und …

… sah in ein vor Schock gefrorenes Gesicht.

Zufall nannten sie es. Sogar der Professor, der ansonsten ungern auf solch profane Vokabeln zurückgriff. Als würde es so etwas wirklich geben! Unendlich viele Möglichkeiten und doch lief man am Ende den immer gleichen Menschen über den Weg.

Und wie er sie hasste, diese Erinnerungen an Dinge aus einer Zeit, die in dieser hier noch in der Zukunft lagen. Immer trafen sie einen unverhofft und darum nur noch gezielter ins Mark. Es war noch nicht einmal passiert und doch fester Bestandteil seiner Vergangenheit.

Wie eine Frau, die auf einem übervollen Platz in einer übervollen Metropole verblutete. Ein Mädchen mit so blauen Augen, er hätte damals schwören können, sie waren nicht echt. Ein Trick, den ihm das Licht spielte, oder alberne Kontaktlinsen. Das blanke Klischee in einem so blassen Gesicht. Nathan war aus einem Haus gerannt, an dem Nachmittag. Er erinnerte sich gut daran, wie er blind der Menschenmasse nach draußen gefolgt war, wo alle panisch umher gelaufen waren und es sich trotzdem angefühlt hatte, als stünde er dort zwischen all den Menschen ganz allein auf dem Platz, auf dem sie vor seinen Augen starb.

Er war weiter gerannt, bevor die Polizei auftauchen konnte. Feuerwehr, Rettungswagen. Die Männer und Frauen, die in diesen Uniformen steckten, hatten immer zu viele Fragen und selbst in solchen Momenten einen zu klaren Kopf, als dass

er sich hätte herausreden können. Die wenigen Momente, in denen seine Reisen ihn in Schwierigkeiten gebracht hatten, waren fast immer durch Uniformierte verursacht worden. Ließen sich nichts vormachen.

Nicht zum ersten Mal wünschte er, dass er mit einer solchen Flucht auch den Erinnerungen hätte davonlaufen können, und den Fragen, die sich mit ihnen einschlichen. Erinnerte er sich nur an diese Augen, weil er sie in genau diesem Moment gesehen hatte? Waren sie ihm nur so voller Leben vorgekommen, weil es offensichtlich gewesen war, dass ihre Zeit auf dieser Welt bereits abgelaufen war? Vielleicht war nichts davon echt gewesen und alles in seinem Kopf nur eine Reaktion auf das Grauen dieses Tages.

Dann plötzlich, auf diesem Gehweg am 25. Mai 2016 – N 59° 55‘ E 10° 45‘, Oslo, Norwegen – waren sie es: echt. Lebendig.

Und das Einzige, was noch schlimmer war, als jemanden sterben zu sehen, war sie zu sehen, während sie noch lebte.

Falls sie in dem Chaos auf seinem Gesicht etwas lesen konnte, dann nur Schock und das sture Verlangen, sich davon nicht aus dem Tritt bringen zu lassen.

Nathan wandte den Blick ab, bevor er ihre Reaktion auf seine entgleisten Gesichtszüge erkennen konnte, und realisierte nicht einmal mehr, wie er die letzten Schritte zum Haus mit der Nummer 185 nahm und die Stufen ins Dachgeschoss hinaufstieg.

Lydias Parfüm hing noch in der Luft, als er oben ankam, und holte ihn wieder ins Jetzt zurück. Ihre Stimme war auch das, was er von den bereits eingetroffenen Reisenden vernahm, noch bevor er die Tür öffnete. Theatralisch aufgebracht, wie gewohnt. Von dem eigentlichen Gespräch bekam

Nathan lediglich Bruchstücke mit und das lag nur bedingt daran, dass er noch immer Mühe hatte, die Vergangenheit aus seinem Kopf zu kriegen. Eines war jedoch schnell klar: Die Diskussion hatte wenig mit dem heutigen Treffen zu tun. Sie fand zwischen John und Lydia statt. Beide sprachen laut und verärgert und standen sich gleichzeitig mit einem Lächeln auf den Lippen gegenüber. Ihres war breiter als seines, aber das hieß nichts, denn John feierte gern im Stillen.

Die Auseinandersetzung fand in dem Moment ein Ende, in dem Nathan die Tür ins Schloss fallen ließ, und sich alle Aufmerksamkeit auf ihn richtete.

»Probleme?«, fragte er unbeteiligt in die Runde.

»Flirts«, kommentierte Bastiaan mit einem vielsagenden Blick und schob seinen schlaksigen Körper an den beiden Streithähnen vorbei, um Nathan zu begrüßen. Er schien erleichtert, ihn zu sehen. Nathan erwiderte seine Umarmung flüchtig und wandte sich über seine Schulter hinweg mit einem fragenden Blick an John, der das Wortgefecht – Streit oder Flirt – bereits abgehakt hatte und sein übliches unbeeindrucktes Selbst war. Den Ärger in seinem Blick einmal außen vor gelassen, denn der schien immer da, wenn sie einander begegneten.

Nathan verspürte das Bedürfnis, von sich abzulenken. »Ist der Professor noch nicht hier?«

»Nein«, antwortete Bastiaan und ließ ihn los. »Und ich bin sehr dankbar, mit den beiden nicht mehr allein sein zu müssen. Wo warst du? Du bist außer Atem.«

»Treppenstufen«, meinte Nathan nur und beugte sich in der Diele an ihm vorbei, um John die Hand zu geben. Es war eine Geste, die sie sich angewöhnt hatten. Eine Art Aufeinan-

derzugehen, statt die Wand, die sich zwischen ihnen aufgebaut hatte, mit jedem Besuch höher werden zu lassen. Zum Einsturz würden sie sie nie wieder bringen, das wussten sie beide. Dafür hatte John ihm einmal zu oft seinen Willen aufgezwungen, ohne dass Nathan eine Chance gehabt hätte, sich zu wehren.

Johns Blick wanderte automatisch an Nathans Oberkörper hinab, die Linien seines Mantels entlang, bevor er die ausgestreckte Hand entgegennahm. Ja, er war bewaffnet. Und ja, John war von ihnen allen meistens der Einzige, dessen kritisches Auge es bemerkte. Ihm entging selten etwas. Nicht nur, weil man ihm beigebracht hatte, nach solchen Dingen Ausschau zu halten, sondern auch, weil er ein ausgesprochen gutes Verständnis für Konsequenzen hatte. Er wusste oft schon, dass man kam, bevor man überhaupt auf dem Weg war. Er hatte einen Sinn für alles, was ihm gefährlich werden konnte. Ein wahrer Polizist.

Wahrscheinlich war er deswegen so besessen davon, zu verhindern, dass sich irgendetwas änderte. Weil er, im Gegensatz zu den anderen, jede Abweichung von der Norm sofort bemerkte.

Das kleine Arsenal unter Nathans Mantel hatte bereits für den einen oder anderen Streit gesorgt, und John betrachtete die Tatsache, dass er nichts dagegen tun konnte, dass Nathan es besaß und benutzte, immer noch als wunden Punkt in ihrer Beziehung zueinander.

Jeder hatte das Recht, sich selbst zu verteidigen. So viel gestand John einem zu. Aber für Nathan bestand der Nutzen eher darin, schneller an Antworten zu gelangen und promptere Lösungen zu erzielen, und John wusste davon. Jemanden zu verletzen, nur des eigenen Vorteils wegen, war, egal wie umgehend man es rückgängig machte, grundlegend falsch. Allein das Ganze durchzuziehen, machte einen zu jemandem mit dem Moralstatus eines Verrückten.

Lydia, mit einem Schlag nicht mehr im Zentrum des Geschehens, wandte sich ab und spazierte zurück ins Wohnzimmer.

Grund genug für Nathan, einen ganz anderen Blick mit John zu wechseln.

Flirts?

Jeder mit Augen im Kopf konnte die Verzweiflung in dieser Frau sehen. Sie war so offensichtlich und der Grund, warum Nathan nicht noch einmal gefragt hatte, ob sie zusammen herkamen, nachdem sie das erste Mal abgelehnt hatte. Lydia wollte so gern überredet werden, dass Nathan darauf verzichtete, zu erfahren, was sich hinter dem Schild befand, den sie vor sich hielt und selbst nicht aus der Hand legen konnte.

»Spät dran?«, fragte John im Gegenzug und machte daraus eine Anklage.

Nathan ignorierte den Ton, denn es sah so aus, als hätte er heute ein Ass im Ärmel. Der Gastgeber selbst war noch nicht da.

»Nicht so spät wie der Professor.«

5

Salea Dawnt sah einmal mehr von ihrem Buch auf und suchte irritiert die Straße vor sich ab. Dieses Mal gehörte die Bewegung, die ihre Aufmerksamkeit erregt hatte, aber zu einer bekannten Person.

Michael Marstens stapfte eilig an den geparkten Autos vorbei auf sein eigenes zu, indem er sie erst vor ein paar Minuten zurückgelassen hatte. Mit zusammengezogenen Brauen musste Salea feststellen, dass er noch angespannter wirkte als auf dem Weg hierher.

Wie üblich trug er einen seiner beigefarbenen Leinenanzüge, der ihm etwas von einem Archäologen auf Urlaub verlieh und überall deplatziert wirken ließ. Sein drahtiger Körper hatte ein wenig zugelegt. Das war ihr am Flughafen schon aufgefallen und hing sicherlich mit dem Ende seiner Unikarriere und dem Fehlen eines geregelten Alltags zusammen. Ihm hatte die Hektik, die ein akademisches Leben mit sich brachte, immer gefallen.

Vor ein paar Wochen noch war er am Stock gelaufen.

Als sie sich das letzte Mal getroffen hatten, war Salea durch sein Auftreten beunruhigt gewesen. Michael war mehr als doppelt so alt wie sie, doch noch nie war ihr der Unterschied so groß vorgekommen. Er hatte sich mit all seinem Gewicht auf einer Gehhilfe abstützen müssen und Mühe gehabt, ihrem Gespräch zu folgen. Auf Nachfragen, was passiert war, hatte er ihr damals keine Antwort gegeben. Es freute sie, zu sehen, dass er wieder bei Kräften war.

Salea stopfte das Buch zurück in ihre Tasche, in der sich neben genug Lesestoff für zwei transatlantische Flüge nur ein paar wenige Sachen zum Wechseln befanden, ihre Papiere, Geld und ein Telefon. Salea war gern mit leichtem Gepäck unterwegs. Sie brauchte nicht viel, um glücklich zu sein. Einen Rucksack und Zeit, ein spannendes Projekt und Mut.

Michael öffnete ihr die Tür und rang sich ein Lächeln ab.

»Du wirkst gehetzt«, stellte sie fest. Vorhin, als er gegangen war, war es weniger offensichtlich gewesen, aber jetzt kam sie nicht umhin, es laut auszusprechen.

»Wir sind spät dran«, erwiderte er und lachte kurz auf, doch der Witz ging an ihr vorbei.

Als sie aus dem Auto stieg, hielt er höflich Abstand und machte, wie sie auch, den Eindruck, als wäre er auf der Hut. Salea registrierte seinen Blick, der sofort wieder zu dem kleinen Holzkoffer in ihrer Hand wanderte. Dem einzigen weiteren Gepäckstück, das sie bei sich trug, und das auch nur auf sein Bitten hin. Hätte er nicht so energisch danach verlangt, hätte sie gern darauf verzichtet, eines ihrer Sammlerobjekte um die halbe Welt und durch vier Zollbehörden zu tragen. Und das, ohne zu wissen, warum.

Wie üblich waren Michaels Gedanken hinter seiner Miene unmöglich zu erahnen. Er hatte bisher nicht darauf bestanden, hineinsehen zu dürfen, um sich zu vergewissern, dass sie ihn am Telefon verstanden und das richtige Stück eingepackt hatte. Ebenso bot er sich nicht an, das Tragen zu übernehmen.

Man könnte sagen, dass die Dinge zwischen ihnen seit dem Zwischenfall in Rom anders lagen. Die Skepsis, die sie einander gegenüber von Beginn an gehegt hatten, war weiterhin ein steter Begleiter eines jeden Zusammentreffens, aber die Linie zwischen Misstrauen und berufsbedingter Kameradschaft war nicht mehr so scharf gezogen.

Andererseits war er es gewesen, der entschieden hatte, dass sie nun auf derselben Seite standen. Manchmal, in ihren weniger optimistischen Momenten, die in den letzten Jahren nicht weniger geworden waren, war Salea anderer Meinung, denn eigentlich hatte sich nichts geändert.

Es hatte sie einmal in dieselbe Stadt verschlagen, wie schon oft, aus dem gleichen Grund, als das Haus über ihnen und sechzig anderen Menschen zusammenbrach, weil die Stadt Rom Monate zuvor entschieden hatte, unter der parallel verlaufenden Straße einen Tunnel zu graben.

Am nächsten Tag war Michael aufgewacht und hatte ihren gemeinsamen Beinahetod als Wendepunkt betrachtet und entschieden, sie nicht mehr Siezen zu wollen. Salea dagegen hatte lediglich eingesehen, dass es vielleicht auf Dauer schlauer wäre, nicht an den gleichen Projekten zu arbeiten und einander Konkurrenz zu machen. Und es gab wirklich keinen Grund, sich bei jeder Reise die Stunden unter dem Schuttberg und die damit verbundene Angst vor einem viel zu frühen Tod in Erinnerung zu rufen, in dem sie zwangsläufig dabei auf Michael Marstens treffen würde.

Es war also ein schlichter Waffenstillstand, der dieses Treffen heute überhaupt möglich machte. Das und ein großes Unglück.

Als er sie mit der Bitte, nach Oslo zu kommen, angerufen hatte, hatte sie nicht nein sagen können. Etwas in ihr hatte

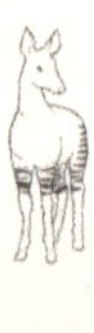

sich gesträubt. Dennoch tat Michael gut daran, nicht anzubieten, ihr den Koffer abzunehmen. Sie würde ihn nicht hergeben.

»Wo geht es hin?«

»Gleich nach da drüben. Nummer 185«, antwortete er und winkte beiläufig in die Richtung der grünen Tür, durch die der Fremde verschwunden war, der sie noch ein paar Augenblicke zuvor so feindselig angesehen hatte. »Keine Sorge, meine Liebe. Dieses Haus wird noch lange nach unser beider Zeit stehen«, sagte er und erinnerte sich scheinbar daran, dass er heute ihr Gastgeber war. Augenblicklich verfiel er in seine antrainierte Höflichkeit, die Salea immer als aufgesetzt empfand. »Habe ich dich lange warten lassen?«

»Überhaupt nicht. Ich habe nicht einmal das Kapitel geschafft.«

Er hielt ihr seinen Arm hin und wartete darauf, dass sie sich unterhakte, verspottete sie beinahe mit der Ernsthaftigkeit dieser Geste.

Salea ignorierte sie und forderte ihn auf, voranzugehen. »Wirst du dein Geheimnis bis zum Schluss bewahren?«

»Auf jeden Fall. Fairer für alle involvierten Parteien, finde ich. Außerdem wüsste ich wirklich nicht, wie ich dir das alles aus dem Stand erklären soll. Besser, man sieht es mit eigenen Augen.«

»Nun machst du es aber ein bisschen sehr spannend.«

»Vertrau mir.«

»Das würde ich gern«, gab sie zu. Manchmal wäre es nett, einen Verbündeten zu haben, statt sich permanent unter Konkurrenten zu befinden. Aber die Wahrscheinlichkeit, dass gerade er derjenige war, vor dem sie sich nicht in Acht nehmen musste, war gering. Eine Nacht unter Schutt und Asche hatte so viel Kraft nun auch wieder nicht.

Nach Norwegen hatte es Salea bisher noch nie verschlagen, aber sie mochte das Bisschen, das sie bisher von Oslo gesehen hatte. Sehr geradlinig, aufgeräumt und einladend. Keine Stadt, in der sie sich Michael auf Dauer vorstellen konnte.

Er lachte auf, als Reaktion auf diesen Kommentar, während er ihr die Tür aufhielt und sie hinein winkte.

»Ich muss gestehen, das skandinavische Lebensgefühl wird nie meines sein.«

»Also wurdest du auch hierher eingeladen? Ich hatte den Eindruck, du wärst der Initiator.«

»Und gerade dachte ich noch, du würdest dich wirklich damit zufriedengeben, auf Antworten zu warten. Das Apartment, in dem wir uns treffen, befindet sich unter dem Dach. Wie groß ist dein Misstrauen mir gegenüber? Gehst du vor oder soll ich?«

Er sagte es mit einem verschmitzten Lächeln um seine angespannten Mundwinkel und Salea hätte sich ihres eigenen Stolzes wegen gern direkt umgedreht und wäre furchtlos vorweg gegangen. Doch dann erinnerte sie sich daran, dass er vor nicht allzu langer Zeit einmal einem halbstarken Mittzwanziger in New York ein paar Dollar gegeben hatte, damit der sie in einem Hotelflur abfing und einen so gewaltigen Streit mit ihr anfing, dass man die Polizei rufen musste. Und das nur, um ihr Auftauchen in der Galerie der Steinbergers so weit zu verzögern, dass er zuerst dort sein konnte. Sie war eine Treppe hinunter gestützt und hatte sich an den hypermodernen vierkantigen Metallstreben des Treppengeländers den Arm aufgeschnitten, sodass sie die nächsten Stunden in einer Notaufnahme verbracht hatte. Sein Angebot an die Steinbergers hatte an diesem Abend keinen Rivalen bekommen und er den Zuschlag.

Unter den Umständen nickte Michael ihr verständnisvoll zu, trat an ihr vorbei und ging voraus, die Stufen hinauf bis unters Dach.

»Das war allerdings wirklich nicht meine Absicht, das weißt du, oder?«

»Aber natürlich. In Kauf genommen hast du es dennoch.«

Und es machte sie noch heute betroffen, dass er zwar Reue zeigte, es aber wieder tun würde.

Auch dazu konnte er nur zustimmend nicken.

Das New Yorker Intermezzo war nur die Spitze des sprichwörtlichen Eisbergs. Sie überlegte noch einmal, ob es lohnen würde, darauf zu bestehen, vorab zu erfahren, auf wen sie hier gleich treffen würden. Und ob er diesen Mann kannte, der ihr vorhin auf der Straße begegnet war und offenbar nicht besonders wohlgesonnen schien. Vielleicht sah sie aber auch Probleme, wo es keine gab, und er war nur rein zufällig auch in dieses Haus gegangen.

Michael jedenfalls blieb bei seiner Entscheidung und sagte auf dem Weg nach oben kein Wort. Also wartete sie.

Im Dachgeschoss schien sich nur eine Wohnung zu befinden. Der Treppenaufgang endete vor einer einzigen Tür, hinter der Salea bereits jemanden sprechen hörte, noch bevor sie auf der letzten Stufe ankam.

Männer.

Sie lachten und dennoch schwang ihren Stimmen etwas bei, das Salea aufhorchen ließ. Vielleicht bildete sie sich das aber auch nur ein, weil sie wusste, in welcher Gesellschaft sich der »Professor« herumtrieb, seitdem er keiner universitären Einrichtung mehr Rechenschaft über seine Unternehmungen schuldig war.

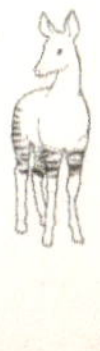

Im Gegensatz zu ihr zögerte Michael keinen Moment, klopfte kurz an und trat dann ein. Er streckte beide Arme aus und ließ sich willkommen heißen. Verhalten von einer Seite, überschwänglich begeistert von einer anderen. Salea blieb unterdes draußen im Hausflur stehen und sah sich unter den anderen Anwesenden um. Es waren drei.

Einer etwas jünger als sie, um die zwanzig, wobei sein Auftreten ihn vielleicht auch jünger – rebellischer – aussehen ließ, als er war. Hochgestyltes blondes Haar, dunkle Röhrenjeans und teure Sneaker. Der Zweite, bei einem Handschlag im Gespräch mit Michael, hatte das unverwechselbare Gesicht des europäischen Nordens, dunkelrote Haare und einen Bartschatten im gleichen Ton. Doch sein Englisch war ruppig, wie das der Amerikaner. Dazu noch ein sorgenvolles Gesicht, das auch das willkommene Lächeln, mit dem er Michael bedachte, nicht glücklicher aussehen ließ. Er trug einen dicken Winterpulli mit hohem Kragen unter einer dünnen Lederjacke, deren ausgetragene Schultern sie aussehen ließ, als würde er sie nur selten ausziehen. Der Blick dieses Mannes wanderte in ihre Richtung und verharrte einen endlosen Moment unschlüssig auf ihrer Person.

Doch es war nicht seine Aufmerksamkeit, die Salea einmal mehr aus dem Konzept brachte, sondern die des Mannes, den sie gerade noch unten auf der Straße gesehen hatte. Ganz hinten im Flur des Apartments stand er, im Türrahmen eines hell beleuchteten Zimmers, sah ihr direkt in die Augen und seine Abneigung ihr gegenüber schien noch größer als zuvor.

Salea ging nun schon zum zweiten Mal seinetwegen durch all die Gesichter in ihren Erinnerungen und fand doch keines, das seinem glich. Sie kannte ihn nicht und wusste auch nicht,

woher sie ihn hätte kennen sollen. Dabei trat er auf, als wäre es mehr als nur eine kurze Begegnung im Vorbeigehen gewesen. Als hätte er einen Grund, sie anzusehen, wie er es tat.

Er war ungefähr in ihrem Alter, Ende zwanzig, höchstens Anfang dreißig, und war eine markante Erscheinung. Geradlinig und stur, dunkles Haar, Seitenscheitel, breite Schultern, schwerer Mantel. Doch da klingelte weiterhin nichts.

»Salea? Salea.« Michael trat lachend in ihr Blickfeld. »Na komm, trau dich. Meine Herren, Lydia, das ist eine meiner geschätzten Kolleginnen, Salea Dawnt. Sie ist eine herausragende Historikerin mit einem einzigartigen Geschmack. Bitte seid nett zu ihr. Salea, das sind John Hovecar, Bastiaan Fehr, Nathan Peeregaard und Lydia Hallward.«

Lydia, eine zierliche Frau mit einem edlen kurzen Bob und in einem berauschenden Kleid, zeigte sich nur einen Moment lang im Türrahmen neben dem Mann namens Nathan. Dann spazierte sie davon in das angrenzende Zimmer. Salea kam nicht einmal dazu, ihr begrüßend zuzunicken, dafür aber reichte Bastiaan ihr die Hand, genauso wie John, der sich als »Hov« vorstellte.

Michael schloss die Tür hinter ihr und forderte sie alle mit winkenden Händen auf, den Flur gegen eine etwas geräumigere Umgebung einzutauschen. Er übernahm die Führung wie der Uniprofessor, der er im Herzen immer sein würde, und es schien keinen Zweifel mehr zu geben, dass er dieses Treffen arrangiert hatte. Sie alle hatten auf ihn gewartet.

Das Wohnzimmer der Dachwohnung glich einer Bibliothek mit drei Wänden voller Regale und der vierten voller Fenster. Stünde darin nicht bereits ein Mann mit einem finsteren Blick und eine junge Frau mit einem noch finstereren,

Salea hätte das Ambiente für einen Moment genossen. Doch wer auch immer Lydia war – auch bei ihrem Namen klingelte nichts –, sie war ebenso wenig gut auf Salea zu sprechen, wie es schien.

»Gut, perfekt. Setzen wir uns?«

Michael strahlte aufgeregt in die Runde und versuchte damit, eine ungewohnte Nervosität zu überdecken, was ihm nur schwer gelang. Denn nervös war er eigentlich nie, eher in jeder Lebenslage ein Souverän. Jetzt zögerte er sogar einen Moment, bevor er mit gutem Beispiel voranging. Er suchte sich den einzigen freistehenden Sessel aus, was bedeutete, dass dem Rest von ihnen eine Couch und zwei Stühle zur Verfügung standen. Lydia nahm die Couch, der junge Mann, Bastiaan, landete neben ihr und Hov ließ sich auf der Armlehne zu ihrer anderen Seite nieder.

Die zwei Stühle neben einem Beistelltisch am Fenster blieben somit übrig und Salea tauschte ungewollt einen weiteren Blick mit dem ihr unbekannten Mann. *Nathan Peeregaard.* Es wollte keine Erinnerung hervorkommen.

»Na gut, ich weiß, ihr habt alle noch andere Dinge zu erledigen. Ich werde versuchen, es kurz zu machen«, fing Michael schon einmal an. »Setz dich, setz dich, Salea. Das wird ein bisschen viel auf einmal, also setz dich besser.« Seine Hand winkte sie auf den Stuhl in seiner Nähe, aber alles in ihr sträubte sich dagegen, sich zu setzen, bevor Nathan es tat. »Ich danke euch allen, dass ihr gekommen seid. Ich habe ein Rätsel zu lösen und brauche eure Hilfe. Bevor ich euch erkläre, worum es geht, möchte ich euch versichern, dass ich diese Situation als ziemlich ernst einstufe, wenn nicht sogar gefährlich. Daher die Geheimniskrämerei und die kleine Zahl an Menschen, die heute eingeweiht werden.«

Marstens, die Drama Queen.

Salea presste still und heimlich die Lippen aufeinander, um nicht mit einem ihrer ungeliebten Zwischenrufe aufzufallen, und ließ sich auf einen der Stühle sinken. Sie stellte den kleinen, quadratischen Koffer neben sich auf dem Beistelltisch ab, ließ ihre Tasche von der Schulter auf den Boden gleiten und machte sich auf etwas gefasst, denn Michael wandte sich ernst zu ihr um.

Nathan blieb stehen.

»Salea, vertrau mir, wenn ich dir sage, dass ich Ewigkeiten darüber nachgedacht habe, wie – und ob überhaupt – ich dir das hier erklären soll, ohne dass es ein Schock ist. Ich bin zu dem Schluss gekommen, dass das nicht möglich ist …«

Hov unterbrach Michael mit einer ehrlich erstaunten Geste, deren Intensität alle Aufmerksamkeit im Raum sofort auf sich zog. »Sie ist keine von uns und sie weiß nichts davon?«

Michael fuhr ungerührt fort. Mit dem Widerspruch hatte er gerechnet. »Wir fünf sind Zeitreisende. Es gibt noch andere, aber nicht viele. Dafür aber einen Haufen Theorien und ich weiß, du magst keine theoretischen Erklärungen, deswegen nur die Grundzüge. Wir können durch die Zeit reisen, vor und zurück, an jeden Ort auf dieser Welt. Es braucht keine Maschine oder Ähnliches, kein Portal, keine Tür. Nur diese Fähigkeit, die einige wenige Menschen haben und andere eben nicht. Nathan und ich sind aus deiner Zukunft, seine ist weiter entfernt als meine. Lydia wurde kurz vor der Jahrhundertwende geboren.«

Salea zog unschlüssig die Brauen zusammen und spürte Sarkasmus in ihr aufsteigen. Mit dieser Wendung hatte sie nicht gerechnet und gab sich alle Mühe, es nicht laut auszusprechen.

»Das ist viel und schwer zu glauben. Ich schlage vor, du akzeptierst es einfach als Fakt und wir machen von dort aus weiter.«

»Michael!«, fauchte Hov ehrlich empört.

»Ich weiß, was ich tue.«

»Das macht es nicht besser.«

»Hör einfach zu«, beendete Michael die Diskussion, die ihm so wenig in den Kram passte, wie jede Art Widerwort. Doch der rothaarige Mann in seiner lädierten Jacke wollte nicht klein beigeben.

»Sie sollte gehen«, verlangte er und Bastiaan sah aus, als stimmte er ihm von ganzem Herzen zu. Lydia zwischen ihnen jedoch hatte plötzlich Interesse an ihrer Person und sah Salea offen ins Gesicht. Salea erwiderte die Neugierde. Was wurde hier gespielt?

Neben ihr schnaubte Michael zur Antwort auf die Aufforderung von der anderen Seite des Sofas. Ausnahmsweise fühlte Salea mit ihm. Widerworte ohne echtes Argument hatten sie auch noch nie aufgehalten.

Ein Teil von ihr, der der verbitterten Branchenkennerin, wollte das hier außerdem gern laufen lassen und sehen, wie weit Michael mit dieser abstrusen Geschichte gehen würde und zu welchem Zweck er sie sich ausgedacht hatte. Also winkte sie Michael auffordernd zu. »Nur zu. Das war schon mal ein guter Anfang«, sagte Salea und blickte in die Runde. Zeitreisende, hm. Sie hätte damit rechnen sollen, oder nicht? Hatte damit gerechnet! Verfluchte viertausend Meilen für einen Scherz! »Okay. Zeitreisen sind also ein Fakt. Wie weit könnt ihr reisen? Wie weit zurück? Gab es je Drachen? Es sollte irgendwann einmal welche gegeben haben. All die Texte, die können sich ja nicht gegenseitig beeinflusst haben …«

»Keine Witze«, unterbrach Hov ihre spöttische Liste an Fragen, bevor sie überhaupt in Fahrt kommen konnte. »Gehen Sie einfach wieder und achten Sie in Zukunft besser auf die Wahl Ihrer Freunde.«

Oh, das würde sie. Unterstützung brauchte sie im Umgang mit Michaels unkonventionellen Methoden allerdings keine. Und erst recht nicht von fremden Pseudo-Bikern.

»Nichts für ungut, aber …« Salea schüttelte den Kopf und wandte sich wieder Michael zu. Alle anderen waren ohnehin nur Statisten, oder nicht? Auch den Mann zu ihrer Rechten ignorierte sie, blendete ihn aus, so gut es ging. »Zeitreisen? Du hattest schon mal bessere Einfälle.«

»Er hat recht.«

Wären Worte nur so leicht zu umgehen wie ein Blick.

Nathan zuckte nachträglich die Schultern.

»Womit?«, fragte sie ihn gerade heraus. Michael mit dieser absurden Idee oder Hov damit, dass sie gehen sollte? Weil das aber nicht die Fragen waren, auf die Salea wirklich eine Antwort wollte, unterbrach sie Nathan, bevor er den Mund aufmachen konnte. »Kennen wir uns?«

»Nein«, antwortete er und klang überraschend nachsichtig. An dem finsteren Ausdruck in seinem Gesicht hatte sich jedoch nichts geändert.

»Warum siehst du mich dann so an? Ist das deine Rolle in diesem Theaterstück?«

»Ich habe dich schon einmal gesehen. Du bist gestorben. Stecke ich nicht so gut weg, wie ich sollte.«

Ein paar Sekunden lang starrte sie ihn ungläubig an, den Lacher halb im Hals, dann schnaubte sie und nahm Michael ins Visier. »Was zum Henker?« Und wandte sich wieder an

Nathan, sarkastischer als zuvor: »In die Story habt ihr euch richtig reingehangen, oder? Ein Mystery hier und eins dort? Ist das der überraschende Twist? Wieso hast du nicht geholfen? Warum reist du nicht durch die Zeit und tust es jetzt?«

»Falsche Frage. Die Frage ist, wann. Wann werde ich sterben?«

»Was macht es für einen Unterschied, wenn jemand die Möglichkeit hat, es zu verhindern?«

Jetzt schnaubte er und blickte ihr weiter in die Augen, als würde er noch auf eine andere Reaktion warten.

Salea erhob sich von ihrem Stuhl. »Okay, das war lustig …«

»Bitte setz dich wieder«, bat Michael ernst. »Nathan, das war nicht nötig!«

»Absolut nicht«, pflichtete ihm Bastiaan bei und schüttelte erschrocken den Kopf. »Das ist … Miss Dawnt, habe ich den Namen richtig verstanden? Salea, es ist wahr. Und es lässt sich wirklich einfacher verstehen, wenn man der ist, der es tut. Allerdings hoffe ich doch sehr, dass Michael mit dieser für Sie unerwarteten Information noch auf etwas anderes hinaus will, als Leute in den Wahnsinn zu treiben.«

»Du siehst das immer so dramatisch. Du solltest weniger Zeit mit Nathan verbringen«, gab Michael, genervt von dem Zwischenspiel, zurück.

Der junge Mann auf dem Sofa zuckte nur die Schultern. »Du machst das seit zwanzig Jahren und ich auch. Weißt du noch, wie es nach deinem ersten Sprung war? Hast du die Welt noch verstanden?«

»Ich verstehe sie heute nicht und das ist der Punkt. Es ist nicht unser Auftrag, einen Sinn darin zu finden.«

»Oh, bitte.« Bastiaan und Nathan unisono. Letzterer so entnervt und leise, dass die Worte mehr einem scharfen Atemzug glichen.

»Acht Stunden«, warf Salea ein und es war ihr nicht mehr möglich, die Fassungslosigkeit aus ihrem Ton rauszuhalten. »Ich bin gerade acht Stunden geflogen, um mir diesen Witz anzuhören!«

Was für eine Farce!

»Salea, bitte. Ignorier ihn und setz dich wieder. Hör mir bitte zu, oder noch besser, sieh es dir selbst an, ja?« Michael kam auf die Beine und trat an sie heran. Sie und ihr Gepäck, das sie nur auf seinen Wunsch hin um die halbe Welt geschleppt hatte. Das war es, worum es hier ging? Er wollte das blöde Ding für sich allein und machte deswegen eine solche Show daraus? »Die Kurzfassung, in Ordnung? Wir haben eine Art Lager eingerichtet. Erst in der Zukunft, in vierzig Jahren ungefähr. Wir wissen nicht, wer auf die Idee gekommen ist, aber seit 2052 existiert in der Nähe von Nuuk in Grönland ein Haus, in dem wir unsere Sachen aufbewahren. Nicht nur persönliche Gegenstände, sondern vor allem Dinge, von denen wir wollen, dass jeder von uns Zugriff darauf hat. Es ist ein fester Platz auf dieser Welt, an dem wir etwas für jemand anderen hinterlassen können. In diesem Haus befindet sich ein Globus. Ein wunderschönes Stück, hellblau, handgefertigt in Amsterdam, siebzehn-irgendwas. Ich habe ihn dort nur kurz gesehen und ihm nicht viel Beachtung geschenkt, aber es ist der, den du vor wenigen Wochen in deinem Bibliotheksarchiv entdeckt hast.«

Michael hob beide Hände, um ihrem Widerspruch erst gar keinen Raum zu geben.

»Ich kann es beweisen. Du brauchst ihn dir wahrscheinlich

nicht einmal anzusehen, um mir zu glauben. Du kennst ihn in- und auswendig. Die Zahlen und Buchstaben darauf; Koordinaten, Datum, Zeit. Er wurde von einem von uns gefertigt. Es sind Zeitpunkte und Orte darauf notiert, von Treffen und Reisen. Auch von diesem Moment hier! Wir beide wissen, ich habe diesen Globus nie in der Hand gehabt, ohne dass du dabei warst. Ich kann das hier gar nicht inszenieren. Bitte. Darf ich?«

Er deutete auf den Holzkoffer mit seinen dünnen Wänden und den polierten eisernen Scharnieren. Salea ließ ihn machen, weil sie tatsächlich nicht darauf sehen musste, um zu wissen, dass es stimmte, was er sagte. Sie erinnerte sich an die Zeilen, die Zahlen, die Reihenfolge.

Er öffnete den Deckel und blickte direkt auf den Nordpol. Global gesehen von hier aus ein Katzensprung. Das langgestreckte, südwärts gerichtete Norwegen ließ sich bereits erkennen, ohne diese kleine Welt aus ihrem Haus nehmen zu müssen.

Michael las es vor: »59 54 5938 10 42 58493 25 5 2016 1900«, zeigte mit dem Finger auf die Inschrift und blickte ihr ins Gesicht.

Bisher hatte sie mit den Daten auf ihrer Neuentdeckung nichts anzufangen gewusst, zumal die meisten in einer so winzigen Schrift verfasst worden waren, dass sie kaum mehr zu entziffern waren. Nur ein Haufen Zahlen eng aneinandergepresst. In ihrer ganzen Sammlung befand sich nichts Vergleichbares. Doch es war ein Original. Erschreckend gut erhalten, aber ein Original aus seiner Zeit. Die dünne Metall-Plakette auf der Südhalbkugel bezeichnete ihn als ROUWEN COEVORDEN, 1753, AMSTERDAM. Die Herkunft war unstrittig. Es war ein Coevorden. Es waren die gleichen Materialien verwendet worden, das gleiche Blau, das nur er benutzt hatte, und neuerdings ein gewitzter Hersteller in Berlin, der um die Besonderheit der Farbe wusste und sie für sich wiederentdeckt hatte.

Salea blickte an Michaels ausgestrecktem Arm entlang und betrachtete die Daten nahe der Südspitze Norwegens.

59° 54‘ 59,38“ 10° 42‘ 58,493“ 25. 5. 2016 19:00

Hier.

Heute.

Jetzt.

Sogar genau hier. Nicht die Koordinaten eines beliebigen Punktes mitten in der Stadt, die gewöhnlich für diese Angabe verwendet wurden, und die sie auswendig kannte, wie fast alle Längen- und Breitenangaben ihrer Reiseziele, sondern hier!

»Danke«, hörte sie Michael sagen, als sie sich wieder auf den Stuhl setzte. Er selbst kehrte nicht wieder auf seinen Platz zurück, sondern wandte sich um und sah in Runde. Seine Haltung hatte sich gestrafft, wie immer, wenn er in Fahrt kam. Gleichzeitig in seinem Element und vollkommen ungestüm. Immer wenn er in dieser Stimmung vor seinen Studenten auf und ab stakste, dauerte es keine drei Minuten, bis die erste Reihe sich von seiner Unruhe anstecken ließ.

»Ich weiß nicht, ob ihr ihn auch gesehen habt, in Grönland«, sagte Michael an die anderen Anwesenden gewandt und tat fast so, als müsste er auch sie von seiner Geschichte überzeugen. »Es ist auch egal. Er ist jetzt hier. In dieser Zeit. Ich kann es mir nicht erklären. Ich verstehe auch den Zweck dahinter nicht. Ich weiß nur, dass auf diesem Globus alle meine Treffen mit jedem von euch verzeichnet sind. Jede einzelne

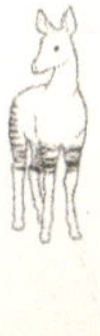

Begegnung. Auch solche, die noch nicht stattgefunden haben.« Er holte tief Luft. »Ich habe keine Ahnung, was das soll.«

»Wir könnten uns so untereinander finden«, warf Lydia ein. Für eine so zarte Person hatte sie eine erstaunlich durchdringende Stimme. Salea hatte etwas weniger Entschiedenes aus diesem Mund erwartet. »Anders machen wir es jetzt auch nicht. Jeder von uns. Wir sammeln alle Daten von allen Reisen und legen sie so ab, dass wir sie wiederfinden können, zu jeder Zeit. Dieser Globus ist eine praktische Lösung, finden Sie nicht, Professor? So hätte jeder diese Information und es macht mehr als Sinn, ihn in Nuuk zu lagern.«

Hov nickte zustimmend, aber in seinem Gesicht spiegelte sich Sorge. Er erhob sich von der Armlehne, auf der er sich niedergelassen hatte, und trat an den Beistelltisch, auf dem der Koffer stand. »Jeder, der dieses Ding in der Hand hat, wüsste, wo wir uns aufhalten und wann.« Der Gedanke behagte ihm nicht. Doch es schien, als müsste er nur flüchtig die Daten auf dem Globus prüfen, um zu verstehen, dass auch seine Reisen darauf notiert waren. »Bastiaan«, forderte er den jungen Mann auf und tauschte seinen Platz mit ihm.

Unter Saleas aufmerksamem Blick nahm der den Globus aus seinem hölzernen Stand und betrachtete erst Europa, dann Nordamerika. Auch seine Reisen waren darauf notiert.

»Verrückt. Wessen noch?«, fragte er in die Runde, doch es war Michael, den er dabei ansah, als müsste gerade er eine Antwort parat haben.

Michael zuckte hilflos die Schultern. »Ich habe bisher noch niemandem außer euch davon erzählt. Das wirklich Verrückte ist, dass er erst vor ein paar Wochen in diese Zeit gebracht wurde. Ich nehme an, direkt aus dem Lager, denn der Zustand scheint mir ähnlich. Soweit ich weiß, nutzen nur wir diesen Ort. Salea arbeitet bereits seit Monaten im Archiv der Berliner Nationalbibliothek. Sie hätte ihn bemerkt, wäre er schon vorher dort gewesen.«

Oder auch nicht, wollte sie sagen, dabei wusste sie es besser. Alte Karten und Atlanten waren ihre Leidenschaft. Als sie ihn auf dem einen Rundgang gefunden hatte, war sie praktisch darauf zugelaufen. Schon damals hatte sie sich keinen Reim darauf machen können, wie sie einen solchen Schatz nicht schon vorher bemerkt haben konnte.

Das Stück bestand aus hauchdünnem Pappmaschee auf einem Holzkorpus. Die Papierstreifen waren tadellos verlegt, die darauf aufgebrachte Malerei von hervorragender Qualität. Sie hatte sofort den Stempel von Coevordens Werkstatt darauf erkannt.

Bastiaan wollte den Globus an Lydia weiterreichen, doch die winkte vom Sofa aus desinteressiert ab.

Nathan dagegen war bereits an Bastiaan herangetreten und nahm ihn entgegen. Unter den Blicken des gesamten Raumes drehte er das federleichte Konstrukt in seinen Händen. Denn wenn auch seine Reisen auf diesem Globus waren … was dann?

In dem Moment wurde Salea bewusst, dass sie kurz davor war, ihm die Scharade abzukaufen.

»Wir müssen herausfinden, wer ihn hierher gebracht hat und warum«, hörte sie Michael sagen. Er sah den Mann vor sich in der Hoffnung an, er würde die Dringlichkeit seiner Worte nachempfinden, doch auf dessen Gesicht zeigte sich erstaunlich wenig. »Es bedeutet etwas. Jedes Datum darauf.«

»Professor, jetzt dramatisieren *Sie*«, beschwichtigte Lydia mit einem Lächeln. »Derjenige, der ihn anfertigen ließ, war

offensichtlich ein Connaisseur. Er ist damit zu einem der Besten gegangen und hat ihn dann sehr wahrscheinlich in seine eigene Zeit mitgenommen. Das zeugt wohl kaum von bösen Absichten.«

»Warum genau in diese Zeit und an diesen Ort? Im Norden war er sicher«, gab Bastiaan zu bedenken. »Hier ist er in die Hände von jemandem gefallen, der mit allem nichts zu tun hat, abgesehen davon, dass sie Michael kennt.« Er nickte kurz in Saleas Richtung, um anzudeuten, dass der Kommentar nicht gegen sie gerichtet war. »Wo ist der eigentliche Eigentümer?«

»Gute Frage. Wir sollten herausfinden, wann er aus Nuuk verschwunden ist«, stimmte Hov ein, was den jungen Mann zu überraschen schien, denn er hob verwundert die Brauen. Als wäre er Unterstützung von dieser Seite nicht gewohnt. »Andererseits, was macht es für einen Unterschied? Zerstört das Ding und die Sache ist erledigt.«

»Hov, nein!«

Bastiaan dagegen nickte zustimmend. »Er hat recht. Für Gegenstände gelten nicht die gleichen Regeln wie für uns. Machen wir uns das zunutze und schaffen das Problem aus der Welt. Kein Globus, kein Grund, sich Sorgen zu machen, wer ihn in die Hände bekommt und was derjenige damit anstellt.«

»Die Daten reichen nicht weit in die Zukunft«, lautete schließlich Nathans Urteil, doch seine Hände umfassten den Globus immer noch und sein Blick wanderte weiter die hauchzarten Ländergrenzen entlang. »Da sind nicht viele Daten, die ich nicht kenne.«

Was das für einen Unterschied machte, war Salea nicht klar. Sie sammelte ihre Tasche vom Boden auf.

»Was tust du?«, fragte Michael alarmiert.

»Ich gehe«, antwortete sie. »Es ist an der Zeit. Den Coevorden kannst du behalten. Er scheint ohnehin dein eigentliches Ziel zu sein. Ihr seid alle verrückt, weil ihr hier mitspielt, und du, weil du dir so einen Unfug einfallen lässt. Ich hoffe sehr, ihr seid euch dessen bewusst.«

»Sind wir«, warf Hov trocken ein und hatte es geschafft, mit einem Schritt direkt vor ihr zu stehen. Er war einen guten halben Kopf größer als sie und hatte das Auftreten eines Mannes, der in einem früheren Leben einmal eine Uniform getragen hatte. Salea konnte ihn nur schwer einschätzen. Sein Gesicht war in einem Moment voller Sorge und im nächsten Moment verärgert und defensiv.

»Wir beide haben keinen Grund, einander zu misstrauen«, sagte sie. Er war anderer Meinung und Salea sah ihm nur kurz in die Augen, bevor sie sich damit ablenkte, an ihrer Tasche herumzufingern, und schließlich doch entschied, sich nicht aufhalten zu lassen. Sie kam keinen Meter weit. Mit einem Schritt spiegelte er ihren und versperrte ihr erneut den Weg.

»Gerade wollten Sie noch, dass ich gehe.«

»Du hättest es ihr nicht einfach so sagen sollen, Michael.«

»Dem stimme ich zu«, warf Salea ein. »Genau deswegen werde ich jetzt von hier verschwinden, mich irgendwo betrinken und das alles hier vergessen. Michael ...«

Der Professor erwartete ihren Blick und erwiderte ihn mit einer merkwürdigen Mischung aus Arroganz und der Bitte um Nachsicht.

»... du hast meinen Respekt, aber nicht das Recht, solche Spiele mit mir zu spielen!« An Hov gewandt fügte sie hinzu: »Gehen Sie mir jetzt aus dem Weg.«

Salea hoffte inständig, dass ihre Absicht, so zu tun, als wäre das hier alles nie passiert, bei ihm genauso überzeugend ankam, wie es in ihrem Kopf klang.

Hov zögerte einen Moment, dann trat er beiseite und machte den Weg frei.

Salea widerstand der Versuchung, sich noch einmal umzusehen, bevor sie ging. Nathan stand mit ihrem Globus in der Hand noch immer am Fenster und schenkte ihr keinerlei Beachtung.

6

Michael Marstens hatte sich ein gutes Jahrzehnt durch ein Kunstgeschichtsstudium gekämpft, bis sich ein Licht am Ende des Tunnels aufgetan hatte. Es war noch ein Jahrzehnt vergangen, bis er mit dem Philosophieren über Sinn und Zweck Geld verdienen konnte, und ein weiteres, bis man sich mit Sonderverträgen um seine Buchrechte stritt. Wenn er sich heute hinsetzen und eine Autobiographie verfassen würde, eine hübsche kleine Zusammenfassung der ganzen Vorträge und Bibliotheksnächte, Forschungsreisen, Seminare und Werkverträge, dann würde das eine langweilige, lineare Erzählung werden. Genauso wie die Geschichte der Kunst eine furchtbar langweilige, lineare Sache war. Die wenigen Ausreißer, die sie

spannend machte, kamen in verschwindend kleiner Zahl vor und machten im großen Ganzen kaum einen Unterschied. Wie es seine Reisen durch die Zeit nie zu tun pflegten.

Also gab es so etwas wie Schicksal nicht, oder? Eine einzige Begegnung konnte jemanden nicht von dem Weg abbringen, den man eingeschlagen hatte. Eine verpasste Chance stoppte nicht mit einem Schlag den Lauf der Dinge. Nein, der Weg machte eine Kurve um das Hindernis herum und lief weiter. Oder vielleicht war es das, was alle mit Schicksal meinten. Dass man sich sein ganzes Leben lang auf etwas zubewegte, ohne zu verstehen, dass alles bis dahin eben nicht das Ziel gewesen war.

Michael versuchte immer noch zu entscheiden, ob ein Schicksal zu haben etwas Gutes oder Schlechtes wäre. Denn er war Salea begegnet und es hatte alles verändert. Doch ihrer beider Leben wären nie aufeinandergetroffen, hätte er seines nicht so gelebt, wie er es getan hatte, und sie nicht ihres gleichermaßen.

Als er ihr jetzt dabei zusah, wie sie durch die schmale Diele des Osloer Apartments schritt und sich von ihm entfernte, wollte er sie aufhalten, und im Grunde auch nicht. Alles verlief, wie es verlaufen sollte. Vielleicht musste es so sein. Vielleicht war es vorherbestimmt. Vielleicht machte es auch gar keinen Unterschied.

Sie hatte ihm den Globus überlassen und nichts anderes hatte er von ihrer Anwesenheit hier gewollt.

Gott, wie gern er sich diesen Unfug glauben würde!

Wie gern würde er nicht darauf warten, dass sie ihre Meinung änderte und auf dem Absatz kehrtmachte, um sich seine Geschichte anzuhören und dieses Rätsel mit ihm zu lösen.

Als die Tür hinter ihr nicht ins Schloss fiel, sondern sich wieder öffnete, stand er immer noch mitten im Wohnzimmer und blickte ihr nach. Erwartete, hoffte so sehr, dass sie mit einem entnervten Blick zurückkam, wie es manchmal ihre Art war.

Salea und ihr ureigenes Rechtsbewusstsein. Salea und ihre moralischen Verpflichtungen, die ihr keine Ruhe ließen. Ohne ihren Dickkopf wären sie beide nie in Rom gelandet. Ohne ihn wäre sie in Rom gestorben. Erschlagen und verschüttet, und zwar so tief unter dem Berg aus Trümmerteilen, dass man sie zusammen mit den anderen eingeebnet statt geborgen hätte.

Als sich im Türrahmen eine dunkle Gestalt und nicht Salea in ihrem roten Mantel zeigte, wollte er nicht so recht verstehen und zögerte immer noch, als die Gestalt ausholte und ihm etwas entgegenwarf.

Dieses Schicksal also – oder wie auch immer man es nennen wollte –, das ihn zu ihr geführt und verhindert hatte, dass einer von ihnen in Rom begraben lag, brachte ihn nun dazu, wie ein dummer alter Mann auf die Stelle zu starren, an der er sie das letzte Mal gesehen hatte. Während das explosive Geschoss mit einem dumpfen metallischen Plopp auf dem Dielenboden aufkam und beiseite rollte.

Hov erkannte die Gefahr sofort und zerrte Lydia auf die Beine. Doch als Michael verstand, war es schon zu spät, und was auch immer geschehen musste, geschah.

Der Tod

TEIL ZWEI

Oslo, Norwegen
25. Mai 2016
N 59° 55‘ E 10° 45‘

7

Es mussten Ewigkeiten vergangen sein, bis Nathan erkannte, dass er mitten auf dem Gehweg stand.

Die abendlichen Passanten hatten bereits ihre Geduld mit ihm verloren, rempelten ihn in die Seite, murrten schon, bevor sie ihn überhaupt erreichten. Er blockierte den Weg und brauchte gefühlt noch weitere fünf Minuten, um zu verstehen, dass er sich nicht mehr in der Wohnung unterm Dach befand.

Dann fuhr er erschrocken herum und stolperte in eine bereits angefressene Dame.

Wo war er? Wann?

Nathan sah entsetzt zu, wie die Frau gezwungenermaßen mit ihren vollgepackten Tüten in den Händen einen Bogen um ihn machte, und zwang sich mühsam eine Entschuldigung ab, verzog das Gesicht, als die Worte seinen Mund verließen. Seine Kehle war quälend trocken und sein Kopf schmerzte. Vom Nacken aus wanderte der Schmerz weiter in seine Schultern, wo er jeden Gedanken an eine erneute hastige Bewegung im Keim erstickte.

Ein weiterer Passant stieß aus Protest gegen ihn und ließ ihn aufkeuchen. Es war Abend, so viel ließ sich erahnen. Der Himmel über ihm war dunkelblau, die Straßenbeleuchtung eingeschaltet. Die Stadt – welche Stadt? – war voll; voller

Kauflustiger und Menschen auf dem Weg nach Hause. Wieso fühlte es sich immer noch nach Oslo an?

Mit zu Fäusten geballten Händen stand er zwischen all diesen Menschen, unfähig, sich dazu zu bewegen, aus dem Weg zu gehen, zu sprechen, überhaupt klar zu denken.

Er erinnerte sich an das Geschoss. Hätte es skizzieren können, so bildlich hatte er die Granate vor sich. Sah die vermummte Figur im Türrahmen, verschwunden im Bruchteil einer Sekunde, kurz bevor die Explosion ihn geblendet und eine solche Kraft freigesetzt hatte, dass er noch immer spürte, wie sie durch seinen Körper rauschte. Er spürte, wie er sich selbst verwundert umgedreht hatte, nur um kurz darauf durch Johns Reaktion alarmiert nach Bastiaan zu greifen, bevor der Lärm ohrenbetäubend und der Schmerz nicht mehr in Worte zu fassen gewesen war. Er sah es vor sich, war mittendrin. Wieder und wieder, es passte kaum ein klarer Gedanke dazwischen.

Genauso fühlte sich reisen an. Ein Sprung von hier nach dort, nur dass das Durcheinander danach normalerweise nicht mehr als einen Herzschlag lang anhielt. Kaum lange genug, um es bewusst wahrzunehmen. Das hier dagegen zog sich hin und ließ ihn sprach- und orientierungslos zurückließ, als die Bilder vor seinem Auge endlich zum Stillstand kamen. Erschöpft trat er schließlich beiseite und ließ dem Strom der Passanten wieder freie Bahn.

Noch einmal sah Nathan sich um und versuchte herauszufinden, wo er sich befand.

Hohe, drei-, viergeschossige Häuser, Prunkfassaden, leuchtende Schaufenster, einen sich zähflüssig dahin schleppenden Verkehr ein paar Meter weiter, und dann die Frau mit den

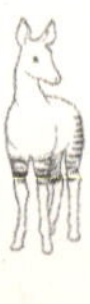

ihm so bekannten Augen auf der anderen Straßenseite, wo sie sich mit schnellen Schritten an den anderen Menschen vorbeischob.

Nathan zögerte keinen Moment, folgte ihrem roten Mantel durch die Massen und wusste doch erst etwas mit der Information anzufangen, als er sie zwischen den Passanten schon fast wieder aus den Augen verlor.

Es war der gleiche rote Mantel, das gleiche honigblonde Haar und die Schultertasche in der Farbe reifer Pflaumen. Dieses Mal befand sich jedoch kein obskurer, quadratischer Koffer in ihrer Hand, denn der lag in dem Apartment unterm Dach und war zusammen mit allem anderen gerade eben zerstört worden. Selber Tag, selbe Zeit, anderer Ort.

Nathan jagte über die Straße, an hupenden Autos vorbei, und ihr hinterher. Er entdeckte eine Uhr über einem der Geschäfte – keine halbe Stunde war vergangen! – und begann, endlich wieder Herr seiner Sinne zu werden und sich abzutasten. Wie hatte er das vergessen können? Aber die verspätete Bestandsaufnahme brachte keine Verletzungen zum Vorschein. Kein Blut auf seinem eigenen Mantel, kein Stück von ihm beschädigt.

Nathan packte sie am Ellbogen, sobald er sie erreichte. Es war ein kläglicher Versuch, sich Gewissheit zu verschaffen und sicherzugehen, dass sie hier war. Es kam nicht oft vor, aber er brauchte in diesem Moment dringend etwas, an dem er sich festhalten konnte, etwas, das realer war als seine Erinnerungen.

Salea fuhr erschrocken herum. Sobald sie ihn erkannte, stemmte sie sich gegen ihn, doch er ließ sie nicht gehen, zog sie stattdessen mit sich vom Gehweg, vorbei an der offenstehenden

Eingangstür eines Geschäfts. Die Kundenschlange reichte bis hinaus auf die Straße. Wie sie alle einfach so weitermachen konnten, während seine Welt gerade in sich zusammengefallen war!

»Was zum Teufel soll das?«, fauchte Salea in seinem Rücken und schien sich gleichzeitig Mühe zu geben, die umstehenden Menschen nicht aufzuschrecken. So hatte sie auch geklungen, als Michael ihr erzählt hatte, dass er durch die Zeit reisen konnte. War höflich geblieben und hatte eine Weile lang mitgespielt.

Sie ließ zu, dass er sie hinter sich her in die nächste Gasse zog. Die kleinen Seiteneingänge der großen Hauptverkehrsader reichten von der Stadt hinein in die umliegenden Wohnviertel, dienten den Anwohnern wie in jeder Metropole als schnelle Abkürzungen und Parkmöglichkeit. Um die Uhrzeit waren sie leer und verlassen. Ganz Oslo konzentrierte sich in diesen Stunden auf das Zentrum, wo noch Einkäufe erledigt wurden und man sich im Strom durch die Straßen schieben ließ.

Nathan gab ihren Ellbogen genau in dem Moment frei, in dem sie die Geduld mit ihm verlor und sich einmal mehr seinem Griff zu entziehen versuchte. Ihr eigenes Momentum warf sie gegen die Hauswand hinter sich, und er musste kaum mehr tun, als im richtigen Moment die Hand heben, damit die Klinge seines Messers in sie hineinglitt. Ohne Widerstand. Zwischen zwei Rippen, wo es sich nicht mehr bewegen würde und ihren Körper sofort in einen Zustand versetzte, in dem er vor Schock ohnehin zu keiner Gegenwehr mehr fähig war.

Die ihm so bekannten Augen wurden mit einem Schlag unwahrscheinlich weit. Er konnte es nur ertragen, ihnen direkt zu begegnen, weil er gar nicht wirklich hier war. Sein Kopf befand sich immer noch mitten in dieser Explosion, kurz davor, kurz danach. Einen Atemzug lang konnte er spüren, wie sie seinen Körper entzweiriss, und dann war alles wieder wie vorher.

»Ich will nur wissen, ob du es warst.«

Ihre Hand krallte sich in seine Schulter, als er sich gegen sie drückte.

»Was?«, brachte sie hervor und ließ dieses einzelne Wort wie einen erschrockenen Atemzug klingen. Es offenbarte wenig Spielraum für Interpretationen. Sie schien entsetzt angesichts des Blickes, mit dem er sie ansah, während ihr Blut in den Bund ihrer Hose rann. Er erkannte die ersten Zeichen von Panik, die wie immer in diesem Moment verspätet aber mit Macht über sie hinweg rollten, und spürte seine freie Hand um ihren Arm aus Reflex fester zugreifen.

»Wusstest du etwas davon?«

War sie deswegen gegangen, statt Michael zu zwingen, zuzugeben, dass alles, was er gesagt hatte, ein Schauspiel gewesen war, wie sie geglaubt hatte? Vorgegeben hatte zu glauben?

»Was? Ich ...« Salea blickte sich hektisch um. Doch es fiel ihr schwer, an ihm vorbei zu sehen. Nathan stand direkt vor ihr. Die Gasse, in der sie sich befanden, war verlassen, jeder, der ihr hätte helfen können, zu weit entfernt und außer Hörweite. Nathan beobachtete sie dabei und war fast sicher, dass es kein Ablenkungsmanöver war. Sie hatte keine Ahnung, wusste nichts, war nur erschrocken und vollkommen hilflos.

Nathan trat einen Schritt zurück und nahm das Messer mit sich. Er wischte es mit einer geübten Geste an der Innenseite seines Mantels ab, während sie zu Boden ging, jetzt wo sein

Körper sie nicht mehr aufrecht hielt. Er hörte sie etwas sagen, in einem ungläubigen Ton, aber es war nicht mehr von Belang und er sah nicht mehr hin. Wollte das Ende der Szene nicht im Gedächtnis behalten. Stattdessen wandte er sich ab und ging davon. Er machte einen Satz durch die Zeit – nur ein paar Minuten – um rechtzeitig wieder hier zu sein.

Die Stadtmitte kam in Sicht und mit ihr die hell erleuchtete Karl-Johans-Gate, die geradewegs vom Schloss zum Hauptbahnhof führte. Salea hätte gern einen anderen Weg genommen. Die vielen Geschäfte und Unmengen an Menschen schreckten sie ab. Aber er schien der Direkteste zu sein und das ließ ihr keine große Wahl.

Bisher hatte der Spaziergang durch die kühle Nordluft den gewünschten Effekt gehabt und ihre Gedanken geordnet, doch der Anblick der vollgestopften Straße vor ihr ließ sie die Entscheidung, zu Fuß zu gehen, statt sich ein Taxi zu rufen, bereuen. Ungewollte Gesellschaft und unbekannte Gesichter hatte es heute schon genug gegeben.

Zeitreisende! Wie war er auf diese Idee gekommen? Für wie dumm hielt Michael sie? Und wie dumm war es gewesen, ihn als eine Art Kollegen zu betrachten, in ihm einen Mitstreiter zu sehen und hierher zu kommen, ohne vorab eine Erklärung zu verlangen? Andererseits, wie hätte sie ahnen können, dass er für diesen Globus so weit gehen würde? Immerhin hatte er eine ganze Handvoll Menschen dazu bekommen, mitzuspielen. So viel Aufwand betrieb er gewöhnlich nicht.

Doch was Salea in viel größerem Maße ärgerte, war, dass seine Geschichte Sinn machte. Als sie ihm ihren Fund zum ersten Mal gezeigt hatte, hatte er erschrocken reagiert und erst einmal nicht gewagt, ihn überhaupt in die Hand zu nehmen. Derlei Objekte machten keinen großen Teil des Archivbestandes aus. Alles in allem war das Lager der Nationalbibliothek die klassischste Sammlung überhaupt. Sie bestand aus einem Buchband neben dem anderen, handschriftliche Manuskripte, Kopien historischer Zeugnisse; es gab keine umfangreichen Nebenprojekte und keinen Raum für triviale Titel. Nicht einmal in dem Bereich, der dem öffentlichen Publikum zugänglich war und normalerweise ein wenig unterhaltsamer gestaltet werden musste, um Besucher überhaupt in das Gebäude zu locken. Das Berliner Archiv verzichtete im Gegensatz zu vielen anderen Häusern dieser Art auf Dekoration, die das Ambiente etwas angenehmer und photogener machen würde. Es gab keine Schauvitrinen, keine Gemälde, keine Buchstützen.

Schon in ihrer ersten Woche war Salea klar gewesen, dass der Bestand nichts hergab, das ihr Interesse über den Jahresvertrag hinaus würde halten können. Die Kartographie hätte das am ehesten getan, doch bis auf zwei alte Atlanten ohne historischen Wert hatte sich in den Untergeschossen der Nabi nichts finden lassen.

»Wie alt ist er?«

»1753, Amsterdam. Ich kann ansonsten kaum etwas entziffern, ganz Europa ist ein Wirrwarr aus Zahlen und Buchstaben.«

Die Darstellung des europäischen Kontinents war der eigentliche Grund gewesen, Michael in der Sache zu kontaktieren. Unter den vielen handschriftlichen Notizen sahen er und seine Ländergrenzen ziemlich aktuell aus. Bisher war sie noch nicht dazu gekommen, Fotos zu machen, die sie am Computer ausreichend hätte bearbeiten können, um die Linien unter der Schrift deutlicher hervortreten zu lassen. Michael Marstens war ein Experte in Sachen meisterliche Fälschungen, und sollte es sich um eine Fälschung handeln, konnte sie sich die Stunden vor dem PC sparen.

»Es muss eine sein. Sieh dir Südamerika an!«

»Und die Nordwestpassage«, hatte sie damals angemerkt. Der Norden hatte auf Salea einen fast noch größeren Reiz als alte Karten. Sie kannte seine Umrisse zu allen Zeiten und mit diesen hier stimmte etwas nicht.

Michael hatte die leichte, in einem arktischen Blau bemalte Kugel schließlich aus ihrem Stand gehoben und in der Hand gedreht, ihren Wert abgeschätzt wie der Kunsthändler, der er war, und schließlich ihrem Fingerzeig folgend die nördliche Hemisphäre betrachtet. Langsam hatten sich seine Brauen in dieser ihm so eigenen missbilligenden Art gehoben, dann ein zustimmendes Nicken.

Manchmal wünschte Salea, die Meinung eines Mannes wie Michael würde ihr nicht so viel bedeuten. Aber an nichts maß es sich so gut, wie an etwas, das einem um Längen überlegen war.

»Ich habe selbst einen Coevorden. Er hat mich ein Vermögen gekostet. Dieser hier ist viel kleiner, aber die Qualität, das Blau, ist dasselbe«, waren ihre Worte gewesen, als sie versucht hatte, die darauffolgende Stille zu überbrücken, ohne zu viel von sich und ihren privaten Interessen preiszugeben.

»In so einer Werkstatt arbeitete neben dem Meister noch eine ganze Heerschar anderer Leute,« gab Michael zu bedenken.

»Korrekt.«

Er hatte gezweifelt.

Nicht an der Echtheit.

An der Wahrheit.

»Michael, sag etwas.«

Ganz vorsichtig und achtsam hatte er die Kugel wieder auf ihren halbrunden Holzsockel gelegt.

Salea war nervös geworden. Sie erinnerte sich noch gut an den Moment, als sie beide dort gesessen hatten, der Globus vor ihnen auf dem Tisch. Gerade noch waren sie Sammlerkollegen gewesen, die vielleicht ein paar Mal zu oft als Konkurrenten aneinandergeraten waren, aber beide etwas von Antiquitäten und deren Wert verstanden. Dann, einen Augenblick später, als sich sein Blick immer noch nicht in ihr Gesicht heben wollte, hatte sich ihr Puls beschleunigt und Unruhe in ihr ausgebreitet. Wie oft hatten sie einander schon die Tour versaut? Wie oft einander schon die Aufträge geklaut, Kunstwerke stibitzt? Wie wenig von einem Kinderspiel war das mittlerweile?

Sie hatte den Coevorden daraufhin wieder verpackt und Michael für sein Kommen gedankt.

»Ich halte ihn für echt.«

»Ja?«

»Und einzigartig.«

»Das ist er.«

Und seitdem hatte sie das Stück nicht mehr im Archiv gelagert. Michael hätte gewusst, wo er es hätte finden können, um damit Geld zu machen oder anderweitig seinen Namen ins Spiel zu bringen, und das schien ihr ein zu großes Risiko. Er hatte ihn nur dieses eine Mal gesehen, in ihrem Beisein. Und die Zeit hatte nicht gereicht, sich all diese Daten zu merken und eine Geschichte daraus zu stricken.

Jetzt befand sich dieser Globus, den sie seit Monaten nicht aus den Augen gelassen hatte, in einem fremden Apartment in einer ihr fremden Stadt, und Salea hatte beim Hinausgehen nicht das geringste Bedürfnis verspürt, ihn wieder an sich zu nehmen. Warum auch? Wie auch immer Michael auf seine Geschichte gekommen war, auf *ihrem* Globus befanden sich die Daten dieses Tages. Dieser Mann hatte ihr mit seiner abstrusen Story den schönsten Globus ruiniert, den sie je gesehen hatte!

Salea hielt neben einem jungen Paar an der Ampel und spähte einmal mehr unglücklich die vollgestopfte Karl-Johann hinunter, an deren Ende sich der Hauptbahnhof befand, der sie zurück zum Flughafen bringen würde. Zwischen dem abendlichen Gemurmel der Passanten um sie herum heulten unweit Sirenen auf. Vielleicht hätte sie doch die Wartezeit auf ein Taxi in Kauf nehmen sollen, statt sich in das Getümmel zu stürzen.

Gerade als die Ampel auf Grün sprang und Salea sich widerwillig in Bewegung setzte, wurde sie durch einen festen Griff zurückgehalten. Einen Augenblick lang dachte sie, es wäre der junge Mann neben ihr gewesen, der sie etwas fragen wollte,

doch die Hand um ihren Ellbogen packte sie sofort so kräftig, dass sie erschrocken zusammenfuhr, während das Paar an ihr vorbei ging.

Als jemand, der fast ausschließlich allein reiste, wusste sie, wie wichtig es war, nicht in Panik zu geraten, nicht aufzukreischen oder hektisch um sich zu schlagen. Vielleicht half es, vielleicht kam man frei. Aber man hatte auch allen gezeigt, wie wenig Nerven man besaß, und das sollte besser niemand wissen. Also unterdrückte sie diesen ersten Impuls, sich freizukämpfen, blieb stehen, während die anderen die Kreuzung überquerten, und wandte sich um. Sie hatte die Absicht zu fragen, was das sollte. Einen Moment abzuwarten und sich dann entschieden aus dem Griff zu befreien. Gewöhnlich funktionierte das. Normalerweise brauchte es nicht viel, um einen unangebrachten Annäherungsversuch abzuwiegeln und jemandem klar zu machen, dass es bei ihr nichts zu holen gab. Dann erkannte sie Nathan Peeregaard und seinen feindseligen Blick und zerrte nun doch reflexartig an ihrem Arm.

»Oh Gott, gerade du!«, fluchte sie und schüttelte fassungslos den Kopf. »Das ist doch nicht euer Ernst!«

»Schon wieder ich, ja«, sagte er und schien nicht zu sehen, dass sie nicht verstand, was er damit meinte. Außer Atem war er und der Schweiß stand ihm auf der Stirn. Seine Fingerkuppen pressten sich in ihr Gelenk und Salea war einmal mehr gewarnt. Gern wollte sie weiterhin an ein Schauspiel glauben, doch die Wahrheit war einfach naheliegender. Was auch immer sie beide verband, diesem Mann kam sie besser nicht in Quere. »Wir müssen reden. Dringend. Lass uns hier verschwinden.«

Und wohin gehen?

Salea unterdrückte ein schmerzerfülltes Keuchen, als er sie an ihrem Ellbogen mit sich ziehen wollte, sie aber blieb, wo sie war. »Du lässt mich los, und zwar sofort!«, forderte sie bestimmt. Und trotzdem zögerte sie selbst.

Denn das hier wollte sich nicht wie ein Spiel anfühlen. Nicht einmal wie eines, dessen Regeln Michael bestimmte. Alles Misstrauen beiseite, wusste sie, dass der New Yorker Vorfall so nicht von ihm geplant gewesen war. Ein gewaltiger Strauß Tulpen, der in ihrem Hotel auf sie gewartet hatte, als sie aus dem Krankenhaus gekommen war, hatte sie davon überzeugt. Das und sein dauerhaft schuldbewusster Blick jedes Mal, wenn das Thema zwischen ihnen aufkam. Eine solche Fehleinschätzung würde ihm nicht noch einmal unterlaufen.

»Jemand hat das Apartment hochgejagt und du wirst nirgendwohin gehen, bevor ich nicht weiß, wie das passieren konnte.«

»Was?«, platzte sie heraus und hörte selbst, wie in ihrem Ton ein gutes Stück Hysterie mitschwang. Das war sie von sich nicht gewohnt. Auch nicht, dass ihr nichts Besseres einfiel, als fassungslose Ungläubigkeit dieser absurden Situation gegenüber. Aber er wollte ihren Arm nicht freigeben und sie nicht mit ihm gehen.

»Was zum Teufel redest du da? Jetzt lass mich endlich los!«

»Wir müssen *jetzt* reden! Du musst es mir erklären«, beharrte er und Salea war ein bisschen erleichtert, dass sie nicht die einzige kaputte Platte war, die immer wieder denselben Song abspielte. Es fühlte sich an, als würden sie beide nicht das gleiche Gespräch führen, oder der eine dem anderen bereits zu viele Sätze voraus sein, um Sinn zu machen.

Nathan sah sie bittend an.

Schließlich gab sie nach und erlaubte ihm, sie von der Straße zu ziehen. Über den Gehweg, vorbei am Verkehr, hinein in eine Gasse, die nur Anwohner nutzen, und so viele waren um diese Uhrzeit hier nicht unterwegs.

Als er schließlich seine Hand von ihr nahm, schmerzte ihr Gelenk.

Salea atmete einmal kurz durch. »Okay, was soll das?«, fragte sie, um Diplomatie bemüht. »Warum macht ihr da alle mit?«

»Jemand hat das Apartment hochgejagt«, wiederholte er und blieb dabei, seinen Text abzuspulen. Erschreckend war, wie überzeugend er auftrat. Nicht seine Worte, aber er, wie er dort stand. Er und der Ausdruck auf seinem harten Gesicht, das aufgelöst schien. »Eine Granate hineingeworfen. Eine Bombe. So etwas habe ich noch nicht erlebt. Alle sind weg.«

Sie verstand den Witz einfach nicht, aber ohne seine Hände auf ihr konnte sie die Situation zumindest wieder mit etwas Abstand betrachten.

»Weg? Wie: tot? Alle?«, fragte sie trocken. »Außer dir?«

In einer frustrierten Geste rieb er sich mit der Hand den Schweiß von der Stirn und sagte etwas so leise, dass sie nicht verstand, was genau es war. Seine Worte wurden ohnehin nebensächlich, als sie das Blut an seinen Fingerspitzen bemerkte; den hellroten Schleier, den es auf seiner Stirn hinterließ. Es war noch frisch, benetzte auch sein Handgelenk. Ein Teil des Hemdes, das sie hinter seinem geöffneten Mantel sehen konnte, war damit beschmiert.

»Was zum Teufel?«, fluchte sie und wusste nicht mehr, was sie glauben sollte. »Bist du verletzt? Was …? Ist das nicht ein bisschen viel Aufwand für eine solche Aktion?«

Unwirsch schlug er ihre Hand beiseite, als sie unter dem

Mantel nach einer Verletzung suchen wollte, die das ganze Blut erklärte. Eine Verletzung, die es nicht gab.

»Das hier ist kein Scherz. Alles, was Michael gesagt hat, ist wahr, verdammt! Nachdem du gegangen bist, ist jemand aufgetaucht: großer Kerl, verkleidet, noch nie gesehen. Er hat das Apartment gesprengt. Ich bin ... ich wurde rausgeschmissen, aus der Zeit. Das passiert manchmal. Das hier funktioniert bei jedem anders. Bei mir ist das schon immer mehr Gefühl als Verstand. Was tust du da?«

»Die Nachrichten checken«, erklärte sie und hielt ihm ihr Telefon vor die Nase, bevor sie die Websuche öffnete. Auf dem Weg durch die Stadt hatte sie es griffbereit in ihrer Jackentasche verstaut gehabt. »Nicht, dass ich den Auftritt nicht wirklich überzeugend finde, aber ich bin Historikerin und ein großer Fan von Fakten.«

»Es ist gerade erst passiert!«

Salea stieß seine Hände von sich, als er versuchte, ihr das Telefon abzunehmen, wie er zuvor ihre beiseite gewischt hatte. Wenn das hier wahr war ... »Dann geh verdammt noch mal zurück und verhindere es!«

Tot! Eine Bombe! *Mal im Ernst.*

»So einfach ist das nicht.«

»Klar ist es das.«

»Ich kann nicht an zwei Orten gleichzeitig sein, okay? Das lässt die Zeit nicht zu. Und ich war den ganzen Abend in dem Raum. Es gibt also keinen Weg rein. Ich müsste ... Wir müssen ... sag mal, wo wohnst du?«

»Ich? Bist du verrückt? Als würde ich dir so etwas sagen. Ich ...« Salea blickte geradezu hilflos um sich. »Weißt du, ich will dir nicht glauben, aber du siehst nicht gut aus. Okay?

Herzlichen Glückwunsch für die gelungene Inszenierung. Wessen Blut ist das?«

»Ich habe Probleme, mich zu konzentrieren«, gestand er, statt zu antworten, und klang ehrlich erschöpft.

Ihre sarkastische Antwort verlor dadurch ein wenig an Schärfe. »Was du nicht sagst. Text vergessen?«

Aber er hörte ihr schon nicht mehr dazu, hatte seinen Blick stattdessen in die Ferne gerichtet.

»Hast du den dort schon einmal gesehen? Konzentriere dich und sieh ihn dir genau an. Kennst du ihn?«, fragte Nathan und hatte den Ton gesenkt.

Salea wusste nicht einmal, wen er meinte. Es dauerte einen Moment, bis sie die schwarzgekleidete Figur am Ende einer Reihe geparkter Autos ausmachte. Sie konnte sein Gesicht nicht erkennen. Eine Kapuze hing tief in seiner Stirn. Auch kein schlechtes Outfit, musste sie gestehen, und ärgerte sich gleichzeitig darüber, nicht einmal sich selbst gegenüber am Sarkasmus sparen zu können. Er sah aus wie aus einer anderen Welt und verschwand beinahe in den abendlichen Schatten, so still stand er da.

»Rühr dich nicht von der Stelle«, sagte Nathan, bevor er sich in Bewegung setzte und auf den Fremden zuging, die Schultern vor Erwartung angespannt. In dem Augenblick, in dem sich der Mann im Schatten in Bewegung setzte, lief Nathan los. Salea blieb stehen, wo er sie zurückgelassen hatte, und sah zu, wie erst der eine und dann der andere einfach verschwand.

9

Nathan brach aus Reflex in einen Sprint aus. Seine Füße drängten voran, sobald er die erste Bewegung in dem anderen Mann ausmachte, und von einem Moment auf den anderen war nichts mehr, wie es sein sollte.

Es ging blitzschnell.

In der Sekunde, in der der Fremde verschwand, einfach weg war, als wäre er nie hier gewesen, rief die Zeit auch nach ihm und Nathan gab zum ersten Mal einfach nach. Selten hatte er einem anderen dabei zugesehen, noch nie war er jemandem gefolgt. Das war eher Johns Spezialität. Nathan hatte nie verstanden, wie es funktionierte. Nun wusste er es. Die Zeit zog ihn mit sich, ohne um Erlaubnis zu fragen.

Bevor er es sich versah, stand er wieder in einer Seitenstraße. *Der* Seitenstraße! Der Fremde stoppte sofort. Er machte einen Schritt auf den Asphalt, dann kam er zum Stehen. Nathan war außer Stande, es ihm gleichzutun. Über diesen Sprung hatte er keine Kontrolle gehabt und über die Ankunft hier noch weniger. Er stolperte über seine eigenen Füße, während dieser Mann sich in aller Herrgottsruhe zu ihm umwandte.

Die Kapuze hing immer noch an ihrem Platz, aber Nathan erkannte, dass nicht nur die Schatten des dunklen Stoffes seine Züge verhüllten. Der Fremde trug eine Maske, die den oberen

Teil seines Gesichtes verbarg. Nathan konnte nicht einmal mit Sicherheit sagen, aus welchem Material sie war. Aus keinem, das er kannte. Sie war dunkler als der Abend um ihn herum und schmiegte sich an seine Haut.

»Was zum Henker!«, waren die einzigen Worte, die Nathan klar denken konnte. Doch als er sie aussprach, klangen sie tonlos.

Die Figur lächelte. Eine winzige Geste in den Schatten seines Gesichtes. Der Rest seines Auftretens war dramatisch und düster. Die Kapuze, die Stiefel. Der Aufzug könnte aus jeder Zeit stammen. Die Hände des anderen Reisenden waren ebenfalls verhüllt. Es war eine alberne Maskerade!

»Willst du diesen Unsinn nicht wenigstens erklären?«, fragte Nathan und verstand zum ersten Mal, warum auch Salea Dawnt nicht mehr zu dem Thema einfiel, als unsinnige und oberflächliche Fragen. Ihm selbst wollte kein schlauer Kommentar über die Lippen kommen.

Nathan wartete, aber von seinem Gegenüber kam keine Antwort.

»Nein? Keine große Rede? Keine tiefsinnigen Gedanken? Nur Mord?«

Nichts.

Nichts, das ihm einen Hinweis darauf geben würde, aus welcher Zeit dieser Mann stammte oder wer er war.

Er hatte Salea vorhin angelogen. Natürlich konnte er zurück. Jederzeit. Natürlich könnte er versuchen, es ungeschehen zu machen, wie er auch das Messer zwischen ihren Rippen ungeschehen gemacht hatte. Es war möglich, wenn auch nicht einfach, je komplexer die Situation. Aber was hatte er davon, wenn er nicht verstand, was überhaupt passiert war?

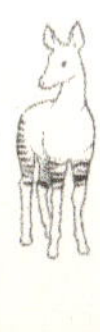

Warum es passiert war. Er würde diese Situation auflösen können, nicht aber das Problem, das sie verursacht hatte.

Hatten die anderen es gewusst?

Warum genau dieser Moment? Als sie alle zusammen über diesem Mysterium hockten.

Warum überhaupt?

Warum?

Er konnte sich keinen vernünftigen Grund denken.

Warum versuchen jemanden zu töten, den man unmöglich töten konnte? Dieser Mann musste das doch wissen! Jeder, der einmal gereist war, stand praktisch außerhalb der Zeit. Irgendwo existierte er noch immer. Irgendwo, irgendwann ging das Leben dieses Reisenden weiter. Wie auch immer es funktionierte, es funktionierte. Die Menschen in diesem Apartment – John, Basti, Lydia, der Professor – waren jetzt nicht mehr am Leben, in Stücke gerissen, und waren es doch zu einem anderen Zeitpunkt.

»Warum?«, fragte er.

Der Fremde machte keine Anstalten, ihm, von dem winzigen Lächeln abgesehen, eine Antwort zu geben. Unter Nathans wütendem Blick wandte er sich um und Nathan spürte den nächsten Sprung kommen wie keinen zuvor. Nicht einmal seine eigenen Zeitsprünge fühlten sich so an. Es kroch ihm in die Knochen und ließ ihn nach Luft ringen, noch bevor es begann.

Dieser Mann hatte so viel Macht über seine Zeit. Nathan verlor ihn dieses Mal schon aus den Augen, bevor sie überhaupt unterwegs waren. Sich mitnehmen zu lassen, war mit ihm so einfach, dabei beharrte Nathan seit jeher darauf, dass immer er es sein musste, der der Zeit sagte, wohin es ging.

Genauso einfach jedoch brach der Kontakt.

Abgeschüttelt.

Das Nächste, das Nathan bewusst wahrnahm, war ein weiterer ewiger Moment voller Verwirrung und offener Fragen und dem Gefühl, nicht zu wissen, wo er war. Dabei stand er schon wieder oder immer noch mitten in Oslo.

Nathan konnte den anderen spüren. Doch er entdeckte ihn nirgends.

Stattdessen sah er sich um und fand sich selbst. Seine eigene athletische Gestalt aus einer Gasse kommen und verschwinden; einen finsteren Ausdruck im Gesicht. Der seltene Anblick ließ ihn erschrocken innehalten. Es war fast nicht möglich, diesen Zeitpunkt perfekt abzufassen, genau zum richtigen Moment eben nicht dort zu sein, wo man schon war, sondern diese paar Schritte und Sekunden daneben. Einen Augenblick. Den einen, den ihm die Zeit zugestand, ohne es unmöglich zu machen.

Angesicht seiner Fehlerquote, was den richtigen Zeitpunkt anbelangte, sollte man meinen, genau dieser Trick müsste ihm leichtfallen, doch bisher hatte er es höchsten zwei-, dreimal zustande gebracht. Kein einziges Mal hatte er es geplant. Es war immer einfach passiert.

Dann wurde ihm plötzlich klar, warum er sich selbst gerade hatte gehen sehen und was Sekunden zuvor passiert war. Während sich die Welt um ihn herum wieder ins Gleichgewicht brachte, bis es nur noch ihn in dieser Zeit gab und nicht mehr sie beide, war er schon auf dem Weg in die verfluchte Seitenstraße, denn Salea lag dort immer noch am Boden, blutete aus einer Wunde, die sein Messer ihr beigebracht hatte. Und nun verstand er auch, warum es ihn zuerst wieder auf den

Gehweg verschlagen hatte. Ein paar Meter abseits. Warum er dem Fremden nicht hatte folgen können, obwohl sein Sprung ihn praktisch an die Leine genommen hatte. Keine Chance, mit einem vergangenen Selbst am selben Ort zu sein. Dieser enge Radius in Sichtweite war alles, was ging.

Zum zweiten Mal an diesem Abend bahnte er sich seinen Weg durch die abendlichen Einkäufer und fluchte leise gegen die kaum mehr beherrschbare Ungeduld. Die Konsequenzen dieser Reise durch die Zeit stapelten sich in seinem Kopf, doch er konnte sich jetzt nicht mit ihnen befassen. Er musste sich auf den Anblick vorbereiten, den er vorhin nicht hatte ertragen wollen.

Nathan erkannte Salea Dawnts auf dem Boden liegenden Körper schon von Weitem, weil er wusste, wonach er in den Schatten suchen musste. Für alle anderen war die Gasse eine wie jede andere und kaum von Interesse. Der Fremde stand neben ihr und durchsuchte ihre Tasche ohne Eile.

Als Nathan den letzten Passanten hinter sich gelassen hatte und die fehlenden Meter über die Straße hastet, warf er den Beutel zurück auf den Boden. Vielleicht rechnete er mit ihm.

Nein, sicher tat er das. Als Nathan loslief, sah er zu ihm rüber und holte in einer geübten Geste eine Waffe unter seinem Mantel hervor. Eine simple Pistole. Geschwärztes Metall. Nathan blickte verwirrt zwischen der Waffe und dem Fremden hin und her. Aber diese Dinger sahen zu lange immer gleich aus, in der Vergangenheit, der Zukunft und dieser Zeit hier. Es war kein Anhaltspunkt.

Nathan hatte fast sofort seine Schritte verlangsamt und blieb schließlich stehen, als der Reisende den Lauf auf die Frau am Boden richtete, statt wie erwartet auf ihn.

Was für eine lächerlich surreale Situation. Diese Waffe, diese Drohung, war genauso fehl am Platz wie eine Granate in einem Osloer Apartment.

Doch nur weil es Nathan schwerfiel, das, was er sah, als Realität zu akzeptieren, hieß das nicht, dass er nicht sehr genau verstand, was in drei Sekunden Realität sein würde, wenn dieser Typ den Abzug durchdrückte.

Es gab keinen Weg, die Toten zu retten. Nicht einmal ein Zeitreisender konnte das bewerkstelligen.

»Wieso?«, verlangte er zu erfahren, eindringlicher als zuvor. Wenigstens das! Wenigstens das wollte er wissen. Doch es kam keine Antwort.

Zumindest aber zögerte der Fremde und Nathan überging seinen eigenen Verstand, der ihn anflehte, es nicht zu versuchen; stürzte auf diesen Mann zu, alle Macht, die er über die Zeit hatte, in jeder seiner Bewegungen, und erwischte ihn ohne Gegenwehr. Unverhofft. Hatte genau zwei Sekunden, die nur seine waren und dem anderen nicht mehr blieben, um sich auf den Aufprall vorzubereiten. Die Waffe landete mit einem unangenehmen Geräusch auf dem harten Boden und der Fremde ein paar Schritte weiter. Nathan selbst schaffte es nur mit Mühe, seinen eigenen Sturz abzufangen, aber da er ohnehin zu Boden gehen musste, ließ er zu, dass die Gewalt des Aufpralls auch ihn in die Knie zwang.

... dem blutenden Mädchen so nahe.

Ihre Haut war aschfahl und ihr blauer Blick in Panik. Er hatte ihr ein Messer zwischen die Rippen gestoßen. Gerade eben. Keine drei Minuten waren für sie vergangen. Er wünschte, er könnte es ihr erklären, oder noch besser, es einfach nicht geschehen lassen, wie schon einmal. Doch im Augenwinkel sah

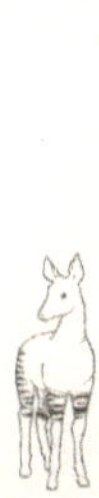

Nathan, wie der andere Mann auf die Beine kam. Nicht nur das. Er spürte, wie er sich bewegte, wie er sich durch die Zeit bewegte!

Wie verflucht schnell er war!

Einen wie ihn hatte Nathan noch nie getroffen.

Saleas Hände krallten sich schwach in seine, als Nathan nach ihr griff.

Schon das zweite Mal an diesem Abend ließ er sich zu einer Aktion zwingen, die er in seinem Leben als Reisender noch nie gewagt hatte.

»Denk an nichts«, sagte er und beugte sich über sie, bis er ihren erschrockenen Atem auf seinem Gesicht spürte. Er hoffte, dass sie wie so viele in solchen Momenten dem Gefühl dem Vorrang gab; statt dem Verstand. Dass sie wie vorhin schon nicht klar denken konnte, von dieser unangebrachten Nähe zu ihm verwirrt war. Und dann nahm er sie mit.

Der Krankenhausflur hatte einen ungesunden, limonengrünen Ton, den Nathan unter anderen Umständen nie so bewusst wahrgenommen hätte. Jetzt ersetzte er alles in seinem Kopf, überschrieb jeden weiteren Gedanken an die Vergangenheit oder mögliche Zukunft. Nur diese Farbe blieb noch und der Körper in seinen Armen, der sich leblos anfühlte.

Krankenhäuser waren keines seiner bevorzugten Ziele. Er hatte immer verhindert, in einem zu landen, sogar in seiner eigenen Zeit, in der er sich ausweisen konnte. Die Leute, die in solchen Einrichtungen arbeiteten, mochten es aus gutem Grund nicht, wenn man aus dem Nichts auftauchte und sich nicht erklären konnte oder wollte. Wo andere darüber hinwegsahen, mussten diese hier alles dokumentieren und fanden jede Ungereimtheit.

Heute aber hatte er keine Wahl. Er ließ sie los, kam auf die Beine und rief um Hilfe. So ziemlich das erste Mal in seinem Leben. Er konnte seine Hände zittern spüren, als er den Flur entlang lief und mit einer blutbeschmierten Hand nach dem Türöffner an der Wand schlug.

Er wartete, eine sterbende Frau hinter sich auf dem grünen Boden und mit all seinen Sinnen darauf gefasst, jeden Augenblick diesen anderen Reisenden zu spüren, wie er ihm hierher gefolgt war.

Glacial Blue

TEIL DREI

Kristiansand, Norwegen
28. Mai 2016
N 58° 9‘ E 08° 1‘

Kristiansand, Norwegen
31. Mai 2016
N 58° 9‘ E 08° 1‘

Berlin, Deutschland
01. Juni 2016
N 52° 31‘ E 13° 24‘

Paris, Frankreich
18. Juli 2023
N 48° 51‘ E 02° 21‘

10

Salea schlug die Augen auf und blickte auf rohe Holzbalken und eine tiefhängende Decke. Es dauerte einen Moment, bis sie die unbehandelten Paneele und allzu nahen Wände als Zimmer wahrnahm; bis sie verstand, dass sie sich in einem Raum befand, den sie noch nie zuvor gesehen hatte. Die Erkenntnis sickerte nur langsam ein. In dem Moment, in dem sie fußfasste, wollte Salea aufspringen, doch ihr Körper ließ sie nicht, lag schwer in den Kissen und verweigerte jegliche Mitarbeit. Als wäre sie gar nicht wirklich wach. Träumte.

Das Atmen fiel ihr schwer und als sich ihre Augen schlossen und alles wieder dunkel wurde, bekam sie sich nicht mehr dazu, sie noch einmal zu öffnen.

Beim nächsten Aufwachen war der Raum um sie herum nachtschwarz. Sie fühlte kaum einen Unterschied zu dem erschöpften Schlaf, in dem sie sich gerade noch befunden hatte, es herrschte die gleiche Dunkelheit, die gleiche Abwesenheit von allem, was sie für echt hielt. Die Wände schienen weniger nah, die Schatten dafür umso eindringlicher. Sie kannte diesen Raum nicht und die Ecken des Zimmers, deren Details sie in der Dunkelheit nicht ausmachen konnte, ließen sich nicht mit Erinnerungen auffüllen. Es gelang ihr nicht, auch nur einen Gedanken abzurufen, der mit diesem Ort zu tun hatte.

Dieses Mal reagierten ihre schweren Glieder. Ihr Herz schlug erschrocken schneller und binnen Sekundenbruchteilen saß sie aufrecht im Bett.

Ihre Sachen waren nicht mehr da.

Ihre Schuhe und ihre Tasche. In dem Zimmer befand sich außerdem überhaupt nichts außer einer kleinen Kommode und dem Bett, auf dem sie lag.

Unter dem steifen Laken ertastete sie ein dünnes Hemd, das ihr bis auf die Knie reichte. Sie zog ihre Hand sofort wieder weg, als sie einen Klebeverband bemerkte, der sich fremd anfühlte und knisterte, als sie sich bewegte.

Salea schwang die Beine aus dem Bett.

Doch erst die eisige Kälte des Fußbodens unter ihren nackten Füßen ließ sie vollends aufwachen und brachte Oslo zurück. Die Karl-Johans-Gate, hell erleuchtet, an deren fernem Ende der Bahnhof, den sie nie erreicht hatte. Nathan Peeregaard aus dem Nichts, mit diesem feindseligen Blick und … Sie konnte es immer noch nicht glauben, wollte es nicht, aber die Wunde unter dem Pflaster schmerzte mit jedem Schritt. Sie war echt. Es war passiert.

Minutenlang stand Salea in dem dunklen Zimmer und wartete auf ein Geräusch oder irgendein anderes Zeichen dafür, dass sie hier nicht allein war. Ihre Beine trugen sie, wenn auch begleitet von einem unsicheren Zittern. Ihr Herz wollte sich noch immer nicht beruhigen. Alles, was sie hörte, war ihre eigene erschrockene Atmung und ihr Blut, wie es durch ihre Ohren rauschte.

Schließlich trat sie mit bebender Brust an die Tür und war überrascht, als diese sich ohne Widerstand öffnen ließ. Was war hier los?

Salea zog die Zimmertür nur einen Spaltbreit auf und schloss sie gleich wieder. Sie streckte die Hand nach dem Lichtschalter aus, entschied sich jedoch auch dagegen, ihn zu benutzen. Sie wollte keine Aufmerksamkeit erregen, durchquerte stattdessen den Raum, in dem sie aufgewacht war, und trat an eines der zwei Fenster. Leider fand sich davor nichts, das ihr dabei helfen konnte, zu verorten, wo sie sich befand. Die Nacht hatte alles im Griff und gab ihr keinen Hinweis.

Jemand hatte sie hergebracht. Das war alles, was ihr durch den Kopf ging und dessen sie sich sicher sein konnte.

Jeder zweifelnde Gedanke, alle Hoffnung darauf, dass das hier nur ein sinnloses Theaterstück war, wie es nur Michael aufführen konnte, war verschwunden und an ihre Stelle eine schmerzende Wunde und vor Angst zitternde Hände getreten.

In diesem Zimmer würde sie jedoch keine Antworten finden. Es half nichts. Sekunden später fand sie sich an der Tür wieder. Salea atmete noch einmal tief durch, bevor sie sie öffnete und hindurch trat.

Die Flure kamen ihr eng vor und das Haus klein und verschachtelt. Es war mehr eine Hütte, eingestaubt und leer. Die wenigen Möbel, die sich in den Zimmern befanden, standen in kleinen Gruppen zusammen und waren größtenteils durch Laken verhüllt. Nirgendwo fand sich etwas, das auf den Besitzer hinwies, nirgendwo ein Zeichen von Leben.

Salea ging angespannt durch jeden einzelnen Raum, bis sie schließlich die Küche fand und zielstrebig auf den Kühlschrank zusteuerte. Sie hatte Durst. Unendlichen Durst. Der Gedanke an eine Flasche Wasser ließ sie kaum klar denken. Doch der Schrank war leer. Nicht einmal Licht leuchtete in dem mannshohen Gerät. Hier lebte niemand.

Ein paar Stühle waren auf dem langen, tresenähnlichen Tisch aufgestapelt, über der Kochinsel mitten im Raum baumelten kleine, leere Haken, an denen Töpfe hätten hängen sollen.

Salea trat an die Spüle heran und drehte hoffnungsvoll am Wasserhahn. Doch er bewegte sich nicht. Dabei war mit einem Schlag das Bedürfnis nach einem anderen Geräusch, als denen, die sie verursachte, fast noch größer als ihr Durst. Ihre Handfläche begann zu schmerzen, so hartnäckig zerrte sie an dem unnachgiebigen Stück Metall.

Als eine Hand in ihrem Blickfeld auftauchte und an ihr vorbei griff, erkannte sie sofort, zu wem sie gehörte, und machten einen Satz beiseite. Ihr Körper quittierte die hastige Bewegung mit einer Welle scharfen Schmerzes und zwang sie dazu, sich an der Anrichte festzuhalten, um nicht vorn über zu kippen. Der Hahn gab mit einem knarzenden Geräusch unter Nathans Griff nach und das daraus in die Spüle prasselnde Wasser durchschnitt die Stille dieses verlassenen Hauses.

Nathan trat langsam einen Schritt zurück, als wollte er sie nicht erschrecken. Er sah sie einen Moment lang an, sah ihr in die Augen, dann brach er den Kontakt und öffnete suchend die Schränke über der Spüle. Er trug immer noch den gleichen Mantel, hatte immer noch diese messerscharfen Züge. Das Einzige, das sie nicht mehr an den Mann erinnerte, den sie in dem Apartment unter dem Dach kennengelernt und in dieser Gasse wiedergesehen hatte, war sein Blick. Der war das Gegenteil von berechenbar, nicht im Mindesten böswillig, sondern voller Ungeduld und Sorge.

Salea hatte Mühe, ihn mit ihren Erinnerungen in Einklang zu bringen. Vor allem, weil jede Erinnerung an ihn von der an sein Messer überschattet wurde, das er da irgendwo unter seiner Jacke versteckt hatte. Sie hatte nicht gesehen, woher er es geholt hatte, und war sich doch sicher, dass es da war.

Während sie noch immer erschrocken und steif ein paar Meter entfernt stand, füllte er ein Glas mit dem laufenden Wasser und stellte den Hahn ab. Sofort herrschte wieder Stille. Das volle Glas, das er schließlich über die marmorne Arbeitsplatte in ihre Richtung schob, ignorierte sie.

»Was willst du?«, brachte sie heraus und war selbst überrascht, dass sie nur verwirrt klang statt erschrocken.

Seine Brauen hoben sich langsam, als wüsste er es selbst nicht genau und müsste nach den richtigen Worten suchen.

»Nur, dass du zuhörst«, antwortete er schließlich. »Du bist hier sicher. Ich habe dich in ein Krankenhaus gebracht und dann hierher. Erinnerst du dich daran? Die Straße in Oslo? Es sind ein paar Tage vergangen.«

»Wo sind wir? Erklär mir das!«, verlangte Salea. Sie wollte wissen, wo sie sich befand, was passiert war. Und warum sie sich daran erinnerte, wie er sie mit einem eiskalten Blick hatte töten wollen, nur um kurz darauf zurückzukommen und um ihr Leben zu kämpfen.

»Werde ich«, versprach er und nickte in Richtung des Glases. Er sah sie auffordernd an und rührte sich nicht weg von seinem Platz an der Spüle.

»Kannst du es auf den Tisch legen, bitte?«

»Warum?«

»Keine Ahnung. Damit ich an etwas anderes denken kann?«, schlug sie vor und kämpfte gegen den Drang an, einfach wegzugehen, wie sie es in diesem Apartment gemacht hatte und es sonst immer tat, wenn ihr eine Situation zu viel wurde. Doch sie hatte das Gefühl, er würde ihr nicht erlauben, dieses Gespräch nicht zu führen. Also wollte sie das Messer sehen oder zumindest wissen, wo genau es versteckt war.

Nathan schlug seinen Mantel zurück und zog die Waffe aus einer Scheide in seinem Rücken. Die Klinge war zweischneidig und das Metall stumpf wegen des getrockneten Schleiers Blut darauf. Ihrem Blut. Salea war nicht wohl, als sie ihm dabei zusah, wie er das Messer neben die Spüle legte.

»Ich habe nicht vor, es noch einmal zu benutzen.«

»Beruhigend«, entgegnete sie trocken und sah ihn den Blick abwenden.

»Eigentlich solltest du dich daran überhaupt nicht erinnern. Soll ich etwas zu essen bestellen? Besser wäre es, was?«

Essen? Klar, hörte sie sich selbst aufgebracht denken und war sich ziemlich sicher, dass ihr dabei die Gesichtszüge entglitten. Warum nicht?

Essen?

Mit offenem Mund sah sie ihm dabei zu, wie er ein Telefon aus seiner Tasche holte – ihr Telefon! – und sich zu einem Schnellimbiss durch wählte.

»Sie sprechen Englisch? Wunderbar«, sagte er ins Telefon. Der Rest des Gesprächs war kurz. Es ging um Pizza.

Salea ließ sich auf der Suche nach Halt mit der Hüfte gegen die Anrichte sinken und spürte das kleine Adrenalinhoch, das sein Auftauchen ausgelöst hatte, abebben. »Das ist ein fürchterlich schlechter Scherz.«

Nathan legte das Telefon vor sich auf die Kochinsel und ging um sie herum, bis sich dieser riesige Klotz aus Holz und Kacheln zwischen ihnen befand. »Wenn es einer wäre.« Mit beiden Armen lehnte er sich auf den Tisch und blickte sie unter der Dunstabzugshaube hindurch an, bevor er begann zu erzählen.

Jemand war in dem Apartment unter dem Dach aufgetaucht, kurz nachdem sie gegangen war, und hatte sie alle getötet. Alle, bis auf ihn, der es irgendwie rausgeschafft hatte.

»Ich habe keine Kontrolle darüber. Es passiert einfach«, sagte er und klang, als wäre er es leid, sich deswegen rechtfertigen zu müssen. »Manche können das, andere können andere Sachen. Obwohl ich von keinem weiß, der kann, was ich kann. Mein Instinkt scheint wohl einfach gut auf Gefahr zu reagieren. Ich habe mich unterbewusst aus der Zeit geschmissen. Oder sie hat es getan. Ich bin irgendwo in deiner Nähe rausgekommen, habe dich eingeholt und versucht, herauszufinden, ob du etwas damit zu tun hattest. Und ich wollte sichergehen, dass du mir die Wahrheit sagst. Also habe ich dir nicht viel Zeit zum Antworten gegeben. Dann bin ich in der Zeit zurück und habe das Ganze noch mal abgespielt, ohne dich zu ... na ja. Dann ist dieser Typ aufgetaucht und hat versucht, dich zu töten –«

»Wie? Hat er mich auch erstochen?«, fuhr sie ihn an. »Seid ihr alle ein Haufen Verrückter mit Messern in den Taschen?«

Nathan schüttelte den Kopf. »Ich bin ihm nachgelaufen – durch die Zeit, bin ihm gefolgt und direkt in dem Moment rausgekommen, in dem ich dich zuvor zurückgelassen hatte. Keine Ahnung, woher er –«

»In dem Moment? Ich versteh das nicht. Wie funktioniert das? Gibt es in deiner Welt jetzt ... zwei Vergangenheiten? Eine, in der du mich angegriffen und eine, in der du es nicht getan hast?«

»Eigentlich sind es eher zwei Szenen, die hintereinander ablaufen, ohne dass du davon weißt. Ich weiß es allerdings. Und er, wer auch immer er ist. Hör auf, Fragen zu stellen!«,

fauchte er frustriert. »Er hat gedroht, dich zu erschießen. Mit einer Waffe.«

»Nachdem du mich erstochen hast«, warf sie ein.

»Ich habe dich in ein Krankenhaus gebracht!«

Sekunden lang herrschte Stille in dem fast leeren Raum.

»Wann sind wir?«, fragte sie schließlich und erntete ein überraschtes Lächeln.

»Richtige Frage!«, lobte er. »In deiner Zeit. Fast, zumindest. Du …« Er seufzte entnervt. »Wir können nicht lange *nicht* in unserer eigenen Zeit sein. Der Körper will zurück, die Balance wieder herstellen, oder so etwas. Mit Nicht-Reisenden ist es noch schlimmer. Aber ich weiß nicht, wie viel der Typ weiß. Er hat deine Tasche durchsucht, also sind wir nicht so ganz in der richtigen Zeit. Mehr so einen halben Tag voraus. Ich hoffe, das reicht, um unsere Spuren zu verwischen. Mal sehen, wie lange du das aushältst. Hör zu, ich werde dieses Spiel jetzt nicht mit dir spielen.«

»Welches Spiel?«

»Das Ich-kann-dir-einige-Dinge-zu-deiner-eigenen-Sicherheit-nicht-erzählen-Spiel. Ich weiß nicht, was hier vor sich geht, aber du bist darin involviert, also werde ich dir sagen, was ich weiß, und wir werden zusammen versuchen, das Problem zu lösen. Okay?«

»Nicht wirklich.«

Er blickte ihr einmal mehr musternd ins Gesicht. Wenn sie nur im Ansatz so aussah, wie sie sich fühlte, dann sah er nur große Müdigkeit, Unverständnis und den Wunsch danach, etwas zu hören, das Sinn machte. Und nicht, dass jemand, den sie kannte, tot war und sie mit einem Mann darüber sprach, der durch die Zeit reiste.

»Du hast mich gefragt, warum ich nicht zurückgehe, um sie zu retten.«

»Das habe ich nicht gefragt.«

»Hast du. In der zweiten Szene«, widersprach er und wanderte um die Kochinsel herum. Er kam auf sie zu, doch Salea wich zurück, das Messer neben der Spüle im Blick. Sofort erkannte er, wie wenig Sinn diese Geste machte und wandte sich stattdessen der Sitzecke zu, hob einen der Stühle vom Tisch und setzte sich darauf. »Ich kann eine Vergangenheit nicht ändern, wenn sie meine eigene ist. Es geht nicht. Wenn es gerade noch passiert, dann ja, dann habe ich meistens eine Chance, aber ...« Sie wollte ihn unterbrechen, doch er hob bittend die Hand. »Lass mich erklären.«

»Jedes Wort an mich ist verschwendet. Ich verstehe nichts von dem, was du sagst. Und ich will dir nicht glauben. Ich will nicht, dass das, was du sagst, wahr ist.«

Nathan sah sie entschuldigend an und fuhr fort. »Ich wünschte, ich wüsste es besser. Das Ganze ist keine Wissenschaft und schwer zu begründen, aber es ist praktisch unmöglich, zu verhindern, dass etwas passiert, das bereits passiert ist. Im Gegensatz dazu kann jeder relativ zuverlässig die eigene Zukunft beeinflussen. Es kommt also auch immer auf diejenige Person an, die versucht, etwas zu ändern. Diesem Mann, diesem Reisenden, ist es gelungen, etwas bereits Geschehenes zu überschreiben. Vielleicht kam er aus der richtigen Zeit. Doch für uns Reisende gelten andere Regeln. Man kann niemanden töten, der sich bereits außerhalb der Zeit befindet. Dieser Anschlag, diese verfluchte Explosion? Sie macht überhaupt keinen Sinn. Wenn wir zu einem Zeitpunkt sterben, sind wir zu einem anderen noch da. Wenn wir sterben, muss

man es nicht einmal rückgängig machen. Aber –« Mit einem scharfen Atemzug unterbrach er sich selbst. »Er hat es trotzdem getan. Ich verstehe nicht, warum. Ich bin nochmal zurück in die Wohnung, bevor alle da waren, als du im Krankenhaus …« Er schüttelte unwirsch den Kopf, als wollte er nicht noch einmal daran denken. »Ich wollte … Ich weiß nicht, wo ich anfangen soll, zu suchen. Wo ich damit beginnen soll, zu verstehen, was hier passiert ist.«

Er sah erschüttert aus, doch Salea wusste nichts mit dem Ausdruck in seinem Gesicht anzufangen.

»Das mit dir macht noch weniger Sinn. Du bist keine von uns. Wenn du stirbst, stirbst du.« Er zuckte die Schultern, als gäbe es dazu nicht mehr zu sagen. »Das muss er doch wissen! Wenn er dich in dieser Gasse getötet hätte –«

»Wäre ich gestorben und tot geblieben«, beendete sie seinen Gedankengang. »Nichts hätte das rückgängig machen können?«

»Ganz genau!«, lobte er sie einmal mehr und ignorierte die Frage am Ende dieses Satzes. »Aber du weißt es nicht, oder? Du hast keine Ahnung, worum es hier gehen könnte.«

Salea schüttelte wortlos den Kopf und er musterte sie, als wollte er einmal mehr sichergehen, dass sie ihm die Wahrheit sagte.

»Was hindert ihn daran, zu einem anderen Zeitpunkt zu versuchen, mich zu töten? Wenn es wirklich das ist, was er tun wollte. Irgendeinem Zeitpunkt. Die Möglichkeiten sind endlos.«

»Sind sie. Und vielleicht hat er's getan. Wer weiß. Aber nun bist auch du nicht mehr in der Zeit. Er könnte zum gleichen Zeitpunkt zurückgehen und es tun, bevor ich es verhindern kann, aber die Szene würde sich jetzt einfach nur immer und immer wieder abspielen. Immer mit dem gleichen Ausgang. Oder am Ende bist du tot und doch weiterhin hier.«

Salea stieß sich vorsichtig vom Tresen ab und ging, um sich einen der Stühle vom Tisch zu holen. Zu ihrem Glück wogen sie nicht viel. Sie setzte sich auf die andere Seite.

»Ich verstehe kein Wort.«

Sein Lächeln war müde und Salea fragte sich zum ersten Mal, wie oft er wohl schon versucht hatte, es jemandem zu erklären.

»Was *ich* nicht verstehe, ist, warum er dich tot sehen wollte. Und warum er es erst wollte, nachdem ich dich gefunden hatte. Er hätte dich mit uns töten können. Aber das hat er nicht. Dabei wärst du die Einzige gewesen, für die sich der Aufwand gelohnt hätte. Ich nehme an, er ist mir nach, weil er es ursprünglich auf uns fünf abgesehen hatte, und dann hat er … was? Die Chance wahrgenommen, einfach nur, weil sie sich ihm bot?«

Und hat er es vielleicht wirklich noch einmal versucht, wollte sie fragen, tat es aber nicht. Denn es wollte ihr nicht in den Kopf. Oder ja, es war drin – die Wahrheit darüber, was hier passiert war, aber alles in ihr wehrte sich dagegen, sie zu verstehen. *Zu theoretisch,* sagte sie immer, wenn die Studenten, die so oft in ihrer Bibliothek saßen, mit ihr über Forschungsergebnisse sprachen, die nichts als Zitate aus anderen Forschungsergebnissen als Beweis anführten. Wie viel praxisnahe Erfahrung brauchte ihr Hirn, um die Information als gegeben hinzunehmen?

Nathan richtete den Blick gedankenverloren auf die Tischplatte vor sich. »Zeit und Ort«, sagte er und Salea hatte das

Gefühl, diese Worte waren nicht für sie bestimmt. Er sprach sie zu sich selbst. »Ist nicht immer leicht, das auf Anhieb richtig hinzukriegen. Vielleicht hat er nicht gewusst, wann genau du gegangen bist, oder hat den Zeitpunkt verpasst. Vielleicht wusste er nur, wo er dich finden kann, weil er mir gefolgt ist. So wie ich ihm gefolgt bin. Erklärt trotzdem nicht, warum.«

Salea saß noch einen Moment da und sah ihm dabei zu, wie er in Gedanken die Möglichkeiten durchging. Dann stand sie auf, durchquerte die Küche und trat an die Spüle heran. Mit einem Schlag ging es ihr nicht mehr gut. Ihr Magen verkrampfte sich und sie übergab sich, bis ihre Beine drohten, unter ihr nachzugeben.

Noch immer über das Waschbecken gebeugt, hörte sie Nathan hinter sich aufstehen. Die Beine seines Stuhls quietschend auf dem Holzboden und das Geräusch seiner sich ihr nähernden Schritte ließen entfernt ein paar Alarmglocken in ihrem Kopf schrillen. Doch ihre Hände klammerten sich immer noch an das Küchenmöbel und sie schien nicht fähig, sich von dort wegzubewegen.

Erleichtert nahm sie wahr, wie Nathan sich nur neben sie stellte und wie vorhin an ihr vorbei nach dem Hahn griff. Das Wasser wusch weg, was auch immer sie hatte loswerden müssen. Danach drückte Nathan ihr das Glas, das er bereits für sie gefüllt hatte, in die Hand.

Salea widersprach dieses Mal nicht, spülte sich den Mund aus und nahm ein paar Schluck; nicht mehr ganz so begierig, wie sie das noch vor der Geschichte um Leben und Tod getan hätte.

Als er sie von der Spüle wegzog und ihr auf den Boden half, protestierte sie nicht. Den Rücken gegen die monströse

Kochinsel gelehnt, blieb sie sitzen und schloss einen Moment lang die Augen.

Er musste noch einmal für ein paar Minuten gegangen sein. Salea hatte nicht bemerkt, dass er den Raum verlassen hatte, aber als sie sich besann und die Augen öffnete, stand das gelieferte Essen auf der Ablage über ihr und verbreitete einen vollkommen unangebracht wohlriechenden Duft, während er sich vor sie auf den Boden setzte.

»Ich kann nichts tun, wenn ich nicht weiß, was er mit diesem Anschlag bezweckte«, sagte er, um einen neutralen Ton bemüht. Er sah sie an, als wartete er immer noch auf eine Reaktion, oder nur darauf, dass sie nicht mehr aussah, als würde sie jeden Moment ohnmächtig werden. Ein bisschen fühlte sie sich nämlich so. Als sollte sie sich hinlegen und eine Pause machen.

Salea legte den Kopf in den Nacken und sah über ihn hinweg aus dem Fenster in einen nachtschwarzen Himmel.

»Ich glaube, ich werde hier keine Hilfe sein. Schon mal darüber nachgedacht, dass er dich nur aus dem Tritt bringen wollte? Als er versucht hat, mich zu töten, meine ich. Oder einfach nur zeigen, dass er besser ist als du?«, fragte sie und klang erschöpft, von diesem Gespräch und allem, was sie erfahren hatte.

»Besser?«

Ihr Blick verabschiedete sich von dem unverfänglichen Ausblick und kehrte in sein Gesicht zurück. »Gerade noch klangst du ziemlich beeindruckt von ihm.«

»War ich«, gestand er. »Bin ich.«

»Also dann. Nehmen wir mich aus der Gleichung raus. Haken wir es als Zufall ab. Geh zurück in das Apartment und lass

die Szene noch einmal ablaufen. So funktioniert es, ja? Es ist bereits passiert, aber du kannst zurück. Finde ihn, oder lass dich von ihm finden. Stell *ihm* eine Falle. Was weiß ich. Keine Ahnung. Ich habe damit jedenfalls nichts zu tun.«

»Na ja, du verdankst mir dein Leben.«

»Oh, danke dafür«, erwiderte sie sarkastisch und versuchte gar nicht erst, es klingen zu lassen, als wollte sie am liebsten nie wieder darüber nachdenken. »War das der Moment, an den du dich erinnerst? Du sagtest, du hast mich sterben sehen und es nicht verhindert? Oder ist das nie passiert und du wolltest mir nur Angst machen?«

»Doch, es ist passiert. Es war nicht der Moment und ich werde es nicht verhindern. Aber keine Sorge, das liegt noch weit in der Zukunft«, antwortete er und es klang wie eine Lüge. Zu leicht dahingesagt für etwas so Wichtiges.

»Wie weit?«

»Das willst du nicht wissen.«

»Wieso nicht?«

»Weil das Leben kompliziert wird, wenn man weiß, wie es endet.«

»Das ist es schon geworden. Kompliziert. Ist noch nicht lange her.«

Er lächelte sein erschöpftes Lächeln, das anfing, ihr bekannt vorzukommen. »Mach dir keine Gedanken. Du hast einen ziemlich glücklichen Eindruck gemacht. Was gibt es Besseres?«, meinte er, erhob sich und fischte die Tüte mit dem Essen von der Anrichte.

»Es ist leicht zu erkennen, wenn du lügst, weißt du?«

»Du *warst* glücklich.«

»Aber es passiert nicht *weit* in der Zukunft.«

Nathan ging ihrem Blick gekonnt aus dem Weg, bestritt ihre Worte jedoch nicht. »Du solltest etwas essen. Und schlafen. Du hättest noch gar nicht aus dem Krankenhaus gedurft, aber ich konnte dich auch nicht dort lassen. Komm wieder zu Kräften und ich werde in der Zwischenzeit ein bisschen Zeit schinden.«

11

Nathan ging, um ihre Tasche zu holen.

Der Großteil ihrer Sachen war im Zuge der Erstaufnahme im Krankenhaus im Müll gelandet. Alles, was er hatte retten können, waren ihr Mantel, die Schuhe und ihre dunkle Jeans, wobei er bisher keine Gelegenheit gehabt hatte, diese reinigen zu lassen. Für ihre Tasche war er noch einmal in die Gasse zurückgekehrt. Es fehlte nichts darin, soweit er das beurteilen konnte, auch ihr Telefon war noch da gewesen. Er schob es zurück in das schmale Seitenfach, in dem sich auch ihr Ausweis befand, dann brachte er ihre persönlichen Dinge zu einem kleinen Stapel aufgetürmt in die Küche und legte sie auf einen der Stühle.

Salea saß noch immer im Schatten der Kochinsel und hatte erschöpft die Augen geschlossen. Im Vorbeigehen schnappte er sich sein Messer, wandte sich ab und trat, nur um ganz sicherzugehen, aus ihrem Blickfeld, bevor er sich durch die Zeit ziehen ließ.

Zur Ausnahme ganz ohne Sorgen. Dieser Sprung war nicht schwer und es konnte wenig schief gehen. Er kannte den Ort, an den er wollte – diesen hier – und es brauchte keinen Doktortitel in Mathe, um im Kopf die zweiundsiebzig Stunden drauf zu rechnen, die er in der Zwischenzeit vergehen lassen wollte. Bei einer so einfachen Aufgabe konnte ihm auch kein sogenanntes Schicksal in den Weg geraten.

Und tatsächlich stand er einen Sekundenbruchteil später wieder an derselben Stelle in der leeren Küche einer Hütte mitten im norwegischen Nirgendwo.

Dieses Mal war er sich der Desorientierung bewusst, die dem Sprung folgte. Des Gefühls in seinem Kopf, als würden sich dort ein paar Szenen immer und immer wieder abspielen. Verglichen mit dem Zwangssprung vor der Explosion war dieses Durcheinander aber nicht der Rede wert.

Bis zum heutigen Tag hatte er sich nie die Zeit genommen, überhaupt bewusst darüber nachzudenken, wie sich Ankommen anfühlte. Noch nie hatte irgendein Sprung irgendwelche Nebenwirkungen gehabt, nicht einmal zu der Zeit, als er selbst noch gar kein Reisender gewesen war und nur mitgenommen wurde. Und er würde sich erinnern! Stattdessen war jeder Sprung als Kind für ihn ein Abenteuer gewesen.

Nathan hielt abrupt inne.

Denn fast hatte er sich schon wieder davon überzeugt, dass es schön gewesen war, damals. Fast glaubte er daran. Dass er nur ein normaler Junge mit einem außergewöhnlichen Vater gewesen war. Dabei war an ihm nichts normal und sein Vater kein Vater.

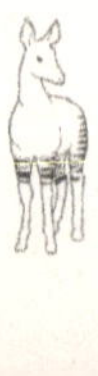

»Wo zum Teufel bist du gewesen!«

Nathan ließ sich liebend gern aus seinen Gedanken reißen und wandte sich zu Salea um, die in der Tür stand und ihn entgeistert ansah. Sie trug eines der Shirts, die er aus dem Krankenhaus hatte mitgehen lassen, und ihre Hose. Ihre Füße waren nackt, das entsetzte Gesicht ungeschminkt.

»Du warst tagelang verschwunden! Tage. Lang.«

»Nicht wirklich«, kommentierte er und schenkte der Aufregung, die sie veranstaltete, wenig Beachtung. Immerhin stand sie aufrecht. Kein Anzeichen dafür, dass sie immer noch eine Schonhaltung einnahm. Und der erste Schock, den er in ihrem Gesicht inzwischen schon zweimal mit angesehen hatte, verflog schnell wieder. Stattdessen vibrierte sie praktisch vor Ärger. Das stand ihr besser.

»Also, wo warst du? Wessen Haus ist das hier überhaupt?« Sie gestikulierte erst durch den gesamten Raum und deutete dann wütend Richtung Deckenlampe. »Es gibt keinen Strom und nichts zu tun. Ich wusste nicht einmal, ob ich einfach so gehen kann oder sonst was passiert.«

»Warum solltest du nicht gehen können?« Nathan zuckte die Schultern und verspürte das Bedürfnis, sich seines Mantels zu entledigen, denn offenbar hatte sie das Holz draußen gefunden und den Ofen in Betrieb genommen. Er ließ es bleiben. Das letzte Mal hatte er ihr mit seinen allzu hastigen Bewegungen Angst gemacht, heute wollte er ihr keine Zielscheibe für ihre Wut bieten. Außerdem hatte er nicht vor, hier Wurzeln zu schlagen. »Wie geht es dir?«, fragte er, um Ruhe bemüht.

»Nachdem du mich erstochen hast?«, gab sie bissig zurück.

»Interessant, dass du deswegen lieber noch einmal Streit anfangen willst, als Abstand zu halten. Hol deine Sachen, wir gehen.«

Keinen Zentimeter rührte sie sich von der Stelle. »Wohin?«

»Ich muss alles über den Mann herausfinden, der den Globus hergestellt hat.«

Salea zögerte einen Moment, zog die Brauen zusammen und fragte dann in einem ganz anderen Ton: »Wohin?«

Und mit welchem Zweck?

»Okay, hör zu, neue These: Wenn es ihm nicht um uns ging und auch nicht um dich, ging es ihm wahrscheinlich um den Globus. Das macht auch für dich Sinn, oder? Uns alle hätte er auch zu vielen anderen Zeitpunkten kriegen können. Das war aber nicht seine Absicht. Also werde ich herausfinden, was es mit diesem Ding auf sich hat, und der, der ihn gemacht hat, weiß am meisten. Vor allem weiß er, wer ihn in Auftrag gegeben hat. Dieser Kerl, der Killer –«

»Hat ihn zerstört«, erinnerte sie ihn, zurück in ihrer abgeklärten Art, die Nathan deutlich besser gefiel, denn so konnte man wieder vernünftig mit ihr reden und das, was er sagte, kam auch an.

»Er war hinter dem Ding her«, widersprach er ihr und seinem eigenen ersten Impuls. »Hol deine Sachen und los.«

Nathan stand so lange mit verschränkten Armen und einem betont nichtssagenden Gesichtsausdruck vor ihr, bis sie schließlich den Kopf schüttelte und ging, um ihre Habseligkeiten zusammenzusuchen. Es hätte ihn auch gewundert, hätte sie ein Argument gehabt, hierzubleiben.

Als er sie kurz darauf zwischen Tür und Angel das nächste Mal sah, hatte sie all ihre persönlichen Dinge entweder an oder in der Hand. Die Tasche, den Mantel, ihre Schuhe. Zwischen zwei Zimmern steckte sie sich die Haare im Nacken zusammen und strich sich die kurzen Strähnen aus der Stirn.

Nathan war sich dessen bewusst, dass sie sich damit ein bisschen mehr Zeit ließ als nötig. Er hatte damit gerechnet.

Drei Tage waren eine lange Zeit.

Genug, um jeden Beweis seines Messerangriffs auf sie zu einer kaum mehr spürbaren Narbe verblassen zu lassen, wenn er die Fähigkeiten der Ärzte, zu denen er sie gebracht hatte, richtig einschätzte. Aber eben auch genug, um all die Informationen, die ihr letztes Gespräch hervorgebracht hatte, mehrfach hin und her zu wälzen. Von sich selbst wusste er, dass zu viel Zeit zum Nachdenken ihm nicht guttat. Selten kam man auf die richtige Lösung, nur weil man sich Zeit ließ.

Nathan hatte noch nie jemandem von den Reisen erzählt, der es nicht zuvor schon gewusst oder zumindest geahnt hatte. Noch nie hatte er sich gezwungen gesehen, dieses Wissen preiszugeben, weil jemand so tief in seinem Leben drin steckte, dass es nicht anders ging.

Doch er war schon zweimal in den zweifelhaften Genuss gekommen, dabei zusehen zu müssen, wie vollkommen Unbeteiligte in sich zusammengefallen waren, weil ein Reisender das Bedürfnis verspürt hatte, ihnen seine Geschichte zu erzählen. Er hatte sie in die Knie gehen sehen, über Tage und Wochen hinweg. Monate, einmal. Zugesehen, wie diese Menschen jeden Morgen aufstanden und jeden Tag weniger Sinn darin sahen.

John war ebenfalls mindestens einmal Zeuge gewesen und hatte zurecht so harsch reagiert, als er verstanden hatte, was Michael an diesem Abend vorgehabt hatte.

Diese zwei Menschen aber waren nicht mehr in der Lage gewesen, sich aufzuregen. Und sie hatten sehr schnell auch nicht mehr den Versuch unternommen, es verstehen zu wollen.

»Wessen Haus ist das?«, fragte Salea noch einmal, als sie schließlich wieder in die Küche trat. Der Gang durch die Zimmer hatte sie beruhigt.

»Niemandes, im Augenblick. Die Gegend ist bei Ausflüglern beliebt, aber derzeit noch nicht so sehr in Mode, dass es den ganzen Sommer über vor Touristen nur so wimmelt. Für heutige Verhältnisse sind wir immer noch zu nahe an der Stadt. In zwei Monaten wird eine Familie hier Urlaub machen. Wir sind noch immer in Norwegen«, antwortet er und sah sie kurz nicken.

»Norwegen.«

»Kristiansand«, half er ihr auf die Sprünge. »Ich wollte nicht in Oslo bleiben, dich aber auch nicht zu weit davon entfernen.«

Sie nickte wieder. Eine Frage abgearbeitet, aber ihr Gesicht verriet, es waren noch ein paar übrig, die die vergangenen drei Tage überstanden hatten. Als sie diese nun aber hinten anstellte, um auf Oslo zurückzukommen, war er überrascht.

»Der Globus ist nicht die Antwort.«

Und damit hatte sie vielleicht sogar recht. Nathan gab zu, dass die Idee nur ein Anfang war. »Der Globus ist das Rätsel. Und der Prof hatte vollkommen recht damit, es lösen zu wollen.«

»Ich denke, Michael hatte andere Gründe, Antworten auf die Fragen des Globus zu wollen. Der Mann war verrückt. Hör zu –«

»Du weißt nichts. Über keinen von uns«, unterbrach er sie geduldig.

»Und ich wüsste sogar gern noch viel weniger. Aber der Globus ist trotzdem nicht die Lösung für dieses Problem. Zumindest nicht die, auf die du zu hoffen scheinst. Vielleicht die

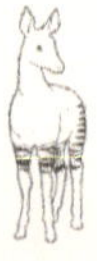

Tatsache, dass er hier ist. In dieser Zeit. Vielleicht. Eventuell sogar die Tatsache, dass ich ihn gefunden habe. Das war ziemlich dumm. Aber die wirklichen Antworten liegen bei Michael. Geh zurück zu ihm und frage ihn, was es damit auf sich hat. Verhindere, dass das Treffen stattfindet. Lass es irgendwo anders stattfinden und frag Michael, was das alles soll.«

Sie hatte die Zeit gut genutzt und trotzdem verneinte Nathan kopfschüttelnd. Darüber hatte er schon nachgedacht und den Plan verworfen. »Du hörst nicht zu, oder?«

»Du hast es selbst gesagt.«

»Was habe ich gesagt?«

»Dass du deine Vergangenheit nicht ändern kannst und doch hast du Einfluss auf sie, oder nicht? Du hast gesagt, du bist noch einmal zurück, in diese Wohnung in Oslo. Du könntest das Gleiche noch einmal tun und zu diesem Treffen zurückgehen.«

»Aber wenn ich dorthin gehe und so lange bleibe, bis ich selbst am Treffpunkt auftauche, werde ich derjenige sein, der diese Szene zu Ende führen muss. Ich wäre statt meinem jüngeren Ich dort gewesen.«

»Und könntest es anders machen«, beharrte sie mit diesem zwingenden Ausdruck im Gesicht.

Ja, zweiundsiebzig Stunden boten jede Menge Zeit, nachzudenken. Fast beneidete er sie darum. Für ihn war alles davon noch keinen Tag alt und er zu kaum einem zusammenhängenden Gedanken fähig.

»Vielleicht«, gab er zu. *Vielleicht.* »Aber zuerst brauche ich ein paar Informationen.«

»Weil?«

»Weil ansonsten alles genauso stattfinden wird wie zuvor,

denn ich weiß nicht, wie ich es nicht passieren lassen soll, Herrgott nochmal!« Jetzt tigerte er durch den Raum, dabei hatte er sich vorgenommen, ruhig zu bleiben. Vor allem aber nicht noch einmal mit ihr zu diskutieren, bis sie wieder die Nerven verlor und alles noch mehr Zeit kostete. »Weil der Professor an dem Tag gelogen hat. Das siehst du auch so, oder nicht? Er hat gelogen, was sein Wissen über dieses Objekt angeht, und so etwas macht er normalerweise nicht. Er hat jeden Satz so vorsichtig formuliert. Ich dachte erst, er tut es deinetwegen, aber er wollte sich nicht verplappern.« Nathan wandte sich wieder zu ihr um. »Er wird nur wieder lügen, wenn ich ihn darauf anspreche.«

Salea stöhnte entnervt auf. Eine kindische Reaktion für eine ansonsten so erwachsene, abgeklärte Frau. Und doch ertappte er sie nicht zum ersten Mal dabei, wie sie innerlich fluchte und schmollte. Wie der Professor auf die Idee gekommen war, gerade sie einzuweihen, war ihm immer noch nicht klar. Michael ging ja schon an die Decke, wenn man ihm mit Floskeln antwortete. Wie hielt er sie und ihren Sarkasmus aus?

»Michael lügt ständig. Er ist ein Dieb und Heuchler, berechnend und –«

»Er war nervös. Er war besorgt. Ständig hat er sich in der Runde umgesehen, als erwartete er, bei irgendetwas ertappt zu werden. Er hat etwas vor uns versteckt.«

»Okay, fein.« Salea atmete kapitulierend aus. Dieses Gespräch führte zu nichts. Wenigstens sah nicht nur er das so. Zurück zum Anfang: »Du willst also den Hersteller ausfindig machen. Und dann?«

»Mal sehen, was er zu sagen hat. Es sind Koordinaten auf diesem Globus, die mit unseren Reisen übereinstimmen. Das

Osloer Treffen war auf dem Globus verzeichnet. Verstehst du?«

»Nein.«

Nathan seufzte und versuchte es ein bisschen angestrengter mit Geduld. Oder, nein, besser nicht. »Lass uns gehen. Du weißt alles, was es zu dem Globus zu wissen gibt, oder nicht? Du hast ihn erforscht. Ich nehme nicht an, dass du das alles im Kopf hast, also sag mir, wo deine Notizen sind, und wir gehen dorthin. Dann finde ich den Hersteller und unterhalte mich kurz mit ihm.«

Salea sah ihn noch einen Moment länger an, dann schüttelte sie energisch den Kopf, schnaubte missbilligend und marschierte aus dem Raum. Nathan wusste nicht einzuschätzen, was sie mit dieser Reaktion beabsichtigte, bis er sie »Ich mache da nicht mit« murmeln hörte. Er holte sie noch im Flur ein.

Und obwohl dieser Abend in Oslo für sie schon so viel länger her war als für ihn, hatte sie nicht vergessen, wozu er in der Lage war, wenn er seinen Willen durchsetzen wollte. Sie ließ sich mühelos von der Haustür wegdrängen. Er musste nicht mehr tun, als sich ihr in den Weg stellen.

»Kanntest du ihn gut?«, wollte er wissen. Irgendetwas an ihren Worten hatte ihn getriggert. Er wusste nur nicht, was.

»Raum!«, verlangte sie so wütend wie defensiv. Er rührte sich nicht von der Stelle. Wenn sie mehr Abstand wollte, hielt sie nichts davon ab, selbst einen Schritt zurückzuweichen. Zurück in die verdammte Küche, wo sie dieses Gespräch hätten zu Ende bringen sollen.

Raum.

»… und Zeit bedeuten mir nichts!«, versicherte er ihr und blickte sie so an, wie er es in der Gasse getan hatte. Mit all den

Konsequenzen. Er war auf ihre Mithilfe angewiesen, aber das hieß nicht, dass er nach ihren Regeln spielte. Sofort sah er den gleichen Anflug von ehrlicher Angst in ihren Augen, als ihr klar wurde, dass er nicht bluffte.

»Er … Ich … Michael war an dem Globus interessiert von dem Tag an, an dem er von ihm wusste. Er war schockiert, stand vollkommen neben sich, als er ihn selbst zum ersten Mal näher in Augenschein nahm. Er war überhaupt nicht er selbst. Ich habe ihn noch nie sprachlos gesehen. Dieser Globus war ihm ein Rätsel und dabei musste er damals schon mehr verstanden haben, als er zugab. Er hatte nicht den blassesten Schimmer, wo er hergekommen ist oder über die Informationen darauf.«

»Es hat ihm Angst gemacht«, beharrte er.

»Okay. Fein.«

»Das hast du schon gesagt.«

»Und du hast mich schon einmal angegriffen, um sicherzugehen, dass ich dir die Wahrheit sage. Würdest du jetzt bitte etwas mehr Abstand zwischen uns bringen?«

Nathan zögerte einen Moment und trat schließlich beiseite. »Du solltest dich gar nicht erinnern«, sagte er und die Reue steckte ihm im Hals wie selten.

»Tue ich aber. Auch an alles, was ich über diesen Globus weiß. Ich kann dir jetzt alles darüber sagen. Aber wahrscheinlich ist es wirklich besser, wenn wir uns in meiner Bibliothek treffen, damit ich … Moment! Was tust du da?«

»Dich zu deiner Bibliothek bringen«, erklärte er und zog seine Hand zurück, als sie danach schlug. »Besser du ruinierst den Moment nicht. Könnte gefährlich werden.«

»Du bringst mich nirgendwohin!«, fauchte sie außer sich.

»Hast du mir nicht noch vor Kurzem gesagt, dass es nicht lange gut geht, wenn man nicht in seiner eigenen Zeit ist?«

»Du scheinst das gut wegzustecken.«

»Ist nur Show.«

»Sicher nicht. Deine hysterische Art allerdings scheint mir ein Vorurteil bedienen zu wollen.«

»Was?«

»Du reagierst überlegt, pragmatisch, starrköpfig. Das macht niemand, der panisch ist. Es geht dir gut. Reg dich ab. Ich …«

»Du!« Salea hob einen drohenden Zeigefinger. »– wirst mich nicht anrühren! Du wirst mich nirgendwohin bringen! Und erst recht wirst du nichts tun, ohne mich vorzuwarnen! Warst du irgendwo zwischen jetzt und vor drei Tagen?«

»Nein.«

»Okay. Dann kannst du … Also ich weiß, wo die Straße ist, von dort fährt ein Bus. Ich fliege nach Hause und wir treffen uns dort, wenn ich angekommen bin. Für mich sind das sechs Stunden. Für dich, keine Ahnung …«

»Ein Herzschlag.«

»Na, wunderbar. Das ist ja wie Schlafengehen«, kommentierte sie wenig beeindruckt.

Nathan blickte ihr in die Augen und versuchte zu entscheiden, ob das hier ein Trick war. Aber verstand sie überhaupt genug von diesem System?

»Wenn du nicht auftauchst, werde ich einfach wieder herkommen und wir führen dieses Gespräch noch einmal«, drohte er und sah, wie sie das tatsächlich in Erwägung zog.

»Du könntest auch jetzt dieses Gespräch noch einmal führen«, fiel ihr ein. Ihre Brauen zogen sich skeptisch zusammen.

»Hast du das schon probiert? Ist das hier deswegen so schnell eskaliert?«

»Eskaliert? Nein, das warst du. Wir treffen uns in deiner Bibliothek. Ich weiß, wo sie ist. Morgen, selbe Zeit wie jetzt. Weißt du wirklich, wie du dorthin kommst?«

»Ja.«

»Sicher?«

»Ich bin seit drei Tagen hier. Ich weiß, was ich tue.«

»Verschwende keine Zeit. Ich brauche diese Informationen.«

Nathan sah ihr dabei zu, wie sie an ihm vorbei zur Tür ging und nach draußen verschwand.

Sie würde da sein. Und wenn nicht, gab es jetzt drei Tage, in denen sie sich allein in diesem Haus befunden hatte. Er würde also noch einmal anfangen können. Und noch einmal, wenn es nötig wäre.

Sekunden später stöhnte Nathan entnervt auf.

12

Berlin.

… sah immer gleich aus.

Es hatte schon so ausgesehen, als er mit seinem Vater hier gewesen war; war unverändert gewesen, als er es in der Zukunft auf der Jagd nach ihm besucht hatte; und auch heute war und blieb diese Stadt eine Erinnerung an eine andere Zeit.

... und kostete ihn jedes Mal einen Haufen Nerven.

Zudem wusste er nach einem kurzen Blick auf einen der öffentlichen Stadtpläne nahe einer S-Bahn Station, dass er noch einen langen Spaziergang vor sich hatte, um dort anzukommen, wo er eigentlich hin gewollt hatte.

Die Hände in die Taschen seines Mantels gestopft, lief er los und sah nicht mehr auf, bis er vor dem Gebäude der Nationalbibliothek stand. Ein wilder Mix aus Alt und Neu, wie üblich in Berlin. Jugendstil-Fenster und Barockengel.

Für Salea waren noch einmal vierundzwanzig Stunden vergangen. Genug Minuten, um alles wieder infrage zu stellen, was sie besprochen hatten, oder endlich die richtigen Fragen zu stellen. Die, die Konsequenzen hatten und Spuren hinterlassen würden. Die, die es ihm schwer machen könnten, sie zur Mitarbeit zu bewegen. Genau deswegen hätte er lieber gar keine Zeit verstreichen lassen.

Als er etwas verspätet um die Ecke bog, sah er Salea durch die Glastür im Eingangsbereich des Gebäudes stehen. Sie hatte auf ihn gewartet und überraschte ihn mit einem erleichterten Lächeln. Zwei Sekunden lang hielt es. Zwei Sekunden.

»Könntest du es ändern, wenn du es wirklich wolltest? Die Wahrheit.«

»Du hast echt ein Talent dafür, ein Gespräch wieder genau da anzufangen, wo es beendet worden ist«, bemerkte er, imitierte dabei ihren trockenen Ton und blickte sich flüchtig in der Halle um. Die Kuppel über ihnen ließ das Gebäude älter erscheinen, als es war. Alles darunter war neu und die Besucher nur minimal beeindruckt. In dieser Stadt gab es zu viel zu

sehen. Kein einziger der wenigen Menschen, die an diesem frühen Nachmittag durch die Lobby schritten, mühte sich um einen zweiten Blick.

»Die Polizei untersucht den Fall. Es war in den Nachrichten. Sie glauben an einen misslungenen Anschlag. Niemand weiß, wer sich in der Wohnung befunden hat. Laut Auskunft des Vermieters stand sie leer. Man hat mein Blut in der Straße gefunden. Daraufhin wurde Großalarm ausgelöst, der mittlerweile wieder aufgehoben ist. Von Michael war keine Rede, aber der Schaden am Gebäude scheint auch relativ groß gewesen zu sein. Sie konnten bisher keine Aussage über die Anzahl oder Identität der Opfer machen. Das komplette Dachgeschoss wurde weggesprengt«, erklärte sie atemlos. »Also, könntest du es? Von all deinen egoistischen Vorbehalten abgesehen?«

Nathan begegnete ihrem Blick – glasklar und hellblau. *Egoistisch.*

»Die Wahrheit? Ich weiß es nicht. Kommt drauf an, woran du glaubst.«

»Ist das so?«, entgegnete sie tonlos und wollte nicht lockerlassen. »Eine Frage des Glaubens?«

Nathan atmete angespannt aus. Wie oft hatte er diese verfluchte Diskussion schon geführt? Wie oft mit sich selbst, mit Michael, sogar mit John, der einen in den Wahnsinn treiben konnte, wenn er Antworten verlangte, die er sich nicht einmal selbst geben wollte.

»Verursacht der Flügelschlag eines Schmetterlings auf der anderen Seite der Welt einen Tsunami, der Tausenden das Leben kostet, oder braucht es dafür eine ganze Kette an Ereignissen und Entscheidungen von hunderten Individuen und

die Luft zu sprengen, und ich will herausfinden, warum, bevor er einen Schritt unternimmt, den ich selbst vielleicht nicht überlebe. In Ordnung? Was kann schon passieren in dieser Welt? Hm?«

Ihr Blick sagte, dass sie sich ein paar Dinge vorstellen konnte, und Nathan kam zum ersten Mal der Gedanke, dass, wenn so etwas noch einmal geschah, und der nächste Anschlag auf sein Leben Erfolg hätte, auch er sich nicht mehr daran erinnern würde. Er musste zeitnah nach Hause und eine Nachricht hinterlassen.

Nathan stockte.

Hatte er vielleicht schon. Wieso war er nicht schon längst dorthin gegangen und hatte nachgesehen? Wo war er nur mit seinem Kopf?

Die Dringlichkeit in seinem Tonfall erreichte jedoch, was er hatte erreichen wollen. Salea machte wortlos auf dem Absatz kehrt und ging voraus. Irgendwohin, wo sie in Ruhe reden konnten, hoffte er und folgte, bevor er sich wieder durch einen anderen Gedanken ablenken lassen konnte.

Sie ließen die Eingangshalle hinter sich und traten durch eine verglaste Tür in einen Bereich, den wahrscheinlich nur wenige Besucher der Bibliothek zu Gesicht bekamen.

Die langen Flure dahinter waren leer und zu beiden Seiten gesäumt mit kleinen, vollgestopften Büros. Salea blieb nicht stehen. Sie führte ihn tiefer in das Gebäude hinein. Nach langen Minuten hatten sie ihr Ziel fast erreicht, denn Salea zückte eine Schlüsselkarte, die ihr Zugang zu einem weiteren Trakt erlaubte. Sie befanden sich nun gut zwei Stockwerke unter der Straße, vermutete Nathan nach den letzten Treppenstufen, und gingen noch einmal einen langen Flur entlang.

Kein sehr einladender Arbeitsplatz. Diese Bibliothek schien all ihren Charme für ihre Besucher aufzubewahren. Aber was wusste er schon? Sein letzter Job war so lange her, er konnte sich das jämmerliche Büro, in dem er gesessen hatte, nicht einmal mehr vorstellen.

»Schon wieder da?«

Nathan hatte nicht damit gerechnet, hier unten jemanden anzutreffen, und fuhr herum. Salea dagegen ließ sich nicht beirren. Sie wusste, woher die Stimme gekommen war, und warf ein paar Schritte weiter einen flüchtigen Blick in eines der angrenzenden Büros, dessen Tür halb offenstand.

»Deine Schuhe«, fügte die fremde Stimme lachend hinzu. Nathan war vorher nicht aufgefallen, dass Salea Boots trug, die in den engen Fluren hier unten laut von den Wänden widerhallten und ihr Kommen ohne Zweifel bereits angekündigt hatten.

»Die Arbeit ruft«, lautete ihre Antwort, für die sie ein verbittertes Schnauben erntete.

»Der Trip in die Staaten ist nicht gut gelaufen, was?« Er war in ihrem Alter. Anfang, Mitte dreißig vielleicht. In dieser Umgebung, die nach alteingesessenen Herren am Ende ihrer Karriere schrie, wirkte er ähnlich deplatziert. Auch wenn er sich mit einem gestärkten blauen Hemd und der gebügelten Hose alle Mühe gab, reinzupassen. Sympathische Grübchen schmückten das schiefe Lächeln, das er ihr hinterherwarf.

Es kam nie bei ihr an, denn Salea war bereits weitergegangen. Stattdessen traf es Nathan, als auch der an dem Büro vorbeiging. Der Kollege korrigierte seine Haltung, ließ die Grübchen verschwinden und kam hinter seinem Schreibtisch hervor.

Salea und Nathan waren bereits ein paar Schritte weiter den Gang hinuntergelaufen, als er den Kopf aus seinem Büro steckte. »Hast du das von dem Unglück in Norwegen gehört?«

Ihre Schultern strafften sich und sie nahm zwei tiefe Atemzüge, bevor sie sich im Gehen noch einmal in seine Richtung wandte. »Leider ja. Tut mir leid, ich habe heute nicht viel Zeit. Wir reden ein andermal?«

Salea wartete nicht auf seine Reaktion. Sie bog in den nächsten Gang ein und bekam nicht mit, wie beide Männer sich in ihrem Rücken musterten.

Nathan mochte die Überheblichkeit in der Haltung des anderen aus irgendeinem Grund nicht. Die Eifersucht in seinem Blick. Er war größer als Nathan, hager; blonde Haare, nordeuropäische Züge. Nathan prägte sich das Gesicht ein, um ihm bei einem nächsten Aufeinandertreffen aus dem Weg zu gehen. Aus privaten Spannungen hielt sich Nathan prinzipiell raus.

»Nicht wichtig genug, um vorgestellt zu werden, was?«, vermutete der Fremde und Nathan grinste frech zurück, bevor er sich davon abhalten konnte. Dann bog er ebenfalls in den nächsten Gang ein und schloss zu Salea auf.

Weil er die Tür des Büros nicht ins Schloss fallen hörte, fragte Nathan leise: »Keine Freunde?«

»Kollegen. Er hofft immer noch darauf, mich scheitern zu sehen. Er hätte die Bibliothek hier leiten sollen.«

»Aber?«

»Ich bin aufgetaucht.«

Es folgte eine weitere Glastür und nun zum ersten Mal etwas, das entfernt an ein Archiv erinnerte. Reihen und Reihen voller Regale. Schlicht und grau allerdings, und um Platz zu

sparen, eng aneinandergestellt. Zwei schmucklose Tische markierten die Mitte des quadratischen Raumes. Die Deutschen hatten nicht so viel Sinn für Charme und Charakter, wie er sich das vorgestellt hatte.

»Sah eher so aus, als hätte er Lust, mehr Zeit mit dir zu verbringen.«

Salea schüttelte sofort den Kopf. »Sicher nicht. Er hört nur immer gern meine Meinung zu seinen Ideen, um sie dann zu zerpflücken. Er ist ein guter Wissenschaftler, versteh mich nicht falsch. Ziemlich brillant sogar, nur Menschenkenntnis hat er keine, wenig Sinn für Teamarbeit und bei der Bewerbung nicht überzeugt«, kommentierte sie. »Als Dozent ist er besser besetzt. Hendrik ist kein Archivleiter.«

Salea entschied sich für den ersten der beiden Tische. Direkt daneben befand sich ein Regal mit ihrem Namen in großen, handschriftlichen Lettern darauf: SALEA DAWNT. Ein guter Name für einen Entdecker, stellte Nathan bei dem Anblick fest.

»Wie lange leitest du das Archiv schon?«

»Erst ein paar Monate. Und ich werde nur noch ein Jahr bleiben, ein wenig Ordnung schaffen, und dann weiterziehen.«

»Wohin?«

»Keine Ahnung. Ist nicht wichtig.« Sie entnahm dem Regal einen von zwei großen Pappkartons und stellte ihn auf dem Tisch ab. »Wenn ich dir jetzt helfe, können wir dann wenigstens darüber reden, ob du es versuchst?«

Es zu verhindern?

Nathan ließ sich auf einen der metallenen Stühle nieder und fragte sich, wie viele Lügen dieses Arrangement hier vertrug. »Gegenfrage: Hilft es dir, wenn ich verspreche, es entweder zu versuchen oder dich davon zu überzeugen, dass es sinnlos ist?«

»Mich überzeugen?«, schoss sie sofort zurück, dabei hatte Nathan gehofft, er hätte es ganz ohne Subtext gesagt. Hatte er nicht und Salea Mumm genug, ihm die Stirn zu bieten. »Mit deinem Messer? Ist das für dich die Standardreaktion, um deinen Willen durchzusetzen?«

»Ja.«

Und fast immer ging sie auf.

Andererseits hatte er es bisher immer rückgängig gemacht und nie mit dem umgehen müssen, was danach kam. Vielleicht ein Grund, die Taktik zu überdenken. Nathan setzte den Gedanken widerwillig auf die Liste an Dingen, die er tun würde, wenn er herausgefunden hatte, warum dieser Tag mit einem Mord begonnen hatte und noch immer nicht zu Ende war. Dann legte er die Hände um ihre Kiste und hoffte, die Geste würde Aufforderung genug sein, das Thema wieder auf die eigentliche Frage zurückzulenken, nämlich was zum Henker hier eigentlich vor sich ging. Wen interessierte, was wäre, wenn in der Vergangenheit?

Salea griff nach ihrer Seite des Kartons, bevor er auch nur einen Zentimeter in seine Richtung wandern konnte, und setzte sich ihm gegenüber.

»Also gut«, sagte sie und klang einsichtig, wäre da nicht dieser bissige Ton in ihrer Stimme. Fürs Erste aber hatte er gewonnen. »Willst du die ganze Geschichte zu dem Objekt, das ich hier gefunden habe, oder die Kurzfassung?«

Nathan zögerte nur ungern, aber er musste. Sein Hirn schien heute nur langsam hinterherzukommen und derlei Rätsel löste er normalerweise nicht im Gehen, während sich

die Ungereimtheiten türmten. »Erst hätte ich gern noch eine Frage geklärt.«

»Die da wäre?«

»Wir sind in Berlin. Das sind keine zwei Stunden Flug nach Oslo. Du sagtest, du wärst für das Treffen über den Atlantik. Der Kollege da draußen sprach von einem Trip in die Staaten?«

Er blickte sie an, so neutral er konnte, und wollte ihr gar nicht misstrauen. Es gab keinen Grund. Ihre Reaktion auf ihn, auf all das, war zu ehrlich und zu erschrocken, um sie infrage zu stellen. Aber nun war der Gedanke, dass auch sie gelogen hatte, da und wollte nicht mehr verschwinden.

»Ich war auf Geschäftsreise. Ich bin als Sammlerin und für Kollegen auf Auktionen unterwegs und die besten Deals lassen sich vor Ort machen.«

»Du warst wütend, dass er dich den weiten Weg hat kommen lassen«, erinnerte er sich und sah, wie sich ihre Gesichtszüge glätteten, als auch sie an diesen Abend zurückdachte, der für sie schon ein paar Tage in der Vergangenheit lag und dennoch nichts an Details eingebüßt zu haben schien.

Einen Moment lang sah sie Nathan in die Augen, dann wandte sie sich ab.

Michael.

In dieser Zeit ein toter Mann.

Sie war an dem Abend wütend auf ihn gewesen und glaubte wirklich daran, oder nicht? Dass er diese Explosion nicht überlebt haben konnte. Sie hatte die Bilder in den Nachrichten gesehen, hatte keinen Beweis für Nathans Worte, die vom Gegenteil sprachen, und konnte die Trauer nicht aus ihrer Stimme verbannen, als sie antwortete. »Hin und wieder sind wir uns in die Quere gekommen. Und Michael hat so eine Art

– er greift gern zu unlauteren Mitteln. Ich hatte hinter der Oslo-Einladung etwas Ähnliches vermutet. Ich dachte, er wollte mich einfach nur wieder aus New York raus haben. Es hätte mich nicht überrascht, wäre er gar nicht erst wie verabredet am Flughafen aufgetaucht, um mich abzuholen.«

»Und du hast ihm zugetraut, einen solchen Aufwand dafür zu betreiben?«

»Wäre nicht das erste Mal«, meinte sie und schüttelte den Gedanken ab. »Was ist jetzt, willst du die ganze Geschichte hören?«

Nun vertagten sie also doch alles auf einen anderen Tag, das nicht mit seiner Suche nach dem Auftraggeber des Globus zu tun hatte. Vor ein paar Minuten war das noch ganz in seinem Sinn gewesen, doch nun ärgerte er sich darüber, dass er ihr erlaubte, ihm irgendetwas vorzuenthalten.

»Ich hab ein paar Grundlagen«, antwortete er schließlich. »Die relevantesten Fakten reichen aus.«

Salea legte fragend den Kopf zur Seite. »Grundlagen?«

»Ich bin nicht zum ersten Mal in einer Bibliothek und ich beschäftige mich auch nicht zum ersten Mal mit der Geschichte. Die Vergangenheit fasziniert mich, ich bin schließlich ständig darin unterwegs. Es kann nicht schaden, zu verstehen, wie eine Sache zur nächsten führt und in hundert Jahren immer noch einen Einfluss auf die Welt hat.«

Als Salea erstaunt über eine so intime Aussage zu seinem eigenen Leben die Brauen hob, zog Nathan einmal mehr den Karton zu sich heran, um von sich abzulenken und sie dazu aufzufordern, endlich anzufangen.

Es funktionierte. Salea strich seine Hände beiseite und machte sich daran, den Inhalt ihres persönlichen Archivs auf dem Tisch zu verteilen.

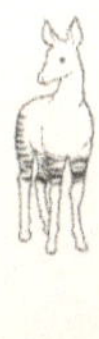

»*Fasziniert*«, wiederholte sie nachdenklich seine Worte. »Na gut, dann wirst du das hier lieben.« Das Buch, das sie direkt vor ihn legte, war abgegriffen und in Leinen gebunden. »Der Hersteller, um den es geht – Rouwen Coevorden –, war Niederländer, ursprünglich aus Antwerpen, aber aus beruflichen Gründen schließlich in Amsterdam tätig. Er lebte zur Zeit der großen Entdeckungen, als die Welt zwar schon in Teilen kartographiert, aber noch nicht bis ins Letzte erforscht war. Die VOC – die Vereinigte Ostindische Kompanie der Niederlande – brachte damals jeden Tag neue Nachrichten nach Hause. Es entstanden Gemälde, es wurden Geschichten geschrieben und Abhandlungen verfasst.

Coevorden betrieb seine Werkstatt neben vielen anderen, hat es aber nie geschafft, die wirklich prestigeträchtigen Jobs an Land zu ziehen. Stattdessen fertigte er Massenware. Seine Globen waren günstig und meist in einer handlichen Größe, wie der, den ich in Oslo dabei hatte. Sie waren immer auf dem neuesten Stand, aber nichts Besonderes. Man geht heute davon aus, dass seine Atlanten wahrscheinlich auf jedem zweiten Schiff der Kompanie um die Welt fuhren. Es gibt Beweise dafür, dass er Großaufträge von Reederern ausführte und seine Globen und Karten an jeden verteilt worden sind, der sie benötigen könnte. Was wohl auch ein Grund dafür ist, dass es heute kaum noch welche aus seiner Hand gibt. Sie waren Alltagsgegenstände.«

Salea schlug das Buch auf einer Seite auf, die im oberen rechten Eck mit einem Post-it markiert war, schob den Karton ein Stück zur Seite und füllte den Raum zwischen ihnen mit weiteren Unterlagen.

»Heute bewertet man sein Schaffen als Kunst. Er stellte neben den Auftragsarbeiten für große Schifffahrtsunternehmen auch relativ extravagante und besondere Globen her. Die meisten hat er wohl verschenkt. Sie waren beinahe zu kitschig für seine Zeit. Mystisch und realitätsfern. Sein Markenzeichen«, erklärte sie und schlug eines der Hefte in ihrer Hand auf, bevor sie den Kopf schüttelte und gedanklich noch einmal zurückging. »… wobei es damals wahrscheinlich gar nicht so begehrt war. Es ist erst heute der Grund, warum seine Globen überhaupt gesammelt werden und vor allem, warum sie neben all den anderen einzigartig genug sind, um ihm zugeschrieben werden zu können, selbst wenn er seinen Werkstattstempel nicht darauf gesetzt hat. Sein Markenzeichen jedenfalls ist das von ihm verwendete Blau.«

Nathan ignorierte die Abbildung, die sie für ihn herausgesucht hatte. Er war zu sehr von ihrem Gesicht und der Tatsache abgelenkt, dass diese Frau geradewegs strahlte, wenn sie von etwas sprach, das sie begeisterte.

»So etwas hatte es zu seiner Zeit nicht gegeben und auch heute ist es eine Rarität. Leider sind Coevordens Werke heutzutage weder zahlreich noch historisch wertvoll genug, um eine aufwendige Analyse zu rechtfertigen, deswegen wissen wir immer noch nicht, womit er das Blau angemischt hat. Wahrscheinlich irgendetwas, das die Kompanie aus dem Osten mitgebracht hat. Tatsächlich erinnert es an das Kobaltblau der Chinesen. Es hat die gleiche Tiefe. Es leuchtet.«

»Du schweifst ab«, bemerkte er, als sie einen Moment Luft holte und sich damit selbst unterbrach. Nathan hatte das Gefühl, wenn er sie jetzt nicht wieder auf den richtigen Weg brachte, würde er es gar nicht tun. Denn er hörte ihr gern zu, wenn sie von Dingen erzählte, die niemandem wehtaten und seine Welt nur bereicherten, ohne ihr etwas zu nehmen.

Salea rollte die Augen.

Statt ein weiteres Buch aufzuschlagen, um ihre malerischen Worte mit Bildern zu unterlegen, griff sie einmal mehr in ihre Box und zog ein Magazin heraus, das seine besten Tage bereits hinter sich hatte. Es war eines von diesen dicken Hochglanzheften, in denen sich mehr Werbung befand als Inhalt. Ein paar Seiten waren lose und das Deckblatt wellig. Neben dem Strichcode prangte kleingedruckt das Erscheinungsdatum – vor sechzehn Monaten. Nathan speicherte Monat und Jahr fast automatisch ab, dabei war es nicht von Belang. Der Globus auf dem Cover war es. Und der Mann, der ihn hielt.

»Nigel Livingston«, verkündete sie. »Er hat herausgefunden, was in dem Blau steckt, will es uns aber nicht verraten.« Salea blickte wehmütig auf das Cover und lächelte trotzdem. »Er hat mit seiner Arbeit heute mindestens so viel Erfolg wie Coevorden damals; nicht der große Hit, aber erschwinglich und bei Interessenten aus aller Welt begehrt. Die Marke »Livingston&Maze« existiert erst seit ein paar Jahren und setzt auf eine vergleichsweise traditionelle Herstellungsweise, was auch für Sammler moderner Stücke interessant ist. Die Werkstatt befindet sich nur ein paar Straßen von hier. Am Hackischen Markt. Dort stellen sie Globen fast genauso her wie früher. Alles Handarbeit. Einzelstücke, jeder von ihnen. Manche sagen, der Wunsch danach, einen Globus zu besitzen, kommt daher, dass man durch sie die Welt in den Händen hält, Macht über sie hat, wenn auch nur symbolisch. Ein bekannter Hersteller schrieb einmal, dass ein Globus nur eine bemalte Kugel ist, bis ein Reisender ihr Leben einhaucht. Dann sind sie etwas anderes. Dann haben sie ein Herz. Eine Welt mit einem Herzen.«

Nathan betrachtete das glänzende Magazincover in ihren Händen und musterte Nigel Livingston, wie er sich auf einem Detailfoto mit einer Lupe vor den Augen über einen unfertigen Holzkorpus beugte. Er trug einen Bart und die Haare in der Stirn; das von der Arbeit mit Farbe befleckte Hemd an den Ärmeln aufgeknöpft und nach oben gerollt.

Salea ließ das Heft sinken und legte ihre Hände darauf, riss Nathan damit aus den Gedanken und blickte ihn abwartend an.

»Sehr viel mehr an Informationen kann ich dir nicht geben. Ich hatte bisher noch keine Zeit für private Forschungen. Das ist alles, was ich weiß.« Sie zuckte die Schultern. »Ich habe den Globus hier im Haus entdeckt, ihn und –«

»Ich gehe und rede mit ihm.«

»… mit ihm?«, fragte sie verwundert und folgte Nathans Geste hin zu dem Mann unter ihren Händen.

»Ja, mit ihm. Du glaubst, das hier ist ein Zufall?« Er schnaubte. Wie konnte sie von Zeitreisen wissen und trotzdem auf das Heft vor sich sehen und es nicht verstehen? »Sieh ihn dir an. Du redest von ein und derselben Person. Und ich dachte schon, ich müsste sonst wohin, stattdessen sind es nur ein paar Straßen und ich muss nicht einmal die Zeit wechseln.«

Salea sah ihn entgeistert an. »Nathan, der Globus, den ich zu euch gebracht habe, war aus seiner Zeit, Coevordens Zeit. Verstehst du? Das Papier, die Tinte. Er wurde nicht in diesem Jahrtausend hergestellt. Selbst wenn er … Das ist absurd. Der Globus kam aus dem Jahr 1753.«

»Oder *er* kommt aus dem Jahr 1753. Und hat seine Materialien mitgebracht.«

»Das Stück war alt!«

»Nein, war er nicht«, widersprach er. »Er war in einem ungewöhnlich guten Zustand, findest du nicht? Nicht in einem, der einem Alter von mehr als 200 Jahren entspricht. Du hast schon mehr von den Dingern gesehen als ich, du weißt, dass ich recht habe. Ich gehe und rede mit ihm.«

Salea schob ihre Unterlagen aus dem Weg und beugte sich auf den Tisch. »Nathan, bitte warte. Egal, was du glaubst, ausrichten zu können oder auch nicht, warum gibst du meinem Vorschlag nicht eine Chance? Warum gehst du nicht einfach zu diesem Treffen zurück und versuchst es? Bist da, bevor er es ist, warnst die anderen. Ich habe darüber nachgedacht. Er ist nur ein Mann. Er kann nicht überall sein, oder?«

Nathan erwiderte ihren Blick kühl.

Warum?

Weil der Tod der Menschen in diesem Apartment ihm nichts bedeutete. Er bedeutete niemandem etwas. Es waren nur vier Tote in einer Zeit, die weder deren war, noch seine. Das Ergebnis dieses Anschlages war so wenig ausschlaggebend, wie es nur sein konnte.

Was ihn interessierte, war die Lüge, mit der es begonnen hatte; die der Grund für diesen Unfug zu sein schien, für die Falle, in die er getappt war.

Statt zu antworten, schenkte er ihr ein falsches verständnisvolles Lächeln. Dann wünschte er sich davon, wie ein verfluchter Geist, und war verschwunden.

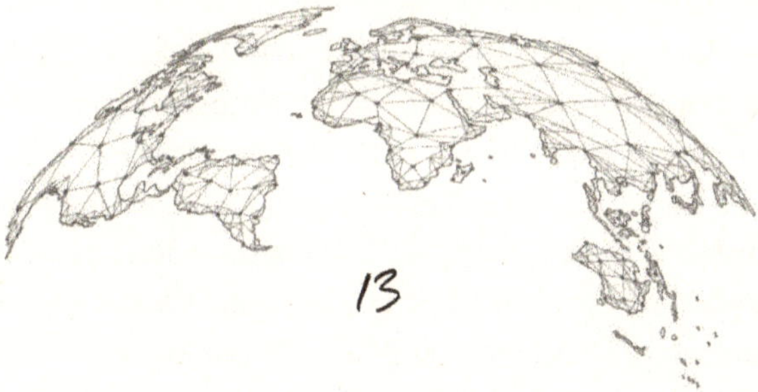

13

Fast wünschte Nathan, dass ihm der kleine Trick gerade eben nicht solchen Spaß gemacht hätte. Es war grausam und unnötig gewesen, direkt vor ihren Augen zu gehen, ohne sie darauf vorzubereiten. Aber diese Frau und ihr Dickkopf fingen an, ihm auf die Nerven zu fallen, und allein die Vorstellung davon, wie sie da jetzt saß und auf den leeren Stuhl sah, war eine kleine Genugtuung.

Nathan nahm den gleichen Weg zurück, den er kurz zuvor mit Salea gegangen war. Er stellte sicher, dass ihr Kollege ihn kommen hörte. Der Mann saß wieder in seinem kleinen, übervollen Büro, dessen Tür offen stand, sodass es niemand an ihm vorbei schaffte, ohne dass er es mitbekam. Vorhin hatte er ihn noch misstrauisch beäugt, jetzt hob er skeptisch den Blick von den Büchern, die seinen Schreibtisch bedeckten. Ein Wissenschaftler, ja, so sah er aus. Michael aber auch, und auch der war nie genau das, was man glaubte, vor sich zu haben. Nathan hob flüchtig die Hand im Gruß und ging ohne zu zögern weiter.

Er verließ die Bibliothek auf dem Weg, den er gekommen war. Nur eben mit der kleinen dramatischen Einlage an diesem Tisch zwei Stockwerke unter der Eingangshalle. Es waren keine zehn Minuten vergangen.

Der Vorwurf, dass es ihn nicht interessierte, was hier passierte – in dieser Zeit –, hatte ihn tiefer getroffen, als er sich eingestehen wollte. Nathan hatte erst gar nicht bemerkt, wie sich die Empörung über diese Anschuldigung in ihm breitgemacht hatte, doch je länger er Salea hatte reden lassen, desto unmöglicher war es ihm erschienen, den Aufruhr in sich zurückzuhalten. Dabei war das Thema längst vom Tisch gewesen; sie mit seiner Reaktion zufrieden, er nicht in Stimmung, ihr Rechenschaft abzulegen.

Jetzt ärgerte es ihn, dass er nicht gleich dagegen angegangen war. Ihr nicht direkt widersprochen hatte. Doch so war das bei ihm. Sein Zorn kam immer leicht verzögert, wie der Donner nach dem Blitz.

Das hier war manchmal auch seine Zeit und würde immer seine Vergangenheit bleiben. Es war ihm nicht egal. Anderes war nur gerade wichtiger.

Im Gehen winkte er auch der Dame hinter dem Empfangstresen zu. Somit hatten ihn alle gesehen, einschließlich der Kameras im Eingangsbereich. Salea würde nicht in die Bedrängnis geraten, sein Verschwinden erklären zu müssen, außer vor sich selbst, und dabei würde ihr ihr eigener Ärger schon behilflich sein.

Draußen auf der Straße orientierte er sich und rief sich den Grundriss dieser Stadt noch einmal ins Gedächtnis. Er hatte sie schon oft besucht. Am Ende war Berlin eher wie Venedig oder Paris. Da konnte man nicht hindurch zappen. Das musste man zu Fuß machen, und der Hackische Markt war nicht weit entfernt, ein Zwölfminutenspaziergang vorbei an geschäftigen Hauptstraßen, durch graue Hochhäuserschluchten.

Nur ein dezentes Schild wies auf die Werkstatt hin. Sie be-

fand sich im Hinterhaus eines unscheinbaren Wohnblocks. Vorn an der Straße gab es nicht einmal eine Klingel, geschweige denn ein Schaufenster. Nathan stutzte. So gut konnte ein Internetauftritt gar nicht sein, dass man ganz ohne Laufkundschaft auskam. Nicht einmal in dieser Zeit, in der jeder auf dem Smartphone nachsah, ob der Zug pünktlich kam, während er schon auf einen zufuhr.

Nach kurzem Zögern trat Nathan in den schmalen Raum zwischen den beiden Häusern, die den Hof begrenzten, ließ einen unbeschrifteten Seiteneingang hinter sich und stand schließlich vor einem gewaltigen gewächshausähnlichen Glaskasten. Die Konstruktion war gut drei Stockwerke hoch und bestand fast ausschließlich aus Fenstern, die viel Tageslicht in den Innenraum ließen.

Es war später Nachmittag. Feierabend. Die einzigen nicht aus Glas bestehenden Bestandteile, die beiden Eingangstüren, waren geschlossen, aber nicht abgeschlossen. Niemand hielt ihn auf, als er hinein ging.

Werkbank stand an Werkbank; unfertige Globen überall, halb bemalt, auf Metallständern, an Bändern von der Decke hängend. In einer meterlangen Regalreihe stapelten sich Hohlkörper. In einer Zweiten darunter fertige Drucke in Form geschnitten und aneinandergeklammert. An jedem Papierbündel hing ein kleines Etikett mit einer gehetzten, ausufernden Handschrift darauf. *Sepia – due 20th – College Major. Copper Green – Livingston – 80th B-Day. Glacial Blue – Edinburgh – due 30th.*

Alles hatte seine Ordnung und schien trotzdem ein einziges kreatives Chaos zu sein. Die Ostwand der Werkstatt erstrahlte im letzten Licht des Nachmittags.

Als er jemanden leise fluchen hörte, wandte Nathan sich suchend um. Der Glaskasten, in dem er sich befand, war nur von außen betrachtet ein durchscheinendes Gerüst, im Inneren war schwer auszumachen, wo welcher Arbeitsplatz endete und welcher Schrank am Ende der Durchgang zu einem anderen Raum war. Denn zweifellos war das hier nicht alles. Irgendwo gab es sicher auch ein Büro, eine Küche, ein Badezimmer.

Nathan behielt den Rest des Raumes im Auge und suchte gleichzeitig nach der Person, die immer noch verärgert vor sich hin fluchte. Er fragte sich, wie viele Menschen hier arbeiteten und aus wie vielen Gründen sein unangekündigter Besuch hier zu einem Desaster werden könnte, das mehr Probleme schaffte, als es löste.

»Wir haben schon geschlossen«, hörte er schließlich jemanden sagen und entdeckte den Mann vom Magazin-Cover, wie er hinter einem der mannshohen Regale hervorkam. Er hatte ein gutgelauntes und entschuldigendes Lächeln auf den Lippen und winkte entspannt Richtung Ausgang, nur ein paar Schritte entfernt, als wäre er mit dieser Leichtigkeit schon oft ungebetene Gäste losgeworden. Dann zog er zwischen zwei Tischen einen Vorhang hervor. Die Abtrennung hing an einer Schiene unter der Decke. Livingston griff sich ein Ende, löste die Kordel, die das Tuch zusammenhielt, und zog die endlos scheinende Stoffbahn quer durch den Raum.

Am Ende angekommen knipste er das Licht über ihren Köpfen aus, und weil der Vorhang sie von der sonnenbeschienenen Seite des Raumes trennte, standen sie beide plötzlich im Halbdunkel des beginnenden Abends. Wäre da in diesem Gesicht nicht immer noch dieses freundliche Lächeln, Nathan hätte bereits nach seinem Messer gegriffen; sich zumindest vergewissert, dass der Mantel ihm nicht im Weg sein würde, dass er sich würde verteidigen können, wenn er müsste, und ihm die Zeit nicht zur Hilfe kam. Doch es war da, dieses Lächeln, und der zufriedene Ausdruck in den Augen des Fremden. Die Falten um seine Augen waren in echt so markant wie auf dem Foto. Seine robuste Gestalt sogar noch eindrucksvoller. Man sah ihm an, dass er arbeitete. Mit seinem Körper und seinem Kopf. Dass er liebte, was er hier machte, und dafür brannte.

»Ich hoffe, es ist nicht allzu eilig. Es ist niemand mehr da, der Ihren Auftrag entgegennehmen kann. Ich bin hier nur für das Handwerk zuständig. Kommen Sie doch einfach morgen noch einmal wieder«, sagte er in perfektem Deutsch, sein britisch klingender Name vollkommen nebensächlich.

»Ist das Handwerk nicht das Wichtigste an solchen Kunstwerken?«

Livingston nickte und schüttelte kurz darauf den Kopf. »Nicht, wenn Sie auch verkaufen wollen, oder? Wie wäre es, wollen Sie morgen noch einmal vorbeikommen?«

»Ich würde ungern so viel Zeit vergehen lassen und ich denke, Sie sind genau der, nachdem ich suche. Ich habe gehört, dass Sie hier eine Besonderheit anbieten. Ein besonderes Blau.«

»Es ist nicht so besonders.«

»Sammler sehen das anders.«

Livingston hob eine Braue, misstrauisch vielleicht. Skeptisch in jedem Fall. In der Absicht, das hier nicht unnötig in die Länge zu ziehen, entschied sich Nathan, mit offenen Karten zu spielen. Er hatte bereits entschieden, dass er den richtigen Mann vor sich hatte. Er wusste nur noch nicht, was der davon halten würde, wenn Nathan ihn zur Rede stellte. Aber das würde sich schnell herausfinden lassen.

»Mein Name ist …«

»Oh!«, unterbrach ihn eine erschrockene Frauenstimme. Nathan fuhr sofort herum und entdeckte die Dame in der Tür. Sie trug ein weites blaues Kleid, aus einer Art grobem Leinenstoff, darüber eine Seidenstola. Nicht ganz abwegig, hier, in dieser Zeit, und doch irgendwie nicht korrekt. Vielleicht wusste Nathan doch nicht so genau, wen er hier vor sich hatte. Vielleicht war nicht Livingston der Reisende, sondern sie.

Die beiden wechselten einen besorgten Blick miteinander, bis Livingston gutmütig abwinkte.

»Der junge Mann ist noch nicht einmal dazu gekommen, zu sagen, was er will, meine Liebe. Lassen wir ihn erst zu Wort kommen, bevor wir uns ärgern, hm?«

Die *Liebe* verschränkte die Arme vor der Brust und blickte Livingston bissig an. Als sie der Meinung war, ihren Punkt klar gemacht zu haben, wandte sie sich Nathan zu und nickte auffordernd. »Bitte. Aber machen Sie es kurz. Unsere Kinder warten zum Abendessen.«

»Ich …«, fing Nathan noch einmal an und versuchte, seine Gedanken zu sortieren. »Wo kommen Sie her?«

»Wollten Sie sich nicht vorstellen?«, unterbrach ihn Livingston.

»Hab's mir anders überlegt.«

»Das ist nicht schlau. Wenn Sie das machen, macht sie es auch.« Er ließ es wie einen Scherz klingen. Und wahrscheinlich war es einer. Einer zwischen Eheleuten. Livingston griff nach einer der Schürzen, achtlos auf der nächstgelegenen Werkbank zurückgelassen, und begann auch den Rest von ihnen einzusammeln, wie ein Vater nach dem großen Weihnachtsessen. »Na los, raus mit der Sprache. Sie sagten, Sie wären wegen unseres besonderen Blaus hier.«

»Wie ein Kenner sehen Sie nicht aus«, kommentierte seine Frau und hatte sich nicht von ihrem Platz in der Tür wegbewegt. Als wollte sie Nathan nicht die Gelegenheit geben, zu vergessen, dass sie auf dem Sprung war. Nur dass sie wahrscheinlich gar nicht durch die Tür wollte.

»Wo sind Ihre Kinder? Hier oder dort?«

»Vorsicht, Junge«, warnte Livingston, mit dem Rücken zu ihm, und hatte die Anspielung wohl verstanden. Dabei hatte Nathan sie bewusst unverfänglich formuliert. Nur ein Reisender würde sich dadurch angegriffen fühlen, dass er wissen wollte, von welcher Zeit sie hier sprachen. »Bei solchen Fragen fühlen wir uns schnell bedroht.”

»Warum sollte Ihnen jemand drohen?«, konterte Nathan.

Der Mann schnappte sich die letzte Schürze und hatte wieder sein gutmütiges Lächeln aufgesetzt, als er zurückkam, um sie auf einen Hocker zu werfen, der scheinbar als Garderobe herhielt. In solchen Momenten war Nathan sich nie sicher, wann man es ernst mit ihm meinte und wann es nur ein Spiel war. Eine gesellschaftliche Konvention. Als hätte er diesen Teil in der Schule übersprungen, oder im Leben. Als hätte man ihm nie beigebracht, wie man in Gesellschaft anderer funktionierte.

»Man weiß nie. Wurde Ihnen noch nie gedroht?”

Von John und seinen lächerlichen Tiraden einmal abgesehen? »Bis zum gestrigen Tag nicht, nein«, gab er zu und blickte noch einmal zu der Frau in der Tür. »Mein Name ist Jonathan Peeregaard. Gestern Abend hat man versucht, mich zu töten, und es scheint, der Anschlag hat etwas mit einem Ihrer Globen zu tun.«

Beide sahen sie ihn überrascht an. Sogar Mrs Livingston erlaubte einen Blick hinter ihre Fassade.

»Tatsächlich?« Ihr Mann ließ sich auf der Kante einer der Werkbänke nieder und musterte Nathan mit neuem Interesse. Er gab der Information einen Moment, um zu sacken, oder sich selbst ein paar Minuten, um sich eine vernünftige Lüge einfallen zu lassen. »Ich kann mir nicht denken, worauf Sie hinaus wollen.«

»Sie haben einen Globus angefertigt, oder werden es tun? Mit Daten und Koordinaten darauf, die sich auf Reisen beziehen.«

Die Dame in der Tür seufzte gereizt und kam nun doch herein. Ihre Schritte hallten entnervt durch den Raum. Überraschenderweise jedoch gab das ihrer ganzen Gestalt etwas fast Königliches. In dieser Werkstatt, voller überquellender Arbeitstische und dem Geruch nach Farbe und Leim, war sie nicht zu Hause. »Reden Sie nicht um den heißen Brei herum.«

»Entschuldigen Sie, aber ich könnte viel konkreter werden, wenn ich wüsste, wer Sie sind.«

»Viola Creci.« Sie streckte ihm die Hand entgegen, sobald sie ihn erreichte, und blickte ihm stolz ins Gesicht. »Ich bin die Tochter eines Florentiner Tuchhändlers und die Ehefrau und Geschäftspartnerin eines noch viel berühmteren Niederländers, der schon für die VOC gearbeitet hat. Nicht bekannt?«

Nun war sich Nathan sicher, dass er auf den Arm genommen wurde. Sie zog ihn auf.

»Wir beide sind Reisende, falls Ihnen diese Information weiterhilft. Ich nehme an, Sie sind auch einer.«

»Und der Mann, der mich töten wollte, auch«, warf er wertungsfrei ein, während er gleichzeitig nach einer Reaktion in den harten Zügen ihres Gesichts suchte. »Gestern Nacht hat ein Treffen stattgefunden. Wir haben uns wegen dieses Globus getroffen, wegen ihm, wie er in der Zukunft in unserem Lager stehen wird. Michael Marstens, vielleicht sagt Ihnen der Name etwas, ist auf ihn aufmerksam geworden und war ziemlich erschrocken, ihn hier zu finden.«

»Hier?«

»Ja, in dieser Zeit. Eine Mitarbeiterin der Bibliothek nur ein paar Straßen weiter hat ihn entdeckt, in tadellosem Zustand. Er scheint erst kürzlich hergestellt worden zu sein, doch das Material, aus dem er besteht, stammt aus dem 18. Jahrhundert.«

Viola zog die Brauen zusammen und wanderte hinüber zu ihrem Mann. Sie blieb direkt neben ihm stehen und musterte sein Profil.

»Dann hat ihn jemand gestohlen, nachdem wir ihn abgeliefert haben. Oder unser Auftraggeber hat ihn hierher gebracht. Damit haben wir nichts zu tun«, lautete Livingstons Erklärung, doch es war Violas Blick, der das Gesicht ihres Mannes nicht loslassen wollte und Nathan daran zweifeln ließ, dass das alles war, was die beiden zu dem Thema zu sagen hatten.

»Aber es bedeutet, Sie haben ihn bereits angefertigt und wissen, wie es zu den Daten darauf gekommen ist. Haben ihn angefertigt und wussten genau, was Sie da tun.«

Viola nahm den Blick von ihrem Mann. Sie hatte nichts von der Gelassenheit ihres Partners. Nichts von seiner ureigenen Freundlichkeit, die sich auch jetzt, wo sich dieses Gespräch auf wackeligem Boden befand, nicht vertreiben ließ.

Violas Linien waren messerscharf und unnachgiebig. Selbst sitzend würde sie auf Nathan herabsehen. Ihre Brauen waren in einem Bogen nach oben gezogen, der ihrem Gegenüber Naivität unterstellte. Sie wusste es besser, wusste so viel mehr. Nur hatte sie keine Energie mehr, sich zu erklären und ihren Gesprächspartner auf die gleiche Ebene zu heben. Sie war müde. Nathan sah es ihr an.

»Aber ja, schon vor Jahren. Michael Marstens hat ihn bei uns in Antwerpen in Auftrag gegeben, da waren wir noch nicht einmal richtig im Geschäft.«

Wie von ihr erwartet, traf die Information ins Schwarze und ließ Nathan dastehen wie ein Idiot. Dabei hatte er gerade noch in Erwägung gezogen, ihr zu verzeihen, wie offensichtlich wenig Lust sie darauf hatte, ihm zu helfen.

»Ich habe die Druckplatten nach einer Vorlage gefertigt. Beides, die Platten und den fertigen Globus, haben wir ihm wie verabredet überlassen, damit nichts davon in unserer Zeit bleibt.«

»Die Originalvorlage allerdings«, unterbrach Viola ihren Mann, »haben wir behalten, auch den ersten Abzug. Gegen meinen Rat. Aber er wollte sie unbedingt aufbewahren.«

Livingston schüttelte entschuldigend den Kopf. »Es war eine gute Arbeit und ich … Nun, bevor wir die Werkstatt hier in Berlin aufgemacht haben, haben wir die Welt so noch nie gesehen. Die Karte, die Michael uns gegeben hat, war phänomenal. Außerdem besteht sie aus Papier und ist schnell vernichtet, und überhaupt wird sie außer uns niemand sehen und … Die Karte befindet sich in unserem Besitz. Noch immer. Sie ist sicher.«

»Nun, der Globus ist es nicht mehr«, folgerte seine Frau in einem vorwurfsvollen Ton und wandte sich an Nathan. »Sie wissen nicht, wie er hierher gelangt ist?«

»Nein. Viel mehr würde mich auch interessieren, warum. Oder eher, aus welchem Grund er überhaupt existiert.« Es machte keinen Sinn. »Der Professor hat ihn persönlich in Auftrag gegeben?«

»Aber ja. Das sagte ich schon. Wie heißt die Mitarbeiterin, die ihn gefunden hat?«

»Wie alt war er? Als er zu Ihnen kam.«

»Als er zu uns kam?« Livingston überlegte einen Moment. »Um die sechzig würde ich schätzen. Er hatte einen Haufen Unterlagen dabei, die wir auf den Globus übertragen haben. Sie listeten Reisen von knapp dreißig Jahren auf.«

»Warum?«

»Warum?«, stimmte Viola Nathan zu und meinte die Frage ebenso ernst. Sie war an ihren Mann gerichtete und der sah zu ihr auf, als bitte er sie um Nachsicht.

»Mijn Lieve, meine Auftraggeber dürfen verlangen, was sie wollen, und ich darf ihnen geben, was ich möchte. Manchmal verraten sie mir, warum sie England lieber nicht auf der Karte hätten, und manchmal eben nicht.«

»Er schien verwirrt«, fügte Viola hinzu.

»Er war aufgeregt«, relativierte ihr Mann, doch sie widersprach umgehend an Nathan gewandt.

»Er war verwirrt. Ich glaube, er wollte es sich veranschaulichen. Die Reisen. Die Treffen mit anderen. Ich glaube, er hat den Überblick verloren. Wollen Sie mir jetzt verraten, wer die Frau ist?«

»Sie spielt keine Rolle. Sie weiß von nichts. Der Michael, mit dem ich gestern zu tun hatte, wusste auch von nichts. Zumindest hat er so getan. Er wollte, dass wir herausfinden, wie der Globus hierhergekommen ist.« Und zumindest in dieser

Angelegenheit hatte er nicht gelogen. Dass er bereits von dem Globus wusste, ja, dass er ihn hatte anfertigen lassen hatte, ja, aber er hatte sich nicht erklären können, wie er hier gelandet war, und es hatte ihm Sorgen gemacht. Das verstand Nathan nun.

»Hm«, machten sie beide und Viola fügte hinzu: »Ich habe ihn darauf hingewiesen, dass es vielleicht nicht sehr schlau ist, solche Informationen für alle ersichtlich zu machen, aber er ließ sich nicht davon abbringen. Er hat uns tagelang Vorträge darüber gehalten, was er von den Reisen hält, wie er uns sieht, und dass er glaubt, dass wir eine Gemeinschaft sind, die miteinander vernetzt ist. Wir sind auf dem Globus nicht verzeichnet – soweit wir wissen, zumindest. Also habe ich ihn machen lassen.«

»Das war, bevor wir hierhergekommen sind«, fügte ihr Mann hinzu. »Wir haben ihn seither nicht mehr getroffen. Um ehrlich zu sein, würden wir gern nichts mit dieser *Gemeinschaft* zu tun haben. Es ist so – vielleicht können Sie das besser einschätzen, oder anders –, für uns ist das alles sehr schwer zu überschauen. Wir wollen eigentlich keine großen Wellen schlagen, verstehen Sie?«

»Warum sind Sie dann hier?« In dieser Zeit, meinte Nathan. Warum ein Geschäft hier in diesem Berlin eröffnen?

Viola lächelte zum ersten Mal in diesem Gespräch. Ein wunderschönes, kleines Lächeln, das so viel mehr in ihren dunklen Augen stattfand als überall sonst auf ihrem Gesicht. Die harten Linien blieben, wo sie waren, aber die ganze Frau strahlte.

»Warum?«, wiederholte sie einmal mehr, doch dieses Mal kannte sie die Antwort auf die Frage. »Weil unsere Söhne

keine Handwerker sind, Künstler auch nicht. Und weil sich heute keiner mehr an uns erinnert. Nicht dass wir das unbedingt wollen, aber die Kunst, Welten zu erschaffen, die sollte nicht einfach in Vergessenheit geraten. Also haben wir dieses Geschäft eröffnet und – Sie werden es nicht glauben – wir sind hip.«

»Ich glaube es«, versicherte Nathan. So hip wie Schallplatten, nachdem man Musik über jedes WLAN erhalten konnte. »Sie wollen also die traditionelle Art, einen Globus herzustellen, am Leben halten?«

»Klingt das absurd?«

»Allerdings.«

»Wir können durch die Zeit reisen. Was sollen wir sonst mit dieser Fähigkeit anfangen?«

Nathan wischte diese endlos alte Frage mit einer knappen Geste vom Tisch und versuchte sich auf etwas anderes zu konzentrieren. Also fragte er geradeheraus: »Wer bedroht Sie?«

Wie auf Zuruf erhob sich Livingston von der Tischkante. »Junge, wir kommen aus einer Zeit, zu der man noch nicht einmal weiß, was ein Telefon ist oder dass irgendwann einmal jeder die Möglichkeit haben wird, innerhalb eines einzigen Tages um die ganze Welt zu fliegen. Unsere ist eine Zeit, in der die Menschen schnell zu erschrecken sind.«

»Aber es hat noch niemals jemand versucht, uns zu töten«, fügte Viola hinzu. Der wohlwollende Zug um ihre Lippen war verschwunden. Sie blickte wieder ihren Mann an, der sie jetzt, wo er stand, um einen guten Kopf überragte. Erstaunlicherweise änderte die Tatsache, dass sie zu ihm aufsehen musste, nichts an ihrer erhabenen Haltung, die sie für den Rest der Welt unantastbar zu machen schien. Livingston begegnete

der Aufmerksamkeit seiner Frau mit Gelassenheit, doch Nathan verstand sofort, was in den Köpfen der beiden vorging.

Wenn das hier wirklich etwas mit dem Globus und all den Informationen darauf zu tun hatte, dieser Globus aber nun zerstört war, war der Druck, den sie aufbewahrten, vielleicht das letzte Bisschen, das noch von ihm übrig war. Wie hoch standen die Chancen, dass dieses Geheimnis für alle Zeiten unter Verschluss blieb? Dass wirklich niemand und vor allem nicht dieser Fremde davon wusste, dass die Karte sich bei ihnen befand? Wie hoch standen die Chancen, dass sie in Gefahr waren?

»Ich werde nach meinen Söhnen sehen. Und Sie …« Viola wandte sich erneut an Nathan. »… sollten sich noch einmal mit der Frau unterhalten, wenn sie Salea heißt. Michael hat den Globus ihretwegen anfertigen lassen. In all unseren Gesprächen hat es keinen Satz gegeben, in dem ihr Name nicht gefallen ist. Wenn sie es ist, die ihn gefunden hat, dann spielt sie eine Rolle. Zufälle sind etwas für Geschichtenerzähler, nicht für Reisende.«

14

Drei Tage.

Zweiundsiebzig Stunden auf die Minute. Solange hatte er gewartet, um zurückzukommen, nachdem er Salea in dieser gottverlassenen Hütte irgendwo in Südnorwegen zurückgelassen hatte. Es war noch ein bisschen Geld von ihrem letzten Ausflug nach New York in ihrer Tasche gewesen, zwei Kreditkarten, ein Telefon. Dessen letztes Bisschen Akku hatte sie verwendet, um ein paar Mails zu schreiben und die Nachrichten zu checken. Er hatte die Wahrheit gesagt, was die Explosion in dem Osloer Apartment betraf. Das hatte sie zu dem Zeitpunkt verstanden und nur deswegen nicht direkt die Flucht ergriffen.

Drei Tage.

Dichter Wald in alle Richtungen, nach circa anderthalb Meilen ein Nachbar, dessen Haus und Grundstück ähnlich groß und verlassen gewesen waren. Ein bisschen was zu essen in der Küche, kein Strom aber fließendes Wasser. Außerdem hatte sie in einem Badezimmer Verbandszeug entdeckt, mit dem sie ihre Wunde hatte säubern können, obwohl das nur bedingt von Nöten gewesen war. Hätte sie es nicht besser gewusst, hätte sie behauptet, es wäre schon viel mehr Zeit vergangen. Denn von dem Schnitt war schon an diesem ersten Tag in der Hütte kaum noch etwas zu erkennen gewesen.

Nathan Peeregaard.

Über ihn hatte sie online nichts gefunden. Ihn und seine widersprüchliche Art. Sie war im Zweifel darüber gewesen, ob es so etwas wie Zeitreisen wirklich gab, und war doch dortgeblieben. Und er hatte es gewusst – dass er zurückkommen und sie immer noch da sein würde. Hatte darauf gesetzt, dass sie auf ihn warten und helfen würde.

Heute wusste Salea, dass sie nur geblieben war, weil sie daran geglaubt hatte, dass er etwas unternehmen wollte. Sie hatte vielleicht nicht verstanden, wie, aber darauf gehofft, dass er alles rückgängig machen konnte und das insgeheim auch wollte. Dass einfach alles nicht passieren würde.

Jetzt saß sie an ihrem Arbeitsplatz in Berlin, starrte wortlos auf den leeren Stuhl auf der anderen Seite des Tisches und versuchte, sich darüber klar zu werden, wie es überhaupt sein konnte, dass er gerade noch dort gesessen hatte und es nun nicht mehr tat. Kein Zerrbild, kein Rauschen, kein Riss in der Welt. Nur der leere Stuhl und ihr Verstand, der daran keinen Anstoß zu nehmen schien.

Es war die Tatsache, dass in ihr *nicht* so etwas wie Panik aufstieg, die sie stutzen ließ.

Schließlich warf sie den Sammlerkatalog zusammen mit ihren anderen Unterlagen wieder in die Kiste und war dankbar um jedes Geräusch, das sie dabei machte, denn die waren wenigstens echt und wurden wie gewohnt von ihren fünf Sinnen registriert.

Was bedeutete das?

Das alles?

Wenn Nathan genau in diesem Moment durch die Zeit reiste, dann …

Salea schüttelte den Kopf. *Nein, nein, nein.* Nichts ergab mehr irgendeinen Sinn. Er hatte gesagt, Michael wäre gar nicht wirklich tot. Hier ja, zu einer anderen Zeit nein. Aber das konnte doch unmöglich sein. Wie durfte so etwas passieren? Wer erlaubte diesen Reisenden ein solches Schlupfloch, allen anderen aber nicht?

Es konnte nicht sein.

Und doch war Nathan einfach so verschwunden. Der gleiche Mann, der sie in dem Haus zurückgelassen hatte und drei Tage später wieder aufgetaucht war, in den gleichen Klamotten, mit der gleichen Einstellung, nur ohne die zweiundsiebzig Stunden dazwischen.

Salea registrierte erst, dass sich ihre Wirklichkeit schon wieder auf den Kopf gestellt hatte, als Nathan nach der Kiste griff und sie ihr aus der Hand zog, bevor sie sie zurück in das Regalfach schieben konnte.

Es waren keine drei Minuten vergangen.

Sie hätte sich den Raum ohne ihn genauso gut einbilden können, denn er saß an seinem Platz wie zuvor und begann ihre Unterlagen wieder auf dem Tisch zu verteilen.

Salea sah ihm sprachlos dabei zu.

»Weißt du, du solltest nie jemanden in das Zeitreisen einweihen, der schon einmal einen Menschen verloren hat«, hörte sie sich aus dem Nichts sagen und wurde geradewegs vom Gewicht ihrer Worte hinuntergezogen.

Nathan begegnete ihrem Blick nur flüchtig, während er einen ihrer Schiebeordner auf dem Tisch entleerte und durch die losen Zettel blätterte.

»Ich sagte schon, dass da nichts zu machen ist.« Er klang kurz angebunden und gleichzeitig erschöpft. »Tot ist tot.«

»Du hast auch schon gelogen.«

Er hielt mitten in der hektischen Bewegung inne. Tatsächlich schien er schon wieder atemlos. »Manche Dinge müssen passieren.«

»Bestimmung?«

»Vielleicht. Ich bin nicht sicher, ob es dafür einen Namen gibt.«

»Der Name dafür ist Nathan, wenn du derjenige bist, der das entscheidet.«

Sein Mund formte eine dünne Linie, während er dort saß und sie ansah, als wollte er nicht streiten, und fühlte sich trotzdem gezwungen. Dabei wollte sie es nur verstehen.

»Ich reise seit fast zwölf Jahren. Ich bin Lichtjahre entfernt von allem aufgewachsen, das auch nur entfernt an eine intakte Familie oder freundschaftlichen Zusammenhalt erinnert. Ich habe meinen Vater verloren, da war ich fünfzehn. Glaubst du nicht, ich würde das rückgängig machen, wenn ich könnte? Glaubst du nicht, ich hätte alles, was ich mir wünsche, stünde es in meiner Macht?«

Die Ehrlichkeit seiner Worte traf Salea wie ein Schlag. Sie wollte sich entschuldigen, doch dann hörte sie Schritte vor der Tür und sah sofort auf.

»Hey. Ich dachte, du wärst gegangen?« Hendrik Funke, ihr Kollege aus dem Nachbarbüro, trat in den Raum und schob die Tür hinter sich mit dem Fuß ins Schloss, wie er es immer machte, wenn er die Hände voll hatte. Ein Schild wies darauf hin, dass die Tür auf diese Art und Weise den Raum nicht wieder luftdicht abriegelte, aber spätestens seit der verpassten Chance auf eine leitende Position in diesem Archiv, interessierten ihn Vorschriften herzlich wenig. Sie rauschten ähnlich unbeachtet an ihm vorbei, wie es Komplimente taten. Für ihn zählte allein seine Meinung und seiner Meinung nach, konnte er die Tür auch auf dem Rückweg den Vorgaben entsprechend schließen und würde damit den Sicherheitsbestimmungen Genüge tun.

Nathan sah zu ihm rüber und vergaß, dass ihm sein Unmut über Saleas Widerspruch immer noch ins Gesicht geschrieben stand. Hendrik registrierte die Feindseligkeit mit Verwunderung.

»Bist du nicht auf dem Weg nach draußen an mir vorbei gekommen?«, fragte Hendrik und Nathan tat den Kommentar mit einem Achselzucken ab.

»Bin ich. Bin nur auf einen Sprung noch mal zurück.« Er hatte sich Hendrik nur halb zugewandt und noch immer Saleas Unterlagen in der Hand. Es war mehr als deutlich, dass Nathan ihn wissen lassen wollte, dass er störte. Doch Hendrik sah es nicht oder ignorierte die unterschwellige Aufforderung, zu gehen.

Mit zwei dampfend heißen Tassen Kaffee in den Händen kam er näher und schenkte Salea dasselbe einladende Lächeln, das sie vorhin nur im Vorbeigehen gesehen hatte.

»Entschuldige«, brachte sie heraus und fand geübt in ihren sachlich, höflichen Tonfall zurück, den sie auch Besuchern gegenüber benutzte. »Ich bin heute keine gute Gesellschaft, wie es scheint. Das ist ein furchtbarer Tag und meine Nerven liegen blank. Können wir den Kaffee auf ein andermal verschieben? Oder später vielleicht? Es tut mir wirklich leid. Wir brauchen hier nicht mehr lange.«

Hendrik, mit seinem honigfarbenen Blick und dem scharfen Verstand, machte selten Kompromisse. Was er wollte, bekam

er auch, weil er wusste, wie man auf seinem Standpunkt beharrte – weil er alles immer ein bisschen länger durchzog als andere. Das war etwas, das sie einander so ähnlich machte. Sie waren beide nie die Einserstudenten gewesen, denen der Erfolg vorbestimmt war. Von Anfang an hatten sie es nur schaffen können, weil sie härter gearbeitet und nie zugelassen hatten, dass jemand ihnen sagte, es wäre nicht möglich. Beide waren sie geübt darin, niemanden zwischen sich und ihr Ziel kommen zu lassen. Es war die einzige Chance, die Leute wie sie hatten.

Ihn um etwas zu bitten, glich einem Glücksspiel.

»Klar. Ich lasse ihn dir hier. Sag's niemandem«, antwortete er und reichte ihr eine der Tassen. *Gewonnen.*

»Danke.«

»Man sieht sich.«

Salea blickte ihm nach, bis er die Tür hinter sich ins Schloss zog und seine Schritte auf dem Gang verhallten. Der Kaffeebecher fand unangetastet seinen Platz auf dem Boden neben einem der Tischbeine, wo er keinen Schaden anrichten konnte, sollte er umfallen.

»Es tut mir leid«, sagte sie an Nathan gewandt und meinte eigentlich: *Danke …* Dass er hier nicht eine Situation heraufbeschworen hatte, die sie im Nachhinein nicht mehr hätte retten können.

Nathans Blick hatte wenig von seiner Härte verloren, als er ihrem begegnete. »Die Nerven liegen blank. Hast du Fotos von dem Globus gemacht? Ich brauche die Daten.«

»Nein. Aber ich habe die Druckplatten.”

»Du hast was?”

»Die Druckplatten, sind aber nicht sehr hilfreich, wenn man keinen Abzug davon macht. Alles ist spiegelverkehrt und es sind nur die markantesten Daten eingetragen. Der Rest wurde nachträglich per Hand aufgebracht. Wo bist du gewesen?«

Doch Nathan starrte sie nur verärgert an und schien jenseits aller Worte.

»Hör zu, ich habe das nicht so gemeint.«

»Wusste Michael davon?«

»Wovon?«

»Dass du die Platten hast.«

»Nein. Ich habe sie erst später im Lager gefunden. Diese Druckplatten sind außerdem leichter zu fälschen als das fertige Stück. Ich hielt es nicht für nötig, ihn auch in der Sache um Rat zu fragen. Hör zu«, fing sie noch einmal an und setzte sich ihrerseits wieder. »Ich wollte dir keinen Vorwurf machen oder so etwas. Wirklich nicht. Ich war nur … Du bist einfach verschwunden. So etwas kannst du nicht machen. Ich komme mit diesem … Damit komme ich nicht klar.«

»Zeig mir die Platten«, verlangte er ernst und Salea stand seufzend wieder auf. Mit diesem Mann war kein vernünftiges Gespräch zu führen.

Die Druckvorlagen waren aus Kupfer, schwer und nicht sehr handlich. Wenn man den fertigen Abzug kannte, sah man sofort, zu welchem Globus sie gehörten, aber es befanden sich nicht im Ansatz alle Informationen darauf. Nur die Referenzpunkte, einige wenige Koordinaten und die Grenzlinien der Länder darunter. Dazu kam, dass diese Platten, verglichen mit dem auf Holz gezogenen Papier und der fertigen Konstruktion, wie sie sie gefunden hatte, erheblich unter den letzten zweihundert Jahren gelitten hatten. Das Material war bereits an einigen Stellen korrodiert, die Kanten brüchig und mit Grünspan übersäht.

Salea legte sie eine nach der anderen auf den Tisch, nebeneinander, ohne sich um die Reihenfolge zu kümmern. Nathan schien perplex, auch ohne sie sich genau anzusehen.

»Was?«, fragte sie, weil sie nicht verstand, was sein Gesichtsausdruck ihr sagen wollte.

»Dinge gibt es nur einmal. Nur einmal zu jeder Zeit. Du könntest dir ein halbes Dutzend Globen aus all den Jahren holen, in denen er existiert, in allen Stadien seiner Entstehung, und würdest doch nur den einen haben. Geht nicht anders, ich habe es probiert. Merkwürdig. Der Globus ist zerstört. Wahrscheinlich solltest du die hier auch vernichten. Oder auch nicht.« Er zuckte die Schultern und schien unsicher. »Vielleicht brauche ich sie noch. Ich gehe und besuche den Prof.«

»Was? Warte!«

Salea griff nach ihm, bevor er einfach wieder verschwinden konnte und sie noch einmal hier ohne eine Erklärung zurückließ. Doch noch bevor ihre Hand ihn erreichte, machte Salea einen erschrockenen Satz zurück, denn es war kaum zu ertragen, dieses Gefühl, das sich in ihrem ganzen Körper ausbreitete.

Sie sah ihn entsetzt an.

»Mach das nicht noch einmal«, warnte er sie und dann war er wieder verschwunden.

Einfach weg.

Salea stand daraufhin minutenlang mitten im Raum und wartete, dass er wieder auftauchte. Doch dieses Mal tat er es nicht. Also packte sie ihre Sachen.

Immerhin war mit Michael zu sprechen und ihn um Rat zu fragen, ziemlich genau das, was sie ihm vorgeschlagen hatte.

15

Der Professor war einer von denen, die glaubten, dass alles irgendwie, irgendwann Sinn machte. Dass alles auf dieser Erde oder sogar in diesem Universum Regeln unterlag und das Resultat jeder Aktion vorhersehbar war, sofern man alle Informationen hatte. Nathan wusste mittlerweile nur zu gut, dass die Mehrheit der Reisenden so dachte – sie hörten nicht auf, ihn darüber zu belehren –, vielleicht auch unbedingt so denken wollte, weil sie sonst das gleiche Problem hatten wie alle anderen, nämlich kein Ziel mehr vor Augen zu haben.

Der Rest, wie er selbst, blickte anders auf die Dinge. Ja, wahrscheinlich gab es eine Richtung, die man in seinem Leben einschlug und ab einem bestimmten Punkt nicht mehr ändern konnte, aber war alles, was daraus folgte, vorbestimmt? Konnte man mit dem, was sich daraus ergab, rechnen? Sicher nicht. Dafür gab es unterwegs zu viele unvorhergesehene Variablen, auf die man selbst keinen Einfluss hatte.

Auch John spielte, was das Thema anging, eher in Nathans Team, statt Michaels, war sogar einer der leidenschaftlichsten Verteidiger der Theorie, dass nichts gewiss war. Diese Überzeugung war wahrscheinlich das Einzige, was sie beide gemeinsam hatten, obwohl nur einer von ihnen sie sich zum Anlass nahm, sich in seinem eigenen Handeln zurückzunehmen, um

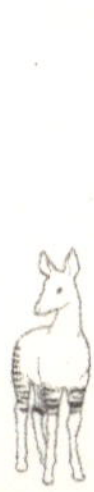

nicht versehentlich etwas in Gang zu setzen, dessen Konsequenzen niemand mehr im Griff hatte.

Alles in diesem Leben, und das jedes anderen Menschen, war eine schwer zu kalkulierende Mischung aus echtem Zufall und der Chaostheorie.

Bei einem Sprung in die Zukunft war also nichts wirklich vorherzusehen. Es waren zu viele Menschen daran beteiligt, sie zu formen, und kaum einer von ihnen wollte das Gleiche.

Doch 2023 war Nathans Vergangenheit.

Dieser Sprung war für ihn keine Reise in ein unbekanntes Land. Nathans eigene Zukunft lag in weiter Ferne.

Was gleichzeitig auch bedeutete, dass 2023 ein Jahr war, an dem er selbst absolut nichts ändern konnte. Für ihn war es bereits geschehen und sein Leben bis zum heutigen Tag gesetzt. Wäre es anders, wäre er nicht der, der er war, und das konnte nicht sein. Trotzdem stutzte er jetzt. Denn der Weg von 2016 auf 2023 fühlte sich wie ein Schritt nach vorn an und für viele Menschen war 2023 die Zukunft. Eine fast unbeschriebene Seite, mit einem Leben darauf, das noch gelebt werden musste.

Dieses Jahr war unveränderbar. Und gleichzeitig nicht.

Allein darüber nachzudenken, tat seinem Kopf weh. Normalerweise sorgte er sich nicht um solche Dinge.

Nathan hielt sich häufiger in seiner Vergangenheit als der Zukunft auf – die Welt wurde nicht zwingend schöner, je mehr Zeit verging. Das hier war das erste Mal, dass er sich nicht sicher war, ob er nicht vielleicht doch ein anderes 2023 vor sich haben würde, als er es kennengelernt hatte. Ob Menschen, die in der Welt herum liefen und Bomben in Apartments warfen, am Ende vielleicht einen so gewaltigen Unterschied machen konnten, dass das 2023, das er kannte, nicht mehr sein 2023 sein würde, wenn er es das nächste Mal sah.

Es kostete ihn einmal mehr fast eine halbe Stunde, um Michael ausfindig zu machen, dabei hatte er genau gewusst, wo er zu suchen hatte. Die Daten auf dem Globus waren ziemlich detailliert.

Der Professor hatte es sich in einem Café bequem gemacht und trank in der Sonne sitzend einen Kaffee. Die Straßen waren voller Spaziergänger. Paris im Frühling. Was für ein albernes Klischee. Kein Wunder, das auch Michael ihm zum Opfer gefallen war.

Zweitausenddreiundzwanzig, betete Nathan vor sich hin, als er zu Fuß die letzten Meter zurücklegte und Michael von weitem musterte.

Die Jahreszahl sagte nichts darüber aus, wen er hier vor sich haben würde. Es war nur der Ort, an dem sie sich heute trafen. Das Datum auf den Platten war Nathan sofort ins Auge gesprungen, denn es klang nach einem Treffpunkt, den nicht nur Michael, sondern auch er sich für ein Gespräch aussuchen würde. Sah der Mann, den Nathan vor sich hatte, älter aus als der Michael, den er in Oslo angetroffen hatte? Oder war es ein viel jüngerer Mann, den es an diesem Tag nach Paris verschlagen hatte? Nathan konnte es nicht sagen.

Er kannte den Professor noch nicht sehr lange. Sie hatten sich bisher nur ein paar Mal getroffen und fast immer hatten sie einander dabei kaum mehr als einen Gruß geschenkt, weil sie in Gesellschaft anderer unterwegs gewesen waren und einander bis dato nicht viel zu sagen hatten.

Nur einmal, in seiner Universität, hatte Michael ihn zur Seite genommen. Bastiaan war dabei gewesen, auch wenn

Nathan nicht mehr einfallen wollte, warum. Wahrscheinlich hatte irgendeine Vorlesung stattgefunden, irgendein Genie hatte wieder etwas bekanntgegeben. Er wusste es wirklich nicht mehr, aber es war das einzige Mal gewesen, an dem sie sich wirklich miteinander unterhalten hatten. Das Gespräch hatte die halbe Nacht gedauert und Michael hatte ihm alles erzählt, was er über das Zeitreisen zu wissen glaubte. Nathan war kaum zu Wort gekommen.

»Du willst es so, deswegen passiert es so. All das ist deine Entscheidung«, hörte er Michael noch sagen, nach vorn gebeugt und mit einem Arm auf seinem Knie abgestützt, als ginge es nicht eindringlicher. »Du musst nur herausfinden, warum du es willst, oder auch nicht, und du wirst verstehen, warum es nicht funktioniert.«

Michael war einer von drei Reisenden, die von seinem Vater wussten. Davon, wie er verschwunden war, wieso Nathan selbst durch die Zeit reiste und warum er immer noch versuchte, zu verstehen, ob es nun Konsequenzen gab oder nicht.

Der Zweite war er selbst, der Dritte der besagte Verschwundene.

Nathan hatte sich in jener Nacht dazu verleiten lassen, mehr über sich zu erzählen, in der Hoffnung, Michael hätte wirklich einen weitreichenderen Blick auf die Dinge und könnte helfen. Aber seine Theorien waren abseitig und in Sachen Verlust deprimierend.

Der Name seines Vaters war ihm seitdem nie mehr über die Lippen gekommen. Er dachte nur jetzt an diesen Abend, weil der Michael, der dort im Café saß, dem Michael von damals so sehr ähnelte.

Noch nicht allzu schütteres Haar, die Schultern starr und aufrecht, nicht wie später über seinen eigenen Körper gebeugt.

Schon nicht mehr der Uniprofessor und auch nicht mehr der notorische Abenteurer. Nur noch der Mann, der das alles einmal gewesen war und noch lebhaft in Erinnerung hatte.

Nicht der, der ihm den Globus in die Hand gespielt hatte.

Michael entdeckte ihn, als Nathan die äußere Reihe an Tischen erreichte. Er wirkte einen Moment lang misstrauisch, lächelte ihm dann aber erwartungsvoll entgegen und nahm seine lädierte Ledertasche vom Nachbarstuhl wie eine Einladung.

»Du siehst verdammt gehetzt aus, Junge.«

War dieser Michael aus einer Zeit, in der das Osloer Treffen noch nicht einmal in Planung gewesen war, würde er Nathan keine Hilfe sein.

Nach Oslo und es würde bedeuten – was eigentlich? Würde dieser Michael es überhaupt wissen? War es für ihn überhaupt passiert?

War der Michael, der in Oslo gewesen war, dann wirklich tot und dieser hier – lebte weiter? Ohne es auch nur zu ahnen? War es wirklich so?

Nathan gab es ungern zu, aber es wäre nicht das erste Mal, dass das Universum ihn auslachte und seine wohldurchdachte Theorie in einer einzigen Sekunde in kleine Stücke riss.

»Kaffee?«, fragte Michael erwartungsvoll. »Hast du so viel Zeit?«

Nathan zog sich den Stuhl heran und ließ sich darauf sinken. Er sah Michael dabei zu, wie der dem Kellner ein Zeichen gab und noch einmal dasselbe bestellte.

»Ich bin nicht sicher, was ich dir sagen soll«, gab er zu. Glücklicherweise brauchte es mit anderen Reisenden selten eine lange Vorrede.

»Na, am besten nichts. Stell deine Fragen und ich antworte.«

»Du hast einen Globus anfertigen lassen«, fing Nathan an und beobachtete jede Regung im Gesicht seines Gegenübers. Auch Männer wie der Professor ließen sich durch die Wahrheit aus der Bahn werfen und Nathan hatte nicht vor, hier für ein noch größeres Durcheinander zu sorgen, als schon entstanden war. Er lehnte mit den Ellbogen auf dem runden, gusseisernen Tisch, der unter der neuen Last leicht zur Seite kippte, bevor er in dem unebenen Kopfsteinpflaster Halt fand, und blickte sein Gegenüber so neutral an, wie er konnte. Er war nicht überrascht, als Michael erst einmal auswich. War auf neuerliche Lügen vorbereitet.

»Du siehst jung aus. Kenne ich den Mantel?«

»Du könntest deine Notizen checken.«

»Ich habe schon lange aufgehört, welche zu machen. Und seien wir fair, du warst schon immer der bessere Chronist von uns beiden.« Michael lächelte sein Werbelächeln und erkaufte sich mit dem Kompliment genug Zeit, um über die erste Frage und seine Antwort darauf nachgedacht zu haben. »Ja, ich habe einen Globus anfertigen lassen. Was ist damit?«

Der Kellner, ein kurzer Mann in einer bodenlangen Schürze, eilte durch die Tische zu ihnen und stellte zwei frische Kaffeetassen zwischen sie, dazu eine Platte voller Blätterteigleckereien. Michael ließ es sich gut gehen. Den leeren Teller nahm der Angestellte wieder mit, und Nathan griff nach dem naheliegendsten Stück Gebäck, bevor er so recht darüber nachdachte. Er hatte Hunger.

»Glaubst du, man kann uns töten?«, fragte er mit vollem Mund.

»Du! Immer so melodramatisch.«

Michael hatte Erfahrung mit ungebetenen Besuchern aus

einer anderen Zeit, doch dieses Mal verlor er schneller die Nerven als sonst und Nathan war sich fast sicher, dass es nicht seine letzte Frage, die ihn so reagieren ließ. Er lehnte sich erst in seinem Stuhl zurück, griff dann nach seinem noch viel zu heißen Kaffee; wandte gereizt den Blick ab und war kurz darauf doch wieder ganz bei Nathan. Die Erwähnung seines Globus war ihm nicht recht. »Bei dir ist immer alles gleich eine Sache von Leben und Tod. Als gäbe es nichts anders.«

Nathan trank seinen Kaffee und wartete. Den Aufruhr in sich musste Michael mit sich selbst ausmachen. Als er sich wieder gefangen hatte, fand er spielend leicht in seinen belehrenden Ton zurück.

»Du weißt, dass man uns töten kann. Du weißt, dass wir sterben können, auch wenn unsere Zeit noch nicht abgelaufen ist.«

»Nein, tu ich nicht. *Er* ist nicht tot.«

»Hoffst du.«

»Mag sein«, gab Nathan plötzlich verärgert zurück. Offenbar hatte sein Auftreten nicht nur bei ihm die Erinnerung an dieses nächtliche Gespräch hervorgeholt. Aber sein Vater war nicht der Einzige unter ihnen, der eines Tages einfach nicht mehr zurückgekommen war. Es gab andere und Michael kannte sie fast alle. »Okay«, lenkte Nathan ein. Es war möglich. Dass sein Vater tot war und nicht einfach nur nicht mehr da. Nathan schüttelte trotzdem den Kopf. Er wollte es nicht glauben. »Es gibt keine Studien zu dem Thema, oder?”

Nathan wusste von mindestens zwei Reisenden, die mittlerweile nicht mehr unter ihnen waren. Beide durch Krankheit aus dem Leben geschieden. Er wusste auch, dass einer von ihnen noch angetroffen worden war, in einer anderen

Zeit, zu anderer Gelegenheit, in einem anderen Alter, und das, obwohl diese Person nicht mehr am Leben war. In dem Fall gab es allerdings noch andere Ungereimtheiten und vielleicht war nichts davon wahr.

Also ließ Nathan den Gedanken fallen und kehrte kauend zum anderen Thema zurück. »Du hast also diesen Globus anfertigen lassen. Warum?«

Unter seinem forschenden Blick holte Michael einmal tief Luft. Der ganze Mann nahm plötzlich eine andere Haltung ein als noch ein paar Minuten zuvor. Bis gerade eben hatte er an diesem Tisch in der Sonne gesessen und seine Welt war in Ordnung gewesen. Zwei Fragen später und sein Gesicht straffte sich, als wüsste er die Antwort und tat alles dafür, sie für sich zu behalten.

Kannte er den Mann, der versucht hatte, ihn zu töten? Der Gedanke war Nathan bisher nicht gekommen. Dass vielleicht einer der anderen wusste, wer der Mann war, der sie an diesem Tag angegriffen hatte.

»Hast du schon mal darüber nachgedacht, wie es zu Ende gehen wird? Wann? Unter welchen Umständen? Ich meine nicht irgendwelche Unfälle, wie du sie dir wahrscheinlich gerade vorstellst. Keine gewaltsamen Eingriffe. Nur das Ende. Wenn die Zeit abgelaufen ist«, fragte Michael ernst.

»Nein.«

Er lachte kurz schnaubend auf. »Und das glaube ich dir sogar. Du bist nicht der Typ, der auf lange Sicht denkt. Du machst keine Pläne. Du willst gar nicht wissen, wie viel Zeit dir bleibt. Ich schon. Ich habe oft darüber nachgedacht. Aber ich scheine nicht in der Lage, eine Antwort auf die Frage zu finden. Es ist, als könnte ich mich selbst ab einem bestimmten

Punkt in der Zukunft nicht mehr greifen. Und alle anderen, die mich zu späterer Zeit treffen, haben doch nur immer mich getroffen, wie ich jetzt bin oder jünger. Verstehst du?«

»Ich kenne dich noch deutlich älter.«

»Ja?«, fragte er hoffnungsvoll.

»Ja.«

Michael zögerte nur einen kurzen Augenblick. »Erzähl mir davon.«

»Es gibt nicht viel zu erzählen. Du kennst dich. Du bist niemand, der zu mir kommt, auf einen Plausch, und mir erzählt, dass er gerade Geburtstag feiert. Aber wir sind uns schon ein paar Mal begegnet und du warst deutlich älter als jetzt.« Eines dieser Male war Oslo. »Wie alt bist du, als du nicht mehr weiterkommst?«

Michael hatte nicht einen Moment lang den Blick von ihm genommen, musterte ihn kritisch und suchte nach der Lüge. »Nur noch ein paar Jahre. Manchmal fühlt es sich weniger an«, gestand er.

»Wie viele Jahre?«

»Was ist passiert? Wieso bist du hier und fragst mich nach diesem Globus?« Michael lehnte sich auf den Tisch, der Kaffee neben seinem Ellbogen blieb unangetastet.

»Ich dachte, wir bleiben bei groben Andeutungen.«

»Warum sollte jemand versuchen, mich zu töten?«

»Gute Frage«, gab Nathan zurück. »Okay, scheiß drauf, ja? Scheiß drauf. Ich sag's dir und dann sagst du mir, ob ich es rückgängig machen soll, solange ich kann. Dieser Tag ist schon so elend lang, eine weitere halbe Stunde wird es nicht schlimmer machen. Ich werde dieses Gespräch noch einmal mit dir führen, noch einen Kaffee trinken und retten, was ich kann, okay?«

Er würde es tun. *Das* konnte er ändern. So viel Macht hatte er. Es waren nur sie zwei in dieses Gespräch involviert. Sie und ein Kellner, der den Lauf der Dinge nur unwesentlich beeinflusst hatte.

Michael sah ihn abwartend an. Er hielt ihn nicht zurück, als Nathan eilig begann zu erzählen. Es war einfach. Die Grundzüge hatte er in alter Routine längst abgespeichert, die Daten im Gedächtnis. Er würde sie später genauso aufschreiben, wie er sie jetzt weitergab. Ohne Wertung aber mit allen Fakten.

»Salea!«, war alles, was Michael während der Erzählung über die Lippen kam, ansonsten unterbrach er ihn kein einziges Mal.

»Was hat sie damit zu tun?«, wollte Nathan wissen, als er fertig war.

»Gar nichts. Sie ist ... Sie ist nur ...« Michael schüttelte den Kopf und blickte sekundenlang in Gedanken auf die Tischplatte zwischen ihnen. »Sie ist eine Freundin. Sie hat mir mal den richtigen Weg gewiesen, ohne es zu wissen. Ich habe mich vor einem guten Jahr revanchiert. War 'ne spannende Sache. So etwas Dummes habe ich in meinem ganzen Leben noch nicht getan und du weißt, wo ich meine Finger sonst so drin hatte.«

Abenteuer, ja.

»Was hast du gemacht?«

»Bin fast draufgegangen mit ihr«, antwortete er knapp. »Ich verstehe nicht, wie sie an den Globus gekommen ist. Werde ich ihn in ihrer Bibliothek deponieren, weil ich weiß, dass sie ihn findet?«

»Warum solltest du das tun, ohne sicherzugehen, dass du es selbst verstehst?«

»Vielleicht habe ich mich verdacht. Kommt vor. Na, bei dir nicht, aber …«

»Ich weiß nicht, warum du immer glaubst, ich hätte das alles besser im Griff als ihr«, warf Nathan frustriert ein. Wenn eines dagegen sprach, dann der ganze verfluchte Abend in Oslo. »Ich verdenke mich selbst oft genug.«

»Du stehst praktisch über den Dingen, Nathan! Als wärst du nicht einmal Teil dieser Zeit. Irgendeiner Zeit!«, wies Michael ihn und seinen Widerspruch zurecht. »Das alles hier, das perlt an dir ab. Nichts kann dich erreichen.«

»Nein? Wie kommst du auf so einen Unsinn?«

Michael schnaubte nur, als wäre es offensichtlich. »Wir alle sind gestorben, aber du hast es rechtzeitig rausgeschafft.« Er sah ihm ins Gesicht und wechselte das Thema. »Salea Dawnt ist meine Muse. Sie ist mein roter Faden. Wir sind uns begegnet und von da an lief alles an ihrer Zeit entlang. Egal in welcher Zeit. Verstehst du?«

»Nicht ein Wort.«

»Sie ist mein magnetischer Gegenpol. Keine Ahnung, warum ich sie zu diesem Treffen mitgenommen habe. Ich will sie nicht einweihen. Heute, heute will ich ihr nichts von all dem sagen und bin heute davon überzeugt, dass sich diese Einstellung nicht ändern wird. Aber Salea ist der Punkt, auf den sich alles zubewegt und von wo aus jede Reise startet. Dass sich unsere Leben überschneiden, war vorbestimmt.«

Nathan machte keinen Hehl daraus, dass er wenig Lust darauf hatte, sich eine von diesen philosophischen Vorlesungen anzuhören, in die Michael sich gern ergoss. Der Professor winkte verärgert ab.

»Ich versuche, es dir zu erklären.«

»Mach schneller. Zeit mag uns beiden nicht viel bedeuten, aber meine Geduld hat ein sehr absehbares Ende.«

»Zeit bedeutet uns alles!«, widersprach Michael mit erhobenem Zeigefinger.

»Ich bitte dich dennoch, mach es kurz.«

»Unsere Wege haben sich gekreuzt. Unvorhergesehen, ständig, zu jeder Zeit. Es war die reinste Magie. Wir hatten in unserem ganzen Leben noch kein Wort miteinander gewechselt, nicht eines, und kannten uns doch. Durch sie habe ich verstanden, wie es funktioniert, wie alles auf etwas sehr Konkretes hinauslaufen kann. Eines Tages war ich auf einen kurzen Sprung in Rom. Ich wusste, dass aufgrund von Tunnelarbeiten unter der Stadt dieses eine Haus einstürzen und alle historischen Kunstwerke, die sich darin befanden, mit sich reißen würde. Ich wollte auch gar nichts retten und hätte zu jedem anderen Zeitpunkt dorthin gehen können, aber das Bedürfnis, genau in diesem Moment da zu sein, war überwältigend groß. Ich war schon auf dem Weg raus, als wir einander auf der Treppe passierten. Und bin zurück, um sicherzugehen, dass sie sich in dem Teil des Hauses befand, der noch von den Rettungskräften erreicht werden konnte.«

»Du bist mit ihr geblieben?«

»Ich musste. Es war so vorherbestimmt. Dieser Tag, diese Stunde, diese Frau.«

»Das ist ungewohnt theatralisch von dir, findest du nicht?«

»Ich habe versucht, alles nachzuvollziehen. Deswegen habe ich den Globus anfertigen lassen. Ich musste aus einem anderen Winkel auf die Dinge sehen. Auf all meine Reisen. Ich brauchte das alles auf einen Blick.«

»Und hast dich dafür an den Amsterdamer Coevorden gewandt?«

»Hey! Ich bin Kunsthistoriker«, verteidigte er sich halb im Scherz. Nach der Geschichte mit dem eingestürzten Haus war er ganz aufgeregt, wie Salea vorhin, und gestikulierte ausschweifend. »Sie hat mich darauf gebracht. Sie hat mir diese Chance gegeben, es zu verstehen.«

»Aber das hast du nicht.«

»Ich hatte noch keine Zeit, mich damit zu beschäftigen. Ich …« Wieder atmete er tief aus. »Es gibt Lücken in meinen Aufzeichnungen, die ich nicht füllen kann. Manche Zeiten sind einfach weg. Ich kann mich nicht mehr an sie erinnern, nicht einmal vage. Ich habe sogar schon einmal eines meiner Notizbücher an mich zurückgegeben, an mein jüngeres Ich, mit der Bitte, darin die fehlenden Seiten zu füllen. Das war eine merkwürdige Erfahrung, aber dieses junge Ich wusste genau, wovon ich sprach, nur sagen mir seine Notizen auch heute nichts.« Er seufzte schwerfällig und blickte hilflos über den Tisch. »Verstehst du denn nicht? Ich habe den Überblick verloren, Nathan!«, beharrte Michael und sprach laut genug, dass der Nachbartisch sich nach ihm umsah.

»Das ist ja auch nicht schwer. Aber wie ihr immer sagt, unsere eigene Zeit holt uns zurück. Du musst ihr nur nachgeben. Und schon ist alles wieder, wie es sein soll.«

»Das ist eines von den Dingen, an die du nicht glaubst.«

»Nun, das steht auf einem anderen Papier. Abgesehen davon macht es keinen Unterschied, was ich glaube, solange die Rechnung am Ende aufgeht, richtig? Und bei dir ist sie das bisher immer.«

»Manchmal erinnere ich mich nicht einmal an die letzten Tage«, gestand Michael und Nathan sah die Verzweiflung in seinen Augen.

Sanft lenkte er das Thema wieder zurück in seine Bahnen. »Hast du den Globus jemandem gezeigt?«

»Nein.«

»Sicher? Niemandem?«

»Absolut sicher. Er befindet sich in meinem Haus neben meinem Schreibtisch. Und obwohl ich gern in der Öffentlichkeit stehe und noch viel lieber herzeige, was ich habe: Mein Haus ist meins und meins allein. Ich habe zu keiner Zeit jemanden dort hingebracht.«

»Freunde?«

»Hast *du* welche?«, schoss er zurück und verneinte kopfschüttelnd. »Wirklich nicht. Außerdem habe ich ihn noch nicht lange. Ich bin wie gesagt selbst noch nicht dazu gekommen, ihn zu studieren, warum sollte ich ihn jemand anderem zeigen?«

»Wo befindet sich dein Haus?«

»Geht dich nichts an.«

»In welcher Zeit?«

»Wir sind keine Freunde.«

»Du hast ihn mir gezeigt.« Nathan versuchte, sich an vernünftige Argumente zu erinnern, obwohl er lieber einfach nur wütend geworden wäre, weil sie hier um den heißen Brei herumredeten. »Was du da gemacht hast, war fahrlässig. All diese Informationen an einem Platz. Jeder kann uns so finden.«

»Mich.«

»Uns«, korrigierte Nathan und ließ durchblicken, wie wenig Lust auf Wortspiele er gerade hatte. »Uns. Meine Reisen sind auch auf diesem Ding.«

»Das stimmt nicht. Nicht, wenn ich nicht selbst dabei war«, versicherte er ehrlich. »Nathan, nichts an diesem Globus hat etwas mit dir zu tun.«

»Michael, ich brauche die Wahrheit!«, sagte er und flehte ihn fast an. »Ich werde dir nie etwas von all dem sagen, wie versprochen. Aber ich muss wissen, was das alles zu bedeuten hat. Du hast mir das Ding gezeigt und wusstest nicht, wie es in das Jahr 2016 gekommen ist. Du hast gelogen, was den Ursprung des Globus anging und seinen Zweck, aber nicht darüber. Du warst genauso erschrocken wie wir alle.«

Auf Michaels Gesicht zeigte sich Verwirrung.

Nathan wusste alles. Jeden Schritt, den sein vergangenes Ich getan hatte. Jeden Gedanken, den es gedacht hatte. Egal, wie oft sich eine Schleife wiederholte. Er wusste, wie er reagiert hatte und es tun würde. Doch Michael war ratlos.

»Okay. Soll ich zurückkommen und dieses Gespräch ungeschehen machen?«

»Was wirst du jetzt tun?«

»Was du willst.«

»Nein, ich meine mit dem Tag in Oslo. Du musst es verhindern.«

»Muss ich das?«, gab Nathan zu bedenken und Michael blickte ihn erschrocken an. »Der Globus ist längst verloren. Zerstört ist zerstört. Und es waren eine Handvoll Menschen daran beteiligt, nicht nur einer oder wir zwei. Was, wenn es gar nicht zu verhindern ist? Wenn es bereits *Schicksal* ist?«

Michael gab ein schnaubendes Geräusch von sich. »Weißt du erst, wenn du es versucht hast«, murrte er. »Bitte, versuch es.«

»Dafür muss ich wissen, wer dieser fremde Reisende ist und was er wollte. Ich dachte, es wäre der Globus, aber ich bin nicht mehr überzeugt. Die einzige Option, die jetzt noch bleibt, ist, dass er wegen einem von uns da war, und *ich* kenne ihn nicht.«

Michael zögerte nicht einen Moment und hob abwehrend die Hände. »Dabei kann ich dir nicht helfen. Ich habe keine Ahnung und … Kennst du einen von uns, der zu solchen Mitteln greifen würde? Wieso auch? Du hast recht, wahrscheinlich kann man uns nicht töten. Nicht so. Kennst du den Briten, ach, ich vergesse immer seinen Namen! Den Piloten?«

»Jake Thomsen.«

»Den! Hast du ihn schon mal getroffen?«

Noch nie, aber seine Geschichte war ihm bekannt. Er war in einem Flugzeugabsturz gestorben, herbeigeführt durch schlechtes Wetter und viel Pech, direkt über den Anden. Keine Chance auf Rettung. Das komplette Wrack war ausgebrannt. Thomsen behauptete, er hatte nicht verstanden, wie es passiert war, aber zu dieser Zeit konnte er Monate lang nicht reisen – nicht vor, nicht zurück.

Andere hatten später recherchiert und waren in den Medien auf den Absturz gestoßen. Er war gestorben, mit dreiunddreißig Jahren. Und ein jüngeres Ich hatte in einer anderen Zeit weitergemacht. Zumindest war das derzeit die Theorie. Und sie klang mehr als wahrscheinlich. Es sei denn, Thomsen hatte das gleiche zweifelhafte Glück wie Nathan und die Zeit hatte ihn rausgeschmissen, bevor er bei diesem Absturz ums Leben kommen konnte. Aber über diese These wollte Nathan lieber nicht länger nachdenken, denn in dem Fall hatte es vor ein paar Stunden in Oslo tatsächlich Tote gegeben.

»Soll ich also doch an dem Globus dranbleiben?«

Michael zog die Lippen kraus und durchdachte die Optionen. »Ja, ich denke schon. Noch besser, bleib an ihr dran. Sie ist das Zentrum dieser Geschichte.«

»Sie ist das Zentrum *deiner* Geschichte.«

»Und ich bin hier draufgegangen. Also bitte, bleib an ihr dran. Und ich überlege mir etwas.«

»Ja?«, fragte Nathan, um sicherzugehen, dass sie einander richtig verstanden, und sah Michael auf der anderen Seite des Tisches nicken.

Er würde also dieses Gespräch nicht noch einmal führen, mit der Absicht, dass er die Wahrheit außen vor ließ?

»Ja. Gib mir ein paar Tage. Eine Woche.« Michael zog die Servietten unter einem der Teller hervor und fischte in den Taschen seiner Jacke nach einem Stift. »Wenn du diese Adresse zu einem anderen Zeitpunkt besuchst, werde ich es wissen, Nathan, und ich werde stinksauer sein. Hast du gehört? Du hast die Erlaubnis, mich dort in einer Woche zu treffen. 23. November 2021, Santa Monica, 10:00 Uhr. Zu keinem anderen Zeitpunkt.«

Nathan nahm das dünne Papier mit Michaels Adresse darauf entgegen, betrachtet die krakelige Schrift und prägte sich alles ein, bevor er das Papier in seinen halb getrunkenen Kaffee warf, wo es sich eilig aufzulösen begann.

»Ich werde da sein und die Adresse ist in meinem Kopf besser aufgehoben als auf einer Serviette.«

Der Professor

TEIL VIER

Berlin, Deutschland
03. Juni 2016
N 52° 31‘ E 13° 24‘

Santa Monica, USA
23. November 2021
N 34° 1‘ W 118° 29‘

Rom, Italien
13. Juli 2014
N 41° 53‘ E 12° 29‘

New Orleans, USA
12. September 2074
N 29° 57‘ W 90° 5‘

16

Salea versuchte nicht, irgendetwas von all dem, was in den letzten Tagen passiert war, zu vergessen. Aber sie gab sich Mühe, nicht ständig daran zu denken, hatte den Fernseher vor Stunden ausgeschalten und ihr Telefon auf lautlos gestellt. Jedes Mal, wenn ihr wieder einfiel, was Nathan ihr gesagt hatte, dachte sie auch wieder an Michael und fragte sich, ob es eine Beerdigung geben würde, sollten die Behörden in Oslo doch herausfinden, dass er sich in diesem Apartment unter dem Dach befunden hatte, als es in die Luft flog. Und was dort beerdigt werden würde. Hatte Michael überhaupt Freunde? Familie? Er verwandte viel Zeit darauf, selbst zu bekommen, was er wollte, es war schwer vorstellbar, dass es da jemanden gab, der ihm etwas bedeutete. Der Bescheid wusste.

Als das Geräusch der Türklingel durch ihre Wohnung schrillte, starrte sie schon so lange auf die Uhr an der Wand, dass sich die Zeiger nicht mehr zu bewegen schienen.

Der durchdringende Laut ertönte noch einmal und Salea zwang sich auf die Beine.

Zwei Tage war es jetzt her, dass er sie in der Bibliothek unten im Archiv an ihrem Lesetisch hatte sitzen lassen. Ohne ein Wort; und das zweite Mal, ohne zurückzukommen. Trotzdem war sie nicht überrascht, Nathan vor sich zu sehen, als sie die

Tür öffnete. Andererseits gab es auch niemanden sonst, der mitten in der Nacht hier aufkreuzen würde.

Er trug immer noch den gleichen Mantel. Sie konnte Reste ihres Blutes auf Hüfthöhe erkennen, eingesunken in den dunklen Stoff. Die schweren Stiefel waren dieselben, und der gehetzte Ausdruck auf seinem Gesicht schien auch nicht neu.

»Wir müssen wirklich dringend über dieses Sci-Fi Chaos reden, das du dein Leben nennst«, kommentierte Salea seinen Auftritt.

Nathan antwortete in einem ähnlich nüchternen Ton: »Du hast ja keine Ahnung«, und spazierte an ihr vorbei in ihre Wohnung.

»Aber klar. Komm rein. Fühl dich wie zu Hause. Jetzt, wo wir gute Freunde sind«, rief Salea ihm gespielt heiter hinterher, doch selbst in ihren eigenen Ohren hatte ihr Sarkasmus schon mal bessere Tage gesehen. Sie ließ den Kopf hängen, schloss die Tür wieder und folgte ihm durch den Flur in Richtung Küche. Er schien den Weg zu kennen. War allerdings auch kein Hexenwerk bei einer Stadtwohnung wie dieser. Alles lief auf diesen Raum zu und es war der Einzige, in dem Licht brannte. »Ich habe dich noch nie in einem anderen Outfit gesehen. Wie lang ist dieser eine Tag für dich? Wann hast du das letzte Mal geschlafen?«

»Irgendwie fange ich an, dich zu mögen. Du bist wirklich sehr praktisch veranlagt. Immer erst das Offensichtliche klären. Und nichts kann dich wirklich schocken von dem Theater mal abge – Whoa!«

Ja, die komplette Decke ihrer Küche bestand aus Globen. Einer nach dem anderen aufgereiht. Mal groß, mal klein, einige leuchteten, andere waren nachtschwarz und zeigten die

Sterne. Die Decke ihrer Küche war ein Meer aus Welten. Seiner Überraschung nach zu urteilen, sah er zumindest das gerade zum ersten Mal und Salea war erleichtert darüber, dass er offenbar bisher noch nicht in ihrer Wohnung gewesen war, ohne dass sie sich daran erinnerte.

»Und nun macht alles Sinn, nicht wahr?«

Er nickte vorsichtig. »Du bist auf jeden Fall besessen von bemalten Kugeln aller Art. Andererseits … Rückblickend, wer ist das nicht? Von irgendetwas besessen, das einen durchs Leben bringt.«

»Oh, heute ein Philosoph?«, zog sie ihn auf, ging an ihm vorbei und ließ sich in den gepolsterten Küchenstuhl fallen, in dem sie den Großteil der letzten zwei Tage verbracht hatte. »Willst du mir verraten, was du herausgefunden hast?«

Immer noch den Blick in ihren beleuchteten Himmel gerichtet, wandte er sich um. »Wie geht es dir? Ich meine, abgesehen von der Stichwunde. Ich dachte an zeit-weise.«

»Zeit-weise?«

Sein Blick wanderte an ihr herunter und prüfte kritisch, was er sah. Sie trug Leggins und ein kurzärmeliges Shirt, das sie frösteln ließ, aber nicht genug, um sich etwas über zu ziehen. Ihre ungewaschenen Haare befanden sich jenseits davon, durch einen Kamm wieder in Ordnung gebracht werden zu können, und ihr müdes, ungeschminktes Gesicht zeigte wahrscheinlich gerade zum ersten Mal in den letzten Stunden irgendeine Regung, die nicht nur von allgemeiner Gereiztheit sprach.

Unter seiner Musterung wurde sie sich ihres nachlässigen Auftritts übermäßig bewusst. »Ich kenne dich nicht einmal und habe trotzdem schon verstanden, dass ich diesen Blick nicht mag.«

»Du bist nicht in deiner Zeit und das schon seit einer Weile.« Er ließ die Beobachtung im Raum stehen, ohne weiter darauf einzugehen, sah sich noch einmal kurz um und spitze unentschlossen die Lippen. »Sollten wir irgendwann rückgängig machen. Aber du hast recht, ich sollte erst einmal schlafen. Das war ein langer Tag. Ich habe gerade darüber nachgedacht, nach Hause zu gehen.«

»Musst du?«

»Sollte ich, oder nicht? Also, wie geht es dir? Du machst einen guten Eindruck.«

»Du sagtest, es wäre nur ein halber Tag Unterschied zu der Zeit, in die ich eigentlich gehöre.«

»Und du antwortest nicht auf meine Frage.«

»Es geht mir gut. Denke ich. Nicht besser oder schlechter als sonst in einer vergleichbaren Situation.« Trotzdem zögerte sie nun einen Moment und lauschte in sich hinein. Aber nein, alles wie gehabt. Nur traurig und erschöpft und verwirrt. Hauptsächlich verwirrt. »Was mir jetzt ein bisschen Angst macht. Danke dir!«

Nathan zuckte gelassen mit den Schultern. »Ist keine Wissenschaft. Kann ich mich hier irgendwo hinlegen? Sieht ziemlich geräumig aus, die Wohnung.«

»Die Bibliothek bezahlt sie.«

Was bedeutete, dass sie prestigeträchtig angemessen, aber schon seit Jahrzehnten in Besitz der Stadt und somit für ihren Arbeitgeber selbst kostenfrei war. Ein nette Win-Win-Situation, in der sie ausnahmsweise auch einmal eine der beiden gewinnenden Parteien war.

Die Wohnung befand sich nur fünf Minuten von ihrem Arbeitsplatz entfernt und umfasste, wie in vielen Altbauten üblich, fast ein ganzes Stockwerk. Zwei der Räume waren derzeit nicht in Benutzung, einen weiteren verwendete sie zum Schlafen und um ihre eigene kleine Sammlung an Büchern darin unterzubringen. Ein Großteil war andernorts eingelagert worden, für den Fall, dass sie irgendwann einmal ein echtes Zuhause haben würde und nicht nur von einem zum nächsten zog. Dann gab es noch die Küche, in der sie auch arbeitete, und ein Wohnzimmer. Darin standen ein Sofa und ein Fernseher, den sie von der Küche aus durch die Flügeltüren sehen konnte.

»Wenn du willst«, bot sie mit einem Fingerzeig Richtung Sofa an, als sie im Wohnzimmer ankamen, und verschwand im Nachbarzimmer, um nach einer zweiten Decke zu suchen.

Wenn sie ehrlich war, fiel ihr nichts ein, das als Grund herhalten würde, ihn nicht hier schlafen zu lassen. Allein der Gedanke an diese Unterhaltung erschöpfte sie. Die letzten zwei Tage waren zu viel gewesen. Nichts schien mehr real.

Ständig ertappte sie sich bei dem Gedanken, dass sie trauern wollte. Alles in ihr verzehrte sich danach. Aber sie konnte es nicht, weil da gleichzeitig dieser Mann in ihrem Leben war, der vor ihren Augen verschwinden und durch die Zeit reisen konnte. Nichts von dem, was in Oslo und seither passiert war, war wirklich passiert! Nicht wenn die Option bestand, dass er es rückgängig machen könnte.

»Die Explosion ist nach wie vor ein heißes Thema in den Nachrichten«, sagte sie laut genug, dass er es im Nachbarzimmer hören würde. Die Stille in dem Apartment war ihr mit einem Mal unerträglich. »Der Verdacht auf einen gezielten Anschlag ist vom Tisch, aber die Theorien überschlagen sich.« Sie machte schnell, holte die Decke aus dem Schrank, griff sich eines der Kissen von ihrem Bett und ging zurück ins Wohnzimmer, wo Nathan seinen Mantel gerade schwungvoll auf das Fensterbrett warf.

Das Messer befand sich in einer ledernen Halterung in seinem Rücken. Der dunkle Schaft drückte sich in sein helles Hemd. An seinem Gürtel entdeckte sie einen weiteren verdächtigen Umriss. Der Anblick brachte sie aus dem Tritt.

»Wen interessiert's?«, hörte sie ihn sagen, und kam wieder zu sich.

»Mich, immer noch. Das hier ist meine Zeit und in dieser Nacht sind Menschen gestorben.«

»Und du willst immer noch mein Wort, das ich wenigstens versuche, es ungeschehen zu machen?«, fragte er fast beiläufig und wandte sich um, während er aus seinen Schuhen stieg.

»Ja, bitte.«

»Werde ich wahrscheinlich. Gerade fällt mir ohnehin nichts anderes ein, um herauszufinden, warum es überhaupt passiert ist. Vielleicht habe ich das schon. In einer anderen Zeit. Ich werde also versuchen, es rückgängig zu machen, oder nicht?« Er sah sie an, als wollte er recht haben und gab sich gleichzeitig geschlagen.

»Alles, was seitdem passiert ist?«, fragte sie nach und hätte so gern von ihm ein entschiedenes »Ja« gehört, doch er drückte sich davor.

»Das sind die Regeln«, sagte er nur. Mit einer entnervten Geste löste er die Knöpfe seiner Ärmel und die ersten zwei oben am Kragen. »Noch was?«

Salea ging an ihm vorbei, legte die Sachen auf das Sofa und blickte ihn mindestens so frustriert an wie er sie.

»Ja, noch was. Ist dir so etwas schon einmal passiert? Läufst du deswegen bewaffnet durch die Welt?«

»Nein.«

»Nein?«

»Nein.«

»Mehr nicht?«

»Ich bin müde.«

»Na fein«, brachte sie heraus und wandte sich ab. »Aber du schuldest mir eine Erklärung. Dafür, dass du glaubst, hier einfach so hereinplatzen zu können.«

17

Nathan war am Ende seiner Kräfte. Es war ihm erst bewusst geworden, als er vor Michael gesessen hatte; dass er seit Stunden nichts zu sich genommen hatte, dass er erschöpft war. Jeder Muskel in ihm verlangte nach Schlaf, sein Kopf aber wollte ihn nicht lassen, und das, obwohl er sich zum ersten Mal seit dem Anschlag in Oslo sicher fühlte. Saleas Apartment war, bis auf die leisen Geräusche seiner Bewohnerin in der Küche, still. In dieser Zeit gab es nichts, was seinen Frieden stören konnte und egal wie sorgsam er auch in sich hinein hörte, er konnte die Nähe eines anderen nicht spüren. Niemand war ihm auf den Fersen. Es gab nichts, um das er sich sorgen musste.

Zeit-weise.

Nathan war klar, dass er nach Hause gehen sollte. Und sei es nur, um an sein eigenes Notizsystem zu kommen, das er dort aufbewahrte. Allmählich wurde es eng in seinem Kopf; die Informationen, die er sich zu merken versuchte, zu zahlreich. Der Wunsch, alles aufzuschreiben und auf einen Blick zu haben, war gewaltig und klang so sehr nach dem, was Michael ihm noch vor weniger als einer Stunde erzählt hatte, dass Nathan aus Trotz darauf verzichtete.

Statt aufzustehen, sich wieder anzuziehen und zu gehen, zwang er sich einmal mehr, tief durchzuatmen. Er musste dringend schlafen, sich ausruhen, um später noch einmal neu zu beginnen.

Ein paar Räume entfernt in der Küche pfiff ein Kessel und wurde sofort wieder zum Schweigen gebracht.

Schlafen, erinnerte er sich.

Und erlauben, dass es passierte. Daraus bestand im Kern sein Leben. Man ließ es geschehen und alles fiel wieder in seine geordneten Bahnen zurück.

Wäre da nur nicht dieser andere, den er einfach nicht ins Bild bekam und einschätzen konnte.

Noch nie hatte eine Gefahr für sie bestanden, für keinen von ihnen. Nicht so weit er wusste. Er selbst war noch nie bedroht worden und hatte heute von Livingston das erste Mal gehört, dass überhaupt die Möglichkeit bestand. Und selbst die Angst dieses Mannes konnte nicht akut sein, wenn er weiterhin ein Leben hier und eines dort führte.

Augenblicke später gab Nathan den Versuch, auf diesem Sofa Ruhe zu finden, auf, schlug die Decke zurück und schnappte sich seine Schuhe.

Die Adresse, die Michael ihm gegeben hatte, gehörte zu einem riesigen Stadthaus in Santa Monica, Kalifornien. Nathan kam ein paar Gehminuten entfernt an, wie üblich, und passierte auf dem Weg ähnlich große Anwesen mit Vorgärten und Parkgaragen. Um sechs Uhr morgens war hier noch nichts los.

Aus Höflichkeit klopfte er zuerst an, bevor er die Türklingel so lange gedrückt hielt, dass ihm der Finger wehtat. Die Glocke schrillte bis auf die Straße, doch Nathan wartete vergeblich darauf, dass im Haus ein Licht angeschaltet wurde und Michael ihm öffnete.

Zu müde, um sich darüber zu ärgern, kämpfte er sich an den Rosenbüschen, die das Haus einrahmten wie in einem Märchen, vorbei und trat in den dahinterliegenden Garten. Dort sah ihn niemand, als er verschwand und im gleichen Moment ein paar Stunden später wieder auftauchte. 10 Uhr, wie verabredet.

Hätte er sich eigentlich denken können. Dass Michael ihm diese Zeit und diesen Ort nicht nennen würde, wenn die Chance darauf bestand, in einen Michael hineinzulaufen, der von ihrer letzten Unterhaltung nichts wusste.

Es störte ihn trotzdem ein bisschen, dass er nicht im Vorteil war, jetzt wo er pünktlich hier erschien. Lieber hätte er ihn überraschend angetroffen und gesehen, wie Michael reagierte. Er hätte sich damit herausgeredet, dass er seine Warnung, zu keinem anderen Zeitpunkt zu kommen, gar nicht bewusst ignoriert hatte, nur eben wieder knapp daneben lag, was seine Treffsicherheit anging.

Nathan sah sich flüchtig nach jemandem um, der sein Kommen hätte beobachten können, aber es schien niemand Zeuge geworden zu sein.

Nathan testete die Terrassentür und fand sie verschlossen vor.

Also ging er wieder nach vorn, bemerkte erst jetzt, dass sein Mantel immer noch auf dem Fensterbrett in Saleas Berliner Wohnung lag, und stand einen Moment unschlüssig zwischen den Büschen, verwundert über so wenig Verstand. Er legte seine Waffen ab, schob sie unter das lockere Erdreich direkt neben dem Haus und blickte auf sein weißes Hemd herunter. Es hatte gelitten. Saleas Blut klebte immer noch in halbdurchsichtigen braunen Schlieren daran. Es war ihm nie in den Sinn gekommen, wie unsauber er vorging. Gewöhnlich landete das Ding im Müll, bevor er allzu viel darüber nachdenken konnte.

Blut auf weißen Hemden bemerkten die Leute zu allen Zeiten, auch wenn die Reaktion darauf nicht immer die gleiche war. Santa Monica, 2021 – das würde wahrscheinlich Probleme geben. Er musste schnell machen.

Das Klopfen sparte er sich dieses Mal und betätigte direkt die aufdringliche Hausklingel. Unter dem Messingknopf stand der Name des Besitzers in Großbuchstaben. PROF DR M MARSTENS. Es war Dienstag, der 21. November. Wie von Michael gewünscht.

Nichts rührte sich.

Gemessen an den Umständen läge es nahe, an sich selbst zu zweifeln. Aber in dem Fall war sich Nathan ziemlich sicher, dass er noch wusste, was er tat. *Er* war zur richtigen Zeit am richtigen Ort. Wo war der Professor?

Einmal mehr blickte Nathan sich in der Umgebung um, schaute hinauf zu den Fenstern und schob sich hoffentlich von den Nachbarn unbemerkt zurück durch die Rosen in den Garten. Seine zwei Messer sammelte er unterwegs wieder ein,

behielt sie in der Hand und stand kurz darauf wieder vor der Terrassentür. Sie machte einen weniger stabilen Eindruck als ihr Gegenstück und tatsächlich gab sie nach dem dritten Versuch unter seinem Gewicht nach. Das Schloss knarzte und brach aus dem Holz, die Tür schwang auf. Nathan wartete ein paar Sekunden, doch es ging kein Alarm los, dann schlüpfte er ins Haus.

Schimmernder Parkettfußboden, birkenfarbene Möbel, Porzellangeschirr an Wandaufhängern und weitläufige, offene Räume mit großen Fenstern.

Ja, das bestätigte alles, was Nathan sich unter einem Haus, in dem Professor Michael Marstens wohnte, vorgestellt hatte. Inklusive der Sammlung an sauber aufgereihten historischen Lanzen in der Diele und dem vom Boden bis zur Decke mit Gemälden behangenen Wohnzimmer.

Michael selbst jedoch ließ sich nicht finden.

»Ich war hier, wo warst du? – J. P.«, schrieb er auf das oberste Papier eines Notizblocks auf dem Schreibtisch im Wohnzimmer und überlegte nicht einen Moment, mit seinem vollständigen Namen zu unterschreiben. Wenn er sich so einfach hatte Zutritt verschaffen können, konnte es jeder. Außerdem wusste er fast nichts über Michaels Leben. Es war nicht auszuschließen, dass er in diesem Haus nicht allein wohnte.

Nathan legte den Stift wieder an seinen Platz und wollte wieder verschwinden. Er war nicht einmal wütend darüber, dass Michael ihn so offensichtlich versetzte, was ein schlechtes Zeichen war. Seine Wut war manchmal alles, was ihn antrieb. Doch der Anblick eines kleinen, flachen Podestes aus Marmor ließ ihn innehalten. Die Platte lag auf dem Tisch. Die Kuhle in der Mitte hatte die perfekte Größe, um den Globus hineinzulegen, ihn auszustellen, ohne Gefahr zu laufen, dass er herun-

terfiel. Der Stein hatte fast die gleiche Farbe, wie es das Meer auf dem Papier gehabt hatte.

Der Globus selbst war nicht hier.

Konnte er auch nicht sein. Einmal zerstört, war zerstört.

Nathan sah sich nach einem Laptop um, einem Computer oder einem Tablet. Irgendetwas, das … Ah, in der Schublade fand er, wonach er suchte, schaltet das silberfarbene Notebook ein und fand kurz darauf den Moment in der Geschichte, nach dem die Stadt Rom nicht mehr die Gleiche gewesen war. Noch einmal kurz durchatmen, dann machte er sich auf den Weg.

Der 13. Juli 2014 war ein sonniger Tag gewesen.

Nathan hatte schon einmal von dem Unglück gelesen und die Bilder des zusammengestürzten Gebäudes im Gedächtnis, aufgenommen in den Wochen danach, als man längst nicht mehr nach Überlebenden gesucht hatte. Die fünfzig Toten, die diese Fehlkalkulation zur Folge gehabt hatte, waren ein Schock gewesen, und der Schuttberg, der einst ein jahrhundertealtes Gebäude gewesen war, ein Stich ins Herz der Nation. Man hatte gerade erst neue Pläne für das Haus gemacht. Man hatte eine Zukunft vor Augen gehabt.

In Italien waren Sonntagnachmittage für die Familie gemacht, und alles fand unter freiem Himmel statt, vor allem im Sommer. Man saß im Café oder auf den Stufen eines Brunnens, die Kinder spielten in den Straßen, der Platz war voll.

Den Professor entdeckte Nathan als Erstes. Er eilte über den Platz und die Stufen zum Eingang des Gebäudes hinauf.

Für jemanden, der bereits wusste, was kommen würde, war die Hektik, die dieser Mann ausstrahlte, alarmierend, und Nathan jagte ihm sofort nach. Wahrscheinlich blieb wirklich nicht mehr viel Zeit.

Kein anderer bemerkte es. Niemand sonst wusste, was er wusste.

Die ersten großformatigen Gemälde empfingen die interessierten Besucher bereits in der Vorhalle. Das Museum beabsichtigte, noch heute einen Großteil dieser Kunstwerke zu versteigern. Es zeigte an diesem Tag noch einmal alles, was es besaß, um es am Abend in alle Welt zu verstreuen. Aus den Räumen und Sälen sollte ein Opernhaus werden.

Und dann entdeckte Nathan auch sie in der überschaubaren Menge an Besuchern – Michaels roten Faden, in einem dunkelblauen Sommerkleid und flachen Sandalen an nackten Füßen. Das Bild hatte so viel gemein mit dem ersten Mal, an dem Nathan ihr begegnet war, er atmete erschrocken ein und hatte Mühe, sich davon zu überzeugen, dass es nicht der gleiche Tag war. Dass er es nicht noch einmal würde mit ansehen müssen. Und heute erst recht nicht.

Salea blickte zu Michael auf, als er auf sie zukam, die Überraschung über seinen Auftritt allzu deutlich auf ihrem Gesicht. Erst ein paar Sekunden später zeigte sich darauf ein höfliches Lächeln. Sie versuchte, ihn wieder loszuwerden, wandte sich bereits nach ein paar wenigen freundlichen Worten ab. Aber irgendwie bekam er sie dazu, sich auf ein Gespräch mit ihm einzulassen, und dirigierte sie währenddessen durch den Raum. Einen Moment lang sah es nach einer hitzigen Diskussion aus, bis Michael in ein herzliches Lachen ausbrach und sie sich mit einer ähnlichen Geste geschlagen gab.

Nathan hielt Abstand. Er verstand nicht, worüber sie sprachen, aber eines war klar: Michael hatte nicht gelogen, was das hier anging. Er war zurückgekommen, obwohl er gewusst hatte, was passieren würde. Und nun bewegten sie sich in Richtung Westflügel.

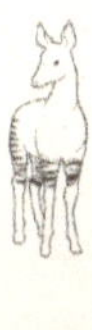

Gerade als die ersten Vibrationen durch den Boden drangen und die Menschen sich verwundert umsahen, war Nathan wieder in Berlin, 2016. Er hatte den Sprung nicht einmal gewollt, hätte gern noch ein wenig länger gewartet. Doch die Zeit hatte ihn mit gewohnter Präzision der Gefahr entzogen.

18

Als Nathan die Küche betrat, nahm Salea gerade den Kessel vom Herd. Sie fuhr erschrocken herum und verschüttete einen Schwall kochend heißen Wassers. Sofort sprang sie aus dem Weg, was in ihrer kleinen Küche ein gefährliches Unterfangen war. Den Hängeschrank voller Geschirr verfehlte ihr Ellbogen nur um Zentimeter.

»Ein bisschen angespannt?«, vermutete er und sagte es nur ungern in einem so belustigten Ton, aber er konnte nicht anders. Die Welt nicht so ernst nehmen war manchmal der einzige Weg, nicht an ihr und dem Leben kaputtzugehen. Und heute führte kein Weg daran vorbei.

Salea warf ihm einen entnervten Blick zu. »Wolltest du nicht schlafen?«

Mit dem schweren Kessel in der Hand stand sie verloren im Raum, offensichtlich unschlüssig, um was sie sich zuerst kümmern sollte. Den Tee, den überfluteten Boden oder den verrückten Fremden.

»Hab's versucht«, versicherte er und lehnte sich mit der Schulter gegen den Türrahmen, um ihr zu verstehen zu geben, dass er nicht vorhatte, ihr zu nahe zu kommen. Es war nicht schön, zu sehen, wie leicht er sie aus der Ruhe bringen konnte. Er hatte gut daran getan, sich seinen Mantel wieder überzuziehen, bevor er in die Küche gekommen war.

Während sie ihre Schritte an den nassen Flecken vorbei manövrierte, um ein Küchentuch zu holen, sah er sich in dem gemütlich beleuchteten Raum um. Es schien der Einzige, der in dieser Wohnung wirklich mit Leben gefüllt war. »Hast du noch ein richtiges Zuhause?«

»Willst du das Eis brechen?«

»Ich dachte, das hätte ich schon mit meinem Killer-Anmachspruch.«

Salea schnaubte verächtlich und lachte doch.

»Tee?«

»Nein, danke.«

Sich selbst goss sie nun aber ein. Die Tasse dazu stand bereits auf dem kleinen Tisch. Dann stellte sie den Kessel wieder an seinen Platz auf dem Herd und wischte flüchtig den Boden trocken. Die Linien auf ihrem Gesicht waren trotz des warmen Lichts ihres einzigartigen Himmels hart. Dabei hatte sie eines von diesen Gesichtern, das zum Lachen gemacht war, wie sein Ausflug nach Rom ihm einmal mehr bewiesen hatte.

»Es tut mir leid, das weißt du, oder?«

Salea tat diese Information mit einer desinteressierten Geste ab. Das nasse Handtuch fand seinen Platz an einem Haken neben dem Fenster und Salea kehrte an den Tisch zurück.

»Du hast es schon erwähnt, ja.«

»Ich brauchte dringend Antworten und ich brauchte die Wahrheit.«

»Auch das sagtest du schon.«

»Und ich werde es noch ein paar Mal sagen müssen, wenn du mir weiterhin das Gefühl gibst, dass du es nicht verstanden hast.«

Ihre blauen Augen wandten sich in seine Richtung und musterten ihn abschätzend. Glücklicherweise fiel es ihm zur Ausnahme einmal nicht schwer, aufrichtig dreinzuschauen, denn selten war ihm etwas so ernst gewesen.

»Würdest du es noch einmal tun?«, fragte sie.

»Was?«

»Mich angreifen, um deine Antworten zu bekommen, wenn du wüsstest, wie es ausgeht?«

Zwei Tage hatte er ihr gegeben. Fast genau achtundvierzig Stunden, seit sie sich in der Bibliothek getroffen hatten. Also ziemlich genau vier Tage nachdem er sie aus Kristiansand hatte gehen lassen, sechs nach Oslo, um das alles zu verdauen. Sie wusste so viel über ihn und Michael, das Reisen, den Tod, hatte so viel Zeit gehabt, und trotzdem war das die Frage, die ihr im Kopf herum ging.

»Wenn ich wüsste, wie es ausgeht, könnte ich mir den Aufwand sparen«, gab er zurück, was keine echte Antwort war. Die Antwort lautete: jederzeit. Weil es gewöhnlich funktionierte und weil es ihm im Prinzip egal war, wenn es das nicht tat. In den seltensten Fällen hatte er nach einem seiner Versuche, schnell an Informationen zu kommen, danach noch einmal mit der Person zu tun gehabt, aus der er sie herausgepresst hatte.

Salea war immer noch am Leben und stand in einem Stück in ihrer eigenen Küche. Alles war gut. Das Einzige, was er bereute, war, sich die Möglichkeit verbaut zu haben, sie auf seiner Seite zu wissen, ohne sie ständig daran erinnern zu müssen, dass er nicht vorhatte, sie noch einmal anzugreifen.

Nathan wechselte das Thema.

»Bist du bereit für ein Gespräch oder vertagen wir das auf morgen? Ich brauche dringend Hilfe beim Denken.«

Die Premieren stapelten sich seit Oslo. Davor hatte er noch nie jemandem von seinen Reisen erzählt und noch nie hatte er sich gezwungen gesehen, Unterstützung einzufordern. Doch das Gefühl, dass er in dieser Angelegenheit schnell eine Entscheidung treffen musste, wollte ihn einfach nicht loslassen, und allein kam er gerade auf nichts Sinnvolles. Dieser Tag war eine Katastrophe.

»Worüber?«

»Ich muss den Mord an vier Menschen aufklären und ich weiß nicht wie.«

»Fünf«, korrigierte sie und setzte sich auf einen schmucklosen Holzstuhl. Er stand am weitesten von ihm entfernt. »Er konnte nicht wissen, dass du es raus schaffst.«

»Na, mittlerweile weiß er es.«

Vor dem Fenster stand eine Sitzbank, übervoll mit Ringheftern und Büchern. Nathan sah ihr dabei zu, wie sie einen Augenblick lang zögerte, bevor sie aufstand und alles von der Bank auf den Tisch räumte, der ohnehin schon voller Papierkram war. Die viele Arbeit in ihrem privaten Raum erinnerte ihn an Michaels Haus.

»Aber der Widerspruch gefällt mir«, hörte er sich selbst sagen.

»Ja?«

Nathan stieß sich vom Türrahmen ab, ging durch die Küche und setzte sich auf den nun freien Platz. Die Kissen in seinem Rücken machten die Bank gemütlich. Er hatte das Gefühl, in diesem Raum spielte sich ihr ganzes Leben ab. All die anderen Zimmer in diesem Apartment waren nur da, niemand fühlte sich in ihnen zu Hause. Diese Wohnung erinnerte ihn an seine eigene, in der er sich nur aufhielt, wenn er nicht reiste. Auch dort gab es nicht viel, damit man sich in ihr wohlfühlte.

»Ich stecke fest. Also nur zu, widersprich mir. Vielleicht komme ich so auf eine Lösung.«

»Hört sich das nur so an oder bist du überrascht, dass du noch keine hast?«

Nathan schnaubte und versuchte sich zu konzentrieren, während sie ihren Stuhl zurechtrückte, noch ein Stück weiter auf Abstand. Ihre Haare hatten in dem Dämmerlicht ihren goldenen Touch verloren und lagen kraus auf ihren Schultern. Das Shirt trug sie auch nicht erst den heutigen Tag.

Wie das Leben immer stillstand, wenn man jemanden verlor, der ein Teil davon gewesen war.

»Mein Vater war auch ein Reisender. Er hat mich immer mitgenommen. Ich habe ihn verloren, als ich fünfzehn war. Ungefähr.«

»Das hast du mir schon gesagt. Muss hart gewesen sein.«

»Du machst dir keine Vorstellung.«

Salea legte eine Hand um die dampfende Teetasse und suchte nach den richtigen Worten.

»Wahrscheinlich habe ich eine bessere Vorstellung davon, als du glaubst.« Sie tat den Gedanken mit einem kleinen Kopfschütteln ab. »Erinnere ich mich falsch oder sagte Michael nicht, dass diese Fähigkeit zu reisen nichts ist, womit man geboren wird? Wie kann es sein, dass es doch euch beide getroffen hat? Ist das nicht zu viel des Zufalls?«

Nathan stimmte ihr nickend zu und doch musste er widersprechen. Michael, mit seinen Regeln und seinen Prinzipien, die er dieser Fähigkeit zuschrieb, hatte doch keine Ahnung. »In der Theorie stimmt das. Aber es gibt paradoxerweise noch keine Langzeitstudien. Lass mich dir von meinem Vater erzählen.«

»Das musst du nicht«, unterbrach sie ihn und meinte es gut. Doch leider hatte sie unrecht.

»Doch, muss ich. Weil ich Michael von ihm erzählt habe, und dann hat er dich und deine Globen kennengelernt und schließlich selbst einen in Auftrag gegeben.«

»Ich verstehe nicht«, gestand sie und tat es so unaufgeregt und selbstverständlich wie in Kristiansand. Ihm war nicht bewusst gewesen, wie sehr er es mochte, dass sie jemand war, der versuchte mitzudenken und zugab, wenn sie es nicht schaffte. Er wusste nicht, wie er selbst reagieren würde, wäre er an ihrer Stelle. Nicht mit Vernunft wahrscheinlich.

»Dann hör zu. Als es bei meinem Vater anfing, war ich acht oder was. Zehn vielleicht. Ich erinnere mich nicht mehr so genau. Ich weiß, ich war schon in der Schule, hatte Freunde. Wir wohnten in der Nähe von Stockholm. Meine Eltern hatten sich gerade scheiden lassen und mit einem Schlag gab es nur noch uns beide in dem Haus, das mir immer viel kleiner vorgekommen war, als sie noch mit uns darin gewohnt hatte. Er war Lehrer und als es anfing, hat er mich einfach mitgenommen.«

»Wie passiert es?«

Ah, die Grundlagen.

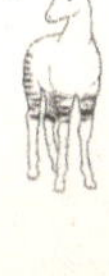

»Schwer zu erklären. Einfach so. Nach einer Weile spüren wir es kommen, werden unruhig und … der Drang zu gehen ist ziemlich gewaltig. Bei den meisten ist es sogar so, dass, wenn sie es zu lange hinauszögern, der Sprung unkontrolliert kommt. Die meisten holt die Zeit sogar zurück, wenn sie zu lange nicht zu Hause waren. Dorthin, wo sie eigentlich hingehören.«

»In die eigene Zeit?«

»Inklusive den Stunden, Tagen oder Wochen, die verstrichen sind, während sie unterwegs waren. Unter normalen Umständen kann man sich drauf verlassen«, antwortete er wahrheitsgemäß, obwohl er von dieser einzigen echten Regel keinen Nutzen hatte. Aber darum ging es hier nicht. Oder vielleicht doch? Er konnte sich nicht konzentrieren.

»Wozu ist das Reisen gut?«

Nathan bedachte sie mit einem müden Lächeln. »Davon abgesehen, dass wir uns alle noch einmal das letzte Queen-Konzert ansehen könnten?«

»Ja, abgesehen davon«, antwortete sie trocken. »Ihr könntet die Welt verändern. Was seid ihr für Menschen? Wie viele kennst du? Wie viele seid ihr?«

»Ich kenne vielleicht fünfzehn, zwanzig.« Und die meisten davon nicht besonders gut. Seit wenigen Monaten erst wussten sie von dem Lager in Grönland. Seitdem war der Kontakt enger. Jetzt hatten sie eine Möglichkeit, einander Nachrichten zu hinterlassen. Aber viel war daraus bisher noch nicht geworden. Nathan war selbst noch nie dort gewesen. Es war ihm nicht geheuer, dass er nicht wusste, warum es überhaupt existierte und wer alles davon wusste. »Insgesamt gibt es vielleicht fünfzig oder hundert. Keine Ahnung. Aber du überschätzt unseren Einfluss. Niemand kann die Welt ändern. Auch wenn es schön wäre.«

»Und beängstigend. Mit einem Mord lässt sich ein Krieg beginnen und sicherlich auch einer verhindern.«

»*Die* Theorie. Ja. Nein!«, versicherte er. »Wurde schon versucht, aber der Plan geht am Ende nie auf. Wie gesagt – das habe ich schon gesagt, meine ich –, du kannst die Vergangenheit nicht ändern, wenn sie deine eigene ist. Es funktioniert einfach nicht. Bastiaan, du hast ihn kennengelernt …«

»Der junge Mann aus Oslo. Der mit den punkigen Haaren«, erinnerte sie sich.

»Ja«, bestätigte er und wiegelte gleichzeitig ab. »Sein wildes Auftreten ist nur Show. Irgendwie will er sich nicht entscheiden, wem er sich mehr zugehörig fühlt, und sieht deswegen aus wie eine Mischung aus allem, was seine Generation aufzubieten hat. Aber er ist wirklich schlau und er will etwas ändern. Tingelt von einer Universität zur nächsten. Ich bin nicht sicher, wie er das alles unter einen Hut kriegt, aber er belegt Kurse in Kalifornien und so. Anfang der 80er, hauptsächlich. Ich glaube, die besucht er nur aus Nostalgiegründen. Er gibt auch selbst Vorlesungen. Er berät Firmen. Heute, damals, in der Zukunft. Ich bin noch nicht ganz durchgestiegen. Aber ich weiß, er versucht etwas zu verändern, auf lange Sicht, ich glaube aber nicht, dass irgendetwas von diesen Veränderungen bereits angekommen ist.«

Salea nahm einen Schluck von ihrem Tee und blickte lange schweigend in die dampfende Flüssigkeit, bevor sie mit einem fragenden Ausdruck im Gesicht wieder zu Nathan rüber sah. »Er will also die Welt verbessern. Und Michael? Er scheint wohl hauptsächlich aus eigenem Nutzen zu reisen. Er verschafft sich Vorteile.«

»Gut möglich«, gab er zu. Das klang nach ihm. »Um ehrlich zu sein, weiß ich nicht mit Sicherheit, was der Professor beruflich macht, von der Unigeschichte und den paar Gerüchten, die ich aufgeschnappt habe, abgesehen.« Nicht, dass es nicht ohnehin vollkommen sinnlos war, einem Beruf nachzugehen, wenn man es kaum vier Wochen am Stück in einer Zeit aushielt. Sogar John, der sich wahrscheinlich mehr als Polizist identifizierte denn als Vater oder Ehemann, hatte aufgegeben, beruflich einer zu sein. Michael und Bastiaan waren die Einzigen, von denen Nathan wusste, die solche Ambitionen hatten.

»Er kauft und verkauft Kunst. In vergleichsweise großem Stil, gemessen daran, dass er es allein macht. Und er ist gut. Fast zu gut. Ein paar Kollegen sind schon seit Jahren misstrauisch, aber er besteht jeden Test. Jedes seiner verkauften Stücke ist echt, jeder bekommt, wofür er zahlt. Er ist mittlerweile ziemlich bekannt dafür, besondere Objekte ausfindig machen zu können. Die Leute heuern ihn Jahre im Voraus an und sind gewillt zu warten. Er hat einmal gescherzt, dass er bis 2020 ausgebucht ist, und ich glaubte damals schon nicht, dass er nur angeben wollte.« Ein kleines beeindrucktes Lächeln spielte um ihre Lippen. »Also ja, sieht so aus, als reist er um die Welt, durch die Zeit, und handelt mit Kunstwerken aller Art.«

»Du klingst gerade, als wäre das etwas für dich.«

Das Lächeln auf ihrem ansonsten erschöpften Gesicht hielt sich eine ganze Weile. Es passte gut zu dem Feuer in ihren Augen, das aufflammte, jedes Mal, wenn sie von ihren Globen erzählte. Sie dachte darüber nach und schüttelte schließlich den Kopf. »Nein. An dieser Art Leben bin ich nicht interessiert. Ich habe mich auf Bücher verlegt, das ist weniger kompliziert; und ich arbeite lieber für öffentliche Einrichtungen und weniger gern für Privatpersonen. Dinge von historischem Wert sollten nicht in privater Hand sein. Er kennt meine Meinung zu dem Thema, wir sind oft genug deswegen aneinander geraten. Michael ist kein sehr fairer Gegenspieler.«

»Das sind Gegenspieler selten.«

»Wozu nutzt *du* sie, die Fähigkeit zu reisen?«

»Nicht, um in Hörsälen herumzuhocken«, gab er zurück und wollte nicht weiter darauf eingehen. Wieso ließ ihn der Gedanken an seinen Vater nicht mehr los? »Ich muss ungefähr fünfzehn gewesen sein, als er verschwunden ist, denke ich. Wir haben Geburtstage nie so richtig gefeiert und ich war zu dem Zeitpunkt nur noch unregelmäßig in der Schule. Es gibt also wenige Anhaltspunkte, an denen ich mich orientieren könnte. Wenn sich ein Sprung ankündigte, haben wir uns gemeinsam einen Ort ausgesucht, meistens hat er über den Zeitpunkt entschieden, und dann sind wir zusammen los. Eines Tages, 2144 – wir waren gerade in einem Supermarkt in der Nähe von Portland, USA – verschwand er. Und kam nicht wieder zurück.«

Salea zog die Brauen hoch. »Konntest du ihm nicht folgen? Oder dorthin zurückkehren, wo ihr hergekommen seid?«

Ja, und hier lag der eigentliche Hund begraben. »Das ging damals nicht. Ich bin selbst gar kein Reisender. Nicht so wie die anderen zumindest. Ich bin dort gestrandet und habe jahrelang darauf gewartet, dass er wiederkommt und mich holt. Aber das ist eine andere Geschichte. Das Ding ist –«

»Aber du kannst es. Ich hab's gesehen!«, protestierte sie.

»Ja, na klar. Was weiß ich. Vielleicht hat er mich einmal zu oft mitgenommen. Außerdem war ich plötzlich irgendwas um die einhundertfünfzig Jahre entfernt von meiner eigenen Zeit.

Vielleicht ging es nicht anders. Um alles wieder in seine Ordnung zu bringen. Ist auch egal.«

»Ist es nicht! Das ist furchtbar. Du warst allein. 2144 und wann …?« Salea brach verwirrt ab und machte eine Geste, als wollte sie ihn schütteln, ihre Hände aber trauten sich nicht einmal in seine Nähe. »Ich verstehe nicht. Wann wurdest du geboren? Von was für einem Jahr reden wir hier? Michael sagte, du kommst aus der Zukunft.«

»Deiner Zukunft.«

»*Meiner* Zukunft«, wiederholte sie entnervt. »Was macht es für einen Unterschied?«

»Keinen«, stimmte er zu. »Das ist es ja. Es tut nichts zur Sache.«

»Du hast gelogen«, stellte sie mit einiger Überraschung fest, dabei sollte es sie nicht wundern. Sie hatte bisher nicht eine Möglichkeit ausgelassen, ihn auf seine Lügen hinzuweisen. »An diesem Abend in Oslo. Michael hat gesagt, du kommst aus der Zukunft und du hast ihm zugestimmt.«

»Ich habe nicht widersprochen«, erwiderte Nathan gelassen. »Michael hat bei einer unserer ersten Begegnung geschlussfolgert, aus welcher Zeit ich stamme, und nie wirklich nachgefragt.« Tatsächlich war das eine der Halbwahrheiten in ihrer Beziehung zueinander, die Nathan nicht einen Moment lang bereute. Sollte Michael doch glauben, was er wollte. Seine Theorien machten dadurch nicht mehr oder weniger Sinn. Und jeden anderen ging es noch weniger an. »Es tut nichts zur Sache. Hier noch weniger als überhaupt.«

»Noch weiter in der Zukunft oder …?«

»Bist du jetzt fertig? Kann ich fortfahren?«

»Ein Hinweis, wohin es gehen soll, wäre nett.«

»Ich wollte immer denken, ihm wäre etwas passiert. Irgendetwas, das ihn daran hindert, zurückzukommen. Mein Vater war jemand, auf den man sich verlassen konnte. Fahrig und planlos, seit meine Mutter weg war, aber er hätte mich nie mit Absicht allein gelassen. Erst recht nicht an einem Ort, den wir beide nicht besonders mochten. Ich war alles, was er noch hatte. Nichts außer etwas Radikalem hätte ihn davon abgehalten. Okay?«

»Wir gehen von Mord aus. Oder etwas ähnlich Endgültigem«, antwortete sie tonlos und gab zu verstehen, dass sie ihm soweit folgen konnte.

Nathan korrigierte sie dennoch einmal mehr. »Wir *gingen* von Mord aus. Oder einem tödlichen Unfall, für den ich ihn immer zu vorsichtig gehalten habe. Aber in der ganzen Zeit, seit ich unterwegs bin, ist mir nie etwas passiert. Es gibt keinen Streit unter den Reisenden, keine Auseinandersetzungen, keine Eifersucht untereinander und keine Morde. Jetzt also der andere Teil der Geschichte.«

»Ich kann's kaum erwarten.«

»Dachte ich mir. Es war Michael, der den Globus hat anfertigen lassen.«

Salea stellte die Tasse, die sie gerade an ihre Lippen führen wollte, zurück auf den Tisch. »Das kann nicht sein. Er wusste von nichts«, widersprach sie erwartungsgemäß ohne lange zu überlegen und Nathan blieb nicht viel übrig, als in dem Punkt einzulenken, denn die Lücke hatte er auch noch nicht vollständig geschlossen. Wobei er eine Idee hatte.

»Er hat ihn anfertigen lassen, um all seine Reisen auf einen Blick zu haben und zu verstehen, ab wann er den Überblick verliert. Oder besser, wann er nicht mehr da ist. Ich schätzte,

Letzteres ist eingetreten, bevor der Globus im Archiv gelandet ist. Ich rate nur, aber es würde erklären, warum ihm die Situation dermaßen aus den Händen geglitten ist. In einer Sache scheint er nämlich nicht gelogen zu haben: Michael hat sich erschrocken, den Globus hier zu finden; dass er ausgerechnet in deinen Besitz gelangt ist, war nicht geplant. Nicht von dem Michael, der ihn hat anfertigen lassen. Auch wenn du der Grund für seine Existenz bist.«

»Hilf mir auf die Sprünge.«

»Er hat dich kennengelernt, und deine Küche, nehme ich an«, Nathan deutete über ihren Kopf hinweg, »… und hat sich inspirieren lassen.«

»Das habe ich verstanden. Ich meinte, hilf mir auf die Sprünge, was das hier alles mit seinem Vorhaben zu tun hat, seine Reisen auf diesem Globus zusammen zu sehen.«

»Gar nichts«, entgegnete er und klang perplex. »Oder? Was, wenn er gar nicht stirbt? In der Zukunft. Was, wenn er einfach nur verrückt wird? Den Verstand verliert und die Zeit?«

»Umherirrt?«

»Vielleicht. Mein Vater … Er war immer sehr impulsiv, wenn es um das Reisen ging. Ich war noch ziemlich jung. Ich kann mich leider nicht gut erinnern.« An seine Statur, ja. Seine kurzen, heftigen Umarmungen, ja. Sein ausdrucksloses Gesicht, wenn er nicht reden wollte. Die Art, wie er seinen Kaffee trank, den Henkel der Tasse unter den Daumen gehakt. Das erschrockene Geräusch, das in dem Moment aus ihm heraus gebrochen war, als er die Scheidungsunterlagen in der Post gefunden hatte. Es war Winter gewesen und das fahle Licht der nicht mehr richtig aufgehenden Sonne hatte alles in seinem Griff gehabt, selbst die immer hell erleuchteten Räume

ihres Hauses und den Dachboden, auf den Nathan sich oft zurückgezogen hatte. Daran konnte er sich noch erinnern, fast alles andere war weg. »Kann sein, dass es schon einmal passiert ist«, gab er jetzt zu. »Dass er sich verkalkuliert und mich zurückgelassen hat.« Die Details zu diesem Tag waren nicht greifbar, aber da. Irgendwo im hintersten Winkel seines Hirns war es passiert. »Vielleicht will ich es nur glauben«, hörte er sich selbst sagen und blickte zu Salea rüber.

Sie erwiderte seinen Blick wortlos.

»Wie auch immer, das Reisen ist keine Wissenschaft. Keiner weiß wirklich, was schiefgehen kann, wenn es schiefgeht. Michael jedenfalls scheint mir ein hervorragender Kandidat für einen alten dementen Mann. Er hat gemerkt, wie er den Verstand verliert und angefangen, sich alles aufzuschreiben. Als das nicht mehr geholfen hat, hat er den Globus anfertigen lassen. Vielleicht hat er ihn in einem besonders verwirrten Moment in deine Nähe gebracht, nur damit er ihm nicht verloren geht, und es vergessen. Als du ihm dann davon erzählt hast, ist er in Panik geraten und wollte uns um Rat fragen, ohne zugeben zu müssen, dass er derjenige war, der den Globus hat anfertigen lassen.«

Die erneute Erwähnung seines Namens ließ Saleas Züge wieder bedrückt erscheinen und Nathan bereute beinahe, dass er überhaupt entschieden hatte, mit ihr darüber zu reden. Aber er bekam seine Gedanken heute einfach nicht geordnet.

»Macht das alles wenigstens ein bisschen Sinn?«, fragte er und hoffte inständig auf eine ihrer abgeklärten, pragmatischen Antworten.

»Es löst das Rätsel um den Globus. Vielleicht sogar um das Treffen«, gab sie zu.

Das tat es wohl. Michael war durcheinander gewesen und würde irgendwann in der Zukunft sterben, wie sie alle, und vorher so verwirrt sein, dass er nicht mehr weiß, was er tut. Aber den Fremden aus Oslo kannte Nathan nicht, und er hatte noch immer keine Ahnung, was er mit diesem Anschlag bezweckt hatte und warum er ihm danach gefolgt war, um es zu Ende zu bringen.

»Es hat mit dem Globus nichts zu tun«, durchbrach Saleas entschiedener Ton die Stille in dem kleinen Raum.

»Mag sein.«

»Hat es nicht.«

»Willst du jetzt hören, dass du recht hattest?«

»Ich will, dass du mir sagst, was du tun wirst. Du meintest, es gibt nie Streit unter euch, und als Außenstehende –«

»Eine wundervolle Rolle.«

»Als Außenstehende«, wiederholte sie ihre Worte und sah ihn strafend an. Dabei hatte sie kein Recht, schon wieder die Nerven zu verlieren. Er war als Nächstes dran. Er brauchte eine Pause. »... sieht das hier nach willkürlicher Gewalt aus. Hast du das schon in Betracht gezogen?«

»Dass es keinen Grund gibt?«

»Doch, sicher. Es gibt immer einen Grund. Aber vielleicht hatte er mit diesem Treffen überhaupt nichts zu tun. Nichts mit dem Coevorden-Globus, nichts mit mir. Willkürlich, was den Zeitpunkt angeht. Der Grund? Eifersucht, Vergeltung, Wut. Keine Ahnung. Nur warum danach versuchen mich zu töten, wenn nicht einfach nur, weil auch ihm die ganze Situation aus den Händen geglitten ist?«

»Wir wissen immer noch nicht, wie oder warum der Globus in deine Hände gekommen ist.«

»Um dich zu zitieren: Wen interessiert's? Deine Theorie ist so gut wie keine.«

Nathan schenkte ihr ein messerscharfes Lächeln.

Sie versuchte ihn zu überzeugen; von ihrer Idee, von ihrer Lösung, und hatte sie nicht schon einmal recht gehabt?

Genau deswegen saß er nun hier in dieser surreal beleuchteten Küche, in der es nach Himbeeren und Rooibos roch und diese fremde Frau nun mehr von ihm wusste als die meisten Menschen, die er kannte.

Was, wenn er wirklich einfach zurückgehen und diesen Mann abfangen würde, irgendwie, irgendwann, direkt davor, direkt danach? Vielleicht erwartete dieser ihn dort gar nicht. Vielleicht würde er nicht versuchen, es noch einmal geschehen zu lassen: Vielleicht hatte er erreicht, was er wollte. Wenn Nathan nur verstünde, was es war.

Wann in den letzten Stunden hatte er aufgehört, diesen Kerl direkt in seinem Nacken zu wissen? Wahrscheinlich war er gar nicht mehr da, war nie an ihm dran gewesen.

»Du musst schlafen«, hörte er Salea sagen und spürte sich selbst zustimmend nicken.

»Das ist wahr.«

... schlafen und herausfinden, ob Reisende wirklich sterben, wenn sie sterben.

Nathan hatte gar nicht bemerkt, wie er auf die Beine gekommen war. Erst als er mitten in der Küche abrupt zum Stehen kam, wurde er sich dessen bewusst, sah sich verwirrt nach Salea um und stieß beinahe einen Stapel Papiere von der Tischkante.

Seine Aufmerksamkeit schaffte es nicht bis zu ihr, sondern wurde unsanft ausgebremst. Abgefangen von dem, was er bisher für das Recherchechaos einer Archivarin gehalten hatte. Er griff sich einen der losen Zettel. »Was tust du hier?«

Der ganze Tisch war voller Zeug; Zeug, das ihm sofort ins Auge sprang, jetzt, wo er davor stand. Wie hatte er das vorher nicht sehen können? Schemata, Notizen, Daten, Namen.

»Ich mache mir Notizen«, antwortete sie und zog ihm die Seite aus den Fingern.

»Über mich?« Hatten sie nicht gerade erst eine halbe Stunde lang darüber diskutiert, was für eine unglaublich schlechte Idee das war?

»Ich verstehe nicht, was passiert ist. Ich … Keine Ahnung, wie du all das in deinem Kopf behältst, aber ich kann das nicht. Es gibt so viele Möglichkeiten und trotzdem ist es passiert!«, antwortete sie mit einem Schlag wieder aufgebracht und hysterisch. Nur um kurz darauf zu merken, dass es ihr nicht half und sich die Situation dadurch nicht weniger furchtbar anfühlte. Sie atmete frustriert aus. »Und zu wissen, dass du es irgendwie hinkriegen könntest, dass es nicht passiert, lässt mich nicht weniger schockiert darüber sein. Es macht es nicht weniger … schrecklich. Wenn du zurückgehst, wenn du es rückgängig machst – allein, dass du es wahrscheinlich könntest, auch wenn du es abstreitest –, bedeutet all das hier, dieser Moment, jeder Moment, absolut gar nichts! Keine einzige Minute, die ich seitdem gelebt habe, wird noch existieren!«

»Salea«, fing er an und ging vor ihr auf die Knie. Es war ein Reflex, er konnte sich selbst nicht davon abhalten. Nach ihr zu greifen kam nicht infrage, nicht nach dem, was er ihr in Oslo angetan hatte. Und auch jetzt weiteten sich ihre Augen, als er ihr so viel näher kam, als er es seither getan hatte. Aber sie musste ihm zuhören und anders bekam er sie nicht dazu, innezuhalten.

»Jeder Moment in diesem Leben macht Sinn. Jeder!«

»Aber ich werde mich an nichts erinnern, wenn du irgendetwas tust. Es wird alles weg sein.«

Umso mehr ein Grund, es nicht zu tun.

Nathan setzte zu einem Widerspruch an, der ihm nichts nützen würde, und seufzte gereizt, statt ihn auszusprechen. Er war noch nie gut darin gewesen, dieses Thema zu besprechen. Vor allem, weil das Leben tatsächlich keinen Sinn machte. Aber nur für ihn. Für ihn allein und all die anderen, die zum Gehen verflucht waren. Nicht für sie. Sie hatte alle Chancen darauf, dieses eine Leben, das sie hatte, von Anfang bis Ende durchzuspielen und die Weichen so zu stellen, dass sie das große Glück fand. Sie konnte das.

»Weißt du, das alles … Es passiert einfach. Lass es geschehen. Es zu zerdenken führt dich nirgendwohin. Vertrau mir. Wenn du dich nicht mehr daran erinnern wirst, wird es dich auch nicht kümmern.«

»Aber du könntest es auch schlimmer machen. Mit deinen Reisen. Ich war da, an dem Tag! Durch deine Intervention … Du kannst es nicht wissen!«

Nathan konnte sehen, wie sie auf ihrem Platz, auf dem sie den gesamten Abend über so entspannt mit ihm diskutiert hatte, ungeduldig wurde. Sie wollte es nicht mehr ertragen, dort zu sitzen, und sie wollte ihn nicht länger so nahe vor sich haben. Als sie schließlich Anstalten machte, auf die Beine zu kommen, hielt er sie dennoch zurück, wohl wissend, dass er sich jede Möglichkeit, diese Frau anzurühren, ohne es eine Bedrohung sein zu lassen, genommen hatte, mit dem einen Mal, an dem er es getan hatte, um sie zu verletzen.

»Salea, hör mir zu«, bat er. »Ich bin echt. Ich reise seit fast zwanzig Jahren und viele andere auch. Und nichts Gravierendes hat sich geändert. Wir tun es und nichts geschieht.«

»Das kannst du nicht wissen! Vielleicht sieht alles aus, wie du es kennst, vielleicht hat sich im Großen und Ganzen nichts geändert, aber was, wenn du das Leben von irgendjemandem, dem du begegnet bist, in eine vollkommen andere Richtung gelenkt hast? Nur weil du aufgetaucht bist, wo du aufgetaucht bist!«, brachte sie ihm wütend entgegen und kämpfte ihre Arme frei, die er nicht fester halten konnte, ohne ihr wehzutun. Aber sie durfte jetzt nicht durchdrehen. Er brauchte sie. Sie und ihren Kopf, der von außen auf die Dinge sah. Sie und ihre Verbindung zu Michael und dem Globus, der der Anlass für dieses Treffen gewesen war.

»Salea, wir wissen das. Und es macht auch uns Angst. Deswegen reisen fast alle von uns ohne Ziel und nicht mit dem Wunsch, irgendetwas zu tun. Wir wissen das.«

»Du veränderst gerade alles, was sich in meinem Leben abspielt, verdammt!«

Nathan kam auf die Beine, bevor sie nach ihm treten konnte. Er ließ ihr genug Platz, selbst aufzustehen, und einen Moment später stand er ihr in der Küche gegenüber wie ein Einbrecher. Wie jemand, der keine Erlaubnis hatte, hier zu sein.

»Du musst ganz dringend wieder runterkommen. Es liegt ohnehin außerhalb deiner Kontrolle.«

»Ganz genau!«, fauchte sie. »Es liegt in den Händen eines Verrückten, der lieber ein Rätsel löst statt Leben zu retten!«

»Ich gehe ins Bett«, entschied Nathan kurzerhand und vermisste die pragmatische Salea schon jetzt. Mit dieser hier ließ es sich nicht einmal streiten.

»Wenn es noch andere Reisende als euch fünf gibt, warum bittest du sie nicht um Hilfe? Warum fragst du sie nicht einfach, was du tun sollst?«

Nathan machte kehrt und stapfte aus der Küche. »Gute Frage.« Weil er die meisten davon kaum länger kannte als sie. Weil sie zu erreichen eine logistisch nervtötende Angelegenheit werden würde. Weil einer von ihnen versucht hatte, ihn in die Luft zu sprengen!

»Warum?«, rief sie ihm hinterher; so laut, dass es vermutlich die halbe Straße durch die geschlossenen Fenster hörte. »Warum kannst *du* es?!«

»Gute Frage«, wiederholte er seine Antwort und kam dafür zurück in die Küche. Gerade eben hatte er es noch so dahin gesagt, aber jetzt waren diese zwei Worte eine hitzige Erwiderung, und all die Wut über die Fragen, die man auch ihm nicht beantwortete, brannte in ihm. Vielleicht half es ihr, zu verstehen, dass sie es hier mit einem Amateur zu tun hatte, der genauso wenig wusste wie sie.

»Wer weiß?! Wer weiß, warum ich eines Tages nichts anderes tun konnte, als wahllos in eine Zeit zu reisen, die nicht meine ist, nur um nicht verrückt zu werden? Warum die anderen nicht entspannt in ihrer bleiben und auf ihrem Sofa sitzen können, ohne den Verstand zu verlieren? Warum ich alles in meiner Vergangenheit ändern kann und es doch nicht geändert bleibt! Warum diese Welt mir eine Fähigkeit gibt, mit der ich absolut nichts anfangen kann und erst recht nichts Gutes! Wer weiß, warum ich nicht einmal mehr so etwas wie eine eigene Zeit habe, in die ich zurückkehren kann!«

»Du musst nicht zurück«, stellte sie mehr fest, als dass sie fragte, und hatte einen Augenblick lang den gleichen Aus-

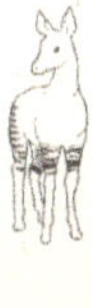

druck auf dem Gesicht, den er von sich selbst kannte, wenn er durch eine erzwungene Eskalation endlich zum Grund eines Problems vorgedrungen war.

»Ich weiß nicht einmal, wann zurück ist. Ich habe nicht den blassesten Schimmer, wie viel Zeit vergangen ist, seit wir das erste Mal unterwegs waren. Ich werde den richtigen Moment nie wieder hinkriegen«, gab er zurück, laut und bitter. »Zufrieden?«

19

»Warum Globen?«, hatte Hendrik einmal gefragt, zwischen Tür und Angel. An dem Abend hatte er sie auf einen Drink einladen wollen. Es war der Tag gewesen, an dem sie – eine Fremde, die nur ein einziges kurzes Gespräch mit dem Direktor des Hauses vorzuweisen hatte – den Vorzug vor ihm, einem langjährigen Angestellten mit relevantem Uniabschluss bekommen hatte. Also hatte sie die Einladung ausgeschlagen.

Seine Mundwinkel waren verärgert nach unten gefallen und sein Blick durch die Wohnung hinter ihr gewandert, als suchte er nach einem Anhaltspunkt; einer Möglichkeit, sie doch noch zu kriegen.

Wozu?, hatte sie sich damals gefragt und die Antwort darauf vorausgeahnt.

Salea war vor diesem Job in der Bibliothek schon lange genug im Geschäft gewesen, um sich nicht von charmanten Kommentaren und Komplimenten blenden zu lassen, noch weniger von einstudiertem Small-Talk. Den hatten alle drauf, die in dem Business, in dem es fast ausschließlich um Kontakte und einen makellosen Namen ging, wirklich gut waren. Alle wussten sie, wie man es schaffte, dass man sich in ihrer Nähe wohlfühlte. Und selten ging es gut aus, wenn man es tat und dabei vergaß, darauf zu achten, was man sagte. Nicht weil sie alle furchtbare Menschen waren, ganz im Gegenteil. Die meisten waren mit Leidenschaft dabei und lebten in der Kultur, die sie erforschten und vermittelten. Aber das Umfeld war hart. Jeder, der es nach oben geschafft hatte, wusste, dass er nicht noch einmal die Energie aufbringen würde, sich da rauf zu kämpfen. Alle waren sie irgendwann ausschließlich auf ihr eigenes Überleben bedacht, und Hendrik hatte gerade einen sagenhaften Rückschlag wegstecken müssen. Wäre seine Freundlichkeit wirklich echt gewesen, hätte ihn das zu dem ehrlichsten Menschen gemacht, dem sie je begegnet war.

»Ich stamme aus einer Familie von Entdeckern«, hatte sie knapp geantwortet. »Diese Welt und all ihre Orte waren schon immer um mich herum. Am häufigsten so: ganze nahe, erleuchtet, voller Wärme. Sie ist mein Zuhause.« Der Standardtext. Eine alte Geschichte. Allmählich fühlte sich das Pathos darin nicht mehr echt an. Die emotionale Verbindung zu dieser Vergangenheit war längst gekappt. Alles, was geblieben war, waren die Globen.

»Wo ist sie? Deine Familie?«, hatte er gefragt, wie alle es nach dieser kurzen Rede taten. Hendrik nur ein bisschen bitterer als die meisten. Was hieß, das Verhältnis zu seiner eigenen Familie war nicht gut oder es war keiner mehr da.

Wie bei ihr.

»Alle tot. Jeder Einzelne.«

»Ist das so?«

»Du zweifelst an mir?«

Der Direktor hatte sich während ihres Antrittsgesprächs nicht getraut, seiner Stelle einen Namen zu geben, noch weniger ihrer. Was sie zu Kollegen machte. Forschern, die im gleichen Haus arbeiteten und in unterschiedliche Richtungen blickten.

»Nun, es scheint mir ein bisschen leichtherzig dahin gesagt.«

Salea hatte die Schultern gezuckt und selbst einen flüchtigen Blick in ihre Küche geworfen, deren warmes Licht bis in die Diele schien, in der sie standen. Diese Globen waren das Erste gewesen, das sie in dieser Wohnung ausgepackt und aufgehängt hatte. Das Erste in jeder Wohnung. Das Einzige, was jeden Umzug mitmachte, egal wie überstürzt der Aufbruch. Sie unversehrt um die Welt zu transportieren, kostete jedes Mal ein Vermögen.

»Das Leben eines Forschers. Meine Schwester ist in der Arktis ertrunken oder erfroren. Mein Vater ist in Afrika verloren gegangen. Gut möglich, dass er noch lebt, gesehen hat man ihn nie wieder. Meine Mutter – eine Seglerin – war die Generalprobe für meine Schwester, aber ihre Wasser waren wärmer. Meine Großväter und ihre Frauen …« Es war eine leidige Geschichte und eine spannende und sinnlose und unglaubliche. Keiner von ihnen hatte das Leben überlebt, das sie sich ausgesucht hatten.

»Willst du das für dich auch? Tod durch Abenteuer?«

Er hatte ihr ein Lächeln abgerungen, dabei hatte er grausam sein wollen. »Noch nicht so früh, nein.«

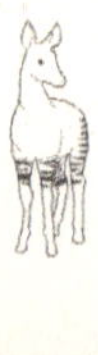

Sie hatte ihn damals nicht einmal hereingebeten.

Salea bewohnte dieses Apartment nun seit knapp sechs Monaten, hatte bisher aber weniger als dreißig Nächte darin verbracht. Alte Projekte warteten noch auf einen Abschluss und die Bibliothek kam derzeit gut ohne ihre ständige Anwesenheit und ihre aufwendigen Suchaktionen in längst verschollen gedachten Archiven klar. Also war sie weiterhin viel auf Reisen und arbeitete und beendete ein altes Leben, während ein neues bereits begonnen hatte.

Sie hatte hier in Berlin keine Freunde. Es hatte keine Einweihungsparty gegeben und bisher noch keine lautstarken Zusammenbrüche wegen Überarbeitung, die die Nachbarn einen Stock tiefer miterlebt hätten, um Jahre später noch Freunden davon zu erzählen. Tatsächlich war die hitzige Debatte mit einem Zeitreisenden sehr wahrscheinlich das Einzige, was ihre Nachbarn je von ihr zu hören bekommen hatten.

Eine endlose Minute lang standen sie einander gegenüber, Nathan halb im Durchgang zur Diele und sie neben dem Haufen Papier, der ihr dabei hatte helfen sollen, nicht den Verstand zu verlieren. Über ihnen hingen ihre Globen tief unter der Decke und machten es umso schwerer, die Szene in der Wirklichkeit zu verankern. Schließlich aber wandte sich Nathan um und stapfte aus dem Raum, wie er es kurz zuvor schon getan hatte. Salea blieb zurück und starrte auf die Leere zwischen den Türrahmen, die sein Körper gerade eben noch ausgefüllt hatte.

Es kostetet sie Mühe, sich wieder zu fangen. Sich daran zu erinnern, dass das hier ihr Zuhause war. Dass es für alles eine Lösung gab.

Er konnte das lösen. Wäre da nur irgendetwas Greifbares

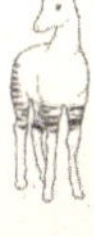

zwischen dem hochkonzentrierten Nathan, der sich um nichts scherte, und dem, der sich tatsächlich über den Tod seiner Freunde Gedanken machte, aber in solchen Momenten kaum noch ansprechbar war.

Salea atmete noch einmal tief durch, dann ging sie ihm nach. Sie hatte nicht darauf geachtet, wohin sich seine Schritte entfernt hatten, ob ins Wohnzimmer oder zur Tür raus. In jedem Fall rechnete sie nicht damit, ihn im Flur stehend vorzufinden, als sie um die Ecke bog. Sie lief direkt in ihn hinein und die Erinnerung an eine ganz ähnliche Situation traf sie ohne Vorwarnung. Die Seitenstraße vor ein paar Tagen war mindestens genauso schlecht beleuchtet gewesen und auch da hatte sie erst viel zu spät verstanden, was passiert war. Die Hauswand hinter ihr war so nahe gewesen, ihr schmaler Flur engte sie ein.

Doch dieses Mal griffen seine Hände nicht nach ihr in Hast und aus Verzweiflung, dieses Mal reichten sie um sie herum und nichts daran war aggressiv. Nichts an dieser Berührung verlangte eine sofortige Reaktion. Ganz im Gegenteil, Salea hielt mitten im Schritt inne. Jeder Gedanke daran, ihm zu entkommen, fühlte sich in diesem Augenblick lächerlich an.

Ihr wurde zu spät klar, dass auch das bereits einmal passiert und nicht gut ausgegangen war.

»Denk nicht«, hörte sie ihn sagen und plötzlich war der dunkle Flur ihrer Berliner Wohnung verschwunden. Verschwunden und durch hohe Wände und einen glänzenden Boden ersetzt, der sie an ein Schulgebäude denken ließ.

Die Luft, die sie umgab, war warm. Viel wärmer als das frühsommerliche, frische Berlin. Heiß. Sie machte ihr das Atmen schwer. Gras und Grün. Blüten und Regen.

»Lass es einfach passieren.«

Entfernt nahm Salea Schritte auf dem Plastikboden wahr. Er gab klebrige Geräusche von sich. Die Bewegung hallte durch den langen Raum und näherte sich ihr, als kämen sie von weit her. Dennoch klang sie unüberhörbar laut in ihren Ohren. Salea hatte das Bedürfnis, sich an etwas festzuhalten, doch es war nichts da, nur die heiße Luft. Ein fremder Raum. Eine fremde Zeit. Bis sich schwere Hände auf ihre Schultern legten und Nathans selbstherrliches Gesicht vor ihrem auftauchte. Scharfe Züge. Verflucht unübersehbar scharfe Züge hatte dieser Mann aus dieser Entfernung.

Was hatte er getan?

»Das wäre jetzt ein guter Moment für deinen heldenhaften Pragmatismus.«

Nein, das würde sie nicht.

Sie würde nicht mitspielen und gelassen und vernünftig damit umgehen, dass das hier nicht mehr ihre Wohnung war!

Was hatte er getan?

»Was tust du?«, fragte sie und wollte es eigentlich gar nicht wissen. *Nein.* Hatte sie ihm nicht eben noch gesagt, dass sie gerade den Verstand verlor? Hatten sie nicht eben noch darüber gesprochen? Am Rande ihrer Stimme bewegte sich bereits eine Panik, für die sie nicht einmal Worte hatte. »Nathan! Ich bitte dich, hör auf. Bitte. Ich wollte nicht … Sei jetzt nicht grausam. Das ist nicht fair. Ich wollte doch nur alles verstehen. Ich wollte nicht … bitte!«

Ihre Lippen bewegten sich von allein und es fühlte sich an, als könnte sie mit dieser Litanei noch Stunden weitermachen, nur um sich selbst davon abzuhalten, darüber nachzudenken, was hier soeben geschah. Doch Nathan unterbrach sie mit

einem entspannten Lachen. Wieder ganz er selbst. Das totale Gegenteil von dem Mann, mit dem sie in ihrer Küche gesessen und gestritten hatte. Er hatte wieder zu sich gefunden und sie dafür aus der Bahn geworfen.

»Beruhige dich, Salea. Es ist alles gut.« Ein unverdientes Lächeln prangte auf seinem Gesicht und baute einzig auf der Tatsache, dass er sich endlich wieder in einer Situation befand, in der er den Ton angab. Seine Hände gaben ihrer Schulter einen freundlichen Schubs, der sich vollkommen falsch anfühlte, und plötzlich stand sie wieder allein da; in einem Raum, der zu einer Art öffentlichen Gebäude gehörte, das sie noch nie zuvor betreten hatte.

Salea verabscheute die Verzweiflung, mit der sie auf ihn eingeredet hatte, doch ihr Herz ließ nicht mit sich verhandeln. Es raste vor Angst und Ungewissheit. Als er seine Hände von ihr nahm, griff Salea nach ihnen. »Lass mich nicht los!«

Glücklicherweise schien die Ernsthaftigkeit in ihren Worten ihn dieses Mal unerwartet zu treffen. Er wagte es nicht, sich noch einmal über sie lustig zu machen. Stattdessen wurde sein grauer Blick für einen Augenblick lang besorgt.

»Beruhige dich. Ich bin nicht wütend.«

»Bist du!«

»Bin ich, ja. Aber nicht mehr als üblich. Es gibt nichts, das du sagen kannst, das ich mir nicht schon selbst vorgeworfen habe.« Er machte Anstalten, seinen Arm vorsichtig aus ihrem Griff zu befreien. Salea wollte nicht loslassen und er offenbar keine Szene machen, also ließ er es schließlich bleiben. Dabei gab es niemanden, der ihnen dabei hätte zusehen können. Die Halle, in der sie sich befanden, war leer und sah verlassen aus. Vielleicht verzichtete er nur ihretwegen auf eine Geste, die einer Eskalation schon wieder so nahe wäre. »Ich versuche, dir zu helfen.«

»Mir?«

Als wollte er der Panik in ihrer Stimme etwas entgegensetzen, hatte sein Ton etwas fast Weiches, so umsichtig formte er seine Worte. »Ich kenne die Zeit, in die wir zurück müssen, und es wird so sein, als wäre nichts passiert. Betrachte diesen Ausflug als einen Diskurs.« Sanft befreite er seine Hände. Dieses Mal ohne Gegenwehr.

»Lass mich bitte nicht allein.«

»Ich lasse dich nicht aus den Augen«, versicherte er gelassen. »Und nichts von all dem hier wird passieren. Versprochen, ja? Aber ich kann hier schlecht die ganze Zeit so herumstehen, okay? Also, tief durchatmen.« Ganz langsam trat er von ihr zurück. Nur einen Schritt.

Salea wagte es dennoch nicht, sich noch einmal umzusehen, wagte es nicht, etwas anderes anzusehen als ihn. »Ich habe deine Schuhe mitgebracht. Meinst du, ich kann die aufheben, ohne dass du dich in Panik an mich kettest?«

Ein Witz. Er machte Witze.

Finstere Witze. Die kein Stück zum Lachen waren.

Aus Trotz ließ sie zu, dass er das Paar heller Ledersneaker, das seit einem halben Jahr in dem Schrank im Flur stand, vom Boden auflas, und zwang den Drang, ihm nachzugehen, mit Macht nieder. Als sein Gesicht wieder direkt vor ihr auftauchte, tat es das mit einem breiten Lächeln.

»Ich hätte beinahe sogar deinen Mantel mitgebracht. Aber, Himmel, September ist hier immer noch drückend heiß. Ziehst du sie an oder bleibst du weiter barfuß?«

Salea nahm ihm die Schuhe ab, ihre Hände zitterten, und

fast erwartete sie einen weiteren Scherz auf ihre Kosten. Stattdessen hielt er ihr seinen Ellbogen hin, damit sie sich darauf abstützen konnte, während sie sich die Schuhe anzog. Salea zögerte, das Angebot anzunehmen.

»Ich bin gut in solchen Sachen, wirklich.«

»Mich um den Verstand zu bringen?«

»Im Planen und Reisen und darin, das hier hinzukriegen – abgesehen von der kleinen Meile, die ich immer daneben liege. Aber ich bin gut in diesen Dingen. Man behauptet sogar, besser als die meisten. Und ich würde dich nicht mitnehmen, wenn –«

»Lüge.«

»Was?«, fragte er, ehrlich überrascht.

»Du würdest alles tun. Wenn es deinem Zweck dient.«

Sein Blick wurde für eine Sekunde kalt und kein Widerspruch wollte über seine Lippen kommen. »Wie gut du mich schon kennst. Und trotzdem: Mach dir keine Sorgen, nicht dieses Mal. Nicht in dieser Angelegenheit. Zieh deine Schuhe an, ja? Wir müssen noch ein Stück gehen und da draußen ist nicht alles so hübsch aufgeräumt wie hier drin. Ja? Bitte. Ich bitte nicht oft, also komm.«

Salea nickte schließlich und kniete sich auf den Boden, um sich die Schuhe anzuziehen. Aus Trotz. Sich auf seinen Arm zu stützen, war etwas, das sie so sehr wollte, dass sie es nicht tat. Die Sneaker, die er ausgesucht hatte, sahen nur praktisch aus, waren es aber im seltensten Fall. Sie trug sie eigentlich nur zu besonderen Anlässen, bei denen sie entspannt aussehen wollte, obwohl sie es nicht war. Vielleicht also doch keine schlechte Wahl seinerseits.

»Wo sind wir?«

»New Orleans. 2074. Ungefähr zehn Jahre nach der großen Flut. Die Stadt ist jetzt eine Art Kunstzentrum, lockt jede Menge Menschen an, die einen Platz zum Arbeiten suchen, aber nicht viel Geld haben. Für jeden anderen ist sie nicht mehr zu gebrauchen.«

»Wieso hat man nicht versucht, sie wieder aufzubauen, wie nach Hurrikan Katharina?«

»Das, was diese Katastrophe übrig gelassen hat, war es nicht wert. Die Bewohner wurden umgesiedelt. Hat man hier nicht zum ersten Mal gemacht.«

Salea band den zweiten Schnürsenkel, stopfte die losen Enden in die Seiten und richtete sich wieder auf. Erstaunlicherweise fühlte sie sich gut – fühlte sich in einem Stück und nicht mehr halb hier und halb dort wie in den ersten Sekunden.

»Und was machen wir an diesem Ort?«

»Jemanden besuchen und um Hilfe bitten. Dein Vorschlag. Hat bei Michael ja so halb funktioniert«, erinnerte er sie und ging voraus.

»Ich bin davon ausgegangen, du würdest das allein machen.« Und vielleicht hatte sie es auch nur aus Verzweiflung dahingesagt. »Bist du häufig hier?«

»Oft. Ich komme jedes Mal in dieser Gegend raus.«

»Eine Warnung wäre nett, beim nächsten Mal.«

Er lachte entspannt und wandte sich zu ihr um, während er hinaus in den Hof trat und die Sonne die dicke Luft um ihn herum flimmern ließ.

»Wird nicht passieren. Ist besser, wenn ich dich unverhofft erwische, in einem Moment, in dem du an nichts denkst. Die Begleitung bestimmt besser nicht den Weg.«

Tropische Temperaturen, immergrün, viktorianische Villen

und hochliegende Terrassen, auf denen es sich die langen heißen Sommerabende aushalten ließ. Das war alles, was Salea sich unter New Orleans vorstellte. Die Tropen waren noch nie ihr Ding gewesen und es hatte sie auch noch nie so weit in den Süden der USA verschlagen.

»Sollte ich irgendetwas wissen?«, fragte sie und eilte einen wildbewachsenen Hang hinunter. Drei holprige Schritte später landete sie auf einer verlassenen Straße, an der weit und breit kein Mensch zu sehen war. Das Gebäude, aus dem sie gerade gekommen waren, von innen leer und unberührt, machte von außen einen noch verloreneren Eindruck. Auch das schmeichelnde Sonnenlicht konnte die vielen zerbrochenen Fenster und die bröckelnde Fassade nicht kaschieren.

»Nein. Es hat sich nichts geändert.«

»Das kann ich mir kaum vorstellen.«

Nathan schenkte ihr das entschuldigendste Lächeln, das er im Repertoire hatte. »Und trotzdem ist es so.«

Er wusste, wohin er wollte, folgte der Straße, an der kaum noch ein Schild hing, wie es sollte, und kürzte über die verlassenen Gärten eines Wohnviertels ab, das seit Jahren unbewohnt zu sein schien. Es sah den Amerikanern gar nicht ähnlich, aufzugeben. Vor allem nicht eine Stadt mit so viel Geschichte, die schon einmal eine solche Katastrophe überlebt hatte.

Die Abstände zwischen den Häusern wurden enger, je weiter sie gingen. Die Gebäude standen bald dicht an dicht und sahen weniger verlassen aus. Ein paar Höfe waren gepflegt, in einigen Gärten wuchsen rote Sonnenblumen, die jemand in Zaum hielt.

Und trotzdem war es totenstill in der Siedlung.

Das Haus, vor dem sie schließlich Halt machten, hatte eine strahlend blaue Fassade, die schon bessere Tage gesehen haben musste. Hinter den dünnen Fenstern schien jedoch Leben zu herrschen. Bilder an der Wand, saubere Gardinen, große, lichtdurchflutete Räume.

»Maze?«, rief Nathan laut, während sie noch auf der Straße standen. Nach ein paar Momenten der Stille rief er noch einmal.

Nichts tat sich.

Salea folgte ihm durch den kniehohen, gusseisernen Gartenzaun und über den knirschenden Kiesboden.

»Maze! Ich bin's.«

Als Nathan sich unvermittelt zu ihr umwandte und ihre Hand nahm, fuhr Salea erschrocken zusammen.

»Was ist?«

»Hatte vor kurzem eine Verabredung und mein Gesprächspartner ist nicht aufgetaucht wie geplant. Ich habe ein komisches Gefühl.«

Doch dann quietschte die Fliegengittertür des Hauses vor ihnen und Nathan brauchte nur einen Blick, um sich zu vergewissern, dass alles war, wie er es sich vorgestellt hatte. Er gab ihre Hand wieder frei und machte zwei schnelle Schritte die Stufen zur Terrasse hinauf.

Maze war ein kräftiger Mann, dessen dunkle Haut in heftigem Kontrast zu Nathans stand. Als er zur Begrüßung lachte, drang dieses wohlgemeinte Geräusch bis auf die Straße.

Die beiden Männer umarmten einander, als kannten sie sich gut. Es ließ Salea hoffen, dass Nathan am Ende doch nicht so allein auf diesem Planeten war, wie es ihr vorkam.

»Das ist Salea Dawnt. Historikerin und Archivarin. Ich habe

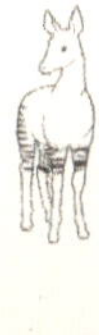

das Gefühl, sie würde wahnsinnig gern einen Blick auf deine Sammlung werfen.«

Maze lächelte breit und nickte Salea auffordernd zu. »Maze Rogers«, stellte er sich vor. »Dann immer herein.«

Salea erinnerte sich an diese eine endlose Diskussion mit Michael darüber, wem man heute überhaupt noch trauen konnte, oder ob es nicht generell besser wäre, von Verrat auszugehen und gar nicht erst das Risiko einzugehen, den Kürzeren zu ziehen. Am Ende dieses Abends hatte er sich selbst widersprochen, denn es gab Tage, da hatte sogar der verschlagene Professor Marstens keine Lust mehr darauf, sich ständig in Acht nehmen zu müssen. Normalerweise aber genoss er die aufgeladene Stimmung unter den Kollegen, den Konkurrenzkampf und das Misstrauen; das Wissen, dass das eine oder andere falsche Wort zur richtigen Person für eine Karriere alles bedeuten konnte. Jeder versuchte das Beste für sich herauszuholen, und ohne diesen ständigen Konflikt machte es ihm keinen Spaß.

Nach all dem, was sie mittlerweile über ihn erfahren hatte, glaubte Salea, dass dieser ständig um die Ecke lauernde Streit für ihn nur einfacher auszuhalten war, weil er wusste, dass er sich der Situation jederzeit entziehen konnte.

Salea hatte die zusätzliche Aufregung noch nie wirklich genossen und erst durch Michael gelernt, jede neue Bekanntschaft mit Argwohn zu betrachten und gleichzeitig darauf zu hoffen, dass sie es ehrlich meinte.

Maze Rogers war die perfekte Leinwand für eine so zwiegespaltene Sicht auf die Branche. Er wirkte einladend und betont gut gelaunt, aber sich seiner selbst auch sehr bewusst. Er war kein Mann, der sein Leben für andere verbiegen und Kompromisse machen würde.

Umso erstaunlicher, dass Nathan ihm vertraute. Er war so entspannt, wie Salea ihn bisher noch nicht erlebt hatte. Salea beobachtete ihn aufmerksam, während sie Maze durch das Haus folgten, und fand absolut keinen Hinweis darauf, dass er sich hier auf der Hut befand.

Maze' Haus war ein Hort für Erinnerungsstücke und Alltägliches. Die Zusammenstellung wirkte ungeordnet und dahingeworfen. Der große Salon blickte in den Garten hinter dem Haus und war vollgestellt mit Regalen aller Art. Groß, klein, einige achtlos hingezimmert und andere aus fein geschnitztem Wurzelholz. Die Sammlung, von der Nathan gesprochen hatte, bestand größtenteils aus Büchern und stapelte sich in mannshohen Türmen, in zweiter Reihe und dritter. Viele lagen offen herum, aus anderen schauten Notizzettel hervor. Salea war davon ausgegangen, dass Nathan nur einen Vorwand gesucht hatte, um Maze davon zu überzeugen, sie in sein Haus zu lassen. Aber schon auf den ersten Blick war sie fasziniert von dieser Bibliothek und hätte gern einen genaueren Blick in die Regale geworfen.

»Was bringt dich hierher?«, fragte Maze und ließ sich in einen Bürostuhl fallen, der mit ihm ein paar Zentimeter über den unebenen Laminatboden rollte, bevor er zum Stillstand kam.

»Fragen, von denen ich hoffe, du könntest ein paar Antworten liefern.«

»Das ist neu. Bist du nicht immer einer von denen gewesen, die denken einfach laufen lassen und überhaupt, *to define is to limit*?«

»Verzweifelte Zeiten.«

»Was zum Teufel könnte dich mit dem Rücken an die Wand stellen?«

»Ein Mann, der versucht, mich zu töten«, hörte Salea Nathan sagen und wandte sich von den vollgestopften Regalen ab und zu den beiden Männern um. Beide saßen sie nun nahe der Tür vor einem großen Fenster in der Sonne. Bei dem Anblick wurde ihr bewusst, dass sie ihre Neugier ans andere Ende des Raumes geführt hatte, doch gerade, als sie in Panik geraten wollte – sie spürte sie bereits nach ihrem Herzen greifen –, fing Nathan ihren Blick ein und nickte ihr beruhigend zu. Er hatte sie im Auge, wie versprochen.

»Ihr könnt nicht getötet werden.«

»Ich hatte gehofft, du würdest das sagen.« Nathan richtete seine Aufmerksamkeit wieder auf Maze und blickte seinen Freund mit diesem sarkastischen Zug um die Lippen an, den Salea mittlerweile gut kannte. »Hast du Daten, um die These zu unterlegen?«

»Sicher. Massenweise. Es ist versucht worden. Es hat nicht funktioniert.«

»Wieso nicht?«, fragte Salea und beide sahen sie an, als hätten sie nicht erwartet, dass sie sich an dem Gespräch beteiligen würde. Dabei hätte zumindest Nathan es besser wissen müssen. Er versuchte ihr zu helfen, hatte er gesagt, und hoffentlich nicht vollkommen gelogen in diesem Moment. »Was? Bringt er normalerweise nur Gesellschaft mit hierher, damit sie rumsteht und gut aussieht?«

Maze lachte als Erster und gab Nathan neben sich einen Klaps aufs Knie, den dieser mit schmalen Lippen über sich ergehen ließ.

»Gesellschaft?« Maze lachte wieder. »Noch nie vorgekommen. Ich dachte mir aber, da du selbst kein Reisender bist, wäre deine Anwesenheit eher anstandshalber. Oder eine weitere verzweifelte Tat?« Die Frage war an Nathan gerichtet, der sie ignorierte.

»Wie kommst du darauf, dass ich keiner bin?«, entgegnete Salea nach einer kurzen Sekunde, in der sie sich fragte, wie lächerlich sie sich überhaupt machen konnte mit dem Bisschen, was sie wusste, und dem riesigen Berg an Dingen, die sie dazu dichtete, damit alles Sinn machte. »Ist es so offensichtlich?«

Maze nickte sachlich. »Ist es. Du machst einen ausgeglichenen, unerschütterlichen Eindruck, hast ein Lächeln auf den Lippen, bist leicht zu begeistern.« Er zuckte die massigen Schultern und deutete zu der Wand aus Wissen in ihrem Rücken. »Nur zu, diese Bibliothek ist eine Referenzsammlung. Hier hat nichts einen Wert, von den Worten in den Büchern einmal abgesehen. Sieh dir an, was du willst. Alle Reisenden, die ich kenne, sind depressive Menschen ohne Hoffnung und Ziel. Keiner von denen würde auch nur einen zweiten Blick auf die Bände werfen, die in diesen Regalen stehen. Die Welt hat zu viele davon.«

»Nicht alle Reisenden sind das«, widersprach sie sofort, denn sie hatte zumindest eine Handvoll von ihnen getroffen und zwei von ihnen kannte sie näher. Michael ziellos zu nennen, war mehr als eine Lüge, es war eine Beleidigung. Doch Maze winkte sofort ab und hob eine ausladende Hand in Richtung Nathan.

»Manchmal ist es besser getarnt, aber alle sind sie verlorene Jungen oder Mädchen, wobei sich das Verhältnis nicht direkt die Waage hält. Du nicht. Du bist irgendwo angekommen und man sieht es dir an.«

»Du scheinst mir auch ein eher ausgelassener Charakter.«

»Erfasst!«, gab er begeistert zurück. »Du hast mir sogar etwas voraus. Ich bin selbst noch nicht einmal als Anhalter mitgereist.«

»Tatsache? Woher dann das Interesse?«

Er zuckte wieder die Schultern. Während das bei den meisten eine verschwiegene Geste war, bedeutete sie bei Maze nicht nur, dass er etwas zu erzählen hatte, sondern auch, dass er es tun würde. »An denen, die durch die Zeit gehen können? Ich habe mich mal in eine von ihnen verliebt. Ist nicht gut ausgegangen.«

»Geht es selten.«

»Aww. Eine Zynikerin. Ein bisschen jung, nicht?«

»Die Welt dreht sich mit jedem Jahr ein wenig schneller«, antwortete sie, kam zu den beiden rüber und setzte sich zu den Männern ans Fenster. »Also: Warum können sie nicht sterben? Woher dein Wissen darüber? Mal abgesehen von der Liebschaft? Du hast gerade nicht von ihr gesprochen, als wäre sie tot.«

»Ist sie nicht«, versicherte er schnell, bevor Salea bereuen konnte, so etwas auszusprechen, wenn es am Ende falsch geraten war. »Sehr lebendig sogar, soweit ich weiß. Aber ihres Lebens auch nicht wirklich froh. Und ich habe nicht gesagt, dass sie nicht sterben können, sondern nur, dass man sie nicht töten kann. Die Feinheiten machen hier den Unterschied, meine Liebe. Historikerin, sagte er?«

»Maze ist Mathematiker«, half Nathan, das Gespräch wieder in die richtige Bahn zu lenken. Scheinbar kannte er die Geschichte um die Frau schon oder hatte schlicht kein Interesse daran, sie zu hören.

»Physiker.«

»Mathematiker«, entgegnete Nathan und bestand darauf. »Wäre allerdings gern Physiker geworden.«

»Leider scheint in meinem brillanten Kopf doch nicht ganz so viel Platz«, musste Maze zugeben.

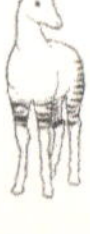

An Salea gewandt holte Nathan ein bisschen weiter aus. »Er hat viel Zeit darauf verwandt, Zusammenhänge mathematisch darzustellen und in gewisser Weise vorherzusagen – Letzteres allerdings ohne großen Erfolg. Dafür ist er semi-genial, wenn es darum geht, Informationen aus allerlei Fachrichtungen zusammenzutragen, um die eine oder andere Theorie mit Fakten zu unterlegen.«

Maze, ehrlich beeindruckt, blickte zu Nathan rüber und nickte zustimmend. »Treffend formuliert.«

»Danke. Zurück zum Punkt?«

»Keine Zeit?«

»Keine Geduld.«

»Kein Schlaf«, fügte Salea hinzu. »Irgendwann wird auch ein Reisender alt, oder nicht? Jedes Herz hört irgendwann auf zu schlagen.«

»Korrekt.« Maze räusperte sich und setzte zu seiner Antwort an, die dem Anschein nach nicht kurz werden würde, wie Nathan sich das wünschte, sondern lang und ausführlich, wie Salea es erbeten hatte. »Wir alle, jedes Lebewesen, jede Pflanze, jeder Stuhl, besteht aus Energie. Aus Atomen. Aus Materie, wie auch immer geartet. Wenn unsere Herzen aufhören zu schlagen und der Körper unter der Erde verwest, wird diese Energie wieder frei und anderweitig verwendet. Das Universum verschwendet nichts. Was heute ein Baum, war einst ein Volk.«

»So viel zum körperlichen Aspekt«, sagte Salea und gab ihm zu verstehen, dass sie so weit mitkam, die These aber doch sicher einen entscheidenden Haken hatte, der sogar ihr als Atheist auffiel.

Obwohl unterbrochen, nickte Maze zustimmend. »Ja, die

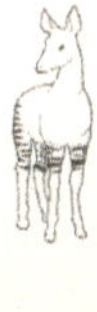

Sache mit der unsterblichen Seele ist eine andere Seite der Geschichte und noch nicht hundertprozentig geklärt, fürchte ich. Und dennoch: Jeder Reisende hat einen Körper und dieser besteht eben aus der Energie, aus der er besteht. Sie schaffen es – wie auch immer, die Theorien driften gern auseinander –, alles, was diesen Körper ausmacht, inklusive Geist und, ich nehme an, auch Seele, mit durch die Zeit zu nehmen und an einen anderen Ort zu bringen. Allen wissenschaftlichen Grundlagen zufolge ist es nicht anders, als wenn wir uns beide in einen Zug setzen, nur dass sie sehr viel schneller unterwegs sind, durch ein Wurmloch, oder was auch immer. Wir beide, du und ich, unterliegen den Gesetzen der Zeit und können in jeder Sekunde nur ein einziges Mal existieren. Mit samt Körper und der ihn ausmachenden Energie.

Ein Reisender, nehmen wir mal Nathan, könnte theoretisch in dieser Sekunde hier sein und zur selben Sekunde unter der Freiheitsstatue stehen und ein Eis essen. Es wäre ein anderes Ich, ein älteres oder jüngeres, aber es wäre derselbe Körper und die gleiche Energie, zweimal zur selben Zeit. Diese Menschen können die sie ausmachende Energie also entweder vervielfachen oder sie teilen sie auf. Vielleicht trifft dieses physikalische Gesetz überhaupt nicht auf sie zu. Wer weiß. In jedem Fall würde Nathans *Kopie*, die eigentlich keine ist, in New York immer noch existieren, sofern sie eine frühere ist, selbst wenn es dieser Nathan hier durch eine Kugel im Kopf gleich darauf nicht mehr tun würde.«

»Das ist unplausibel.«

»Es ist, wie es ist«, bot Nathan als Erklärung an und Maze stimmte ihm mehr oder weniger glücklich darüber zu.

»Sieht so aus. Es scheint allerdings weiterhin einen gewalti-

gen Unterschied zu geben zwischen sterben, weil die Energie auf natürliche Art aufgebraucht ist, sozusagen, weil der Körper verlebt ist, oder ob man diese Energie in all ihrer Pracht sprengt.«

»Interessante Wortwahl«, warf Nathan ein und wechselte einen flüchtigen Blick mit Salea.

»Vermutlich auch der Grund für das Phänomen von Geistern. Ihre Energie war zum Zeitpunkt des Todes noch zu stark, zu vollkommen, zu zusammenhängend. Der Körper stirbt, aber der, was auch immer es ist, die Seele, ist noch intakt. Egal. Man kann also einen Reisenden töten, aber derjenige hat seine Energie bereits zu anderer Zeit *geparkt* und würde von dort aus weiter leben. Es ist gar nicht so paradox, wie es sich anhört. Zumal es, wie gesagt, schon vorgekommen ist.«

»Für einen Wissenschaftler hast du ein merkwürdiges Vokabular. Was wäre, wenn ich einen Reisenden einfach in jeder Zeit töte?«, fragte Salea.

»Das würde eine Ewigkeit dauern und voraussetzen, dass du diesen Reisenden verflucht gut kennst, weißt, wo er sich aufhält, aufgehalten hat und es noch tun wird. Außerdem bedeute es, dass wir hier gerade von einem anderen Reisenden reden, der versucht hat, dich zu töten.« Damit wandte er sich an Nathan und ließ zum ersten Mal durchblicken, dass ihm dessen Auftauchen hier Sorge bereitete.

»Ich würde nicht so ein Fass aufmachen, wenn es hier nur um einen einzigen sterblichen Mann ginge.«

Maze betrachtete Nathans erstaunlich nichtssagendes Gesicht. »Kennst du ihn? Wer ist es?«

»Das ist das Problem. Ich habe nicht den blassesten Schimmer. Habe ihn nur flüchtig gesehen. Er kam verkleidet und hat

keinen Ton gesagt. Er wollte nicht, dass ich weiß, aus welcher Zeit er stammt. Und ich kann mir nicht denken, warum jemand so etwas tun sollte. Ergo, ich habe keinen Plan.«

Salea zog erstaunt die Brauen hoch. »Du hast versucht, mit ihm zu reden?«

»Bevor er gedroht hat, auch dich zu töten, ja. Ich habe nichts erfahren, außer dass er nicht will, dass ich es weiß.«

»Was genau was bedeutet?«, warf Maze ein. »Dass er Schiss hat, weil du ansonsten wüsstest, wo du ihn finden kannst?«

»Die Frage ist, und deswegen bin ich eigentlich hier: Warum einen Reisenden töten, wenn du ihn nicht töten kannst? Zumal es allen bewusst ist, sogar dir. Wozu der Aufwand?«

»Moment«, unterbrach ihn Salea und kam auf die Beine. »Mal abgesehen davon, dass ich dir gerade zum ersten Mal glaube, das Michael tatsächlich immer noch lebt … Weiß er es? Michael, meine ich. Er weiß es nicht, oder doch? In meiner Zeit wird man ihn für tot halten, sollte bekannt werden, dass er in diesem Apartment war. In meiner Zeit ist er es. Du solltest, keine Ahnung, ihn aufklären? Wenn er es wüsste –«

»Ist das Problem nicht aus der Welt«, unterbrach Nathan sie entschieden, doch Maze schien ähnlich durcheinander.

»Es ist also schon passiert. Dieser Wer-auch-immer hat es nicht nur versucht, sondern getan? Was hast du jetzt vor? Du kannst es nicht rückgängig machen.«

»Das wiederum ist eine These, die ich zu achtzig Prozent unterstütze. Salea, tu mir den Gefallen und setz dich wieder. Du machst mich ganz nervös.«

»Gut. Das bin ich nämlich auch. Ich denke seit Tagen an nichts anderes als vier tote Menschen in einem Osloer Apartment und versuche dich davon zu überzeugen, irgendetwas zu unternehmen. Dabei sind sie wirklich alle am Leben und du wirst es einfach dabei belassen, oder? Das hier ist nur ein sinnloser Streit zwischen Reisenden!«

»Dem du beinahe zum Opfer gefallen wärst.«

»Halt mich da raus! Es war reiner Zufall, dass ich auch dort war und alles, was danach passiert ist, eine Kurzschlussreaktion. Von dir und ihm!«

Nathan bedachte sie mit einem gereizten Blick und wandte sich wieder Maze zu, führte das Gespräch zu Ende, wegen dem er gekommen war. »Eine Idee?«

»Warum einen Reisenden töten? Nicht die Geringste. Es hat keinen Zweck. Außer vielleicht tatsächlich, um etwas zu verhindern, aber wie erfolgversprechend ist das? Ich habe noch nie von einer Auseinandersetzung zwischen euch gehört, die so etwas rechtfertigen würde. Ist das erste Mal. Ihr seid nicht gerade als Leute bekannt, die sich überhaupt lange genug mit ihren Mitmenschen abgeben, um Streit anfangen zu können.«

»Wir sind nicht alle gleich, weißt du?«

»Schon, aber alle gleich vertraut mit der Welt, möchte ich meinen. Ihr alle wisst, wie es funktioniert, mehr oder weniger. Was nicht mehr zu kitten ist, was schon. Wohin man gehen kann und wohin nicht. Wie sollte es zu so einer Eskalation kommen? Vier? Wer noch? Michael Marstens?«

Nathan seufzte und stand auf. »Ja, der. Er ist auch der Hauptverdächtige in der Suche nach demjenigen, der das alles provoziert hat. Wobei die Akte Marstens bereits einen unübersehbaren Haken hat.«

»Welcher soll das sein?«

»Er wusste von nichts. Er hat das Treffen, bei dem es passiert ist, angestoßen, aber er kann sich nicht erklären, warum

es zu einem Anschlag auf sein Leben gekommen ist«, warf Salea ein und Nathan pflichtete ihr nickend bei. »Allerdings gehen wir davon aus, dass das Treffen selbst nicht Grund für den Anschlag war.«

»Wohl aber eine gute Gelegenheit?«, gab Nathan zu bedenken. An sie beide gewandt fuhr er fort: »Ich habe bereits mit ihm gesprochen. Er hat versichert, keine Ahnung zu haben, wie so etwas passieren konnte. Ich glaube ihm und werde wohl nicht darum herumkommen, auch die anderen zu fragen, ob einer von ihnen diesen Mann kennt. Das wäre allerdings einfacher, wüsste ich zumindest irgendetwas über ihn und seine Beweggründe. Wann hast du Michael das letzte Mal gesehen?«

Maze musste nicht lange überlegen. Zahlen lagen ihm im Blut. »18. Januar 2074, hier. Sah ein bisschen älter aus, als ich ihn sonst kenne.«

»Desorientiert?«

Maze blickte ihm lange in die Augen. »Ein bisschen.«

Maze verstand nicht recht, wo die Frage hinführen sollte, Salea dagegen schon. Gleichzeitig wusste sie aber auch, dass alles Gerede um Michaels Zukunft Theorie zu sein schien. Und vor allem hatte sie nichts hiermit zu tun.

»Ich meine, er ist immer ein bisschen neben der Spur, wenn er sich auf etwas versteift, und in letzter Zeit hat er allerlei verzwickte Theorien im Kopf.«

Warum hatte sie das Gefühl, dass Nathan hier ganz anderen Sachen nachjagte, als er ihr glauben machte? Warum überging er den elementaren Teil dieses Gesprächs so einfach, um über Michael zu sprechen?

»Du hast gesagt, dieses Spiel spielst du nicht mit mir.«

Beide Männer wandten sich um und blickten zu ihr auf, wie sie da stand und es ernst meinte. Als Nathan schließlich zustimmend nickte, war sie überrascht, doch er erinnerte sich, wie er das einmal zu ihr gesagt und gemeint hatte. Er erinnerte sich an jedes Wort ihres Gespräches, egal wie gehetzt es aus ihm herausgekommen war. Sie sah es ihm an.

»Du hast recht. Maze, ich danke dir für deine Gedanken zu der Sache.«

»Ich wünschte, ich könnte mehr tun.« Aber Maze hatte ebenfalls geschalten und verstand, dass Nathan das Gespräch beendete, statt weiter auf Antworten zu bestehen, die ihn nirgendwohin führen würden, außer zu noch mehr Fragen. Er stand auf und brachte sie beide zur Tür.

Salea verabschiedete sich. Sie wartete draußen auf dem Hof in der Sonne, während Nathan das Gleiche tat.

So schnell wie Gespräche zwischen ihnen immer zu kippen drohten, war Salea nicht sicher, worauf sie sich gefasst machen musste, als er schließlich zu ihr kam. Doch dann entschärfte Nathan ihren Verdacht, ihn verärgert zu haben, mit einem beruhigenden Lächeln.

»Es tut mir leid.«

Salea starrte ihn an, hatte sich auf einen neuerlichen Streit eingestellt und war von seiner Reaktion jetzt noch verwirrter als zuvor.

»Ich hatte das nicht zu Ende erklärt, oder? Das werde ich noch. Ich halte keine Informationen vor dir zurück.«

»Ja? Wann? Wann willst du es erklären? Das sehen Sie nächste Woche in Folge drei von *Was zum Teufel geht hier eigentlich vor?*«

Für einen Moment sah er sie an, als würde er den Witz nicht verstehen, aber dann wurde sein ernstes Gesicht durch

das eines genervten, aber durchaus belustigten jungen Mannes ersetzt. Was für eine Mischung. Salea war sofort alarmiert.

»Dein Glück, dass es tatsächlich ein Drehbuch gibt, Salea. Würdest du dich daran halten, hätte ich es ein bisschen leichter, die Story hier zu einem Happy End zu führen. Wie geht es dir?«

Was unpassende Spannungsbögen anging, brauchte er auf jeden Fall keine Unterstützung.

»Ich fühle mich gut.«

»Ja, verrückt, oder?«, erwiderte er. Endlich verstand sie diesen kritischen Blick, mit dem er sie immer ansah. Er suchte nach irgendeinem Anzeichen dafür, dass hier etwas schief ging. Aber das tat es nicht.

»Großartig. Danke für die Panik, ich hatte sie schon vermisst. Also, wie wirst du mich jetzt unverhofft erwischen?«

Nathan grinste sie an. »Das werde ich nicht. Ich werde es einfach nicht geschehen lassen.«

20

Wie viele wussten von seinen Reisen? Wie viele, die nicht selbst gezwungen waren, zu gehen?

Nathan hatte irgendwo eine kleine Liste mit den Namen aller Menschen, denen er von sich erzählt hatte; und allen, die es vielleicht vermuteten. Unter ihnen befanden sich nur zwei, die selbst nichts mit all dem zu tun hatten. Salea würde die Liste auf drei erweitern, und obwohl Maze einer der anderen beiden war und so viel mehr wusste als sie, hätte nicht einmal er in diesem Moment so schnell verstanden, was er vorhatte, wie sie es jetzt tat. Salea zog ohne Zögern den richtigen Schluss aus seinen Worten und sein kleines Manöver ging nicht auf. Er hatte längst weg sein wollen, wenn ihr klar wurde, wie er plante, diese Situation aufzulösen.

Doch Salea packte ihn am Arm, wie sie es getan hatte, als sie hier angekommen waren.

Ihre Züge waren hart vor Fassungslosigkeit.

»Es ist die beste Lösung, Salea. Lass mich los! Wir machen dort weiter, wo wir aufgehört haben. Du wirst nie durch die Zeit reisen und ich werde auf den Punkt kommen.«

»Du wirst jetzt nicht gehen!«

»Für dein Seelenheil«, erinnerte er sie.

Sie hatte einen scharfen Verstand und alle Hoffnungen, die er in sie gesetzt hatte, erfüllt. Er hatte sie mitnehmen müssen, denn aus ihrer Perspektive als Außenstehende und mit ihrem Pragmatismus kam sie auf Gedanken, die ihm nicht mehr einfallen wollten. Und ja, vielleicht brauchte er auch ihre gegensätzliche Meinung, weil er hier der Einzige war, der entscheiden konnte, was zu tun war. Aber nicht der, der wusste, was. Sie hatte ihm geholfen, aber es war nicht nötig, dass sie sich daran erinnerte. Nur er brauchte diese Information. Sie, sie brauchte diese Küche und das Gespräch, das sie dort in einem Streit beendet hatten, und ihn, wie er zurückkam, es wieder in Ordnung brachte und eine Lösung anbot, die sie aus allem raushalten würde.

Denn auch damit hatte sie vollkommen recht und Michael mehr als unrecht. Sie hatte mit all dem nichts zu tun. Es ging nicht um sie, nicht um den Globus, den sie in ihrem Archiv gefunden hatte; nur um die Reisenden und einen von ihnen, der sie tot sehen wollte. Sie war nur dort gewesen, weil Michael sie dort hatte haben wollen. Weil die Zeit ihre Leben so nahe beieinander hielt.

Salea Dawnt sollte zurück in ihre eigene Zeit und ihr eigenes Leben weiterführen, wie sie es getan hatte, bevor Michael ihr diese Welt voller Daten und Zahlen zugespielt und Nathan die Entscheidung getroffen hatte, in ihr einen Mitwisser zu vermuten.

»Du hast es versprochen, Nathan. Du hast versprochen, mich nicht hierzulassen.«

»Ich habe versprochen, dich nicht aus den Augen zu lassen. Du wirst es nicht einmal wissen.«

»Ich werde hier sein! Weiterleben. Während du in der Vergangenheit irgendetwas anderes tust!«

Ganz im Gegenteil.

Diese Szene, sie würde sich selbst einfach ausblenden. Nathan hatte das schon so oft selbst erlebt. Es fühlte sich an wie aufwachen, und dann ging das Leben weiter. Nur für einen Augenblick, einen winzig kleinen Augenblick, wusste man, dass etwas nicht stimmte, ohne bezeichnen zu können, was genau, dann war es vorbei. Auf diesem Planeten stand nichts still, nichts war außen vor. Der größte Aufwand konnte nicht verhindern, dass sich alles irgendwann wieder in den Kreislauf einfügte. Die einzige Ausnahme waren Menschen wie er. Das hier würde aufhören zu sein, in dem Moment, in dem er in diesem Flur stand, sie in ihn hinein lief und er sie nicht mitnahm.

Es brauchte so viel mehr Reisen als diese zwei mit ihm, um auch aus ihr jemanden zu machen, den die Zeit nicht mehr hielt.

»Deine Energie wird wieder in dieser Küche sein.«

Maze' Konzept schien für sie Sinn gemacht zu haben. Zumindest gerade eben noch, als sie zu dritt darüber gehockt hatten.

Ihr Griff um seinen Arm lockerte sich merklich und Nathan war dankbar darum. Der Gedanke, sie mit Gewalt von sich zu schieben, behagte ihm nicht, nachdem sie ihm hier auf die Sprünge geholfen hatte.

»Ich werde mich an nichts erinnern?«

»Das ist korrekt. Es wird nicht passiert sein.«

»Für mich.«

Er nickte zustimmend und sah ihr an, wie sie nachdachte.

»Okay. Dann sag ich dir Folgendes, sonst werde ich nicht mehr dazu kommen.«

»Eine Abschiedsrede?«, zog er sie auf.

Salea fand das nicht lustig. Ihr war es todernst.

»Maze hat unrecht, wenn er sagt, alle Reisenden sind depressive Menschen ohne Hoffnung und Ziel. Wie alt bist du? Ende zwanzig? Keine Ahnung, in welcher Zeit du wirklich geboren wurdest oder ob die, in der du groß geworden bist, so viel anders ist als meine. Aber in dem Alter sind wir alle so. Eine ganze Generation, zwei, drei. Aus der Schule raus und die Welt liegt dir zu Füßen, mit all dem Potential, das sie hat, und all den Optionen, die in deinem Fall noch viel gewaltiger sein müssen als in meinem. Und trotzdem kannst du ihn nicht finden, den richtigen Weg.«

»Die Rede wird lang«, warf er steif ein und wollte, dass sie aufhörte – und zwar sofort.

»Depressiv beschreibt dich nicht gut. Du bist frustriert und ich-bezogen. Du hast keinen Plan für deine Zukunft, wahrscheinlich nicht einmal eine Idee. Oder du kriegst es einfach nicht hin, auf das Bild, das du von deiner Zukunft hast, zuzusteuern. Das geht vorbei.«

»Spricht der Experte.«

»Mach das, was ich sage, nicht klein!«, warnte sie ihn und ließ ihn los. Sie trat sogar zurück, gab ihm die Erlaubnis, zu gehen. »Jeder von uns fühlt sich zu diesem Zeitpunkt in seinem Leben verloren. Jeder. Wir denken alle, es würde nur bei uns nicht klappen, nur wir sind endlos unglücklich mit dieser Welt und diesem Leben. Wir alle, jeder, den ich kenne, ist in dem Alter so schnell für etwas absolut Sinnloses zu begeistern, wie er von etwas wirklich Wichtigem abgeschreckt ist. Und fast alle kriegen wir irgendwann raus, wie es läuft. Michael hat es rausgefunden und dein Freund, den ich in Oslo kennengelernt habe, auch. Das weißt du! In meiner Küche werde ich dich gleich wieder für einen Mann halten, der sich um nichts schert. Du solltest wissen, dass was ich über dich denke, dich nicht zu diesem Jemand macht.«

Der entschlossene Ausdruck in ihren Augen war das Letzte, was er vor sich hatte, bevor er nach einem kleinen Spaziergang durch Berlin wieder in ihr Apartment trat.

Dieses Mal war er nicht wieder genau dort angekommen, von wo aus er aufgebrochen war. Manchmal, wenn es der gleiche Ort war, an den er wollte, hatte er Glück, heute nicht. Gut, dass er die Wohnungstür offengelassen hatte, als er gegangen war, um Platz für diesen Austausch zu machen.

Er schloss sie jetzt leise hinter sich, machte die zwei fehlenden Schritte in den Flur hinein und ließ zu, dass sie um die

Ecke kam und gegen ihn stieß. Salea erschrak und wich vor ihm zurück. Dieses Mal ließ er sie; versuchte die Erinnerung, wie er ihren Körper beim letzten Durchlauf an seinen gezogen hatte, aus seinem Kopf zu streichen und durch das zu ersetzen, was sich wirklich vor ihm abspielte. Statt beides zu behalten. Sie wusste gar nicht, wie viel Glück sie hatte, sich nicht an Dinge erinnern zu müssen, die zwar passiert waren, aber keine Rolle mehr spielten.

»Es tut mir leid, Nathan. Ehrlich. Es ist nicht meine Absicht, dir wehzutun, mit dem, was ich sage. Ich weiß es nicht besser. Ich will einfach nur wieder Ordnung in meinem Kopf und dass dieser Irrsinn aufhört.«

»Das wird er. Ich kümmere mich darum«, versprach er und registrierte ihren verdutzten Blick. In verkürzter Version gab er wieder, was Maze erzählt hatte. Erklärte es ihr in Worten, die für sie Sinn machten, und beantwortete die Fragen, die sie stellte, weil sie sie bereits gestellt hatte.

Er erklärte es ihr und sah, wie sie verstand, dass Michael wirklich noch am Leben war. Sah ihre Erleichterung und wie sie daraufhin innehielt. Ihr fehlten die Worte für weitere Fragen.

Der Ausflug zu Maze hatte Nathan diesem fremden Reisenden keinen Schritt näher gebracht. Aber er hatte ihm gezeigt, dass es scheinbar wirklich keinen anderen Weg als den zurück gab.

»Ich danke dir«, sagte sie, weil sie glaubte, er wollte es ändern.

Was er aber wirklich wollte, war diesem Mann noch einmal gegenüberzustehen, wissen, wer er war, und eine Erklärung verlangen.

Salea ahnte die Wahrheit hinter seinen zustimmenden Worten. Nathan sah es ihr an, sah die Enttäuschung in ihren

Augen. Doch schließlich nickte sie, denn die Zugeständnisse, die er gemacht hatte, waren alles, was sie an Entgegenkommen von ihm erwartete. Es musste reichen. Die anderen Zeitreisenden fragen, was sie wussten, hatte sie verlangt. Genau das würde er tun. Von Michaels Lügen gewusst, das hatte sie auch, aber das war nicht mehr von Belang.

Ein Feind

TEIL FÜNF

Amsterdam, Niederlande
10. Mai 2011
N 52° 22‘ E 04° 53‘

Phoenix, USA
25. April 1991
N 33° 27‘ W 112° 04‘

Beaulieu-sur-Mer, Frankreich
10. März 1926
N 43° 42‘ E 07° 20‘

Hamburg, Deutschland
03. Januar 2011
N 53° 33‘ E 10° 00‘

New NY, UEA
13. Juni 2157
N 53° 06‘ W 70° 50‘

21

Ein depressiver Endzwanziger.

Verloren.

Ziellos.

Nathan war sich nicht sicher, was ihn mehr ärgerte. Dass Maze alle Reisenden für hoffnungslose Fälle hielt oder Salea ihn für älter als er sich selbst.

Doch je länger er darüber nachdachte … Am Ende hatte sie vielleicht recht und er lehnte bereits deutlich näher in Richtung der Dreißig statt der Fünfundzwanzig.

Vor Ewigkeiten einmal hatte er ein paar Wochen lang versucht, sein genaues Geburtsdatum herauszufinden und aufzurechnen, wo genau er sich eigentlich jetzt hätte befinden sollen. Damals, kurz nachdem er herausgefunden hatte, dass auch er durch die Zeit reisen konnte, hatte er die Hoffnung gehabt, dass vielleicht alles wieder in Ordnung kommen würde, wenn er nur den richtigen Zeitpunkt abpasste. Aber die ganze Unternehmung war sinnlos gewesen und er kein Mathematiker. Es war ihm einfach nicht gelungen. Nicht einmal in die Nähe der Wahrheit hatte er es geschafft und sich seitdem nicht nur einmal gefragt, was für eine Art Junge er gewesen sein musste, in dem Alter, als er noch mit seinem Vater durch die Zeiten gereist war. Wie naiv, wie unwissend, wie

dumm. Denn er hatte es nie infrage gestellt und nie versucht, den Überblick zu behalten.

Er hatte den Ort bestimmt, sein Vater die Zeit. Beides zusammen bekam Nathan nicht mehr auf die Reihe.

Von diesem Leben damals existierten in seinem Kopf nur noch Bruchstücke. Die Adresse des Hauses, in dem sie einmal gewohnt hatten; ein paar Gesichter, keine Telefonnummern, das stählerne Schild mit dem geschwungenen Namen seiner Schule über dem Haupteingang, hell erleuchtet bei jedem Sonnenuntergang. Alles andere in seiner Erinnerung war in Fetzen gerissen und zum Großteil durch Neues ersetzt worden. Neue Zeiten, neue Schulen, neue Orte, viele Orte.

Der einzige fixe Punkt seiner Kindheit war sein Vater gewesen und sogar ihn bekam er nicht mehr zu fassen. Weder in seinem Kopf noch in der Realität. Nur sein Vater könnte Details liefern, nur er die andere Hälfte des Bildes ausfüllen. Ohne ihn gab es nur noch den Namen seiner Mutter und seine eigene Geburtsurkunde, die Nathan zwar hatte auftreiben können, aber die ihm nicht weiterhalf, was die eigentliche Problematik anging. Wie alt war er gewesen, als sein Vater ihn das erste Mal mitgenommen hatte? Nathan wusste es schlicht nicht mehr. Jung. Wie jung? Und was machte es auch für einen Unterschied, wenn er nicht gleichzeitig auch wusste, wie lange er woanders gewesen war?

Also war er vielleicht schon dreißig. Es war durchaus möglich. Zumindest nicht undenkbar.

Es war möglich, dass er bereits dreißig Jahre auf diesem Planeten umherlief. Und ja, er war ziellos. Und gefrustet. Und möglicherweise sogar depressiv, obwohl es ihm naheliegender erschien, dass er einfach kein Mensch war, der sich an kleinen

Dingen erfreute und erst recht keiner, der große Lust auf Gesellschaft hatte. Andere Menschen hatten in seinem ganzen Leben noch nie eine Rolle gespielt, von seinem Vater abgesehen.

Die Stelle, die durch sein Verschwinden frei geworden war, hatte Nathan in jedem Fall nie versucht, neu zu besetzen. Außerdem fing er an, zu glauben, dass er all die Jahre, in denen er nun schon nach ihm suchte, gar nicht wirklich nach dem Mann Torken Peeregaard suchte, sondern nur nach der Antwort auf das Mysterium seines Verschwindens.

Bastiaan kam einer Vertrauensperson noch am nächsten und schlich sich viel zu häufig in seine Gedanken, wenn Nathan sich in seinen eigenen vier Wänden befand und nichts mit sich anzufangen wusste. Dabei war ihr Verhältnis zueinander auch nicht störungsfrei.

Bastiaan lebte den großen Luxus einer eigenen Zeit, die ihn immer wieder zurückholte, und einer Familie und Freunden, die dort lebten und jeden Tag aufs Neue seine Zugehörigkeit bestätigten.

Er war sechsundzwanzig Jahre alt, steuerte entspannt auf seinen Siebenundzwanzigsten kurz vor Weihnachten zu und lebte in einem kleinen Apartment ein paar Eingänge von seiner Schwester entfernt. Er verbrachte die meiste Zeit vor Computerbildschirmen und im Kreise seiner Freunde, nicht selten beides gleichzeitig, denn sie alle sahen ihre Zukunft online. Um zu wissen, dass diese genau dort und nirgendwo sonst zu finden war, musste man im Jahr 2011 niemand sein, der in die Zukunft reisen und nachsehen konnte. Aber es hatte Bastiaan sicher auch nicht geschadet.

Die Reisen waren ein Geschenk für ihn. Er nutzte sie so sinnvoll wie niemand sonst, den Nathan kannte. Auch war

Bastiaan der Einzige, von dem er wusste, dass er ausschließlich und ganz gezielt seine zwei, drei Lieblingszeiten besuchte. Alles andere waren kurze Ausflüge. Einer seiner Stammplätze war die CalTech, Senior Year, 1981 oder 2004, wobei in letzterem unter falschem Namen, denn zu dem Zeitpunkt gab es ihn bereits als kleinen Jungen oder jungen Mann auf der anderen Seite der Welt. Diese beiden Jahrgänge waren berühmt ganz für sich allein und Bastiaan wollte nichts anderes, als dazugehören, mitmachen und lernen. Nur zu den Seminaren gehen, die die besuchten, die einmal Pioniere ihrer Generation sein würden.

Er war ganz bestimmt nicht ziellos.

Eine andere Zeit, die er mit gewisser Regelmäßigkeit besuchte, war ein größeres Geheimnis, und wenn er Glück hatte, war John ihm noch nicht bis dorthin gefolgt. Nathan wusste nur davon, weil man ihn für jemanden hielt, dem man so etwas erzählen konnte, ohne dass es eine Debatte um Verantwortung und Irrsinn nach sich zog. In einem schicken Anzug reiste er fast wöchentlich in die Jahre 2046-7, wieder Kalifornien, aber oft genug auch Deutschland und Frankreich. Dort war man für neue Gedanken offener. Mit seinen Ratschlägen unter dem Arm und allem, was er gelernt hatte, bot er Ideen an, die das Potenzial hatten, seine eigene Zukunft zu beeinflussen. Nathan wusste aus Erfahrung, dass Bastiaans Erfolgsaussichten gegen null tendierten. Doch nur weil Nathan diese Zukunft besser kannte als viele andere Reisende; sie ihm näher war und bereits vertraut – vertraut genug, um enttäuscht zu sein –, würde er Bastiaan von nichts abhalten. Sollte er es doch versuchen. Er hatte damit etwas, das Nathan fehlte und das Maze vielen Reisenden absprach: Hoffnung auf etwas Besseres.

Damit ihre beiden Lebensansichten einander nicht in die Quere kamen, besuchte Nathan Bastiaan grundsätzlich in einer Zeit, in der sie beide nichts zu ändern versuchten, sondern nur aufschnappten oder in Bastiaans Fall vorbereiteten. Als Nathan sich dieses Mal auf die Suche nach ihm machte, hatte er Bastiaan genau vor Augen. In lockeren Jeans und Sandalen, einem weißen Shirt und mit einem abgewetzten Rucksack um die Schultern, in dem sich ein Laptop befand. Der Campus in Pasadena war immer voller junger Menschen, die allesamt einen Ehrgeiz ausstrahlten, in dessen Gegenwart sich Nathan fehl am Platz fühlte. Es musste das erste Mal sein, dass seinen Bewegungen eine ähnliche Dringlichkeit innewohnte wie diesen Studenten.

Eine halbe Stunde lang dachte Nathan noch, er hätte sich schon wieder ein bisschen vertan, in der Zeit und dem Raum. Er konnte sich so gut an Bastiaan erinnern, wie sie sich hier vor Ewigkeiten einmal begegnet waren. Er wusste genau, wonach er an diesem sonnigen Vormittag Ausschau halten musste, aber er konnte ihn auf dem Campus nicht ausfindig machen. Schließlich gab Nathan das Suchen auf und ließ sich von einem der Studenten, die es sich auf dem Rasen bequem gemacht hatten, während ihre PCs neben ihnen im Gras vor sich hin arbeiteten, das Vorlesungsverzeichnis zeigen. Er fand eine der Veranstaltungen, die auch auf Bastiaans Plan stand, und ging dort nach ihm suchen. Nathan war sich ziemlich sicher, dass er sich die Richtige ausgesucht hatte, denn er hatte den Plan oft genug in Bastiaans kleinem Notizheft gesehen, das er immer mit sich herumschleppte. Und die Vorlesung fand statt, wie sie es bereits getan hatte. Nur Bastiaan saß nicht im Publikum.

Wo war also die Linie, bei deren Übertretung Nathan sich erlaubte, seine eigenen Regeln zu brechen? Die wenigen, die er sich zugelegt hatte, gab es nicht ohne Grund und Nathan hatte wenig Lust, sich das Leben noch ein bisschen schwerer zu machen.

Einen Augenblick später fand sich Nathan auf den Straßen Amsterdams wieder. Nur ein paar Häuser von der Wohnung seines Freundes entfernt, in der Nathan noch nie gewesen war und auch nicht sein wollte. Man besuchte keinen Reisenden in seiner eigenen Zeit. Nathan tat es zumindest nicht. Es war immer besser, wenn sie beide nur zu Besuch waren. Was auch immer in diesem Moment getan wurde, ging dann nur sie beide etwas an und nicht alles, was ihnen lieb und teuer war. Und in Bastiaans Fall war das eine ganze Menge. Doch Nathan fiel keine andere Lösung ein.

Im letzten Augenblick wich er einer Gruppe Fahrradfahrern aus und wartete danach an zwei Ampeln darauf, dass der Verkehr sich beruhigte und er auf die andere Seite kam. Viel Zeit, um es sich anders zu überlegen.

Nathan schüttelte im Gehen über sich selbst den Kopf.

Diese Regeln ... Wie viel Respekt er vor den Leben anderer hatte! Fast war er überrascht.

Der Treppenaufgang hinauf in den vierten Stock war eng, die Stufen mit einem alten, ausgetretenen Teppich beschlagen und die Wohnungstüren, an denen er auf dem Weg nach oben vorbeikam, leicht nach links geneigt. Als hätte sich das Haus ein Stück zur Seite gelehnt, seit man es erbaut hatte.

Bastiaan reagierte auf das erste Klopfen und Nathan blickte kurz darauf erleichtert in sein überraschtes Gesicht.

Also war er immer noch da. Bastiaan Fehr, in seinem

Apartment in Amsterdam, fleißig am Arbeiten und Netzwerken und Leben.

»Hej, schön dich zu sehen. Alles klar?«, begrüßte er ihn und sah einen Moment zweifelnd an Nathan herunter.

»Ja, alles gut.« Wahrscheinlich hatte ihn die Aktion in Oslo doch mehr aus der Bahn geworfen, als er sich eingestehen wollte. Vielleicht war auch er nicht heil aus der Sache rausgekommen und bekam es deswegen nicht mehr hin, die Zeiten und die Orte zu bereisen, die er sich vornahm. Es musste an ihm liegen, dass er die anderen immer verpasste, denn Bastiaan schenkte ihm ein gut gelauntes Lächeln und bat ihn herein.

»Bitte sag nicht, dass du doch nicht nach Oslo kommst. Ich habe keine Lust darauf, mich allein mit Hov herumschlagen zu müssen.«

»Du meinst, du willst mich gern dabei haben, damit jemand im Raum ist, den er noch mehr verabscheut?«

»Na, das ist ein hartes Wort«, gab Bastiaan lachend zurück. »Frühstück?«

»Wie spät ist es?«

»Hast du geschätzt?« Bastiaan blickte ihn verwundert an.

»War eher so eine Art Schnellschuss. Amsterdam, 2011, Anfang Mai, los.«

Bastiaan lachte wieder und zuckte dann die Schultern. »Ist kurz vor drei Uhr nachmittags, aber ich bin gerade erst aufgestanden. Also Kaffee und Toast. Ja?«

»Mach!«

Das Apartment war klein, aber gemessen an dem, was Nathan auf seinem Weg hierher von Amsterdam gesehen hatte, war in dieser Stadt alles klein. Die meisten Häuser standen seit Ewigkeiten an ihrem Platz, dicht an dicht, ohne Raum für neues auf diesem Boden, der einmal Nordmeer war. In Amsterdam nutzte man allen Raum, den man hatte. In Bastiaans Apartment war dieser gefüllt mit einem großen Wohnzimmer, in dem ein Schlafsofa und zwei Schreibtische standen, eine schmale Küchenzeile und so etwas wie eine Abstellkammer, deren Tür nicht mehr zugehen wollte, weil sich dahinter Wäsche stapelte.

»Bin nicht so der Haushaltsfanatiker«, verteidigte sich Bastiaan auf Nathans Blick hin. »Ich könnte zu Nalena und waschen, aber ich, na ja, hab Besseres zu tun und genügend Klamotten, um eine Weile ohne Wäsche durchzuhalten.«

Sechsundzwanzig Jahre alt. Auf Reisen seit er sechs war? Vielleicht acht. Wie Nathan. Wahrscheinlich. Ungefähr. Nur dass Bastiaan von Anfang an selbst entschieden hatte, wohin es ging und warum. Er war damit groß geworden, wie seine Generation mit dem Wissen der ganzen Welt in der Hosentasche. Das Reisen gehörte zu seinem Leben. Er ging vollkommen anders damit um als Hov, der vierunddreißig gewesen war, als er das erste Mal die Entscheidung treffen musste, wohin es gehen sollte. Bastiaan schien mit sich im Reinen.

»Johnathan?«

»Was?«

»Starrst hier in der Welt herum und bist in Gedanken«, meinte Bastiaan und hielt ihm wohl schon seit geraumer Zeit eine Tasse hin. Nathan nahm sie entgegen und setzte sich an einen der zwei Schreibtische. Auf beiden lagen Laptops, plus ein PC. Alle drei Bildschirme waren schwarz, doch Bastiaan war nie wirklich offline.

»Hast du schon mal versucht, dich in der Zukunft zu besuchen? Oder der Vergangenheit?«

»Warum sollte ich?«

»Keine Ahnung, eine kleine Info hinterlassen. Die aktuellen Börsenkurse, eine Warnung. Was auch immer?«

Bastiaan blieb stehen und lehnte, seine Tasse in der Hand, gegen den zweiten Tisch, der mehr oder weniger nur eine Holzplatte auf zwei Böcken war. Er trug eine Jeans und ein helles Shirt am Körper. Vielleicht hatte Nathan es wirklich einfach nur durcheinandergebracht. Der gestrige Tag war lang gewesen und er hatte seine Notizen nicht dabei.

»Ich scheine das schon einmal versucht zu haben. Hatte mal eine Nachricht in meinem Briefkasten, die von mir stammte, aber ich konnte nicht viel damit anfangen. Da hat mein zukünftiges Selbst mich wohl für ein bisschen schlauer gehalten, als ich heute bin«, sagte er mit einem schiefen Lächeln. »Um ehrlich zu sein, wüsste ich im Augenblick nicht genau, wo ich mich in der Zukunft antreffen könnte. Ich meine, ich weiß nicht einmal, wo ich nächstes Jahr bin. Ich habe ein Angebot aus England, aber da will ich eigentlich nicht hin.«

»Du könntest deine Schwester besuchen, in der Zukunft, meine ich, und sie diskret um Rat fragen. Zumindest ihre Pläne scheinen auf Dauer auf Amsterdam ausgelegt, oder nicht?«

Er nickte nachdenklich. »Könnte ich, ja. Klar, wäre möglich. Aber warum sollte ich?«

Michael hatte es versucht.

Der Toaster in der Küche sprang nach oben und Bastiaan ging, um zwei Teller fertig zu machen. Vor dem Fenster schien die Sonne und der Verkehrslärm drang bis zu ihnen nach oben.

»Warum bist du hier?«

»Ich möchte gern wissen, was du nach dem Treffen in Oslo vorhast.«

Gesalzene Butter, Erdbeermarmelade und eine aufgeschnittene Kiwi. Nathan wusste nicht einmal genau, was sich derzeit in seinem Kühlschrank zu Hause befand, aber ganz sicher nichts, aus dem man ein solches Frühstück hätte zubereiten können. Er nahm Bastiaan den Teller dankend ab.

»Warum, wenn ich fragen darf?«

»Besser du fragst nicht. Sagen wir, es ist ein Experiment und ich würde wirklich wahnsinnig gern herausfinden, wie es ausgeht. Erzähl mir, was du vorhast. Du hast sicher einen Plan. Ich will nur von den Dingen hören, die stehen; die fix sind und stattfinden werden.«

»Eigentlich nichts besonders. Die zwei Kurse, wie üblich, jeden Dienstag und Mittwoch. Ich gehe zur gleichen Zeit, wie sie stattfinden, also sind sie fest in meinen Wochenplan integriert. Dann im Dezember die große Fete, irgendwann davor noch eine kleinere Party für Nalena, die bis dahin wohl ihre erste Vernissage über die Bühne bringt.« Er überlegte einen Moment und zuckte entspannt die Schultern. »Alles andere ist improvisiert.«

»Irgendwelche zukünftigen Firmenbosse im Plan?«

Bastiaan schnaubte. »Nicht, dass ich wüsste. Ich habe noch keinen genauen Plan, wie ich das angehen soll, also nein, habe bisher nur ein wenig vorgefühlt und muss erst noch schauen, wie es an der Front weitergehen soll. Eigentlich habe ich im Moment andere Dinge zu tun und auch für mich hat so ein Tag im Großen und Ganzen nur vierundzwanzig Stunden. Was ist los?«, fragte er schließlich. »Dein Aufzug macht mir Sorgen. Was ist mit deinem Mantel passiert?«

Bastiaan hatte die Frage unverfänglich formuliert. Offenbar wussten alle, was für eine kurze Zündschnur Nathan hatte und wie wenig Sinn es machte, mit ihm über Dinge zu reden, die er selbst nicht ansprach.

Einen Augenblick lang wollte er den Kommentar übergehen und einfach tun, was er immer tat: nichts. Doch Bastiaans Sorge berührte ihn und seine Vorsicht ließ Nathan wütend auf sich selbst sein.

Verflucht, noch nie hatte er sich über so einen Schwachsinn Gedanken gemacht. Was interessierte ihn die Meinung anderer? Ein Tag mit dieser Frau und er drehte jedes Wort, das man ihm reichte, dreimal um und interpretierte jeden Blick mit ihren Worten im Gedächtnis.

Depressiv und verloren.

Du bist nicht der Einzige. Keiner von uns hat in dem Alter sein Leben im Griff. Die Welt ist nicht mehr wie früher.

Als hätte sie irgendeine Ahnung, wovon sie sprach.

Unter dem schwarzen Mantel trug er immer noch das weiße Hemd, an dem ihr Blut klebte. Bastiaan konnte es unmöglich sehen. Oder doch? Sah man es ihm an, was er getan hatte? Wahrscheinlich.

»Kleine Auseinandersetzung mit einem Mädchen«, gab Nathan zurück und unterlegte seine Worte mit einem sarkastischen Lachen, denn sie waren nur halb gelogen. »Wie umfangreich ist deine Reserve bis zur nächsten Wäsche?«

Bastiaan lachte mit vollem Mund. »Bedien dich. Du in meinen Klamotten? Kann's kaum erwarten.«

»Ein einfaches Hemd würde es auch tun.«

»Ich habe dich noch nie in etwas anderem gesehen.« Bastiaan steckte sich das letzte Stück Brot in den Mund, stieß sich vom Tisch ab und wanderte rüber zu einem Kleiderschrank, der sich offenbar innerhalb des Abstellraumes hinter dem Wäscheberg befand. »Dann schauen wir mal.«

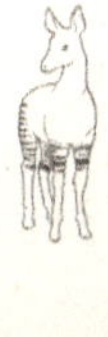

»Ich fange jetzt schon an, das zu bereuen.«

»Zu spät«, verkündete er feierlich und wühlte sich durch den Haufen Kleidung. »Während ich suche, könntest du die Auseinandersetzung mit diesem Mädchen erläutern.«

»Ich verzichte.« Stattdessen stand er auf, ging in die Küche und goss sich den Rest Kaffee ein. Er kam aus einer Filtermaschine und war sehr gut. Ähnlich wie der Pariser Kaffee mit Michael und vollkommen anders als alles, was man in seiner Zeit unter dem Namen verkaufte.

Mit der Tasse in der Hand wandte er sich um und betrachtete Bastiaan mit einem ähnlich hellen Shirt wie das, was er selbst anhatte, in den Händen. Es trug den altbekannten Schriftzug der Nasa. Er hielt es ihm entgegen und wartete auf seine Reaktion.

»So siehst du mich?«

Bastiaan grinste breit und verwarf die Idee. »Ich sehe dich in der Poloshirt-Uniform eines Internats.«

»Ich war nie auf einem.«

»Natürlich nicht. Du wärst schon im ersten Jahr geflogen, weil du niemandem erlauben würdest, dir etwas beizubringen. Aber die Uniform hättest du behalten, um einfach nur einer unter vielen zu sein und nicht weiter aufzufallen.«

Nathan holte seinen ausdruckslosesten Blick aus der Schublade. »Ich bin ein Rebell inkognito und habe keinen Sinn für Stil. Habe ich verstanden.«

»Ich habe hier vielleicht irgendwo noch so ein kariertes Hemd, das ich meiner Mum zuliebe auf Geburtstagen trage.«

Schließlich hatte Bastiaan aber doch Mitleid und zauberte einen ansehnlichen, langärmeligen Pulli aus dem Schrank, der fast einfarbig war und passte. Nathan zog ihn sich über und entsorgte das Hemd, das er zuvor getragen hatte, im Mülleimer unter der Spüle.

»Ich hoffe, das war nicht ihres.«

»Doch, das war ihr Blut, aber es geht ihr gut, keine Sorge. Und ich habe nicht vor, mich noch einmal mit ihr zu fetzen, falls dich das beruhigt.«

»Ungemein«, versicherte Bastiaan. »Ist aber nicht meine Angelegenheit. Ich wäre ziemlich begeistert, wenn du jemanden an deiner Seite hättest, mit dem du dich regelmäßig fetzen kannst.«

Als Nathan sich zu ihm umdrehte, hob Bastiaan in einer spielerischen Geste abwehrend die Hand. Als hätte er mit der Reaktion gerechnet, aber die Intensität unterschätzt.

»Hast du das schon mal versucht?«, fragte Nathan, bevor er sich davon abhalten konnte.

Eine Beziehung? Einen anderen Menschen in diesem Leben?

Bastiaan zog sofort dir Brauen hoch und schüttelte verneinend den Kopf, bevor er aus seiner Antwort einen Scherz machte: »Ich? Bist du verrückt? Ich hab ja nicht einmal Zeit zum Waschen. Ich errichte hier ein Imperium.«

»Kein Zweifel.«

Und nun hatten sie beide einander durchschaut und die Dauer dieses Treffens überreizt. Bevor noch mehr Wahrheiten auf den Tisch gelegt wurden, stellte Nathan die Frage, wegen der er eigentlich gekommen war.

»Hast du Feinde?«

Bastiaan blickte ihn einmal mehr besorgt an. Nathans Ton hatte ihn aus dem Witz gerissen, sein Gesichtsausdruck dafür gesorgt, dass er die Frage ernst nahm, statt sie beiseite zu wischen. »Nein. Nicht das ich wüsste. Ich habe Meinungsverschiedenheiten.«

»Mit Reisenden?«

»Ein paar«, gab er zu. »Worum geht es hier?«

»Ein Experiment«, erinnerte ihn Nathan gut gelaunt. Zumindest versuchte er es. »Wie ernst sind diese Meinungsverschiedenheiten?«

»Nicht so ernst. John«, begann er aufzuzählen und musste mehr zu diesem Namen nicht sagen. Sie hatten bereits in der Vergangenheit oft genug über den Mann gesprochen, um zu wissen, dass sie beide auf dem aktuellen Stand waren. »Ich hatte mich kurz auch mit einem Araber in den Haaren, aber wir sind übereingekommen. Er hat seinen Namen da irgendwo in einer Firma drin und wollte mich nicht in der Nähe sehen. Kleiner Paniker. Ansonsten würde mir keiner einfallen, mit dem ich nicht bei einem Bier über die Angelegenheit lachen könnte.«

Nathan nickte dankend, salutierte spöttisch und verschwand kommentarlos zum nächsten Punkt auf der Tagesordnung.

22

Während vor Jahren an diesem einen dunklen Wintermorgen in Kalifornien unerwartet auf Bastiaan zu stoßen eine Offenbarung und der Beginn einer Freundschaft gewesen war, hatte das erste Aufeinandertreffen mit John Hovecar einem Desaster geglichen, das nie aufgehört hatte eines zu sein.

John, einen Großteil seines Lebens als Polizist unterwegs, und ein guter noch dazu, hatte damals durch andere von Nathan erfahren.

Nathan war sich nicht sicher, was genau man ihm erzählt hatte, aber ja, das erste Jahr, nachdem er herausgefunden hatte, dass er selbst reisen konnte, war wild gewesen. Er war rücksichtslos auf der Suche nach einer Erklärung für das Verschwinden seines Vaters durch die Welt gezogen. Er hatte damals gerade fünf Jahre in einer Pflegefamilie verbracht, hatte es schwer gehabt, durch die Schule zu kommen und einfach nur … zu leben in einer Zeit, die selbst für ein Kind eine rassistische Karikatur darstellte, voller Ungleichheit und nicht nachvollziehbaren Regeln.

Wahrscheinlich war er der wütendste Teenager auf dem Planeten gewesen und dann auch noch einer, der tun konnte, was er wollte. Das erste Jahr, das waren endlose Monate des Wahnsinns gewesen, und John hatte unbedingt der Mann sein wollen, der das in den Griff bekam.

John und sein Polizistenherz.

John Hovecar, der *Detective.*

Dazu kam noch, dass dieser Mann einfach jeden ausfindig machen konnte. Es schien unmöglich, ihm aus dem Weg zu gehen, wenn er sich einmal auf die Spur gemacht hatte.

Während die meisten von ihnen eine Zeit und einen Ort brauchten – und im besten Fall noch eine ungefähre Vorstellung davon, was sie erwartete – schienen John nur ein Name und ein Bild der Person, der er folgte, auszureichen, und er fand einen praktisch überall. Das zumindest war Nathans

Erfahrung mit ihm. Wäre John in dieser Gasse in Oslo gewesen, statt Nathan, das Problem dieses fremden Reisenden wäre längst aus der Welt geschafft.

Beim nächsten Sprung entschied sich Nathan für ein Treffen, das vor Oslo zwischen ihnen stattgefunden hatte, wie er es auch mit Bastiaan gemacht hatte. Seinen Berechnungen nach würde er genau dann dort ankommen, wenn er selbst gerade gegangen war. Und da er meist der Erste war, der eine solche Begegnung für beendet erklärte, hätte John kurz darauf noch da sein müssen. Aber er war es nicht und Nathan sah sich verwirrt in den tunnelartigen Gängen der Metrostation um. Er blickte den vorbeihastenden Menschen suchend ins Gesicht, konnte John aber nicht finden.

»Entschuldigen Sie, können Sie mir verraten, wie spät es ist?«, fragte Nathan eine junge Frau, die es nicht so eilig zu haben schien wie die anderen. Sie war blond, ein Stück kleiner als er, trug einen hellen Trenchcoat und hielt ihr flaches Telefon mit einem festen Griff gegen ihre Brust gepresst. Sie zögerte einen Moment und ging noch ein paar Schritte, bevor sie sich eines Besseren besann und stehenblieb.

»Ja, natürlich. Warten Sie kurz.« Erst griff sie ziellos unter den Ärmel ihres Mantels, auf der Suche nach einer Armbanduhr, dann lachte sie verlegen, als sie dort nichts fand, und schaltete das Handy an, das sie schon griffbereit hatte. »Entschuldigen Sie. Ich bin heute ein bisschen durch den Wind.«

»Kein Problem. Bin ich auch, sonst würde ich hier nicht so hilflos nach der Zeit fragen.«

»Oh, nein, hat man sie bestohlen?«

»Nein, nein, meine eigene Dusseligkeit«, versicherte er und sah auf das leuchtende Display, das sie ihm hinhielt. 14:34

stand dort vor dem Foto eines winzigen Hundes. Er war sogar ein bisschen früher dran als gedacht. Verschwunden war er hier um ziemlich genau 14:35. »Danke.«

»Gern. Alles Gute noch.«

Ja.

Nathan sah ihr flüchtig nach und wanderte dann durch die Gänge zum Ausgang. Dort oben hing an einem Schild der Name der Station und der stimmte. Doch auch ein zweiter Rundgang durch die Gänge bis zu den Bahngleisen ließ ihn John nicht ausfindig machen. Wieder über der Erde angekommen, trat Nathan aus dem Strom der Passanten heraus. Es hatte begonnen zu nieseln. Der Himmel war hellgrau, doch die Bäume am Straßenrand waren herbstgelb. Ein fast zu starker Kontrast. Aber in Paris sah jede Straßenecke wie ein Aquarell aus, also ließ er sich nicht davon beeindrucken. Paris. Das zweite Mal heute. Vielleicht hatte er sich deswegen vertan?

Einen entsetzten Gedanken später wandte Nathan sich noch einmal um und betrachtete die Menschen um sich herum mit einem anderen Blick. Könnte er hier sein, dieser Fremde? Könnte er ihn so aus der Bahn werfen?

Doch natürlich war da niemand, dessen Statur ihm bekannt vorkam, oder der überhaupt Notiz von ihm nahm. Es war nichts und Nathan verschwand ohne großes Aufsehen.

Auch darüber hatte er sich schon einmal mit John gezankt. Sein »rücksichtloses unbedachtes Verhalten«, dabei hatte sicher jeder von ihnen schon einmal miterlebt, wie es keinen Unterschied zu machen schien, ob man nun in einer Menschenmenge verschwand oder es heimlich auf dem Klo tat, damit es niemand sah. Das Ergebnis war jedes Mal das Gleiche. Niemanden interessierte es. Niemand bemerkte es. Es sah nicht einmal jemand zu ihm auf, als Nathan einen Augenblick später wieder an derselben Stelle auftauchte. Nur ein älterer Herr schien überrascht, ihn vor sich zu haben, hatte er doch selbst an den Fußgängern vorbei abkürzen wollen. Mehr als einen verärgerten Fluch bekam Nathan für den Sprung durch die Zeit in aller Öffentlichkeit aber nicht zu hören und den ignorierte er gern, als er die Straße überquerte und auf den Copyshop auf der anderen Seite zueilte. Es kostetet ihn ein wenig Überredungskunst und ein paar Euro, von denen er nicht sicher war, ob sie nicht vielleicht doch ein bisschen außerhalb ihrer Zeit waren, um den Computer des Angestellten benutzen zu dürfen.

Zwei Minuten später hatte er John und seine Tochter ausfindig gemacht. Am Tag ihres Abschlusses. Das würde Ärger geben, aber wann gab es das nicht, wenn sie beide aufeinandertrafen? Also zögerte Nathan nicht lange.

Sein Ziel war dieses Mal der Parkplatz vor dem Schulgebäude. Solche Veranstaltungen liefen immer den ganzen Nachmittag, aber sicher gab es nach dem offiziellen Teil in der Aula auch eine Pause, eine Möglichkeit, Luft zu schnappen, Fotos zu machen und den ganzen Rummel.

Nathan hatte nicht damit gerechnet, den Mann, den er suchte, direkt vor sich zu haben, als er das Gelände betrat, und stoppte sofort. Ein Blick zwischen ihnen über die geparkten Autos hinweg reichte, um zwei Dinge klar zu stellen: Zum einen war das hier nicht der originale John Hovecar, der zum Abschluss seiner Tochter anwesend gewesen war, sondern eine deutlich ältere Version. Zum anderen kannte Nathan den Blick dieses speziellen John Hovecar sehr gut, er war schließlich ein gutes Jahr davor geflüchtet.

Da konnte er ein noch so guter Polizist mit einem noch so rechtschaffenen Herzen sein, nach dem Vorfall in Chicago hatte man John bei jedem Schritt angesehen, dass er darüber nachgedacht hatte, Nathan dauerhaft aus dem Verkehr zu ziehen.

Nathan rührte sich unter der glühend heißen Mittagssonne nicht mehr vom Fleck und hob sofort beide Hände in einer beruhigenden Geste. John hatte sich in Bewegung gesetzt, sobald er ihn am Eingang des Parkplatzes entdeckt hatte, aber er würde doch sehen, dass er den Falschen vor sich hatte, oder nicht?

»John, bitte reg dich nicht auf. Ich muss dich um etwas bitten«, brachte Nathan schnell heraus. Ihm blieb nicht einmal genug Zeit, sich zu überlegen, ob er nicht vielleicht doch besser wieder ging und es zu einer anderen Zeit noch einmal versuchte. John war keine zehn Schritte mehr entfernt und aus solch einer Entfernung gab es schlicht kein Entkommen. Dafür war er zu gut und Nathan zu langsam.

»Dich wegzusperren?«, donnerte seine Stimme zu ihm herüber und Nathan atmete einmal tief durch. John würde es merken. Sie kannten sich. Er würde verstehen, dass er den Falschen vor sich hatte, wenn er nur genau genug hinsah.

Damals – nach Chicago – hätte Nathan sich nicht so nahe an ihn herangewagt, hätte niemals zugelassen, dass John die Gelegenheit bekam, ihn zur Rede zu stellen oder gar aufzuhalten.

Es war John anzusehen, dass ihn sein Auftreten hier verwunderte.

Nathan ergriff die Chance und machte eine Geste, die unter besseren Umständen als »Überraschung« hergehalten hätte.

»Schätze, mich einzusperren wäre angesichts der Tatsache, dass ich sprichwörtlich durch Wände gehen kann, verschwendete Zeit«, erwiderte er und war selbst erstaunt, wie leicht es

ihm fiel, ungewollt in genau den trotzigen Tonfall zurückzufinden, der John schon immer den letzten Nerv geraubt hatte.

Nie kann man ein vernünftiges Gespräch mit dir führen.

»Ich finde einen Weg.«

Wenn es jemanden gab, der so etwas zuwege bringen konnte, dann er. Chicago allerdings war lange her. Und so etwas würde nicht noch einmal passieren. Das wusste Nathan, nur dieser John noch nicht.

»Ich werde darauf gefasst sein. Aber dieses Problem hier, das –« Nathan deutet zwischen sie beide, als John schließlich ein paar wenige Schritte von ihm entfernt neben einem Sportwagen Halt machte. »– das ist gelöst.«

John starrte ihn an. »Aus welcher gottverdammten Zeit kommst du?«

»Tut nichts zur Sache«, antwortete Nathan wieder Herr der Lage. Immerhin hatte er ihn dazu gebracht, zuzuhören, statt auf ihn loszugehen. »Du musst mir helfen –«

»Du!«, unterbrach ihn John. »... bist ein betrunkenes Kind.«

Woah. Das war neu. »Ich war wütend, okay?«

»Du bist immer wütend.«

»Und?« Warum mussten sie ihn alle immer in eine Form biegen wollen? Als hätte er irgendeine Kontrolle darüber, wie er den ganzen Tag drauf war! »Egal. Das ist ewig her. Hör zu, du musst herausfinden, wer wann wie das Lager in Nuuk benutzt, und das, ohne großes Aufsehen zu erregen. Irgendjemand hat versucht, uns zu töten, und ich komme nicht dahinter, warum.«

John schüttelte ruckartig den Kopf, noch immer halb in einem Streit, der schon Jahre zurücklag. »Das ist Schwachsinn und das weißt du. Was soll dieser Scheiß? Weißt du schon wieder nicht, wohin mit dir?«

Nathan atmete einmal tief durch und gab John die Zeit, das Gleiche zu tun. Diese Diskussion war nicht der Grund, warum er hergekommen war, und noch weniger hatte er Lust sie ein achtes Mal durchzustehen. Sie *hatten* das bereits diskutiert, so oft, Nathan hatte sich verteidigt und entschuldigt. Dieses Thema war längst Geschichte.

»Fangen wir noch mal von vorn an, okay?«

»Nein. Du verschwindest. Und zwar sofort. Du hast kein Recht, hier zu sein!«

John, in seiner verschlissenen Lederjacke und den schweren Hikingboots statt dem für solche Angelegenheiten vorgesehenen Anzug und der Krawatte, wohl auch nicht.

»John, ich wäre nicht gekommen, wäre es nicht wichtig. Ich hatte versucht, dich zu einem anderen Zeitpunkt zu treffen, aber ich habe dich verpasst. Der hier war der Einzige, den ich auf die Schnelle recherchieren konnte. Wenn du willst, sag mir, wo ich dich sonst finden kann und –«

»Mach, dass du wegkommst.«

»Du glaubst mir nicht, weil du denkst, du würdest es wissen, wenn einer von uns so aus der Reihe tanzt, hm?«

»Ganz genau«, gab John zu und blickte kühl zu ihm rüber. »Und weil der Einzige, der eine Gefahr für andere darstellt, gerade vor mir steht.«

Nathan hob bewusst offensichtlich die Brauen in Skepsis, der Professor stand mindestens genauso weit oben auf dieser Liste. Aber er wollte nicht streiten und ausnahmsweise auch nicht recht haben. »Ich gehe«, versprach er schließlich und sah seinem Gegenüber in die Augen. »Gib mir nur zwei Minuten.«

Dann begann er zu reden, und zwar schnell. Es kostete Nathan mehr Geduld, als er glaubte zu haben, aber er fasste Oslo für John noch einmal zusammen. Die ganze Katastrophe mit Ausnahme der blutigen Geschichte, die sich in der Seitenstraße zugetragen hatte.

John ließ ihn reden und sah sich nur einmal auf dem Platz um, als sich in einem weiter entfernt geparkten Auto etwas bewegte. Ein Mann in seinem Alter stieg kurz aus, vertrat sich die Beine, spazierte aber in die andere Richtung.

»Er wird dich erwarten, wenn du versuchst, ihn daran zu hindern, kurz bevor es passiert«, lautete schließlich das kalkulierte Urteil des Polizisten in ihm, nachdem er die Infos zusammengerechnet hatte und zum selben Ergebnis wie Nathan gekommen war. Wenigstens einer.

»Ich hatte eigentlich nicht vor, es zu verhindern. Dieser Typ …«, Nathan atmete frustriert aus und war zum ersten Mal dankbar, dass John sich mit ihm in diesem Leben befand. Das hier könnte er keinem anderen erzählen. »Er war irre schnell und auf den Punkt. Ich meine wirklich auf den Punkt. Und er hat mich abgehängt wie nichts.«

»Noch mehr auf den Punkt als du?«

»Mach dich nicht über mich lustig«, warnte ihn Nathan ernst. Jedes Mal, wenn er auch nur über Oslo nachdachte, sackte seine Laune ein paar Etagen tiefer, dabei war da vorher schon nur noch harter Boden gewesen. Da war kein Raum mehr für Spott. »Der war auf die Sekunde am richtigen Platz!«

»Ich mache mich nicht lustig, ich bin überrascht, dass es dich wundert, dass noch jemand anderes in so kleinem Maßstab denkt wie du. Die meisten von uns arbeiten mit Tagen, du mit Minuten. Ist dir das noch nie aufgefallen?«

»Was meinst du? Du hast nur einen ungefähren Zeitpunkt vor dir, wenn du dich auf die Reise machst?«

John deutete mit einer ausgestreckten Hand auf den vollen Parkplatz. »Ich stehe hier schon den ganzen Tag, während du eine halbe Stunde nach Beginn der Zeremonie auftauchst. Dabei wussten wir beide, wann sie beginnt. Wer macht sich jetzt also über wen lustig?«

Nathan atmete heftig aus.

»Na gut, ich glaube dir nicht, du glaubst mir nicht. Sind wir jetzt quitt?«, entgegnete John gereizt.

Nathan schüttelte den Kopf. »Ich habe dich schon erlebt. Ich weiß, wie präzise du sein kannst.«

»In Momenten, in denen ich den Kurs nicht selbst bestimme«, erinnerte ihn John.

Oh!

»Dieser andere konnte das auch ganz gut. Und er wusste genau, worauf ich achten würde, um herauszufinden, woher er kommt. Er war verkleidet. Er konnte mit einer Waffe umgehen; sah nicht aus, als hätte er sie das erste Mal in der Hand gehabt. Er hat mit mir gespielt.«

»Na, das ist nicht schwer.«

»Bitte?«

John schenkte ihm das erste Lächeln des Tages. Auf seinem Gesicht immer etwas verwunderlich Gutes und gerade jetzt sorgte es für eine kurze Atempause. »Du bist hitzköpfig, Nathan. Man muss dich nicht lange kennen, um das zu wissen. Wahrscheinlich hat er es schon von anderen gehört, wie fast jeder von uns. Dich zu provozieren bedeutet früher oder später eine Antwort zu erhalten und meistens keine durchdachte.«

Nathan stutzte und blickte John skeptisch an. »Das hast du jetzt aber sehr umsichtig ausgedrückt.«

Sein Gegenüber deutete eine theatralische Verbeugung an. »Nur weil mir gerade klar wird, dass du versuchst, es dieses Mal anders zu machen. Es sieht dir nicht ähnlich, nach einer Lösung zu suchen, wenn du genauso gut einfach verschwinden und das Problem Problem sein lassen könntest.«

»Ich bin ihm gleich beim ersten Mal direkt in die Arme gelaufen. Das war nicht sehr überlegt«, erinnerte Nathan ihn und versuchte, das Ganze so von außen zu betrachten, wie John es tat. Es gelang ihm nicht. Hauptsächlich, weil da immer wieder Salea ins Bild trat und nichts von dem, was sie mit der Sache zu tun hatte, aus der Ferne beurteilt werden konnte.

»Ich frage mich, warum er dir nicht auf den Fersen geblieben ist.«

»Ich mich auch. Wie funktioniert das überhaupt?«

Der fassungslose Ausdruck auf Johns Gesicht war Gold wert.

»Was soll das jetzt? Du bist ein Cop. Du hast mein ganzes verdammtes Leben durchsucht, wahrscheinlich weißt du mehr darüber als ich selbst. Ich nehme nie jemanden mit und ich reise niemandem hinterher. Ich bin noch nie mit Absicht dem Kurs eines anderen gefolgt.«

»Dabei scheint unsere Fähigkeit darauf ausgelegt.«

»Wie das?«

»Sonst wäre es nicht so einfach. Ich dachte immer, du machst es aus Prinzip nicht. Nicht, weil du nicht weißt, wie«, gab John zurück. »Kennst du Maze' Energietheorie?«

»Ja.«

»Wir können unsere Energie also an einen anderen Ort bringen, zu einer anderen Zeit. Aus irgendeinem Grund können Reisende das, normale Menschen aber nicht. Wie auch immer es möglich ist, die Energie ist immer noch da, an jedem Punkt, an dem du warst.«

»Das würde bedeuten, du könntest ihm folgen, wenn du ihm einmal begegnet wärst?«

»Wahrscheinlich«, antwortete er, ohne lange nachzudenken.

»Ich habe mich mit Maze unterhalten und auch der ist sich sicher, dass man uns nicht töten kann. Nicht so zumindest.«

»Es sei denn, er folgt demjenigen von Sprung zu Sprung. Ist möglich. In der Zukunft weißt du das.«

Nathan hielt inne, weil dieser Gedanke vor nicht allzu langer Zeit auch ihm gekommen war. Nein, Salea hatte ihn geäußert. Von Sprung zu Sprung. Maze hatte abgewiegelt. Unwahrscheinlich. Aufwendig. Nathan merkte erst jetzt, wie er auf dem Parkplatz zwischen den leeren Autos hin und her gewandert war, während John dort immer noch stand, die Hände in den ausgebeulten Taschen seiner Jacke, die Halle halb im Blick. Aber natürlich hatte er recht. Ein Sprung nach dem anderen. Und die Zeit nimmt einen mit. »Andererseits ist er nur ein Mann. Er kann nicht überall sein, oder?«

Saleas Worte in Gottes Ohr.

John widersprach mit einem Kopfschütteln. »Ich glaube nicht, dass es für einen Reisenden einen Unterschied macht. Er hat alle Zeit der Welt.«

»Ich habe schon mit Michael gesprochen und Bastiaan. Keiner von beiden hat eine Idee, wer er sein könnte. Das Mädchen schließe ich aus. Lydia noch nicht. Du scheinst auch niemanden in Verdacht zu haben.«

»Mach's noch mal«, unterbrach John ihn, bevor er weitere Theorien äußern konnte, und Nathan verstand, was er meinte, ohne nachfragen zu müssen.

»Das ist Schwachsinn. Sag mir, dass das Schwachsinn ist.« Es noch einmal tun. Es noch einmal geschehen lassen. »Ich … du weißt, das geht nicht. Ich war schon da. Ich habe diesen Scheiß schon erlebt. Ich müsste es noch einmal erleben. Okay, hör zu, wie wär's damit: Du weißt jetzt Bescheid. Wenn dieses Treffen stattfindet – und das wird es – dann sei einfach nicht da. Du kannst es ändern. Für dich ist es noch nicht passiert.«

»Oder ich lasse es passieren, wie es das schon ist, und fange ihn ab, wenn er das Haus verlässt.«

»Aber das ist es ja. Er *verlässt* das Haus nicht, er folgt mir und versucht den Nächsten zu töten. Und von dort direkt weiter. Ich bin nicht einmal sicher, wo du anfangen könntest, ihn *abzufangen*. Ich weiß … Ich dachte, wenn ich verstünde, warum … Vielleicht weiß er etwas, das wir nicht wissen.«

»Und dann? Was willst du machen, wenn du seine Beweggründe kennst? Willst du ihm die Sache ausreden?«, fragte John verdutzt und schnaubte abschätzig.

»Es bringt ihm nichts.« Mehr wusste Nathan nicht zu sagen, denn darauf lief am Ende jedes Gespräch hinaus. Es gab keinen Grund für diesen Anschlag und dafür, Nathan danach zu folgen, um es zu Ende zu bringen. Wenn es einen gab, dann kannte nur dieser Fremde ihn, und vielleicht machte er Sinn. Vielleicht nicht.

»*Ich* werde einen Weg finden, einen Reisenden zu töten«, funkten Johns Worte zwischen seine Gedanken.

Nathan rollte die Augen und stellte sicher, dass John es auch sah.

»Großartig«, kommentierte er trocken. »Der Moment, in dem du herausfindest, wie das geht, gehen wir uns an den Hals.«

Statt zu fragen, wen Nathan mit *wir* meinte, ob nur sie beide oder alle, die durch die Zeit reisten, nickte John zustimmend.

»Ist längst überfällig.«

Nathan konnte auf diese Bemerkung nur mit einem breiten Lächeln reagieren. »Das ist es, oder? Die Tatsache, dass wir einander nicht töten können, bringt uns dazu, zivilisiert miteinander umzugehen.«

»Du glaubst, das ist der Trick?«

»Was sonst?«

»Nathan, die Menschen sind selbstsüchtig und gierig. Du kannst sie nicht ändern. Du wirst *ihn* nicht ändern, ihn und seine Ideen. Das ist der Grund, warum es Kriege gibt, selbst wenn dabei niemand sein Leben verliert.«

»Eine Bankenaffaire ist kein Krieg«, kommentierte Nathan, denn irgendetwas klingelte da in seinem Hinterkopf. Als wäre es nicht das erste Mal, dass sie sich über Moral und Selbstsucht unterhielten. Über Kriege, die nicht zu gewinnen waren.

John, der die Halle am Rande des Parkplatzes während ihres Gesprächs nicht einen Moment aus den Augen gelassen hatte, wandte ihr jetzt den Rücken zu und stapfte hinüber zu Nathan, der zwischen zwei Trucks stehengeblieben war, weil sie ihm ein wenig Schatten boten.

Immer checkte er ihn sofort auf Waffen ab, immer hatte John einen Blick dafür, wie ihm jemand gegenübertrat. Er hatte Jahre in einem Streifenwagen auf amerikanischen Straßen zugebracht, wahrscheinlich wusste er es nicht besser. Aber seine Erfahrung müsste ihm eigentlich längst gesteckt haben, dass von Nathan und seinem winzigen Arsenal keine echte Gefahr ausging. Nathan hatte es noch nie verwendet, ohne es direkt rückgängig gemacht zu haben. Noch nie aus Wut, noch nie aus Verzweiflung. Noch nie ihm gegenüber.

John selbst war in seiner Gegenwart kein einziges Mal bewaffnet gewesen. Nicht seit er zwischen den Zeiten patrouillierte, statt zwischen den Häuserreihen seiner Heimat.

Als er direkt vor ihm zum Stehen kam, war Nathan nicht sicher, ob er Angst haben sollte oder nicht. Als hätte er Teile dieses Gespräches nicht mitbekommen und den Anschluss verpasst.

»Jonathan, ich würde nicht einen Gedanken daran verschwenden, dich auf diese Art und Weise von dem abzuhalten, was du tust«, stellte John klar und wirkte plötzlich eher besorgt als verärgert.

Nathan konnte nicht anders, als ihm zu widersprechen. »Du wärst der Erste, der es durchziehen würde, weil du es nicht ertragen kannst, dass da immer diese Option besteht, dass irgendeiner von uns irgendetwas ändert.«

»Was kümmert's mich? Mein Leben ist so sehr außerhalb der Realität wie deines.«

»Nicht annähernd«, gab Nathan zurück und sah ihm ins Gesicht, dabei wollte er zurückweichen. Der Abstand zwischen ihnen war winzig, es war schwer zu ertragen. *Raum*, hatte Salea in einer ähnlichen Situation verlangt. »Du hast immer noch jemanden, für den du die Welt so bewahren willst, wie sie ist.« Nathan sprach die Worte so tonlos wie möglich aus. Zumindest ohne den geringsten Hinweis auf eine Drohung. Es war nicht als solche gemeint – nie würde er John mit seiner Familie drohen. Es war eine Beobachtung. John hatte immer noch ein Leben, auch wenn er nur selten daran teilnahm.

Wenn John die Wahl hätte, würde er den Rest seiner Tage damit verbringen, seinen Kindern, die er seit der Scheidung kaum mehr traf, dabei zuzusehen, wie sie ihren Weg gingen. In der Vergangenheit, mit einem mehr oder weniger abwesenden Vater, aber in einem wundervollen Haus, mit einer fürsorglichen Mutter und einem beneidenswerten Garten; in der Gegenwart, beide verheiratet und seine Tochter auf dem Weg nach ganz oben, vor ihrem Namen prangte stolz ein Doktor; in der Zukunft, auch für John nicht mehr als eine Ahnung. Er besuchte sie selten. Er wollte nichts vorhersehen, nichts ändern, nichts aus der Bahn werfen.

Das war alles, was Nathan von ihm wusste. Dass seine Familie ihm alles bedeutete.

»Du kannst Oslo passieren lassen, wie es schon passiert ist. Ich werde nicht wissen, was kommen wird. Mich wird die Zeit wieder rausschmeißen. Für mich macht es keinen Unterschied«, gestand Nathan schließlich, als er es nicht mehr ertragen konnte, wie sich das Schweigen zwischen ihnen und ihren harten Blicken ausbreitete. »Und trotzdem will ich wissen, wer dieser Mann ist und warum er überhaupt versucht, uns zu töten. Du nicht?« Wie konnte er in Worte fassen, dass die Unwissenheit ihn kaum mehr klar denken ließ?

John atmete schwer aus und wandte sich ab. Seine Stirn lag in verärgerten Falten.

»In Ordnung. Ich behalte Nuuk im Auge und wir sprechen uns wieder, bevor Oslo für mich stattfindet«, versprach er.

»Okay. Hinterlasse mir eine Nachricht, wenn du etwas rausfindest. Egal, was es ist.«

Nathan trat zwischen den Autos hervor und atmete unbewusst erleichtert auf. Er hatte Zweifel gehabt, ob dieses Ge-

spräch nicht am Ende doch aus den Fugen geraten würde, und war froh, dass die Entscheidung darüber, wie er mit dem Anschlag auf sein Leben umgehen würde, vielleicht doch nicht nur bei ihm liegen würde. Erst jetzt fiel ihm auf, wie schwer die Last dieser Entscheidung wirklich war.

»Ich werde also nicht ewig wütend auf dich sein, hm?«, rief ihm John nach, kurz bevor Nathan die Türen zu einem der Seminargebäude aufstieß.

»Oh, doch, wirst du«, antwortete Nathan und trat in den kühlen Raum dahinter, nur um mit einem Verschwinden in aller Öffentlichkeit nicht das hart erarbeitete Übereinkommen zu verspielen.

23

Nathan haderte mit sich und seinem Vorhaben, auch Lydia aufzusuchen. Sie war mit Abstand die am aggressivsten glückliche Person, die er kannte. Einfach alles war für sie ein Flirt und es war schwer, ihrer Art zu entkommen. Ihr Spiel nicht mitzuspielen endete grundsätzlich in einem exzentrischen Ausbruch, der jeder Dreizehnjährigen Konkurrenz machte, und Nathan war nicht geübt darin, mit solchen Situationen umzugehen.

Noch dazu war Lydia nachtragend. Man ging ihr einmal gegen den Strich und bezahlte dafür den dreifachen Preis.

Doch je länger Nathan darüber nachdachte, desto sicherer war er, dass sie am ehesten etwas über den Fremden wusste.

Lydia Hallward war das Kind einer Epoche, in der einflussreiche Verbindungen ein hohes Gut waren. Sie lebte mit einer Vehemenz nach diesem Credo, dass Nathan sich im Nachhinein betrachtet darüber wunderte, nicht als Erstes an sie gedacht zu haben.

Lydia hatte in den letzten Jahren viel gelernt und durch ihre Reisen bereits herausgefunden, dass eine Heirat nicht vonnöten war, um als Frau zu überleben. Noch hatte sie aber nicht verstanden, dass sie alles, was sie sich wünschte, allein zuwege bringen konnte. Dass sie ihre Zukunft nicht in anderer Leute Hände geben musste, sondern es ganz allein von ihr abhing. Nein, für sie war das große Glück allein undenkbar.

Und so hatte sie sich ein schönes Netz gestrickt, aus Kontakten und Lovern, das stetig wuchs. Ihre Zielgruppe war männlich, vermögend und in der Lage, großen Einfluss auszuüben.

Nathan erfüllte nur zwei dieser Kriterien. Trotzdem war er ihr in den vergangenen Jahren häufiger über den Weg gelaufen. Zu oft eigentlich, um nicht doch Absicht dahinter zu vermuten. Er hatte sie deswegen bisher nie zur Rede gestellt und auch keinen sonstigen Vorstoß gewagt, sich näher mit ihr zu beschäftigen.

Ihr Circle war auserlesen, aber für seinen Geschmack zu sehr darauf bedacht, es ihr recht zu machen. Außerdem verstand er ihre Abneigung gegenüber Frauen nicht. Lydia hatte noch nie aktiv in einer anderen Reisenden eine Komplizin gesucht. Männer, ja, zuhauf. Frauen? Noch nie. Meistens sprach

sie ihre Namen in einem abfälligen Ton aus. Offenbar mochte sie keine Konkurrenz um die Gunst ihrer Freunde.

Dieses Mal versuchte Nathan nicht, eines ihrer gemeinsamen Treffen fortzusetzen. Irgendetwas mit seiner inneren Uhr schien seit dem Zwangssprung in Oslo nicht mehr zu stimmen. Wie hoch Johns Erwartungen auch in ihn und seine Präzision waren, zurzeit bekam er es einfach nicht mehr auf die Reihe, kam zur richtigen Zeit an und verpasste seinen Gesprächspartner trotzdem.

Stattdessen legte er einen weiteren kurzen Stopp in dem Copyshop in Paris ein und suchte nach dem einen großen gesellschaftlichen Event in den späten Zwanzigern, Cannes oder Nizza, das Lydia sich nicht entgehen lassen würde.

Selbst wenn sie nicht geladen wäre, weil ihre Familie, seit der Entscheidung in ihrem französischen Exil zu bleiben, statt am Ende des Sommers wie alle anderen in die Staaten zurückzukehren, ihren Einfluss verloren hatte, kannte Lydia Wege, um auf eine solche Party zu kommen.

Nathans Wahl fiel auf das elitäre Beaulieu-sur-Mer und ein schickes, eingeschossiges Anwesen über den Klippen. Eine Verlobung. Alles, was in der Gegend Rang und Namen hatte, war geladen worden, um sich auf die bevorstehende Hochzeit einzustimmen. Zu Füßen der ausgelassenen Partygesellschaft erstreckten sich das Mittelmeer und eine im Halbdunkel glitzernde Stadt. Die Sonne war bereits über dem türkisblauen Wasser untergegangen, nur noch weit entfernt am Horizont zeigte sich ein letzter himbeerfarbener Schimmer in einem ansonsten nächtlich blauen Himmel.

Das Haus war hell erleuchtet und all die anwesenden Damen mit ihren funkelnden Kleidern und die Champagnerflöten auf jedem Tisch und Fensterbrett vertausendfachten den Effekt.

Nathan wurde sich mit einem Schlag unangenehm dessen bewusst, dass er absolut nicht dem Anlass entsprechend gekleidet war. Während es in seiner gewohnten Gesellschaft auf zweihundert Jahre rund um seine Zeit keinen großen Unterschied machte, setzte diese ausgewählte Gruppe an Menschen auf Pfauen und Geld. Keines dieser beiden Dinge fand in seinem Kleiderkauf Aufmerksamkeit und in Bastiaans noch weniger.

Er drückte sich ein paar Minuten unschlüssig im Garten herum.

Hier standen nur wenige Lampen und ein paar Kerzen unter Glasstürzen, um den Weg zur Terrasse zu weisen. Die vielen dunklen Ecken kamen ihm gelegen, denn sie erlaubten ihm, nicht direkt unter den Nachtschwärmern aufzufallen, aber der Garten bot keine Gelegenheit, auf Lydia zu treffen. Zu vulgär, die kleinen Runden, die Dunkelheit. Zu seinem Unglück ergab sich auch keine Option für einen kleinen Diebstahl. Ein Sakko hätte schon gereicht.

Eine viertel Stunde später gab er sich geschlagen und ging um das Haus herum zur Vordertür. Die Hintertür hatte sich als ähnliche Sackgasse wie die Grünanlagen entpuppt. Bei all den Menschen, die sich einen ruhigen Ort suchten, um ihre eigene kleine Party zu veranstalten, überraschte es ihn, dass im Haus selbst überhaupt noch gefeiert wurde.

Zwei lachende Männer hielten ihm die Tür auf und vergaßen seinen unangebrachten Aufzug in dem Moment, in dem er verlauten ließ, mit Lydia Hallward verabredet zu sein. Die beiden schienen nicht überrascht, ihren Namen zu hören. Wahrscheinlich waren sie ihr heute schon begegnet. Mit einem Grinsen winkte man ihn an dem offenen Wohnzimmer vorbei in Richtung der angrenzenden Räume.

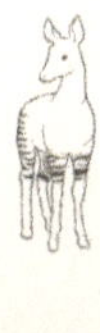

»Viel Glück. Vielleicht fängst du sie noch ab.«

Großartig.

Nicht nur würde sie stinksauer auf ihn sein, weil er ihren Namen benutzt hatte, um hier rein zu kommen, sie würde ihm an Ort und Stelle den Hals umdrehen, weil er gleich eines ihrer Dates ruinierte. Nathan wandte sich trotzdem ohne zu zögern ab und eilte durch das Stockwerk, bevor am Ende noch einer der beiden sein Auftreten nach dem kurzweiligen Amüsement an der Tür infrage stellte. Die wenigen im Haus verbliebenen Gäste sammelten sich erwartungsgemäß im Salon, in dem sich die Bar befand und Musik gespielt wurde. Mit jedem Schritt entfernte er sich weiter von der Partygesellschaft und deren neugierigen Blicken.

Was Nathan jeden Moment zu sehen erwartete, war eine wunderschöne, overdresste Lydia, wie sie gefährlich angestrengt mit einem Mann flirtete, der vermutlich um einiges älter sein würde als sie, ganz den Erwartungen entsprechend ebenso aufdringlich vorging, es aber in schöne Worte packte.

Was er jedoch sah, als er schließlich das letzte Gästepaar hinter sich ließ, um die Ecke bog und durch die letzte offene Zimmertür trat, war der Anblick von Lydias zerbrechlichem, schmalem Körper, wie er auf dem Boden zusammenbrach. Ein breitschultriger, hochgewachsener Mann stand regungslos neben ihr, das Messer noch in der Hand.

Die Szene war so nahe an einem Déjà-vu, dass Nathan augenblicklich an allem zweifelte, was er zu wissen glaubte.

Für einen endlosen Moment hatte ihn das Bild von Lydia auf dem polierten Marmor im Griff. Seine Instinkte ließen ihn vollkommen im Stich. Erst als Nathan ein Lachen hörte, kam er wieder zu sich und starrte in das bekannte Gesicht. Braune,

sympathische Augen, ein scharfgezogener Mund. Er erinnerte sich an die sorgenvollen Züge, die gleichzeitig etwas unanfechtbar Arrogantes hatten.

»Na, das ist jetzt aber schon ein bisschen Ironie, findest du nicht?«, sagte der Mann aus dem Berliner Archiv, dieses Mal ohne Kaffee und ohne Salea, die auf einen Smalltalk mit ihm nicht hatte eingehen wollen. Entspannt schwang er das Messer in seiner Hand herum und warf es schließlich aus einem der offenen Fenster zu seiner Rechten, wo es vermutlich in einer unbeleuchteten Ecke des Gartens landete.

Hendrik hatte schon einen neuen Lacher auf den Lippen, überlegte es sich dann aber anders und starrte Nathan über den reglosen Körper hinweg plötzlich mit einer solchen Intensität an, es machte Nathan einmal mehr sprachlos.

»Fühlst du es?«

Nathan wollte fragen: »Was?«, aber er fühlte es. Lydia rührte sich ein letztes Mal kaum merklich in einem verzweifelten Versuch, sich selbst zu retten, dann rauschte ihr Tod durch seinen Körper. Nathan hatte so etwas noch nie zuvor gespürt und trotzdem gab es keinen Spielraum für Interpretationen.

Fast, als wollte er auch nach ihm greifen, der Tod, mit aller Macht.

»Kannst du widerstehen?«

Dem Sog der Zeit.

Unnachgiebig. Unwiderstehlich.

Während sie beide dort standen, verschwand Lydias Körper und hinterließ nichts als einen blutbefleckten Fußboden.

Immer hatte er es vorher rückgängig gemacht. Noch nie hatte Nathan zu lange gewartet, noch nie einen von ihnen sterben sehen. Er war überrascht, wie lautlos es vonstattenging. Einzig dieses gewaltige Gefühl, zu gehen, blieb. Wie all die Menschen in diesem Haus und darum herum es nicht spüren konnten, war ihm ein Rätsel. Aber ja, er konnte widerstehen. Von dem unkontrollierbaren Sprung abgesehen, der sich ihm aufzwang, wenn sich Gefahr ankündigte, war er frei. Die Zeit hatte ihre Kontrolle über ihn schon vor Ewigkeiten verloren.

»Ohoho, nicht schlecht«, lobte der andere und hob gespielt beeindruckt die Brauen. Nathan konnte nicht beurteilen, ob es ihm ebenso leichtfiel, zu bleiben, oder nicht. In jedem Fall aber war Hendrik darauf vorbereitet gewesen, was nach dem Tod kam. »Weißt du schon, wohin es dich geführt hätte, hättest du nachgegeben?«

Er zog ihn auf. Spielte mit ihm.

Und war so anders als der Mann, den er vor wenigen Tagen in Berlin kennengelernt hatte. Dessen Stimme hatte etwas Fürsorgliches gehabt, als er mit Salea gesprochen hatte. Genug, dass Nathan sich darüber lustig gemacht hatte. Das hier, das war jemand ganz anderes. Zwischen diesen beiden Männern mussten Jahre liegen.

»Peeregaard.« Er lachte wieder, während jede Silbe Nathan genau da traf, wo er ihn hatte treffen wollen.

Die Energie, die gerade noch jeden seiner Atemzüge behindert hatte und den ganzen Raum zu füllen schien, ebbte währenddessen langsam ab.

»Sind wir beide uns bereits einmal begegnet?«

»Zweimal«, antwortete Nathan und sah Hendrik dabei zu, wie er die Sache durchrechnete. Gerade als Nathan glaubte, nichts in der Hand zu haben, um diesen Mann ebenso ins Mark zu treffen, wie er ihn, sah er ihn verunsichert innehalten.

»Wie?«, fragte Hendrik schließlich und hatte offenbar in seiner Erinnerung keinen Hinweis auf diese Begegnungen gefunden.

»Warum?«, entgegnete Nathan, statt zu antworten.

Hendrik winkte ab. »Ich habe das Gefühl, ich kann selbst herausfinden, wie du das gemacht hast. Wie du mir begegnet bist, ohne dass ich es weiß. Und du wirst irgendwann verstehen, warum. Du bist clever und nutzt deine Macht über die Zeit so viel sinnvoller als die meisten von uns. Hätte ich gerade nicht den Eindruck, du würdest dich mir in den Weg stellen, hätte ich Spaß daran, dir dabei zuzusehen, wie du irgendwann erkennst, was du wirklich imstande bist, zu tun.«

Nathan blendete die Nebensätze aus, die nur Verwirrung stiften sollten, und konzentrierte sich auf das Wesentliche. Nämlich dass dieser Hendrik noch nicht in Oslo gewesen war. Dass er noch nicht wusste, dass sie einander an diesem Abend in einer Seitenstraße gegenüberstehen würden.

»*Du* scheinst mir nicht so clever, wie du glaubst«, urteilte Nathan. »Du hast vor, den Globus in deine eigenen Hände zu spielen, oder nicht? Aber dann wird dir der Mumm fehlen, ihn dir persönlich zu übergeben. Also wirst du ihn nur ins Archiv bringen und hoffen, dass du über das Ding stolperst und weißt, was du da vor dir hast.«

Falsch geraten.

Das Gesicht des anderen zeigte Unverständnis und Verwirrung. Nathan machte gedanklich zwei Schritte zurück.

Dieser Mann hier hatte nichts mit dem verfluchten Globus zu tun, nichts mit den Daten darauf, nichts mit dem Treffen. All das war Michael gewesen. Er musste es gewesen sein!

Und Salea mit ihrem untrüglichen Blick hatte es geahnt.

Dass Michael alles tun würde, um herauszufinden, was in der Zukunft mit ihm geschehen würde, und dass Nathan die ganze Zeit über hinter dem Globus her auf dem Holzweg war. Zwei Tage verschwendete Zeit, in der dieser Kerl seinen Weg weiter ging. Einen Weg, der sich an diesem verfluchten Abend in Oslo lediglich mit seinem überschnitten hatte.

»Wem wirst du zu diesem Treffen folgen? Ihm? Michael? Oder Lydia?«

Der andere versuchte, das Lächeln wieder zu finden, das er eben noch auf dem Gesicht getragen hatte. Er schaffte es nicht und der Schritt, den er schließlich auf Nathan zu machte, war hölzern und voller wütender Energie.

»Hör zu, du scheinst nicht zu verstehen, was hier passiert«, hörte Nathan sich selbst sagen, während er jede Bewegung des anderen im Auge behielt. Wenn er näher kam … »Was willst du damit erreichen? Wir sind keine Feinde. Warum uns töten?«

Das bekannte Gesicht vor ihm verwandelte sich in eine drohende Maske. Es ging so schnell, Nathan hatte nicht einmal Zeit zu schlussfolgern, welches seiner Worte diese Reaktion ausgelöst hatte.

»Ich brauche euren Tod. *Du* verstehst nicht«, entgegnete Hendrik und klang verzweifelt.

»Wir können nicht getötet werden.« Nicht so zumindest, wollte er noch hinzufügen, Hendrik so lange in diesem Gespräch halten, bis der ihm mehr gab als diese dahingeworfenen Phrasen. Irgendetwas, mit dem er arbeiten konnte. Stattdessen aber sah Nathan ihm dabei zu, wie er in einer entschiedenen Geste die exklusive Seide seines Sakkos beiseite strich und nach der Waffe darunter griff. Da Nathan ihn damit schon einmal gesehen hatte, hatte er keinen Zweifel, dass er sie auch benutzen wollte. »*Du* kannst nicht getötet werden!«, sagte Nathan noch, dann war seine Zeit abgelaufen. Der andere musste nicht einmal den Arm heben, die Bedrohung war real genug.

Die Zeit schmiss ihn raus, ohne dass er etwas dagegen unternehmen konnte.

Nathan kannte niemanden, bei dem das so zuverlässig funktionierte wie bei ihm. Alle anderen rannten im Zweifel in die Katastrophe hinein. Doch bei ihm reichte schon das kleinste Anzeichen von Gefahr und er wurde jeglicher Kontrolle beraubt. Irgendetwas, sein Instinkt, die blanke Angst, riss ihn aus der Situation und brachte ihn in Sicherheit.

Sicherheit, erinnerte er sich.

Sicherheit.

Kein weiterer Gedanke wollte es durch die platinweiße Festung schaffen, die seinen Verstand umgab. Was auch immer nach diesem Sprung kam, es fühlte sich an, als würden Stunden vergehen, dabei konnten es keine sein.

Sicherheit, hallte es in seinem Kopf immer und immer wieder. Er erkannte seine eigene Stimme und war dennoch nicht fähig, einen ganzen Satz daraus zu machen. Mehr zu denken als dieses eine Wort.

Immer hatte ein solcher Sprung ihn in Sicherheit gebracht. Immer inmitten vieler Menschen rausgeworfen, denen nichts Schlimmes passiert war; die entspannt und zuversichtlich ihrer Wege gingen und ihm das Gefühl gaben, dass alles in Ordnung war. Immer endeten diese Reisen an Orten, an denen er vorher noch nicht gewesen war. Darin bestand der Trick. Dass er die Entscheidung nicht selbst traf und somit keinen Fehler machen konnte.

Sicher, sicher, sicher.

Nur warum wollte dieses Gesicht vor seinen Augen nicht verschwinden, warum musste sein Herz so lange darum kämpfen, wieder zur Ruhe zu kommen?

Er war nicht sicher, weil jemand hinter ihm her war, der nun wusste, wo er ihn finden konnte.

Er war nicht sicher, aber er war auch nicht mehr so ahnungslos wie zuvor.

Schließlich schaffte es Nathan, einmal tief durchzuatmen, spürte jeden Knochen seines Brustkorbs und sah sich um.

Europa.

Er atmete noch einmal ein, noch einmal aus.

Alt und neu und bitterkalt.

Was er eben noch verschwommen als eine grelle Wand oder einen sonnigen Tag wahrgenommen hatte, war in Wirklichkeit ein halber Meter Schnee, aufgetürmt an jeder Hauswand. Und leuchtender Weihnachtsschmuck an jeder Laterne, in jedem Fenster, überall. Der Rest war winterliche Dunkelheit und Nathan einen Moment länger aus dem Konzept gebracht.

Er stand so lange reglos auf der Straße, bis ihm die Kälte in die Knochen drang und er es nicht mehr aushielt.

Unwillig sah er sich schließlich nach einem Ort um, an dem er sich kurz würde aufwärmen können. Nach Hause wollte er nicht. Nicht einmal daran denken wollte er.

Zu allen Seiten lockten einladende Reklameschilder über Eingangstüren. Mit einem gestressten Seufzen entschied er sich für etwas, das nach einem Pub aussah. Schon an der Tür empfing ihn das Geräusch zu vieler Menschen in einem zu kleinen Raum. Der Abend hatte gerade erst begonnen.

Und dann waren sie da. Graublau wie der winterliche Nachthimmel über ihm.

Salea hatte Augen, die man nicht vergaß, egal wo man sie zum ersten Mal gesehen hatte. Wie das Meer spiegelten sie wider, was sich vor ihnen befand, und Nathan starrte in diese bekannten Abgründe, als hoffte er, dass etwas daraus hervorbrach. Doch diese Salea trug ihre Haare sehr kurz, viel kürzer als er sie je gesehen hatte, hatte das runde Gesicht einer jüngeren Frau und noch nicht diese entschlossene Art, die ihm im Gedächtnis geblieben war.

Sie lächelte ihn an, höflich, als sie einander im Eingangsbereich passierten. Sie halb drin in dem warmen Gewühl frühabendlicher Gespräche und er halb draußen in dieser Winternacht und einem Anschlag auf sein Leben.

Sie erkannte ihn nicht.

Nathan erwiderte das Lächeln und verstand nicht, wie das hier hatte passieren können.

24

Nathan brauchte zwei handwarme Biere, um sich davon zu überzeugen, dass dieser Mann ihm nicht folgte, weil er sich dagegen entschieden hatte, wie das letzte Mal auch, obwohl es zweifellos in seiner Macht lag.

Zwei handwarme Biere, um zu akzeptieren, dass er nicht den Mumm aufbrachte, es noch einmal zu versuchen und Lydia in einer anderen Zeit abzupassen. Egal, was für Antworten sie für ihn hätte, er wagte es nicht.

Weißt du, wohin es dich geführt hätte, hättest du nachgegeben?

Ja, wohin? Immer weiter.

Nathan behielt die Eingangstür die ganze Zeit über im Blick und betrachtete jeden neuen Gast argwöhnisch, während er am äußersten Ende der Bar saß und darauf wartete, dass er diesen letzten Zwangssprung nicht mehr bis in die Knochen spürte.

Nein, er wagte es nicht, und war sich schnell auch nicht mehr sicher, ob er es sollte.

Die Fähigkeit zu reisen hatte ihm noch nie das Gefühl gegeben, anderen überlegen zu sein. Allen, wie sie hier um ihn herum an Tischen saßen oder zwischen ihnen herumstanden, ein Glas Wein in der Hand, ein vom Tag erschöpftes Lächeln auf dem Gesicht und ein unbeeindruckendes Leben im Kopf. Er hatte sich noch nie für etwas Besseres gehalten. Nicht für unangreifbar, nur weil er sich jeder unangenehmen Situation entziehen könnte, wenn er wollte. Wenn überhaupt hatte ihn seine mangelnde Kontrolle über die Zeit zu einem Außenseiter gemacht. Andererseits war er selbst kein Reisender, sondern nur der Sohn von einem. Er wusste, dass er nicht ein Stück besser war als irgendwer.

Er war nur eine verdammte Person, die auf Schritt und Tritt belogen worden war, und sich von einem Zufall hatte in die Irre führen lassen. Er versuchte, etwas zu verhindern, von dem er nicht einmal wusste, was es war. Und das war die eigentliche Dummheit, oder nicht? Dass er sich die ganze Zeit über gesagt hatte, er wollte nur verstehen, warum, dabei hatte er nichts anderes gemeint, als: verstehen, warum, und machen, dass es aufhörte. Verhindern, dass noch Schlimmeres passierte. Dass noch mehr der wenigen Menschen, die er kannte und die sein Leben füllten, in irgendeiner Zeit starben.

Ein ganzes Bier lang redete er sich gut zu. Er war gerade zwei Tage durch gesprungen. Vielleicht war er einfach nur müde. Vielleicht war er immer noch vollkommen von der Rolle, nachdem jemand versucht hatte, ihn zu töten; weil er an dem Abend andere hatte sterben sehen, und weil er nicht daran glauben wollte, dass es passiert war, und es trotzdem tat.

Zwei Biere, um einmal mehr um die Abwesenheit eines Drangs, nach Hause zu gehen, zu trauern.

Wie einfach das für die anderen sein musste – der Zeit zu erlauben, sie wieder mitzunehmen. Er stattdessen kam, von diesen Paniksprüngen abgesehen, nirgendwohin, ohne es selbst zu wollen.

Auf einem Bierdeckel überschlug er schließlich grob die vergangenen Tage und Stunden und fügte noch ein paar hinzu, damit es Nacht war, als er zu Hause ankam.

New NY in der prachtvollen, jämmerlichen United East Coast of America.

Nathan bewohnte hier ein großzügiges Loft im einhundertzwölften Stock eines Apartmentgebäudes mitten in der Stadt. Der Rest des Hauses gehörte auch ihm, aber mit den Menschen, die unter ihm wohnten, hatte er nicht viel zu tun. Um Angelegenheiten wie Mietverträge und Rechnungen kümmerte sich eine Firma. Sie hatte Zugriff auf ein kleines Konto und belästigte ihn kaum mehr als zwei Mal im Jahr, wenn etwas ohne seine Unterschrift nicht zu bewerkstelligen war.

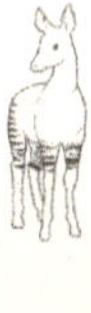

Die Fassade hatte ihm gefallen. Silbergrau und Glas.

Wenn die Sonne auf das Gebäude schien und das helle Blau eines schönen Tages sich im Glas spiegelte, verwandelte sich der Turm in den einzigen Farbtupfer inmitten der grauen Riesen, zwischen denen er stand.

Nathan tippte seinen Code in das Display neben dem Aufzug. Zehn Sekunden später fragte der gleiche Bildschirm nach dem Passwort für sein Apartment und ließ ihn eintreten.

Vier Zimmer, ein Loft-artiger Wohnraum, jede Menge ungenutzte Flächen und ein einziges langes Regal hinter dem Sofa, das seine Notizbücher beherbergte. Nichts von allem, was er heute sein Zuhause nannte, hatte er sich in dieser Zeit erarbeitet. Gar nichts.

Nathan verschwand direkt unter die Dusche und kroch danach mit noch nassen Haaren und bleischweren Gliedern ins Bett. Er sollte einen Teil der Dinge, die in den letzten Tagen passiert waren, aufschreiben, und sei es nur, um zu verhindern, dass er morgen aufwachte und irgendetwas durcheinanderbrachte. Doch statt nach einem seiner Notizhefte zu suchen, sah er aus dem Fenster am Kopfende seines Bettes. Sah über die Stadt und in die helle Nacht hinein.

Wie immer suchte er nach Veränderungen in der ihm so bekannten Skyline. Er ließ seinen Blick hinüber zu dem entfernten Hafen wandern, der der Grund gewesen war, warum es seinen Vater überhaupt hierher verschlagen hatte.

Vor jedem Sprung hatten sie gemeinsam über einer Karte gehockt oder eine Stunde vor dem Computer verbracht, Wikipedia aufgerufen und überlegt, wohin es gehen sollte. Nathan, ein Junge, aufgewachsen in Schweden, hatte dabei hauptsächlich an große amerikanische Baseballspiele und verrückte

Jurassic-Park-Geschichten gedacht. Torken Peeregaard, Lehrer und geschieden, mit einem Faible für Boote aller Art, ohne selbst die Finanzen für ein eigenes aufbringen zu können, hatte sich fast immer für einen Hafen entschieden. Die geschichtsträchtigen in Europa und die fremden in China, viele Male weit in die Vergangenheit, bis er dann das Amerika der Zukunft kennengelernt hatte, in dem alles, was nicht zwangsläufig über Straßen laufen musste, über das Wasser transportiert wurde. Eine kleine Verzweiflungstat der Amerikaner, die sich lange angekündigt hatte, pflegte sein Vater zu erzählen, wenn sie vor diesen Riesenpötten standen, auf denen wieder Segel gehisst wurden, auch wenn diese nicht mehr aus dem gleichen nostalgisch angegrauten Stoff waren. *Verspielt hatten sie ihre Zukunft, die Amerikaner.*

Nathan hatte damals nie gefragt, wie er das meinte, und es hatte ihn auch nicht interessiert. Jetzt konnte er die metallenen Segel mit den Solarschirmen darauf von seinem Schlafzimmer aus sehen und interessierte sich noch weniger dafür. Es war nicht mehr zu ändern. Die Ressourcen waren aufgebraucht und keine Reise in irgendeine Zeit würde das wieder in Ordnung bringen.

Einen Feind.

Hatte er noch nie gehabt.

Hatte er Angst?

Zu sterben?

Die Zukunft

TEIL SECHS

Berlin, Deutschland
04. Juni 2016
N 52° 31‘ E 13° 24‘

New NY, UEA
23. November 2152
N 53° 06‘ W 70° 50‘

New NY, UEA
3. Februar 2155
N 53° 06‘ W 70° 50‘

25

Salea saß im Schein ihres Laptops an einem der unschönsten Plätze im ganzen Haus und versuchte sich auf die Arbeit zu konzentrieren. Ganz bewusst hatte sie sich heute gegen die Fortsetzung ihrer eigenen Recherche entschieden. Der Welt und ihrer Darstellung auf lange vergilbten Seiten ließ sich nichts Gutes mehr abgewinnen.

Außerdem konnte es nicht schaden, sich zur Ausnahme einmal mit ihrem eigentlichen Job in dieser Bibliothek zu befassen, und der war es nicht, ihren persönlichen Interessen nachzugehen, sondern das Stockwerk voller verplombter Kisten und Container durchzuschauen und in Ordnung zu bringen, was fast sechzehn Bibliothekare vor ihr nicht gewagt hatten.

Eine Ebene unter den eigentlichen Archivräumen, mit ihren verglasten Büros und der idealen Entlüftung, dem perfekten Licht und den säurefreien Kartons, befand sich ein verlassener, bis unter die Decke vollgestopfter Trakt. Man hatte ihn zu Kriegsausbruch versiegelt und bisher nicht mehr angerührt. Kaum jemand wusste, was sich in den seit Jahrzehnten ungeöffneten Kisten befand. Sämtliche Bestandslisten waren entweder mit ihnen hier unten eingelagert worden oder im Laufe der Jahre verloren gegangen.

Das Berliner Archiv hatte sich, wie viele große Einrichtungen dieser Art, vor Jahren formell bereiterklärt, sämtliche eventuell geraubte Kulturgüter aus den eigenen Beständen an den rechtmäßigen Besitzer zurückzugeben. Keine nationale Sammlung hatte dem öffentlichen Druck standgehalten. Es wäre Wahnsinn, sich den Forderungen nach Aufklärung zu widersetzen.

Der Haken: Um gestohlenes Gut an den Eigentümer zurückgeben zu können, müsste man wissen, dass man Raubgut dieser Art im Haus hat. Die Provenienz des eigenen Bestandes zu klären und gleichzeitig aufzudecken, wie viel der hier eingelagerten Stücke und Schriften tatsächlich nicht rechtmäßig in die Hände des Archivs gelangt waren, war allerdings PR-technisch ein mindestens ebenso kritisches Unterfangen, wie es eine Weigerung gewesen wäre.

Es sei denn, man packte es richtig an, beauftrage eine umfangreiche Provenienzforschung, wie Salea sie anbot, und verpflichtete sich, auf Jahre hinaus viel Geld und Mühe in die Suche nach den eigentlichen Besitzern zu stecken, um die geraubten Artikel medienpräsent zurückzubringen.

Letzteres würde nicht ihre Aufgabe sein. Salea brauchte man lediglich ihres unvergleichlichen Entdecker-Gens und ihrer Akribie wegen.

Neben einer Stehlampe, die sie in einem günstigen Einrichtungsgeschäft besorgt hatte, war der Bildschirm ihres Computers die einzige Lichtquelle in dem großen Saal. Die Stromversorgung hier unten lief über einen kleinen Generator, der in der Nische neben der Tür vor sich hin brummte und mehr nicht leisten konnte. Damit waren diese beiden Geräte, das dumpfe Hintergrundgeräusch des Versorgers und Salea selbst die einzigen Zeichen von Leben in der ansonsten vollgestopften Dunkelheit.

Eine Handvoll der stabilsten Kisten bildeten ihren provisorischen Arbeitsplatz. Nur ein schmaler Gang hielt ihr den Weg zur Tür frei, zwei Schritte weiter türmte sich eine weitere Wand aus Kisten auf. Sie waren aus Holz oder dünnem Metall, andere aus alter Pappe. Manche hielten ihre Form nur noch durch ihren eng gepackten Inhalt.

Kaum eine der Kisten hier war beschriftet. Die wenigen Inventarangaben – auf Klebezetteln in aller Hast an irgendeiner freien Stelle aufgebracht – waren längst verschwunden, die Tinte verblasst, oder die Schrift durch die widrigen Umstände hier unten so wässrig, dass Salea nach einem ersten Rundgang beschlossen hatte, ihnen keinerlei Beachtung zu schenken.

Auf ihrem provisorischen Hocker sitzend nahm sie sich, ohne zu überlegen, die nächste Box in der Reihe vor, klappte die Deckellaschen beiseite, zog sich ihre Handschuhe über und ließ sich vom Inhalt überraschen.

Auch Salea mochte den Anblick einer geordneten Bibliothek, aber es gab wenig, was sie bereits seit ihrer Kindheit so in den Bann zog wie ein Stapel Bücher, von denen sie nicht wusste, was sie unter ihrem ledernen Gewand vor der Welt verbargen. Der Druck seitens ihrer Arbeitgeber, alles, was sie fand und anschließend mit den Dingen aus diesen Kisten tat, akribisch zu notieren, hielt sie nicht davon ab, jede Stunde mit einer unbekannten Sammlung zu genießen. Nur dieses Loch von einem Arbeitsplatz hatte ihre Sympathie nicht gewinnen können.

Der schlecht beleuchtete Raum, der sich bereits ohne die Erfahrungen der letzten Tage beunruhigend und ungemütlich

angefühlt hatte, war heute eine Leinwand für ihre dunkelsten Gedanken.

Nathan war nicht mehr da gewesen, als sie am Morgen nach ihm gesehen hatte. Sie hatte Tee aufgesetzt, angeklopft. Gehofft, dass sie endlich nicht mehr streiten, sondern stattdessen einen Plan schmieden würden. Aber das Sofa war leer gewesen und von ihm keine Spur. Nicht einmal eine Nachricht hatte er hinterlassen.

Und so tippte sie weiter Wörter in eine Liste, die nicht mehr da sein würden, wenn er wirklich etwas unternahm. Andererseits hatte er vollkommen recht: Sie würde es nicht wissen. Wenn er es schaffte, irgendetwas zu ändern, dann würde sie es nicht wissen, und diesen Pappkarton, der zu ihrer Rechten auf dem Fußboden stand und mit jedem Buch, das sie ihm entnahm, ein kleines bisschen mehr in sich zusammen sackte, einfach noch einmal auspacken.

Mit einem fauchenden Geräusch kündigte sich der nächste Besuch an. Jedes Mal, wenn die Tür zum untersten Stockwerk aufgezogen wurde, saugte sie die Luft aus der fensterlosen Halle. Kurz darauf fiel sie gewöhnlich mit einem gewaltigen Krachen ins Schloss, es sei denn, einer der Studenten, die im Haus arbeiteten und sie regelmäßig hier unten aufsuchten, wenn sie da oben nicht weiterwussten, schaffte sich irgendwann einmal Manieren an und hielt die Tür fest, bevor sie den Boden unter ihr zum Beben brachte.

Dieses Mal wollte der erwartete Knall jedoch nicht kommen und Salea wandte sich mit einem spöttischen Lob auf den Lippen um, nur um Nathan auf sich zukommen zu sehen und keinen Ton mehr herauszubekommen.

Er trug noch immer seinen dunklen Mantel, doch er war

frisch geduscht und sogar rasiert. Seine braunen Haare waren zur Ausnahme geordnet wie am ersten Tag, und nicht durcheinander, als hätte er zwei Nächte darauf geschlafen. Das einst weiße Hemd, in dem sie ihn so oft gesehen hatte, dass sie es nicht mehr zählen konnte, war heute dunkelrot und gab seinem Auftreten etwas Feierliches. Vielleicht kam das auch von dem Ausdruck auf seinem Gesicht.

»Wie geht es dir?«, fragte sie erstaunt und strahlte ihn an. Sie musste ihn angestrahlt haben, denn das Gefühl dieses breiten Lächelns auf ihrem Gesicht erinnerte sie unvermittelt an Oslo. Nicht an die Bombe, deren Schaden sie so oft in den Nachrichten gesehen hatte, sondern daran, wie sie sich begegnet waren, sie und dieser Mann, der die letzte Nacht auf ihrem Sofa verbracht hatte. Wie er sie mit diesem feindseligen Blick bedacht hatte, bevor er ihr sagte, dass sie sterben würde. Und nur ein paar Tage später der gleiche Blick, dieses Mal mit ein bisschen mehr Vorwurf darin, als er ihr sagte, sie würde glücklich sein.

Sterben würde sie, in einem Moment, in dem sie glücklich war und er anwesend.

In nicht allzu ferner Zukunft.

Nicht heute allerdings. Dessen war sie sich sicher, denn er trat durch den schmalen, von Kisten gesäumten Weg in den Lichtschein der Stehlampe und machte einen entspannten Eindruck. Und obwohl es Nathan war, konnte er sich so wenig gar nicht um andere Menschen scheren, dass er ihnen vor einem solchen Moment ins Gesicht lächelte.

Heute also nicht.

»Wie geht es *dir?*«

»Du hast mir das versaut, weißt du? Jedes Mal, wenn ich mich jetzt über etwas freue, denke ich an meinen Tod«, sagte sie und spürte bereits, wie die Erleichterung, ihn zu sehen, aus ihr zurückwich.

In einer seiner Hände stapelten sich zwei Kaffeebecher. Bei ihr angekommen, hob er den Obersten herunter und reichte ihn rüber. »Das mit dem Small-Talk kannst du nicht so gut, hm?«

»Ich trinke keinen Kaffee. Aber danke.«

Er hielt ihr den Becher trotzdem hin und nickte zuversichtlich. »Deswegen habe ich dir Tee mitgebracht.«

Salea nahm ihm den Becher unwillig ab, stieß die Maus ihres Laptops an, damit der Bildschirm und damit ein Großteil des Lichtes nicht ausging, und sah Nathan dabei zu, wie er sich nach einer geeigneten Sitzgelegenheit umsah. Schließlich entschied er sich für einen Metallcontainer, der ihm bis zur Hüfte reichte und als einer der Einzigen aus der Wand an Archivmaterial ihr gegenüber herausragte. Er hatte geradeso Platz darauf. Seine Füße hingen in der Luft, was ihn noch ein bisschen unbeschwerter aussehen ließ.

Salea konnte nur hoffen, dass es für sein Auftreten einen guten Grund gab und sie nicht nur wild hineininterpretierte, wo es eigentlich nichts hineinzuinterpretieren gab. Nathan würde sicher auch ganz ohne Lösung nach einer Nacht Schlaf und einer Dusche entspannt wirken. Er tat es eigentlich jedes Mal, wenn etwas nach seinem Willen lief.

»Nur so, du bist an dem Tag mit dem Prof gekommen. Richtig? Wir sind uns das erste Mal unten auf der Straße begegnet. Du hast in dem Auto gesessen, hast wahrscheinlich auf ihn gewartet?«

»Willst du wirklich so einfach das Thema wechseln?«

»Unbedingt. Warum hat er dich dort warten lassen?«

»Keine Ahnung.«

Er hatte ihr gesagt, er müsste noch etwas erledigen. Nach allem, was sie über das Zeitreisen wusste, war es naheliegender, dass er sie in dem Auto zurückgelassen hatte und in der Zwischenzeit woanders gewesen war. Wannanders.

Sie hatte damals keine Gelegenheit gehabt, Michael zu fragen. Er hatte ihr keine gegeben, war aus dem Wagen gestiegen, in die nächste Einfahrt spaziert und kurz darauf zurückgekehrt. Danach hatte er den Eindruck gemacht, in Eile zu sein.

»Sag mir, wie ich dich dazu kriege, zu gehen.«

Salea starrte Nathan einen Augenblick lang an, versuchte, seinem Gedankengang zu folgen, und schüttelte dann den Kopf. »Ich … Besser du bringst Michael dazu, zu verschwinden, und mich mit ihm.«

»Kann ich nicht«, sagte er. »Er wollte unbedingt, dass dieses Treffen stattfindet, und er wird sich nicht davon abbringen lassen.«

»Das erste Mal schätzt du ihn richtig ein. Gratulation! Glaubst du nun doch wieder, er ist der Grund für dieses Attentat auf euch?«

»Nein«, antwortete er und meinte es ernst. Keine Falltüren, keine Trugbilder. »Trink deinen Tee.«

Salea seufzte und tat ihm den Gefallen. »Hilft dir das?«

»Was?«

»Irgendwas total Normales zu tun, während du über etwas absolut Verrücktes redest?«

Ihr trockener Kommentar brachte ihn zum Lachen. »Aber ja. Hält mich auch davon ab, darüber nachzudenken, dass ich gestern beinahe noch einmal draufgegangen wäre.«

»Haben wir uns nicht darauf geeinigt, dass das nicht geht?«, fragte sie in dem gleichen unbeteiligten Ton, dabei machte bei dem Gedanken ihr Herz einen erschrockenen Satz.

»Siehst du? Dieses zielorientierte Denken – das habe ich wirklich wahnsinnig gern. Und jetzt hilf mir, eine Vergangenheit zu ändern, die auch meine ist. Und ja, ich weiß, wir haben uns auch darauf geeinigt, dass das nicht geht.«

»Eigentlich bin ich überzeugt, dass es geht. Du bist derjenige, der mich permanent dazu kriegen will, meine Meinung zu ändern.«

Nathan hatte den Kaffeebecher an seine Lippen gehoben, sodass Salea von ihm nicht mehr als seine Augen sah, die ihr immer versuchten, von einer Wahrheit zu erzählen, die sich hinter dem verbarg, was er sagte. Er nahm den Becher wieder herunter, ohne daraus zu trinken.

»Du hast recht«, gab er zu und winkte direkt wieder ab. »Allerdings bin ich hier der Mann vom Fach und du nur jemand, deren erste Frage, nachdem sie von Zeitreisen erfahren hat, eine nach Drachen war.«

»Die würde ich immer noch gern beantwortet haben.«

»Wenn ich es nicht besser wüsste, würde ich dich für einen Sci-Fi-Nerd halten.«

»Aber du weißt es besser?«, fragte sie skeptisch und sah ihn die Schultern zucken.

»Romantische Abenteuer.«

Ins Schwarze.

»Falsch geraten?«

Salea schnaubte, statt Details zu liefern. »Jetzt glaubst du also daran, dass du sie ändern kannst? Deine Vergangenheit?«

»Ich will daran glauben«, gestand er und stellte seinen Kaffee, der mittlerweile das halbe Untergeschoss mit seinem schweren Duft erfüllte, neben sich auf die schmale Kante des Containers. »Weißt du, warum es nicht funktionieren kann und bisher nicht funktioniert hat? Wenn ich meine Vergangenheit ändere – zum Beispiel verhindere, dass mein Vater mich in irgendeiner gottverlassenen Zeit allein zurücklässt –, wäre ich nicht zu demjenigen geworden, der jetzt diese Zeit ändern will. Aber Oslo ist noch nicht lange her. Für dich länger als für mich. Vielleicht ist es möglich. Vielleicht kann ich etwas ändern, dessen Auswirkungen noch nicht genug Zeit hatten, sich zu entwickeln. Vielleicht ist der Aufwand, den ich dafür betreiben muss, viel kleiner als der, den es braucht, ein viertel Jahrhundert zurückzudrehen.« Er war überzeugt von dem Gedanken und lehnte sich nach vorn, als wollte er ihr etwas von seiner Begeisterung für die Idee abgeben. Dabei war das überhaupt nicht nötig. Salea hielt praktisch den Atem an. *Bitte versuch es!* »Es wäre einfacher, wenn du gar nicht erst dabei bist. Also sag mir, wie ich dich dazu kriege, nicht zu kommen. Ich werde ein Fremder sein. Sag mir, was ich tun muss. Es kann etwas ganz Einfaches sein.«

»Du willst, dass ich dir verrate, wie du mich manipulieren kannst?«

»Du weißt es am besten.«

Und genau deswegen konnte sie ihm auch versichern, dass sie sich von einem fremden Mann überhaupt nichts sagen lassen würde. Selbst eine ernstgemeinte Drohung, die sie ihm durchaus zutraute, würde nichts an ihrem Trotz ändern. Ganz zu schweigen davon, dass sie Michael an diesem Tag vertraut hatte. Nicht vorbehaltlos, aber genug, um auf die Einladung einzugehen und zu akzeptieren, dass er ihr vorab keinerlei Informationen über den Grund dieses Treffens geben wollte.

Sie erinnerte sich gut an den Zweifel, den sie gehegt hatte, die Sorge um ihre eigene Sicherheit und die Vorahnung, dass sie nicht mögen würde, wo er sie gerade hineinmanövrierte. Aber das hatte sie nicht daran gehindert, ihm trotzdem in dieses Apartment zu folgen.

»Willst du mir erzählen, was du mit dem Kommentar meintest?«

»Mit welchem von all meinen achtlos dahin geworfenen Kommentaren?«, fragte er und wusste selbst, wie selten ihm etwas herausrutschte, das er nicht sagen wollte.

»Mit dem bezüglich eines neuerlichen Angriffs auf dein Leben«, half Salea ihm auf die Sprünge, hob den Deckel von ihrem Becher, weil der Tee darin tatsächlich nicht schlecht war und sie ohne das Ding besser trinken konnte. Und um ihm das Gefühl zu geben, dass sie genauso nebensächlich verrückte Sachen besprechen konnte wie er.

Nathan überlegte kurz. »Nicht so richtig gern. Es tut auch nichts zur Sache. Hat mir keine neuen Erkenntnisse gebracht, außer der, dass auf mein Sicherheitsnetz Verlass ist.«

Und wieder blickte er sie an und hinter den Worten, die aus seinem Mund kamen, stapelten sich die Dinge, die er nicht sagte.

Am anderen Ende der Halle krachte die Tür ins Schloss und Salea fuhr zusammen. Nathan, nicht so leicht zu erschrecken, ließ sich nichts anmerken, und hatte lediglich den Gang im Auge, während er ihr Gespräch fortzusetzen gedachte, als Hendriks hochgewachsene Gestalt um die Ecke kam. Gutgelaunt und gleichzeitig frustriert, wie immer. Diese Mischung hatte Salea vom ersten Tag an die Brauen zusammenziehen lassen, jedes Mal, wenn sie mit ihm zu tun hatte. Vor allem in

Momenten, in denen er sich über den mangelnden Fortgang seiner Arbeit ärgerte und sein eigenes Naturell ihm nicht erlaubte, wütend zu bleiben. Wahrscheinlich war ein Großteil des Frustes, den er mit sich herumtrug, der über sich selbst.

»Dawnt!«, rief er aus und schlug sich zu ihnen am Ende des freigeräumten Weges durch.

Salea gab der Maus neben sich auf der Kiste einen erneuten Schubs, weckte den Bildschirm auf und machte sich auf einen unangebrachten Scherz gefasst. Normalerweise war Hendrik niemand, der wegen eines privaten Gespräches während der Arbeitszeit ein Fass aufmachte, aber normalerweise nannte er sie auch nicht beim Nachnamen. Wer weiß, welchen Rückschlag ihm seine Universität heute beschert hatte.

»Kleines Frühstückspäuschen?«

»Wolltest du dich anschließen?«

Hendrik lachte vergnügt auf, wie sie es selten von ihm gehört hatte. »Würde ich nie stören, so ein Tête-a-Tête. Ich hatte nur die Info bekommen, dass sich ein Fremder Zutritt verschafft hat, und dachte, ich sehe mal besser nach, wie fremd der Fremde ist.«

Nathan und Hendrik wechselten einen Blick, Letzterer amüsierter als andersherum.

»Ich fürchte, die Nummer wirst du offiziell machen müssen, sonst werde ich ständig hier runtergeschickt, um dich und dein Date zu unterbrechen.«

»Da es sich hier um eine Ausnahme handelt, wird das nicht nötig sein«, antwortete Salea und weigerte sich stur, auf die in den Raum gestellte Andeutung einzugehen.

»Na, dann«, meinte Hendrik vergnügt, winkte Nathan spöttisch zu und machte auf dem Absatz kehrt.

»Ein Uhr in deinem Büro steht?«, rief Salea ihm nach, weil sie das Bedürfnis hatte, dieses Gespräch auf einer anderen Note zu beenden. Immer, wenn sie beide an einem Samstag im Gebäude waren, trafen sie sich zu einem Mittagessen in der Hauscafeteria, ansonsten würde keiner von ihnen Schluss machen, bevor der Sicherheitsdienst sie rauswarf. Es war seine Idee gewesen und sie hatte sich bewährt.

»Klar. Wenn du dich bis dahin loseisen kannst.«

Wundervoll. Das konnte sie sich jetzt wahrscheinlich wochenlang anhören. Sie und die schnelle Nummer im verwunschenen Weltkriegs-Trakt.

Die Tür fiel wieder ins Schloss und Nathan sprang von seinem Sitzplatz.

»Bin gleich wieder da.«

»Was? Warte!«

»Fünf Minuten«, sagte er im Gehen und Salea kam unschlüssig selbst auf die Beine.

26

Aus irgendeinem Grund registrierten die Menschen meistens nur wenig an ihrem Gegenüber. Selbst die, die eigentlich nur darauf warteten, alles, was man sagt und tut, später in kleine

Stücke zu zerreißen und in aller Herren Länder herumzureichen, sahen nur, was sie sehen wollten. Alles, was nicht auf Anhieb ins Bild passte, wurde übergangen.

Nathan war aufgefallen, wie Salea einen Moment gezögert hatte, als Hendrik durch die Tür gekommen war und sie angesprochen hatte. Ein Teil von ihr hatte gewusst, dass sie nicht den Hendrik vor sich hatte, den sie kannte.

Aber sein Auftritt war nicht beunruhigend genug gewesen, um der Sache nachzugehen. Sie hatte sicher bereits an das Gespräch gedacht, das sie und Nathan fortführen würden, sobald Hendrik wieder gegangen war. Hatte den unangebrachten Scherz, den er gerissen hatte, vielleicht übergehen wollen, weil es einfacher war, das Thema zu ignorieren, statt herauszufinden, seit wann ihr Kollege Gerüchte um ein heimliches Date zum Anlass für einen Besuch hier unten nahm.

Von dieser kleinen Abweichung zu seinem normalen Verhalten abgesehen, schien ihr nicht aufgefallen zu sein, dass etwas nicht stimmte. Dass dieser Hendrik hier ein bisschen breiter gebaut war, ein bisschen älter, seine Gesten, vorher nur aufmerksam, heute abgeklärt.

»Du kennst sie!«, rief Nathan dem Mann nach, sobald er genug aufgeholt hatte, um seine Gestalt am Ende des Flurs ausmachen zu können. Schmucklose Betonwände umgaben ihn, ungemütlich beleuchtet durch eine Halogenröhre nach der anderen. Nathan war sich schmerzlich dessen bewusst, dass er sich in einem Flur befand, aus dem es nur zwei Ausgänge gab und einer davon führte in eine verdammte Halle ohne Fenster oder Türen. Eigentlich gab es also keinen Fluchtweg. Nur den, den Hendrik genommen hatte, und seinen eigenen Notausgang.

Doch Nathan hatte nicht gezögert, ihm zu folgen, denn dieser Mann war nicht nur gekommen, um ihm zu zeigen, dass er es konnte. Er wollte etwas.

Am Ende des Ganges angekommen verlangsamte Nathan seine Schritte. Von Hendrik war nichts mehr zu sehen. Der Flur öffnete sich an dieser Stelle in einen kleinen Raum, in dem sich der Aufzug befand. Er war leer, die Anzeige über dem Fahrstuhl zeigte keine Regung.

Stattdessen schloss sich die Tür zum Treppenaufgang langsam, als Nathan sie erreichte. Ein Stopper in der oberen linken Ecke verhinderte, dass sie direkt ins Schloss fiel und ließ die Szene wie in Zeitlupe ablaufen. Auch dahinter nur spärlich beleuchtete Betonwände, keine Türen, nur die Stufen, die nach oben führten.

Eine Falle.

»Du kennst sie und hast trotzdem versucht, sie zu töten!«, rief er in den scheinbar leeren Raum hinein, bevor die Tür sich mit einem schwerfälligen Klicken schloss.

Nathan stand daraufhin unschlüssig davor.

Er wollte ihm nicht folgen. Bei dem kleinsten Anzeichen von Gefahr würde er sich wieder gezwungen sehen, zu gehen, und Nathan konnte hier jetzt nicht weg. Alles in ihm weigerte sich, diesem Mann dort hinein zu folgen.

Und doch griff er schließlich nach der Klinke.

Genau in dem Moment, in dem die Tür von innen aufgezogen wurde. Einen Spalt breit. Nur soweit, dass Hendrik darin Platz hatte und Nathan sich direkt vor ihm wiederfand.

Als Nathan heute aufgewacht war, hatte ihn einmal mehr die Erkenntnis getroffen, dass er nicht wusste, wie er sich auf noch eine solche Begegnung vorbereiten sollte. Die zwei

Messer, die er seit Jahren mit sich herumtrug, waren nur Show. Sie hatten eine beruhigende Wirkung auf ihn, was aber nur daran lag, dass jeder Idiot mit einem scharfen Gegenstand Schaden anrichten konnte. Man musste nicht einmal wissen, wohin mit der Spitze, wenn es einem egal war, wie lange der andere danach noch durchhielt. Er hatte sich ein bisschen was angelesen und oft genug herumexperimentiert, aber er hatte sie noch nie verwenden müssen, um sich zu verteidigen.

Selbst wenn er durch einen kleinen Ausflug in eine andere Zeit an eine Waffe gekommen wäre – er hatte unter der Dusche darüber nachgedacht –, hätte er keine Ahnung gehabt, wie man damit umging.

Solange es nur um seine eigene Sicherheit ging, war ohnehin Verlass auf seinen Exitplan, der ihn noch nie im Stich gelassen hatte. Der Gedanke, der ihm bis vor fünf Minuten nicht einmal in den Sinn gekommen war, war der, dass er nicht die geringste Möglichkeit hatte, mit den Mitteln, die ihm zur Verfügung standen, das Leben eines anderen zu retten.

Bei Lydia war er einfach nur zu spät gekommen. Aber hätte er es überhaupt verhindern können? Hätte er dazwischen gehen können? Mit Gewalt?

»Habe ich, ja«, gab Hendrik zu und blickte Nathan musternd an, als wartete er ebenso auf eine Reaktion zu dem Gesagten wie Nathan selbst. »Ich habe ihren Passierschein in ihrer Tasche gesehen. Wie lange arbeitet sie schon hier? Ein Jahr? Zwei? Es hätte mich interessiert, zu sehen, was passiert wäre, hätte ich abgedrückt.«

»Nun ist es zu spät. Wahrscheinlich unterliegt sie jetzt den gleichen Gesetzten wie wir. Sie ist genauso außerhalb der Zeit wie du und ich. Du warst dabei, du hast mich zu diesem

verdammten Sprung gezwungen!«, gab Nathan zurück. Er versuchte, nicht zurückzuweichen, als Hendrik sich mit der Schulter in den halboffenen Spalt lehnte und die Brauen hob. Es fiel ihm nicht leicht.

»Du hast es immer noch nicht verstanden, hm? Dass ich ihr überall hin folgen könnte, wenn ich wollte. Wenn du nicht aufhörst, mir auf die Nerven zu fallen, töte ich sie, wie all die anderen auch.«

Ah!

»Ansonsten nicht?«, entgegnete Nathan herausfordernd und sprach aus der gleichen Frustration heraus, die ihn seit Oslo ständig zu unüberlegten Handlungen trieb. Dabei wollte er nicht provozieren. Er wollte eine Erklärung, die er nachvollziehen konnte. »Du mochtest sie, hier in dieser Zeit. Ich hab's gesehen. Du zähltest sie zu deinen Freunden.«

»Das tue ich noch.«

»Erklär's mir.«

»Warum?«

»Warum bist du hier und stehst da, wenn nicht, um es mir zu erklären? Also mach!«

Hendrik lachte tonlos und verschränkte die Arme vor der Brust, während seine Schulter weiterhin die Tür offenhielt. Nathan konnte nur einen Teil von dem Mann sehen. Den, der ihn so aussehen ließ wie der Hendrik aus dieser Zeit. Die Stoffhose mit den Bügelfalten und das Baumwollhemd mit dem bis oben hin geschlossenen Kragen.

»Wusstest du, dass man sich Geschichten über dich erzählt?«

»Tratsch.«

»In deiner Zukunft.«

»Nie gewesen.«

»Der Erste, der je versucht hat, die Zeit zurückzudrehen, indem er sich selbst tötet. Immer wieder. Um dein Schicksal zu ändern. Jeder Tod ein Stück Zukunft weniger, ein Schritt weiter zurück in die Vergangenheit. Ein Tod pro Sprung. Ich weiß gar nicht, ob du damit erreicht hast, was du erreichen wolltest, aber ich nehme es an. Hat mich inspiriert. Verstehst du jetzt, wie albern es ist, dass gerade du nun hier stehst und versuchst, mir ein Bein zu stellen?«

Nathan brauchte nicht lange über die Theorie nachdenken, um sie bestätigt zu sehen. Könnte funktionieren. Würde funktionieren.

Warum sollte er so etwas tun?

»Du bist also ein Fan?«

Wieder dieses Lachen, von dem Nathan mittlerweile glaubte, es war ein Zeichen von Unsicherheit. »Die Tatsache, dass du bereits selbst dafür Sorge trägst, dass sich die Zahl deiner Reisen reduziert, heißt, dass ich es nicht mehr tun muss.«

Nathan gab sich Mühe, nicht schon wieder die Nerven zu verlieren, aber Geduld für Menschen, die drumherum redeten, hatte er noch nie gehabt. »Warum tun wir nicht einfach so, als hätte ich nicht den blassesten Schimmer, was du bezweckst, und fangen am Anfang von diesem Wahnsinn an?«

»Ich mache es rückgängig. Alles. Deine Zukunft wird es dir erklären, keine Sorge.«

»Was, wenn ich keine Lust darauf habe, zu warten, bis es Sinn macht? Verhandeln wir nun oder nicht?«

»Wir tauschen Drohungen aus. Das ist nicht einmal in der Nähe von einer Verhandlung!«, gab Hendrik zurück und hatte sich endlich aus seiner betont entspannten Haltung befreit. »Ihr alle würdet es jetzt nicht verstehen, weil ihr es nicht er-

lebt habt. Aber in der Zeit, die ich mir ausgesucht habe, in meiner Zukunft und deiner, verlieren wir uns zu Dutzenden. Meine Frau, die Hälfte meiner Freunde, einfach weg! Ich werde dafür sorgen, dass es nicht so weit kommt. Das ist der einzige Weg«, beharrte er, doch Nathan verstand immer noch nicht, schüttelte den Kopf und sah ihn fragend an. Hendrik atmete entnervt aus. Hätte es lieber gehabt, er müsste es nicht erklären. »Es gibt keine unendliche Anzahl an Reisen. Alles hat ein Ende und je weniger Reisen überhaupt stattfinden, desto sicherer für alle. Die Zahl zu reduzieren ist unsere einzige Chance, zu überleben. Ich mache rückgängig, was ihr kaputt gemacht habt. Jede Reise, die hier nicht stattfindet, Nathan, bedeutet einen spurlos im Nichts verschwundenen Reisenden weniger in der Zukunft. Wir sind keine Feinde, wie du schon sagtest. Wir sind aber auch keine Freunde. Auch *sie* ist in der Sache kein Freund mehr. Wenn du mich nicht machen lässt, lösche ich sie aus.«

»Was interessiert es mich?«, entgegnete Nathan schulterzuckend, wie er es immer in solchen Situationen tat. Noch nie hatte es sich wie eine Lüge angefühlt. Doch Hendrik sah, dass es eine war, bevor er zu Ende gesprochen hatte. »Du willst Leben retten und redest gleichzeitig nur davon, welche zu nehmen.«

»Das kleinere Übel. Die aus meiner Zeit bedeuten mir etwas. Die hier nicht. Und Salea ist in meinem Leben schon lange nicht mehr da.«

Nathan stand zu nahe bei ihm.

War zu arrogant.

Zu überzeugt von sich.

Und Hendrik hatte nichts anderes von ihm erwartet, trat

einen halben Schritt aus dem Treppenaufgang heraus und setzte Nathan die Mündung seiner Waffe auf die Brust.

Ob er es wusste?

Dass Nathan seinen Abgang nicht würde kontrollieren können? Dass er ihn bereits kommen spürte? Er würde verschwunden sein, bevor die Kugel ihn überhaupt traf.

Er musste es wissen, urteile Nathan und zwang sich, dem Mann in die Augen zu sehen. Denn Hendrik würde nie abdrücken und dafür sorgen, dass nichts von dem hier für Nathan je passiert wäre. Nathan würde sich an dieses Gespräch nicht mehr erinnern.

Alles, was Hendrik wollte, war, dass er verstand. Mit dieser Geste stellte er klar, dass seine Drohung echt war. *Ich lasse dich sein, du lässt mich sein.*

»Nathan?«

Salea. Michaels roter Faden. Hendriks Pfand. Nathans Vergangenheit.

»Gott sei Dank. Ich dachte, du wärst schon weg.«

Zu Nathans Überraschung war es Hendrik, der in dem Moment die Nerven verlor.

27

Salea landete hart und schlitterte über einen glatten Boden. Eine Wand bremste sie schließlich aus und verursachte einen weiteren unerwarteten Aufprall, der sie nach Luft schnappen ließ. Gerade noch hatte sie Nathan vor sich gehabt, wie er sich zu ihr umdrehte, auf sie zustürzte, jetzt war sie orientierungslos und kam erschrocken auf die Beine.

Sie bekam keine Gelegenheit, sich umzusehen und herauszufinden, in was für einem Raum sie gelandet war. Einen Herzschlag später kam Nathan hinter ihr ebenso unsanft auf dem Fußboden auf, mit dem Unterschied, dass er sich nicht wie sie sofort wieder aufrappelte.

Die Fliesen, auf denen sie stand, waren nachtschwarz und poliert. Sie spiegelten ihr eigenes erschrockenes Gesicht dutzendfach wider. Und überall war Blut. Ihre Hände waren damit beschmiert.

»Nathan?«

Er war auf der Seite liegen geblieben und rührte sich nicht; stöhnte erbärmlich, als sie ihn auf den Rücken drehte. Sein dunkelrotes Hemd klebte an ihm. Das Blut sickerte aus einem tiefen Riss an seinem Hals. Salea fiel auf die Knie und presste ihre Hände auf die Wunde. Sein Blut sickerte warm durch ihre Finger und sie konnte spüren, wie sich seine Kehle gegen ihre

Handfläche bewegte, als er versuchte, etwas zu sagen. Doch kein Wort schaffte es über seine halbgeöffneten Lippen.

Ein Handtuch.

Sie brauchte ein Handtuch oder ... irgendetwas!

Der Raum, in dem sie sich befand, war übermäßig hell und die Decke weit entfernt. Die Wände waren schneeweiß. Alles, was sie auf den ersten Blick um sich herum ausmachte, war ein Zimmer zu ihrer Rechten und zwei geschlossene Türen, die ihr keinen Hinweis darauf geben wollten, was sich hinter ihnen befand. Sie konnte ihn nicht zurücklassen, allein, oder? Fünf Sekunden vielleicht. Zehn, wenn sie sich für eine Tür entschied, die nicht in eine Küche oder ein Badezimmer führte. In dem Raum rechts von ihr schien sich nichts weiter zu befinden außer einem klinisch aussehenden Möbelstück, das vielleicht ein Bett war, oder auch nicht.

Zehn Sekunden, die er ohne ihre Hände durchhalten musste, die die Wunde verschlossen.

Nathan, wohin gehen, was tun?

Doch als sie hilfesuchend zu ihm hinunter sah, war da niemand mehr, um ihr eine Antwort zu geben. Nur seine grauen Augen, die stumm ihren Blick erwiderten, aus einem toten Gesicht heraus. Erst jetzt bemerkte sie, dass er sich an ihr festgehalten haben musste, denn seine Hände fielen leblos von ihr und landeten mit einem dumpfen Geräusch auf dem Boden neben seinem Körper.

Entsetzt sprang sie auf und prallte gegen die Wand hinter ihr. Schrie auf, als das Bedürfnis, ihr Gesicht mit ihren Händen zu bedecken, dazu führte, dass sie sein immer noch warmes Blut auf ihren Wangen verteilte. Salea musste sich zwingen zu atmen.

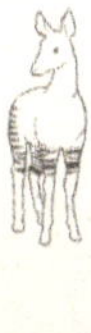

Weil über ihn hinweg zu treten undenkbar war, sank sie an Ort und Stelle in sich zusammen und sackte gegen eine der Türen. Sie hinterließ dunkelrote Abdrücke auf den Fliesen, als sie sich in eine Ecke des Raumes schob.

Wo war sie nur? Was war gerade passiert?

Sobald sie sich beruhigt hatte, machte sie schnell, öffnete jede der Türen einen spaltbreit und verschaffte sich einen Überblick. Ein Bad, eine Küche. Letzteres ging in einen Wohnbereich über, in dem ein Sofa stand und ein einziges Regal gefüllt mit Notizheften. Alles war voller grellweißer Oberflächen und keinem Hinweis darauf, wer hier wohnte.

Das Zimmer, in das sie bereits einen Blick geworfen hatte, war ein ähnlich leerer Raum wie der, in dem sie angekommen war. Die Konstruktion darin war tatsächlich ein Bett. Es stand direkt vor einer großen Fensterfront, die sie von weiter entfernt nicht als solche wahrgenommen hatte. Der weiße Nebel davor ließ die Scheiben wie eine weitere Wand erscheinen. Nun aber konnte sie erkennen, dass sie sich weit über dem Erdboden befand. Die Skyline, die immer wieder zwischen den hellen Schwaden hervorblitzte, war ihr fremd. Sie war weit weg von zu Hause.

Und Nathan war ihr einziger Weg zurück.

Als sie Stunden später Geräusche in der Wohnung wahrnahm, die nicht durch sie verursacht wurden, lag die Decke immer noch auf dem blutverschmierten Fußboden im Eingangsbereich. Sein Körper war verschwunden, als sie noch neben ihm gesessen hatte. Sie hatte es erst gar nicht bemerkt und war erschrocken hochgefahren, weil da unter dem Stoff, den sie aus dem angrenzenden Zimmer geholt hatte, plötzlich nichts mehr gelegen hatte. Danach hatte sie sich im hintersten

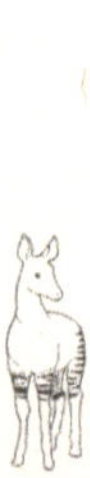

Winkel des Schlafraums verkrochen. Von dem Platz aus konnte sie die Stelle nicht mehr sehen, an der er gelegen hatte.

Noch ein Geräusch. Schritte.

Salea kam langsam auf die Beine und ging auf Socken durch das Zimmer, die Fenster und die hereinbrechende Nacht in ihrem Rücken.

Es musst schon mehr als ein halber Tag vergangen sein und bisher hatte sich nichts getan. Diese Wohnung machte auch nicht den Eindruck, als würde jemand regelmäßig hier ein- und ausgehen. Dort, wo sie zuerst gelandet war, gab es noch so etwas wie Schiebewände. Sie hatte den Spalt zwischen den Seitenteilen erahnen können und erkannt, wo beide Elemente aneinanderstoßen, aber es hatte keinen Schalter oder Knopf gegeben, um sie zu öffnen. Der kleine Bildschirm neben der Tür hatte auf keinen ihrer Versuche, ihn in Gang zu setzen, reagiert.

Im Durchgang in den Eingangsbereich der Wohnung angekommen, machte sie sprachlos halt, denn dort stand er, Nathan. Eine Tasche um die Schulter, eine Mütze auf dem Kopf, grauer Wollmantel, weiße Turnschuhe. Dass sie sofort verstand, dass dies nicht ihr Nathan war, machte den Schock nicht kleiner.

Mit einem dunklen Fluch auf den Lippen hob er das Betttuch vom Boden auf und betrachtete das Blutbad darunter. Auf seinem Gesicht war nicht viel zu lesen. Ein Haufen unausgesprochener Fragen, aber sonst nichts.

Salea machte sich darauf gefasst, dass auch dieser Nathan nicht zögern würde, wenn er sich in Gefahr sah, und klopfte leise an den Türrahmen des Schlafzimmers, um auf sich aufmerksam zu machen. Sein Blick schoss sofort in ihre Richtung und Salea sah in das Gesicht eines Mannes, der wahrscheinlich gerade erst die Schule hinter sich gebracht hatte. Auch dieser Nathan hatte in seinem Leben schon genug gesehen, um seine Züge hart werden zu lassen. Doch das war nichts im Vergleich zu den unnachgiebigen Kanten, die sein späteres Selbst vor sich hertrug.

»Salea Dawnt. 2016. Du hast mich hierher gebracht. Man hat dich angegriffen. Du bist –« *Gestorben.* Wollte sie sagen. Sollte sie sagen, konnte es aber nicht. Stattdessen deutete sie auf den Boden zu seinen Füßen. »Ich bin schon seit ein paar Stunden hier.«

»Okay«, gab er nach kurzem Zögern zurück und musterte sie von Kopf bis Fuß. Sie trug immer noch die Sachen, die sie heute Morgen zur Arbeit angezogen hatte. Langarmpulli, Jeans und die Schuhe, die jetzt vor einem der Fenster standen, weil an ihren Sohlen sein Blut klebte, und sie das Geräusch nicht hatte ertragen können, das sie bei jedem Schritt auf dem Steinboden machten. »Okay«, wiederholte er, zuversichtlicher dieses Mal. »Nicht schlimm. Was genau ist passiert? Weißt du nicht wohin zurück?«

»Ich bin keine von euch.«

Nathan ließ das Tuch wieder auf den Boden fallen und lächelte halbherzig. »Dann sind wir schon zwei. Salea. Sagt mir nichts. Wer bist du?«, fragte er und schüttelte gleich darauf den Kopf. »Nein, warte, weißt du noch, wann es passiert ist? Schreib es am besten gleich auf. Nicht lange drüber nachdenken. Ich helfe dir zurück und du bringst es wieder in Ordnung.«

»Kann ich nicht.«

»Klar kannst du. Du kannst das. Komm mit.« Er streckte seine Hand nach ihr aus, doch Salea wich vor ihm zurück, was ihn irritierte. Die auffordernde Geste erstarb auf halber Strecke. »In die Küche«, stellte er klar. »Dort steht der einzige Tisch im Haus. Schreib es mir auf.«

Er ging voraus, ließ seinen Rucksack achtlos auf den Boden fallen – er war voller Hefte und verschieden großen Tablets – und knipste unterwegs die Deckenlichter an. Draußen war es dunkel geworden, schon vor einer ganzen Weile, aber Salea hatte den passenden Schalter nicht gefunden und auch jetzt nicht gesehen, wo er versteckt war.

»Wo kommst du gerade her?«

»Uni«, antwortete er knapp, schaltete auch in der geräumigen Küche das Licht an und suchte in einer der Schubladen nach einem Schreibblock, bevor ihm einfiel, dass seine Tasche damit vollgestopft war. Er lachte über seine eigene Dummheit und ging zurück, um sie zu holen. Salea trat erst in die Küche, als er an dem Tisch Platz genommen hatte, der mit Ausnahme der beiden schmalen Bänke, die auf Knopfdruck aus der Wand klappten, das einzige echte Möbelstück in dem Raum war. Alles verschmolz mit der kargen Einrichtung. Nathan sah an diesem Ort fehlbesetzt aus.

Unter der Wollmütze lugten seine dunklen Haare hervor.

Salea hatte die Küche durchsucht, wie alle anderen Räume. Die Hoffnung auf etwas Essbares war ihr schnell genommen worden und auch sonst machte diese Wohnung nicht den Eindruck, als würde jemand hier leben.

Nathan zuckte nur die Schultern, als sie ihren Eindruck laut aussprach.

»Das tut im Augenblick auch keiner. Das Haus wird gerade renoviert, aber manchmal lagere ich etwas hier zwischen und drei Mal die Woche sind ich oder eines meiner späteren Ichs

hier. Falls mal etwas passiert. Oder einfach nur, um uns daran zu erinnern, dass wir immer noch da sind. Ein Sicherheitsnetz«, sagte er und strahlte sie kurz darauf an. »Hat funktioniert. Hier.«

Er schob ihr den Notizblock zu und legte einen dünnen Stift darauf.

Ihre Hände zitterten, als sie danach griff. Zitterten seit Stunden.

»Es gibt keinen Grund zur Sorge«, hörte sie ihn sagen und die Zuversicht, mit der er diese Worte aussprach, klang überhaupt nicht nach Nathan Peeregaard.

»Nein?«

»Kein Stück«, versicherte er, während sie Datum und Uhrzeit notierte, so genau sie es abschätzen konnte. Beim Arbeiten im Keller sah sie selten auf die Uhr und die kleine Leiste an ihrem Computer, die normalerweise die Zeit anzeigte, sprang nur auf Anfrage nach oben. Sie gab ihm das Papier zurück.

»2016, hm? Wann wurdest du geboren?«

»Warum?«

Einen Augenblick lang betrachtete er sie über den Tisch hinweg. »Hab ich nicht erzählt, was? Wundert mich nicht. Na gut. Das kriegen wir wieder hin.«

»Wirst du da sein?«

»Alles wird sein wie vorher. Es ist ein Kreislauf. Nur du hast dich verändert und bist ein bisschen älter als alles andere. Sollte aber keinen großen Unterschied machen. Was hast du eine halbe Stunde zuvor gemacht?«

»Ich saß an meinem Arbeitsplatz im Keller.«

»Wann bist du dort angekommen?«

»Ich weiß nicht. So gegen neun ungefähr«, antwortete sie

und griff über den Tisch hinweg nach seiner Hand. Er saß dort wirklich. Er verstand, was hier passiert war, und würde sie zurückbringen. Sie würde diejenige sein müssen, die es nicht noch einmal passieren ließ. Aber er saß dort wirklich. »Erkläre es mir. Ich weiß, es ist keine Wissenschaft, aber ich verstehe es nicht.«

»Du kannst nicht zweimal am gleichen Ort sein. Es ist eine Regel, es geht einfach nicht. Also müssen wir einen Ort und eine Zeit finden, an der weder du noch ich anwesend sind.«

»Und, was passiert, wenn ich dann doch mitten hineinspaziere?« *Wenn ich in den Keller gehe und mich dort mit dir reden sehe?*

»Die beiden Szenen werden sich übereinanderlegen und eine ergeben. Deine Vergangenheit wird ganz einfach weiterlaufen, nur dieses Mal mit dir darin, wie du jetzt bist, und schon ist sie wieder deine Gegenwart. Du wirst es gar nicht merken. Du wirst immer noch du sein. Mach dir keine Sorgen. Alles wird wieder in Ordnung sein.«

Wie konnte es in Ordnung sein? Wie konnte es überhaupt irgendwie sein? Dass er gerade eben gestorben war und jetzt vor ihr saß!

»Komm mit«, sagte er und zog seine Hand unter ihrer hervor. »Komm, ich zeig dir was.«

Er wanderte durch die leeren Räume hin zu dieser gewaltigen Fensterfront.

Salea hatte in den letzten Stunden kaum etwas anderes getan als hinauszusehen und sich zu fragen, ob ihr irgendetwas daran bekannt vorkam. Von einem Foto, von ihren Reisen. Irgendetwas! Aber da war nichts.

Immer noch lag die Stadt unter einer halbdurchsichtigen Nebelschicht verborgen. Den Nachmittag über hatten sich die

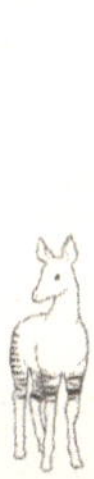

dünnen Schwaden zwischen den hohen Häusern einquartiert, als gehörten sie dazu. Als wären sie Teil der Architektur.

Unter dem grauen Nachthimmel sah die Stadt nun winzig aus. Der Unterschied zu den Metropolen, die sie kannte, war im Dunkeln fast noch erschreckender, denn eine so große Stadt würde in ihrer Zeit strahlen. Hier aber waren es nur vereinzelte Fenster, die Licht spendeten. Keine einzige Straßenlaterne, keine einzige Reklametafel, keine beleuchteten Bauwerke.

»Ich habe diese Skyline noch nie gesehen.«

»Nein, die ist auch ziemlich neu. Wir befinden uns im Südteil der Stadt New NY UE, nicht ganz so weit vom früheren New York, aber auch nicht mehr so richtig nahe der Küste. Man hat sie innerhalb von wenigen Jahren aus dem Boden gestampft.«

»Und New York?«

»Aufgegeben«, antwortete er ohne Wertung und stand neben ihr vor dem Fenster, das erst einen guten Meter über seinem Kopf endete. Er blickte über die Häuser hinweg Richtung Horizont, brachte schließlich ein Lächeln zustande und wandte sich ab. »Was findest du verrückter? Dass sie immer nur versuchen, die eigene Vergangenheit zu kopieren, statt etwas Neues anzufangen, oder dass, wo wir jetzt stehen, zu deiner Zeit noch nichts ist?«

Er machte ein paar Schritte in den Raum hinein und tippte mit dem Finger gegen eines der weißen Paneele über dem Bett. Ein Handknauf glitt aus der Wand und kurz darauf schwang geräuschlos eine Schranktür auf. Dahinter ein kleiner Stapel Wäsche. Salea war selten dankbarer für Nathans Art, in solchen Situationen an Selbstverständlichkeiten zu denken, gewesen.

Er reichte ihr ein Hemd. Weiß, wie nicht anders zu erwarten, und ein Shirt für darunter. Eine Hose in ihrer Größe hatte er nicht, aber das musste gehen. Ihre war schwarz und das lange Hemd würde alles verdecken, was von Nathans Blut darauf zu sehen war. Sie hatte ohnehin nicht vor, sie sehr viel länger zu tragen als nötig.

Salea nahm ihm beides ab und sah ihn erschrocken an, als er sie mit einer Geste darauf aufmerksam machen wollte, dass direkt nebenan ein Badezimmer war. Das wusste sie schon. Sie hatte es gesehen. Aber sie wollte den Raum nicht ohne ihn verlassen.

Nathan nickte kurz. Er brauchte keine Erklärung, um das zu verstehen. Stattdessen wandte er ihr den Rücken zu, damit sie sich umziehen konnte.

»Es ist absurd, oder? Ich gehe durch Straßen, die in deiner Zeit Wald sind, und du lebst wahrscheinlich in einer Stadt, die es hier nicht mehr gibt.«

»Ich habe den Eindruck, du willst auf etwas Bestimmtes hinaus.« Wann hatte er das nicht gewollt? Wann hatte er nicht eine Frage in den Raum gestellt, ohne auf ein Ziel zuzusteuern, das ihr immer erst im Nachhinein ins Auge gesprungen war.

Ihre blutverschmierten Sachen landeten in einem kleinen Haufen auf dem dunklen Boden. Dann trat Salea neben ihn ans Fenster und stieg wieder in ihre Schuhe.

»Ich meine …« Salea folgte seinem Blick nach draußen. »*Absurd* ist nicht das richtige Wort.«

Mit einem breiten Lächeln sah er über die Stadt vor ihnen. »Vielleicht nicht. Aber das Leben geht weiter. Dieser Planet wird nicht aufhören, sich zu drehen. Wie du siehst, lebe ich weiter, wie ich es in jeder anderen Zeit auch tun würde. Ich sage dir, nichts kann das ändern. Kein Zeitsprung dieser Welt. Du machst einfach weiter, wie sie auch, egal wo oder wann du bist.«

Salea betrachtete das Profil dieses Mannes und fragte sich, was wohl der Grund dafür sein würde, dass er diesen Optimismus verlor, noch bevor sie einander begegnen würden.

»Danke.«

Nathan wandte sich zu ihr um und lachte verwirrt auf. »Wofür? Habe ich dir nie erklärt, wie es funktioniert?«

»Doch. Nein.«

»Nein? Aus einem guten Grund?«

»Ich ... nein«, antwortete sie und überlegte es sich noch einmal anders. Denn er hatte es ihr erklärt, immer und immer wieder, nur eben mit einem anderen Ende. Nicht wie jemand, der daran glaubte, dass alles gut ausgehen könnte. »Ich drehe gerade ein bisschen durch wegen all dem, ein bisschen sehr. Ich schätze, du hast mir nur das Wichtigste erzählt, um es nicht noch schlimmer zu machen. Und ich habe dir nur die Hälfte geglaubt.«

Der Nathan vor ihr nickte, als machte das für ihn Sinn, wandte der nächtlichen Skyline vor ihnen den Rücken zu und blickte ihr in die Augen. »Man muss sehr genau wissen, wohin man will. Sehr genau. Und da ich von uns beiden der Reisende bin, wird jeder Gedanke von dir stören.«

»Das hast du mir erzählt. Du hast mir gesagt, du musst mich unerwartet erwischen.« In Kristiansand hatte er es ihr erklärt und in der Gasse in Oslo geschafft. *Denk an nichts,* hatte er geflüstert, nur Minuten nachdem er ihr ein Messer zwischen die Rippen gestoßen hatte. Sie erinnerte sich. An seine Worte, seine Hände und wie sie sich gegen sie gewehrte hatte, weil sie nicht verstand, was hier vor sich ging. An seinen verzweifelten Blick, sein Gewicht auf ihr. Seinen Lippen hauchzart auf ihren? Ihre Panik für einen Sekundenbruchteil eingetauscht gegen Sprachlosigkeit. Und danach nichts mehr.

»Ganz genau.« Und wieder lächelte er sie an. »Du bist süß. Mache ich in der Zukunft wenigstens ein bisschen Spaß?«

Salea lehnte sich ausweichend zurück, seinen Blick ließ sie jedoch nicht los. Kaum vorstellbar, dass diese beiden Männer einer waren. »Ich bin nicht sicher, was dein zukünftiges Selbst davon halten würde, dir diese Frage zu beantworten. Er versteht sich ziemlich gut auf Geheimnisse.«

»Ja, ich finde gerade erst heraus, dass es nicht immer sinnvoll ist, alles über die Zukunft zu wissen. Selbsterfüllende Prophezeiungen und das alles. Na gut, also dann. Verrate mir wenigstens eine Sache, die ich mir nicht angewöhnen soll.«

»Im Ernst?«

»Klar. Komm schon, trau dich.«

Sie lachte auf und genau in dem Moment griff er nach ihr und keinen Augenblick später standen sie mitten im Lesesaal der neuen Bibliothek. Diese befand sich in einem Nebengebäude des Archivs. Hier traf man auch am Wochenende auf eine Vielzahl an Studenten, und Salea entdeckte eine junge Frau neben sich, die einen Stapel Manuskripte auf einen Tisch keinen Schritt entfernt von ihnen ablud. Die Frau lächelte sie etwas verwirrt an und machte weiter. Legte ein Heft nach dem anderen neben dem Computer ab.

Nathan nahm seine Hände von Salea und strahlte sie an wie ein Abenteurer, dann war er wieder verschwunden und weder Salea noch das junge Mädchen neben ihr verspürte den Drang, das infrage zu stellen.

Salea zögerte noch einen Moment, dann wandte sie sich um und schritt eilig durch das Gebäude.

Es ist nicht möglich, war im Grunde alles, was Nathan je zu ihr gesagt hatte. *Ich erkläre dir, wie, und ich sage dir, es ist nicht möglich.* Und doch war sie jetzt hier und hatte eine Chance, ihn nicht in dieses Treppenhaus laufen zu lassen, aus dem der dunkelgraue Lauf einer Waffe bereits auf seine Brust zielte.

»Ist schon eine Weile her, oder?«

Salea fuhr erschrocken herum und musste kreidebleich zu Hendrik aufgesehen haben, denn der verschluckte fast sofort das halbe Lächeln, das er aufgesetzt hatte.

»Keine zehn Stunden, meine ich«, entgegnete sie hölzern.

»Dass die Prinzessin sich unters Volk mischt, Salea. Ist schon eine Weile her, dass du hier oben unterwegs warst.«

Vor den Kopf gestoßen wollte sie widersprechen. Jeden Morgen machte sie diesen Rundgang. Jeden Morgen, bevor sie nach unten verschwand. Allerdings war zu dem Zeitpunkt selten jemand im Haus, um es zu bezeugen. Für Besucher und Studenten öffnete die Bibliothek erst um zehn Uhr und die angestellten Wissenschaftler hatten ihre eigenen Schreibtische unweit von ihrem unter der Erde. Doch Salea wollte nur ungern gerade jetzt mit Hendrik diskutieren, denn darauf liefen solche Gespräche mit ihm immer hinaus. Er warf eine polemische Bemerkung in den Raum und im Nu war es Mitternacht.

»Weißt du, ich habe lange darüber nachgedacht und ich denke, sie haben einen Fehler gemacht«, meinte er jetzt aus dem Nichts. Salea war sich nicht sicher, worauf er anspielte. War sich nicht sicher, ob sie ihre letzte Begegnung in einem offenen Gespräch beendet hatten. In den letzten Wochen waren sie aber meist um das immer gleiche Thema herumgeschlichen, also riet sie.

»Mich einzustellen?«

»Zu glauben, dass eine Person diesen Posten ausfüllen könnte. Sie wären besser dran gewesen, hätten sie verstanden, dass einer allein nicht gleichzeitig da unten arbeiten und hier oben netzwerken kann.«

Salea war sich seiner Nähe bewusst, selbst in den geräumigen Sälen der Bibliothek. Und seines Vertrauens in sie. Immer wenn er versuchte, sie in ein Gespräch zu verwickeln. Immer wenn er sie zu einem Kaffee einlud, den sie nicht trank. Immer wollte er ihre Meinung zu einem Thema und vertraute darauf, dass sie ihn auf die Schwächen seiner Argumente hinwies. Hatte sie ihn doch falsch eingeschätzt? Ihn grundlos auf Abstand gehalten?

»Die rechnen nur in Ergebnissen und diese lassen sich leichter an einer Person messen«, meinte sie. »Glaubst du, du könntest es?«

»Alles? Will ich gar nicht. Ich mache meinen Teil und du deinen. Ich wünschte nur, wir würden die Plätze tauschen. Ich mag es lieber, da unten zu sein, als du.«

Salea schüttelte überrascht den Kopf. »Wie lange hast du gebraucht, um dir diese Einstellung zuzulegen?«

»Zu lange«, gestand er und lachte, um seine Nervosität zu überdecken. Für Personaler eine Schwäche. Hendrik versuchte viel zu oft, seine eigenen Wahrheiten hinter einem dieser Lacher zu verstecken, dabei war es eine so schöne Sache zu sehen, dass auch er sich nicht sicher war. »Wer weiß, wie lange es vorhält. Meine Bücher warten.«

Er deutete in die Richtung des Aufzugs und Salea nickte

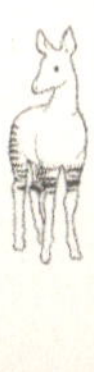

ihm auffordernd zu, hatte sich schon abgewandt, wie in den vergangenen Minuten, in denen sie miteinander gesprochen hatten. Schon mit einem Schritt in die andere Richtung. Wahrscheinlich hatte er das Gespräch deswegen selbst abgebrochen, das Handtuch geworfen für heute.

»Hendrik?«

Er drehte sich noch einmal zu ihr um. »Ja?«

»Nächsten Herbst bin ich wieder weg.« *Und das hier alles wieder deins. Was auch immer du daraus machen willst.*

»Schade, nicht? Kaum genug Zeit, das Beste draus zu machen.«

Seine Worte klangen noch in ihr nach, als sie im Archivgebäude ankam und schließlich in die Lobby trat. Ein Blick auf die Uhr: nach neun. Sie saß bereits im Keller. Sie war schon hier, doch Nathan war es noch nicht.

Dann sah sie ihn durch die Drehtür kommen. Er trug den ihr bekannten dunklen Mantel und das festliche rote Hemd. Hatte den gleichen gelassenen Ausdruck im Gesicht, den sie vorher schon bemerkt hatte, und zwei Becher in der Hand, einer davon mit Tee gefüllt.

Ein paar Stunden zuvor hatte er sie mit dem Auftritt überrascht, dieses Mal nicht. Dieses Mal ließ sie sich auf seinen Flirt nicht ein, ging auf ihn zu und stellte die Frage, die ihr heute Morgen nicht einmal eingefallen war.

»Warum willst du mich raushalten?«

Nathan stockte und blieb vor ihr stehen. »Wieso nicht?«, lautete seine Antwort, während er versuchte, sich einen Reim darauf zu machen, dass sie bereits wusste, weswegen er gekommen war. Die Gelassenheit wich aus seinem Gesicht. »Ich weiß, wer er ist, und ich möchte dich nicht in seiner Nähe haben, wenn ich Oslo noch einmal geschehen lasse.«

Hendrik.

Dawnt, hatte er sie genannt, und sein Witz zu viel Schärfe gehabt.

»Du wirst nicht dazu kommen. Er wird gleich hier auftauchen und dich töten.«

Es waren Minuten. Es mussten Minuten gewesen sein.

Minuten, in denen er sie einfach nur ansah und die Konsequenzen ihrer Worte durchdachte.

Beim letzten Mal hatte sie sich gewundert, warum er plötzlich von ihr verlangte, ihm zu helfen, sie gar nicht erst in dem Osloer Apartment ankommen zu lassen. Jetzt wollte sie nichts mehr, als dass er es einfach tat. Dass er zurückging und es versuchte.

»Sag mir, Michael würde mich nur ablenken wollen. Dass er mich nach Europa lotst, damit er in den Staaten wieder einmal selbst die Strippen ziehen kann. Ich werde dir glauben. Ich brauche keine Details. Es wird alles bestätigen, was ich an dem Tag ohnehin vermute. Sag mir das und ich werde gehen. Okay? Ich komme gegen sechs Uhr am Flughafen an, Michael holt mich ab, hat sich aber verspätet und wartet im Wagen auf dem Parkplatz. Und jetzt geh. Verschwinde einfach.«

Nathan starrte sie fassungslos an.

»Nein«, sagte er schließlich, gefolgt von einem ungläubigen: »Hier? Es wird hier passieren?«

»Ja. Jeden Moment.«

In einer fahrigen Geste reichte er ihr die beiden Becher und zögerte noch einmal. Die freie Hand nun halb in der Luft. Salea wusste, was in ihm vorging, denn sie hatte vor viel zu kurzer Zeit den gleichen Impuls verspürt. Ihn berühren, sichergehen, nicht noch einmal gehen lassen.

»Bist du okay?«, fragte er. Seine Stimme war kaum mehr als ein Flüstern. Er ahnte, was passiert war. Er wusste es. Wahrscheinlich sah man es ihr sogar an. Der Schreck war noch nicht verdaut, egal, ob er nun hier vor ihr stand oder nicht. Sie hatte ihn sterben sehen und alles in ihr erinnerte sich daran. Trotzdem nickte sie zuversichtlich.

»Absolut, ja. Bitte geh.« Doch er rührte sich nicht von der Stelle. »Nathan«, bat sie und trat so nahe an ihn heran, dass es keinen Zweifel gab, dass sie beide dort standen. Dass sie beide genau hier waren. An diesem Ort. Zu dieser Zeit. Sie reichte in einer halben Umarmung um ihr herum, wie sie es mit jedem Bekannten tat, nur mit ihm war es keine alltägliche Geste. Mit ihm fühlte es sich wie etwas an, das sie noch nie getan hatte. Erst als er ihr entgegenkam und die Umarmung auf seiner Seite schloss befand sie sich wieder in ihrer Welt. »Bitte geh. Bitte stirb heut nicht noch einmal. Versprich's mir.«

»Dass ich heute nicht noch einmal sterbe, verspreche ich«, sagte er ganz nahe an ihrem Ohr.

»Und sag nie wieder jemandem, du kannst es nicht ändern, wenn ich es gerade tue. Du hast einmal daran geglaubt, dass du es kannst. Du kriegst das hin.«

28

Er starb nicht.

Wie versprochen.

Er war aber auch nicht gegangen. Nathan ließ Salea im Foyer stehen, ihre vorsichtige Umarmung noch minutenlang in jeder Faser seines Körpers spürbar, und wartete auf Hendrik. Erst vor dem Gebäude, dann darin, sobald er sicher sein konnte, dass Salea sich wieder im Untergeschoss aufhielt.

Nicht zu wissen, was genau auf ihn zukam, ließ ihn solange unruhig durch die Säle wandern, bis er den Mann endlich kommen spürte.

Es war das erste Mal, dass Nathan eine Vorwarnung erhalten hatte, und er konnte kaum erwarten, zu erfahren, ob es einen Unterschied machen würde.

Wie auch immer dieses Gespräch zwischen ihnen beim letzten Mal abgelaufen war, es lief beim zweiten Versuch nicht runder. Am Ende reagiert er, wie er es schon getan hatte und immer tun würde, und Hendrik ebenso. Doch als Hendrik abdrückte und der Sprung Nathan außer Gefahr brachte, wusste er bereits, dass es passieren würde.

Und plötzlich war es einfach, die Richtung vorzugeben.

Es war das erste Mal, dass er nach einem solchen Zwangssprung nicht im Nirgendwo landete, sondern in seinem eigenen

Zuhause zu ziemlich genau der Zeit, zu der er es verlassen hatte, um nach Berlin zu gehen.

Hendrik folgte ihm nicht. Warum sollte er? Er hatte gekriegt, was er wollte, hatte gesagt, was er Nathan hatte sagen wollen. Es dauerte trotzdem eine Weile, bis Nathan sich von dem Schock erholte. Und noch eine kleine Weile länger, bis er nicht mehr Salea vor Augen und Angst um sie hatte.

Auf seinem Küchentisch wartete eine Nachricht auf ihn.

2-3-55
bei dir.
-John

Hendriks Worte klangen noch immer in seinen Ohren nach, als Nathan sich auf den Weg machte.

»Wusstest du, was ich in meiner Zukunft tue?«

John hatte mit einer anderen Begrüßung gerechnet. Er hob den Kopf und musterte Nathan sorgfältig, wog wortlos den Vorwurf hinter der Frage ab. Wussten alle davon, nur er nicht?

»Ich habe davon gehört«, gab John zu und log ihm ins Gesicht. Da war mehr, so viel mehr in seinem Blick.

Nathan kam vor ihm zum Stehen. Es war ein abrupter Halt nach den eiligen Schritten, die ihn hierher geführt hatten. Er verschränkte die Arme vor der Brust, zwang seine aufgebrachten Atemzüge zur Ruhe. Er war immer noch erschrocken über das, was er gerade von Hendrik gehört hatte. Aber er war bereit, zuzuhören. Kam nicht oft vor. Also los.

»Von wem?«

John atmete einmal tief durch. Er hatte sich für dieses Treffen einen Ort ausgesucht, an dem er Nathan früher oft abgefangen hatte. Der Regents Park. Er lag direkt zwischen Schulhof und Hafen und war als Teenager Nathans Fluchtroute gewesen. Das hier war der einzige Platz in der Stadt, an dem man ihn in Frieden gelassen hatte, wenn der Schultag zu viel und nach Hause gehen keine Option gewesen war. Damals hatte John einen Nathan vor sich gehabt, der noch gar nicht wusste, dass er diese Zeit hätte hinter sich lassen können. Hier hatten sie sich kennengelernt. Zumindest waren das die ersten Erinnerungen, die Nathan an ihn hatte. Aus Johns Sicht lag der Anfang ihrer Geschichte aber wohl in einer ganz anderen Zeit.

Wie in den Wintermonaten üblich hing dichter Nebel über der Stadt und der Park war bis auf sie beide und ein paar gehetzte Menschen, die eine Abkürzung suchten – von einem Job zum nächsten –, verlassen.

John trug wie immer die Lederjacke, die den zerschlissenen Ellbogen nach zu urteilen wohl kein Jahr mehr durchhalten würde. Nathan bemerkte die viel schmaleren Wangen sofort, jetzt wo er vor ihm stand. Dieser John war anders, älter als der, den Nathan in Erinnerung hatte. Die Veränderung in seinem Gesicht war nur halbherzig durch einen Bart verdeckt, der schon ein paar Tage überfällig war. Sein kupferfarbenes Haar, normalerweise militärisch kurz, hing ihm bis in den Nacken. Würde er es nicht besser wissen, hätte Nathan Zweifel daran, ob dies der gleiche John war, den er nach Norden geschickt hatte. Warum aber dann die Nachricht? Wie lange hatte er sich Zeit gelassen, um zu helfen?

»Von dir. Von einem Haufen anderer zuerst. Und dann von dir. Nathan –«

»Warum?«

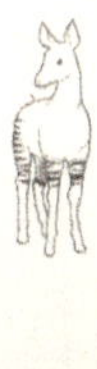

»Warum was?«, gab John zurück, bitter und entnervt. »Warum du dir ein Leben aufgebaut hast, das dir nichts bedeutet, bis du es für so sinnlos hältst, dass du genauso gut von vorn anfangen kannst? Nathan, du bist nicht der erste Mensch auf der Welt, der darüber nachdenkt, einen Schlussstrich zu ziehen, mit der Ausnahme, dass du wissen wirst, dass ein anderes Ich in einer anderen Zeit weiter machen wird; es vielleicht besser machen kann. Es wird deine Entscheidung sein.«

»Und du wirst nicht einmal versuchen, es mir auszureden?«

Johns Gesten gefroren einen Moment lang in der Luft. Nathan ging ungewollt einen Schritt auf Abstand. Die Veränderung in seinem Gegenüber war so schnell gegangen, dass Nathan nicht wusste, wie er darauf reagieren sollte. *Er* war wütend hergekommen, wieso war es nun John, der sich zusammenreißen musste? Der sich Mühe gab, dass bis auf einen scharfen Ton nichts von dem, was in ihm stattfand, nach außen drang, als er mit einer Gegenfrage antwortete. »Du glaubst, man könnte dir irgendetwas ausreden? Irgendetwas?«

»Sei nicht albern«, antwortet Nathan weit weniger sicher, als er es beabsichtigt hatte.

»Nathan, ich hab's versucht und ich glaube, andere auch. Aber du hast diese Aktion, wie so oft, sehr gut geplant. Du wusstest bis auf zehn Jahre zurück Bescheid. Jeder Nathan, den ich nach 2160 getroffen habe, war davon überzeugt, dass es keinen anderen Weg gibt. Und alle davor wussten leider von nichts, sodass es keinen Sinn gemacht hat, sie davon zu überzeugen, dass sie das Falsche tun. Ich habe versucht, mit dir zu sprechen, eine Lösung zu finden, aber du wolltest nicht zuhören, du wolltest nur alles, was du hast, nicht mehr haben.«

Jetzt klang er wie der Polizist, der er war. Als würde er auf dem Dach stehen und einen Mann davon abhalten wollen, zu springen. Aber Nathan wollte nicht springen. Dachte nicht einmal darüber nach. Wie konnte es so weit kommen, dass er in wenigen Jahren einen Selbstmord nach dem anderen unternehmen würde?

John seufzte schwer.

»Wir alle halten nur so viel aus, wie wir aushalten, Nathan«, sagte er, als wollte er ihn trösten. Nathan brauchte keinen Trost! »Du wanderst seit Jahren an einem Abgrund entlang und wirst irgendwann das Gleichgewicht verlieren. Und zu diesem Zeitpunkt gibt es kaum noch etwas, das verhindern kann, dass du fällst. Niemand kann dich dazu zwingen, das Leben trotzdem zu genießen. Niemand. Nur du und du tust es irgendwann nicht mehr. Tust es jetzt schon nicht mehr.«

Es gibt auch nichts zu genießen, wollte er zurückschießen und hörte seine eigene Stimme so deutlich in seinem Kopf, dass die Verzweiflung darin ihn erschrocken innehalten ließ. Denn diesen Groll, den er seit Ewigkeiten gegen alles hegte, den hatte er noch. Er war wütend darüber, was er gerade erfahren hatte. Wütend über eine Zeit, in die er nicht gehörte. Und darüber, dass er dort allein war. Wie könnte er aufgeben, solange er immer noch so wütend war?

Nathan starrte seinem Gegenüber ins Gesicht und kannte die Antwort auf die Frage.

Hatte er es nicht dutzendfach versucht? Irgendeinen Weg zu finden, wieder dort zu Hause zu sein, wo er hingehörte? Wie oft hatte er es versucht, ohne dass es ihm gelungen war?

Vielleicht war sein Tod der einzige Weg.

»Ich mache dir keinen Vorwurf«, hörte er John sagen, bemerkte, dass er kurz in Gedanken gewesen war, und zwang sich selbst in die Gegenwart zurück.

»Ich scheiß drauf, was du machst.«

John ließ sich nicht beirren. »2157 ist eine trostlose Zeit. Es gibt keinen Zusammenhalt, nichts, was man mit einem Leben anstellen kann, das nicht Arbeit ist. Wenn du nur früher einsehen würdest, dass es an diesem Ort für dich keine Zukunft gibt …«

»Was, ich soll mir einfach eine andere Zeit aussuchen und schon wird alles gut?«

»Ja«, lautete Johns Antwort, ohne zu zögern. »Ja. Und zwar jetzt, bevor es zu spät ist. Einer der besten Ratschläge auf diesem Planeten. Wenn du nicht glücklich bist, dann lass hinter dir, was dich unglücklich macht, egal ob es ein Job ist, eine Person oder eine Stadt, und fang woanders noch einmal von vorn an. Vor allem, weil du es kannst! Was hält dich hier im Jahr 2157?«

Der Hafen meines Vaters, dachte Nathan, starrte den Mann vor sich an und verstand nicht, dass das außer ihm niemand sah. Er konnte hier nicht weg!

»Nathan,« sagte John wieder. »Dir steht die ganze Welt offen und du entscheidest dich für einen Ort, von dem du weißt, dass er dir nicht guttut.« Sein Blick sprach Bände. Er hatte keine Hoffnung mehr, dass seine Worte zu Nathan durchdrangen. Er wollte sie nur gesagt haben. »Von wem hast *du* davon gehört?«

»Hendrik, unserem Mörder. Du wusstest bereits, dass wir nicht wirklich sterben können«, warf ihm Nathan vor, denn er war mit diesem Teil der Unterhaltung noch nicht fertig.

»Wieso haben wir dieses Gespräch damals überhaupt geführt, wenn du es wusstest? *Ich* kann nicht sterben!«

»Nein, aber du kannst alles verlieren, was du hast. Jeden Gedanken, jeden Moment, jede Erinnerung, die du zwischen deinem letzten Sprung und deinem Tod gesammelt hast. Ich weiß nicht, wie viel Zeit bei dir normalerweise dazwischen liegt. Bei mir sind es oft Monate. Monate, die ich nicht verlieren will. Für mich und jeden sonst sind sie genauso viel wert wie ein Leben. Wenn dieser Hendrik es so macht wie du und dich einfach vor jedem Sprung tötet, dann wirst du am Ende vielleicht nicht vom Erdboden verschwunden sein, aber Jahre verlieren. Du hast das Ganze nie bis zum Ende durchgespielt. Du wolltest immer nur zurück in eine Zeit, in der es dir besser ging. Wir wissen nicht, was passiert, wenn jemand es tut. Können wir uns jetzt in Ruhe irgendwo hinsetzen und reden oder willst du weiter herumwüten?«

»Provoziere mich nicht!«

»Provoziere du mich nicht«, gab John unbeeindruckt zurück. »Ich habe gerade ein verdammtes halbes Jahr damit zugebracht, deiner Spur in Nuuk nachzugehen, also benimm dich wenigstens für die zehn Minuten, die ich brauche, um dir zu erzählen, worum es hier geht. Danach können wir meinetwegen weiter streiten. Ich bin daran gewohnt.«

»Ein halbes Jahr?« Nathan schüttelte verwirrt den Kopf. »Ich habe dich gebeten, ein Auge auf das Lager zu werfen und mal zu schauen, wer da so ein und ausgeht, nicht dort einzuziehen und jeden verfluchten Besuch zu katalogisieren.«

Johns Blick wurde finster. Nathan kannte das schon. Nicht mehr lang und John würde die Geduld mit ihm verlieren; und trotzdem konnte Nathan sich nicht bremsen.

Er konnte nicht darüber hinwegsehen, dass alle Menschen, die er kannte, von seinem Selbstmordexperiment gewusst und niemand ihm davon erzählt hatte.

»Ich gehe, wenn du dich nicht gleich wieder einkriegst. Was hätte ich denn tun sollen, Nathan?«, fuhr er ihn an und breitete die leeren Hände neben sich aus, als wollte er nur noch deutlicher machen, dass ihm für diesen Kampf die Waffen fehlten. »Was? Ich habe Nächte lang mit dir diskutiert, ich habe versucht, auf dich aufzupassen und dir einen anderen Ausweg anzubieten. Ich hatte nie eine Chance! Okay? Du kannst heute Nacht ruhig schlafen gehen, wohl wissend, dass jeder meiner Besuche in deiner Zukunft und deiner Vergangenheit ein Versuch war, dich zu retten. Ich werde wie jede Nacht wach liegen und mich fragen, warum ich es bisher nicht geschafft habe.«

»Wie können alle davon wissen?«, war das, was Nathan eigentlich fertig machte. Wie konnte so etwas unter den Reisenden bekannt werden; sein Leben eine Geschichte, die unter ihnen herumgereicht wurde?

John seufzte tonlos. »Gehen wir irgendwo anders hin, ja? Setzen uns an einen Tisch und reden. Bitte.«

Nathan zögerte lange genug, um zuzusehen, wie John darüber nachdachte, aufzugeben. Doch dann nickte er und ging voraus. Am Westeingang des Parks gab es eine Art Café. Nicht eines von diesen gemütlichen Lokalen, in denen sich junge Leute trafen, nach der Arbeit, vor dem Kino. Kinos gab es nicht. Die Arbeit hörte nie auf. Der provisorische Bau am Rande der Grünfläche war ein praktisch eingerichtetes Geschäft, in dem man an Dinge kam, die heute keiner mehr zu Hause hatte. Darunter auch Kaffee.

John kannte den Weg dorthin bald besser als Nathan, der das letzte Mal vor Jahren hier gewesen war. Während seiner Unizeit. Es war so lange her, er wusste nicht einmal mehr, warum er damals überhaupt begonnen hatte, zu studieren, hatte er doch zu dem Zeitpunkt schon in das Apartmenthaus investiert und gewusst, dass er nur noch so tat, als wäre er ein Teil dieser Gesellschaft.

Neben der Tür standen zwei Bänke. Im Innenraum war nicht viel Platz. Die meisten Dinge, die es hier zu kaufen gab, zog man an einem Automaten und bekam sie kurz darauf durch eine Klappe daneben ausgeliefert. Manchmal dauerte es länger, wenn im Lager unter dem Geschäft etwas ins Stocken geriet. Heute aber wartete nur ein junger Mann auf seine Lieferung, John und Nathan waren die nächsten in der Schlange.

Nathan hatte den kurzen Weg hierher und die Wartezeit am Automaten genutzt, um sich zu beruhigen, was wahrscheinlich die Absicht hinter der Aktion gewesen war. Ihn auf andere Gedanken bringen, damit er wieder zu sich kam. Oder besser, weg davon.

»Du hast nicht viel Kontakt zu den Reisenden aus dieser Zeit, oder?«

»Gibt es welche?«, erwiderte Nathan, nahm neben John auf der steinernen Bank Platz und warf einen flüchtigen Blick hoch zu seinem Loft in den Wolken.

John hob neben ihm die Schultern. »Ein paar. Sind nicht gern in dieser Zeit. Sie halten sich lieber ein paar Jahrzehnte früher auf und kommen nur hierher zurück, weil sie müssen. Ein paar von ihnen leben zusammen ab 2020 in Korsika. Sie haben dort ein kleines Anwesen.«

»Können wir das abkürzen, ja?«

»Schon wieder ungeduldig?«

»Das letzte Mal, als ich über Hendrik gestolpert bin, hat er Lydia erstochen und danach versucht, mich umzubringen. Sagen wir, er ist ziemlich gut dabei, während wir hier über Urlaubsdomizile am Mittelmeer plaudern.«

Ein weiterer düsterer Blick wanderte in seine Richtung. Er schien nur wenig mit dem eigentlichen Thema zu tun zu haben. »*Plaudern*«, wiederholte John. »War das nicht deine Idee? Wann war das? Mit Lydia.«

Nathan überging die Frage. »Wir haben uns gerade eben noch einmal kurz unterhalten, er und ich. Jetzt schon das zweite Mal. Ich bin mir sicher, dass ich ihm das ausreden kann. Diese Leute in Korsika haben nur wenig damit zu tun, findest du nicht? Also konzentrieren wir uns auf das Wesentlichste.«

»Ich weiß nicht. Die Reisenden dieser Zeit sind nicht die Einzigen, die sich in Korsika treffen. Ein ganzer Haufen reist bei fast jedem Sprung dorthin. Es sind hauptsächlich Menschen, die nach 2200 geboren wurden. Ich frage mich gerade, warum wir nicht Teil *dieser* Gemeinschaft sind und es auch nie sein werden. Es scheint auch in der Zukunft nicht viel Kommunikation unter uns stattzufinden.«

»Das ist mal ein gutes Stichwort«, lobte Nathan.

»Ja?«

»Du zuerst. Wo du schon mal so weit ausholst.«

John fuhr fort. »Worauf ich hinaus will, ist, dass die meisten Reisenden, die nach 2200 geboren worden sind, einander kennen. Deine Story hat sich unter ihnen wie ein Lauffeuer verbreitet. Ich nehme an, sie wollen aufeinander aufpassen. Viele von uns scheinen nicht mehr da zu sein. Sie haben Angst, dass auch sie es irgendwann nicht mehr sind.«

Nathan stellte seinen Becher, noch halb voll, neben sich auf den Boden und drehte sich auf der Bank zu John um. Statt hinaus auf den Park zu sehen, hatte er nun ihn im Blick, wie er versuchte, sich einen Reim aus dem zu machen, was er herausgefunden hatte.

»Vielleicht sind die Reisenden unserer Zeit einfach nur alt geworden und verstorben, bevor man sich auf Korsika als Rückzugsort geeinigt hat. Ich weiß nicht, ich –« Er schüttelte den Kopf. »Viele scheinen einfach verschwunden.«

»Wie mein Vater.«

»Ich glaube nicht, dass das etwas damit zu tun hat.«

»Wie Michael?«, korrigierte Nathan sich und John zog skeptisch die Brauen zusammen, also klärte er ihn auf. »Michael war es, der den Globus hat anfertigen lassen. Er wollte all seine Reisen auf einen Blick sehen und den Fehler finden. Eine Erklärung dafür, dass er sich an einige davon nicht mehr erinnern kann; warum er sich in der Zukunft nicht finden kann, nicht kontaktieren. Warum es für ihn ab einem bestimmten Zeitpunkt einfach keine Reisen mehr gibt, auch wenn er sich auf spätere Aufzeichnungen beruft.«

Nein, Nathan schüttelte den Kopf über seine eigenen Gedanken. *Nein.*

Michael hatte keine Zukunft, weil er getötet werden würde. Nathan kannte ihn noch als einen viel älteren Mann, als Michael sich selbst kannte. Die anderen, denen Hendrik versuchte zu helfen, sie kamen einfach nicht zurück. Zwei Ursachen, zwei vollkommen unterschiedliche Dinge.

John kam zu dem gleichen Schluss. »Michael – er hört auf zu existieren. Stück für Stück. Aber die anderen gehen einfach verloren. Sie reisen und kommen nicht wieder. Es müssen

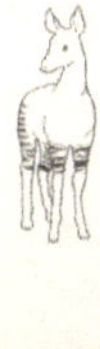

viele sein, irgendwann wahrscheinlich alle, aber soweit habe ich mich nicht vorgewagt, weil ich keinen Anhaltspunkt habe. Ich kenne niemanden, der später als 2200 geboren wurde, persönlich. Es ist also weiterhin alles blanke Theorie.«

»Für ihn nicht, weißt du? Für Hendrik ist es real. Das Leben. Er verliert Menschen irgendwo in der Zeit. Und er glaubt, er könnte es verhindern, indem er vergangene Reisen ungeschehen macht. Er glaubt, wir hätten die Zahl der Reisen aufgebraucht oder so was. Er glaubt, er könnte das Gleichgewicht zu seinen Gunsten verschieben.«

»Gibt es für diese Überzeugung irgendeine Grundlage?«

Außer seiner Verzweiflung? »Kommt drauf an. Kommt immer drauf an – woran du glaubst. Wie sind wir überhaupt zu der Möglichkeit gekommen, durch die Zeit zu reisen? Und wie wird sie uns wieder weggenommen?«

»Warum hast du immer noch das Gefühl, du könntest unserem Verrückten die Sache ausreden?«

Nathan lehnte sich schwer gegen die steinerne Rückbank, die ihn allmählich frösteln ließ. Er hob seinen Becher vom Boden auf und stellte ihn neben sich, sodass die kleine Wärmequelle, die er darstellte, nicht ganz verschwendet war.

»Er *wollte* mit mir reden«, gab Nathan zurück. »Er war ein Arsch und hat mich ausgelacht, aber er wollte reden. Also gehen wir mal davon aus, dass er irgendetwas will. Und wir werden es ihm anbieten.«

»Du.«

Nathan presste die Kiefer aufeinander. »Ich. Wenn ich muss, nur ich allein, ja.«

»Warum?«

»Die Frage wird in letzter Zeit ziemlich oft gestellt. Von

dir, von mir.« *Von ihr.* »Was machen meine Beweggründe für einen Unterschied?«

John, der Cop, legte den Kopf zur Seite und trank in aller Ruhe seinen Kaffee; ließ Nathan Zeit, selbst über seine eigene Logik zu stolpern. Seit Tagen machte er nichts anderes, als nach dem Motiv dieses Mannes zu suchen, aber sein eigenes wollte er nicht preisgeben.

»Hat dein Aufenthalt in Nuuk noch mehr ergeben? Oder bist du nur der Korsika-Sache nachgegangen?«

»Nein, ich habe auch deinen Globus im Auge behalten. War nicht einfach, jetzt, wo es ihn nicht mehr gibt. Ein Mann, den ich nicht kannte, aber auf deine Beschreibung passt, war da, und ich glaube, er wusste, wonach er sucht. Ich habe ihn nur einmal angetroffen, aber er bewegte sich sehr zielstrebig durch die Räume, also gehe ich davon aus, dass er nicht das erste Mal dort gewesen ist. Ich bin ihm eine Weile gefolgt, aber er scheint harmlos. Lebte zu diesem Zeitpunkt im Jahr 2021, netter Job, kleines Haus. Auf Korsika.«

»Keine wirkliche Neuigkeit.« Dass Hendrik von dem Globus wusste, nicht, dass er einer von den Reisenden war, die es ans Mittelmeer zog. Seine Frau. Er hatte eine Frau erwähnt. Nathan verwarf den Gedanken und hörte John weiter zu.

»Es muss Michael gewesen sein, der den Globus schließlich aus dem Lager geholt hat. Er hat ihn hingebracht und ziemlich kurz darauf wieder mitgenommen.«

»Auch keine Neuigkeit.«

»Warum schickst du mich nach Grönland, wenn du schon alles weißt?«, fauchte John ihn an und Nathan hob gespielt entschuldigend die Hände.

»Hey, ich habe nebenbei auch an der Sache gearbeitet. Er

hat ihn anfertigen lassen, ins Lager gebracht, nachdem er ihn eine Weile studiert hat und zu keinem Ergebnis gekommen ist, weil offensichtlich zu dem Zeitpunkt schon ein paar abgebrochenen Reisen zu Lücken in seiner Erinnerung geführt haben. Dann holt er ihn wieder, hält ihn einer Kollegin vor die Nase und lädt uns alle zu einem Treffen ein. Mit der scheinheiligen Begründung, dass er nicht den blassesten Schimmer hat, was hier vor sich geht und wir alle in Gefahr sind. Und das alles, damit wir ihm helfen herauszufinden, was mit ihm passieren wird. Ich glaube, er hat ihr sogar ein paar Wochen später die Druckplatten zukommen lassen, ist deswegen aber nie wieder mit ihr ins Gespräch gekommen.«

»Der Anschlag auf unser aller Leben war also reiner Zufall?«

Nathan holte einmal tief Luft. *Vielleicht.* »Karma?«

Das brachte John zum Lachen. »Du glaubst weder an das eine noch an das andere.«

»Das ist so nicht richtig. Okay, ist es. Keine Ahnung. Ich glaube, dieser Typ ist einem von uns auf seiner Mördertour gefolgt. Michael wahrscheinlich. Oder Lydia.« Johns Augen verengten sich kurz, aber mehr fiel ihm nicht dazu ein. Auch Nathan war am Ende seiner Überlegungen angekommen.

»Er hat also gelogen. Michael.«

»Und zwar gewaltig.«

»Aber er war auch verzweifelt.«

Sind wir das nicht alle?

Nathan blickte einen Moment lang auf seinen Becher, der aufgehört hatte zu dampfen. Für Winter war es dennoch viel zu warm in diesen Breiten. Wie wohl Nuuk gewesen sein musste?

»Was nun also?«, dachte John laut und Nathan tat so, als hätte er ihn aus den Gedanken gerissen.

»Gerade wollte ich mich bedanken.«

»Wolltest du nicht!«

Nathan hob den Kopf und blickte in ein belustigtes Gesicht.

»Wollte ich«, widersprach er. »Danke, dass du dir die Zeit genommen hast.«

»Keine Ursache. Habe ich nicht für dich gemacht. Ich bin an der Sache auch beteiligt, weißt du? Für mich findet dieses Treffen in nicht allzu ferner Zukunft statt.«

»Wo?«

»Bitte?«

»Sollen wir es ändern? Wir beide?« Nathan hatte die Idee noch nicht einmal zu Ende gedacht und war doch mit einem Schlag Feuer und Flamme. Er würde dafür sorgen, dass Salea gar nicht erst auftauchte. Das hatte er längst entschieden und wusste, wie er es zuwege bringen konnte. Es wäre noch viel einfacher, wenn das Treffen in einer Zeit stattfinden würde, in der sie unmöglich sein konnte. Könnte er nicht alles ein bisschen drehen? Nur drehen, nicht auf den Kopf stellen. »Wir holen Bastiaan mit ins Boot – er hat das Ganze organisiert – und lassen diesen Abend woanders stattfinden. New Orleans. Dort kennen wir uns alle aus, egal in welcher Zeit. Es wird passieren, genau wie vorher auch, nur nicht ganz genau so. Und wir haben den Vorteil auf unserer Seite, dass wir es wissen. Hendrik wird auftauchen, wie beim letzten Mal. Nicht wegen des Globus, sondern weil er einem von uns folgt. Er wird auftauchen und für ihn wird es das erste Mal sein, dass wir uns begegnen.«

Der Vorschlag brachte Johns Züge wieder in eine ernste Form.

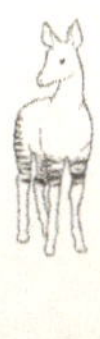

»New Orleans. Lydia hat dort Verwandte.« Er zögerte noch einen Moment und nickte dann. »Ein neuer Versuch. Immer noch, um mit ihm zu reden?«

»Ja. Bitte. Lass es mich probieren. Er will es. Ich glaube, er ist nicht sicher, ob das, was er tut, das Richtige ist.«

Doch John wollte etwas anderes hören. Er wollte das hören, worauf auch Salea die ganze Zeit gewartet hatte. Er wollte, dass Nathan ihm versprach, es rückgängig zu machen. Irgendwann dieses erste Treffen und diese ersten Tode ungeschehen zu machen. »Wenn er mir zuhört, kann ich etwas dagegen unternehmen.«

John sah nicht überzeugt aus und Nathan zog zur Antwort ein Gesicht.

»Bin ich wirklich so drauf? Haltet ihr mich für einen Menschen, der so etwas einfach noch einmal passieren lässt?«

»Ja.«

Nathan schnaubte. »Es gibt da dieses Mädchen«, fing er an, doch John unterbrach ihn sofort.

»Du lügst!«

»Warum sollte ich? Okay. Also, lass es in New Orleans stattfinden und gib mir die Daten, sobald du sie hast.«

»Und dann?«

»Lasse ich mir etwas einfallen«, antwortet Nathan. »Und wenn mir nichts einfällt, hast hoffentlich du etwas in der Hinterhand.«

»Also erst dein Plan A und dann mein Plan B«, schlussfolgerte John und schien nicht abgeneigt. »Du wirst da sein, ja?«

Er und keiner sonst. Ganz sicher kein vergangenes Ich, das von nichts wusste, und auch nicht sie beide. Er würde da sein und einen Versuch unternehmen, die Vergangenheit und die

Zukunft zu ändern. Wie schwer konnte das sein, nach allem anderen? Immerhin war er vorhin in der Bibliothek nicht draufgegangen.

John sah man an, wie seine Antwort auf diese Frage lautete, aber er erhob keinen Einwand. Er wollte daran glauben, dass man etwas zum Besseren ändern konnte. Wie Bastiaan. Wie Salea.

»Pass auf dich auf«, hörte Nathan ihn sagen, als er sich mit einer Umarmung von ihm verabschiedete, die ihre Erste sein musste, denn Nathan erinnerte sich nicht daran, diesem Mann vorher schon einmal so nahe gewesen zu sein.

»Du auch.«

Als sie sich trennten, wusste Nathan, dass ihn Johns frustrierter Gesichtsausdruck zu Beginn ihres Gesprächs noch über Jahre verfolgen würde.

Wie lange musste er versucht haben, es ihm auszureden? Wie oft hatten sie beide Gespräche über den Tod geführt, dass dieser Mann bereits Antworten auf jede von Nathans Reaktionen parat gehabt hatte?

Doch es blieb Nathan keine Zeit, sich zu fragen, wie er irgendwann in einem Loch landete, aus dem er sich nicht mehr würde herausdenken können. Davon abgesehen war er nie so zuversichtlich in einen neuen Tag gestartet wie heute.

Er würde das wieder richten. Er würde es hinkriegen, es sich selbst beweisen, die Zeit ändern und allen die Chance geben, noch einmal anzufangen.

Die Gegenwart

TEIL SIEBEN

New Orleans, USA
07. August 1923
N 29° 57‘ W 90° 05‘

Ajaccio, Korsika
05. April 2026
N 41° 56‘ E 08° 46‘

29

Bastiaan Fehr fischte die Schlüssel, die Lydia ihm gegeben hatte, auf den letzten Stufen aus der übervollen Tasche seiner Jacke und schloss die Tür zum Haus ihrer Familie ohne stehen zu bleiben auf. Sie hatte ihm zugesichert, dass heute niemand hier sein würde und es war auch niemand dagewesen, als er ein paar Stunden zuvor alles für das Treffen vorbereitet hatte. Im Gehen wandte er sich noch ein letztes Mal um, blickte über seine Schulter in den ruhigen Abend und verschwand dann im dunklen Eingang des Hauses.

Wie die meisten Anwesen hier im tropischen Süden, besaß auch dieses eine ausladende Veranda zu einer Seite hin und einen gewaltigen, grün bewachsenen Garten zur anderen. In den Sommermonaten jedoch war es weder auf der einen noch im anderen auszuhalten und Lydias »Angestammte«, wie sie sie zu nennen pflegte, rissen regelmäßig aus. Zogen von einem Süden in den nächsten und verbrachten die Monate, die in diesem Teil der Welt heiß und schwül waren, in Frankreich. Dort zwangen einen die Sommertage wenigstens nicht zum totalen Stillstand. Das Zeitfenster, in dem Bastiaan und die anderen hier ein- und ausgehen konnten, war also ziemlich groß.

Der Haustürschlüssel fand seinen Platz an dem dafür vorgesehenen Wandhaken direkt neben der Tür. Bastiaan stieg währenddessen aus seinen Schuhen und schob sie mit der Fußspitze neben den Garderobenschrank, der aus allen Nähten platzte. Auch in ihrer Heimat protzten die Hallwards, wo sie konnten. Bastiaan vermochte nicht einmal zu schätzen, was sie alles mit nach Frankreich geschleppt haben mussten, um dort einigermaßen den Standard zu halten.

Neben einem gewaltigen Wandspiegel zögerte er kurz und hob unbewusste die Hand in die Haare. Dabei saß alles, wie es sollte: in einer provokanten Welle tief in die Augen. Er konnte seine Finger gerade noch davon abhalten, irgendetwas zurechtzurücken, und grinste sich dabei selbst ins Gesicht. Gut, dass er nicht gezwungen sein würde, sich mit den Einheimischen auseinanderzusetzen. Die 1920er, das war nicht seine Zeit. Für die Menschen hier war er keiner ihrer geliebten Exoten, sondern ein verdächtiger Punk, ohne dass sie dieses Wort schon gebrauchen würden.

Der Steinboden machte dumpfe Geräusche unter seinen Schritten, als Bastiaan von Zimmer zu Zimmer wanderte, die Lichter anmachte, die Verandatüren öffnete und direkt wieder schloss. Die Luft draußen war nicht nur warm, sie triefte vor Feuchtigkeit. Nicht auszuhalten.

Der alte Kühlschrank leuchtete nicht wie gewohnt feierlich auf, als er die Tür aufzog. Aber er funktionierte. Bastiaan hatte sich bemüht und gleichzeitig die Vorräte klein gehalten. Zum einen hatten sie im Augenblick nicht vor, diesen Ort noch einmal für ein Treffen zu nutzen, zum anderen hatte Nathans Besuch in Amsterdam ihm zu denken gegeben.

Eigentlich hatte er zu diesem Zeitpunkt schon fast alles vorbereitet gehabt. Es war auch nichts Besonderes, dass Michael mit der Bitte bei ihm aufschlug, alle für einen Abend zusammenzutrommeln. Doch irgendetwas war passiert und allein, dass Nathan deswegen persönlich vorbeikam, ließ Bastiaan ahnen, dass ein einfacher Ortswechsel die Katastrophe nicht würde verhindern können.

Entsprechend bestand der Proviant für den heutigen Abend nur aus ein paar Bier und Sandwiches, die er aus Amsterdam mitgebracht hatte. Für Lydia hatte er sich um die üblichen ungewürzten Gemüsesticks bemüht, die zwar nicht sein Favorit waren, aber ohne sie und Lydia würde ihnen den Abend ruinieren.

Bastiaan schloss die Kühlschranktür und betätigte die umständliche Verriegelung des alten Geräts mit einem zufriedenen Lachen.

Dann wanderte er zurück durch das Haus in einen Raum, der wie gemacht für solche Zusammenkünfte war. Es gab eine riesige Sitzecke, amerikanisch mitten im Zimmer, einen Kamin, den sie zwar nicht gebrauchen würden, der dem Raum aber etwas Urgemütliches gab, gewaltige prestigeträchtige Kronleuchter und bemalte Tapeten.

Bastiaan warf seine Unterlagen – ein dünnes Mäppchen – im Vorbeigehen auf den Couchtisch, wo es gebogen wie ein Schälchen liegen blieb.

Er stand mitten im Wohnzimmer, sah sich um und hatte immer noch das Gefühl, etwas nicht bedacht zu haben. Nur langsam machte sich die Erkenntnis breit, dass seine Nervosität vielleicht gar nicht durch das bevorstehende Treffen ausgelöst wurde. Er hatte sowas schon ein halbes Dutzend Mal organisiert. Meistens hatten sie sich dafür in dem Osloer Apartment getroffen und immer war alles glattgegangen. Nein, das war es nicht. Nathans Auftritt hin oder her.

Bastiaan drehte sich einmal um sich selbst, lauschte in sich hinein und zählte still die Tage. Es waren sechs. Sechs Tage unterwegs.

Es war der Drang, nach Hause zu gehen, der auf sich aufmerksam machte. Wenigstens äußerte er sich dieses Mal nur durch Nervosität. Das letzte Mal waren es stechende Kopfschmerzen gewesen, die ihn mehr als unsanft aus der Bahn geworfen hatten.

Aber einen halben Tag länger … das sollte wohl noch gehen.

Trotzdem schnappte er sich seine Unterlagen vom Tisch, rollte das Heft wieder zusammen und stopfte es sich in den Rücken, zwischen Hosenbund und Shirt. Alles, was er nicht am Körper trug, würde er bei einem überstürzten Aufbruch nicht mitnehmen können. Und nichts war peinlicher, als noch einmal zurückkommen zu müssen, oder schlimmer, mit so einer dummen Geschichte einen der anderen dazu zu zwingen, auf seine Sachen aufzupassen.

Mit einem frustrierten Schnauben stapfte er schließlich ins Foyer und schlüpfe wieder in seine Schuhe.

Vor dem Haus tat sich noch nichts, als er zurückkam und aus dem Fenster blickte. Unter anderen Umständen hätte er es sich bequem gemacht und entspannt auf die anderen gewartet, doch dieses Mal war er so vorsichtig und skeptisch wie selten.

Die Hände in die Taschen seiner Jeans gehakt, fand er schließlich einen Platz hinter der verglasten Tür zur Veranda, von wo aus er den hinteren Teil des Gartens, sowie ein Stück der Einfahrt im Blick hatte.

Im Nachbarhaus war ähnlich wenig los. Die Bewohner waren wahrscheinlich auch ausgeflogen; er hatte dort bei seinem letzten Besuch schon niemanden gesehen.

Die Unruhe in ihm hatte einen Grund, der nur mit ihm zu tun hatte, das wusste er. Hatte sie auch Ähnlichkeit mit der Art Misstrauen, die ihn manchmal auf Reisen überkam, wenn er unvermittelt herumfuhr und sich umsah, weil er das Gefühl hatte, etwas stimmte nicht. Wenn er durch Zufall in einen anderen Reisenden gestolpert war.

Wobei ein Zufall bei den Milliarden an Optionen praktisch ausgeschlossen sein musste. Es sei denn, die Zeit hatte auch dort ihre Finger im Spiel.

Der Gedanke brachte ihn zum Lachen, denn seit Monaten schon versuchte er, sich das Philosophieren um Sinn und Zweck abzugewöhnen, und ertappte sich trotzdem regelmäßig dabei.

Sein Glück, dass ihn der Anblick von Johns Gestalt da draußen auf der Einfahrt dermaßen unverhofft traf, dass er alle halbgaren Gedanken mit einem Schlag verjagte.

30

John Hovecar verabscheute das Immergrün des Südens in seinem eigenen Land. Es war schwer, mit anzusehen, wie hartnäckig alles weitermachte und nichts ein Ende zu haben schien. Mit wie viel Enthusiasmus die Menschen hier an die Arbeit gingen, egal wie schwer sie war oder wie eintönig; an Neuanfänge. John hatte ihnen schon so viele Male dabei zugesehen und war der Starrköpfigkeit der Menschen in diesen Breiten überdrüssig. Sie hatten und würden so viel durchmachen, immer wieder aufstehen, und doch würde es am Ende nicht reichen.

Es war unerträglich. Umso mehr, weil es heute die perfekte Metapher dafür war, was in seinem eigenen Leben passierte.

Mit dem ihm so eigenen finsteren Ausdruck im Gesicht hatte John dem Haus mittlerweile den Rücken gekehrt. Statt hineinzugehen und bei Bastiaan nach dem Rechten zu sehen, stand er an der Straße und wartete.

Er wusste nicht genau, was er sich von dem heutigen Tag erhoffte. Dieses Treffen – seit Monaten geplant, ihm seit drei Jahren bekannt – fand also in New Orleans statt, nicht in Oslo. So viel hatte Nathan ändern können. Was noch – und ab welchem Moment würde John wissen, dass es nicht geklappt hatte? Dass dieser Abend einmal mehr im Unglück enden würde?

John hatte kein Geheimnis daraus gemacht, dass er nicht an Nathans Plan, diesem Fremden seine Idee auszureden, glaubte. Doch je länger er darüber nachdachte, desto mehr hoffte er, es würde funktionieren. Wenn es das tat, würde es ihm etwas beweisen – Nathan. Vielleicht würde er damit etwas zuwege bringen, an dem John bisher grandios gescheitert war.

Nur wie würde John heute wissen, ob der Versuch erfolgreich war oder nicht, bevor es einmal mehr zu spät sein würde, zu handeln?

Der Anblick eines hellen Leinenanzugs vor dem Hintergrund der wuchernden Vorgärten riss ihn aus seinen Überlegungen.

Michael.

Auf den ersten Blick war er bereits ein bisschen grauer als zu den meisten Gelegenheiten, in denen sie einander begegnet waren. Der Professor hatte es sich zur Angewohnheit gemacht, mindestens einmal im Monat bei John vorbeizuschauen und eine Diskussion anzustoßen. Je älter er wurde, desto philosophischer die Themen. John hatte den jungen immer lieber gemocht und konnte den älteren Michael heute umso weniger ausstehen.

Nicht ein einziges Mal hatte er etwas von dem durchblicken lassen, was nun zu diesem Treffen geführt hatte.

Nicht ein einziges Mal hatte Michael ihm wirklich vertraut.

Der Professor hob erst den Kopf, als er den steinernen Pfahl passierte, der die Nummer des Hauses trug. Seine Laune schien gedrückt und das Lächeln, das er sich abrang, als er John entdeckte, eine Zumutung. Es kostete ihn Mühe und Michael sah aus, als müsste er irgendetwas anderes herunterschlucken, um es echt aussehen zu lassen.

Ausnahmsweise hatte John wenig Mitleid. »Läuft alles nicht ganz wie geplant?«, begrüßte er ihn und weigerte sich, das falsche Lächeln zu erwidern. Die letzten Schritte auf dem sandigen Boden zu dem Platz, den John sich für diese Aussprache ausgesucht hatte, nahm Michael nun mit zögernden Schritten.

Es schien ihn zu irritieren, dass John sich weigerte, sein Spiel weiterhin mitzuspielen und höflich miteinander umzugehen. Meistens war John es, der einlenkte.

»Was ist los, mein Freund? Heute mit dem falschen Fuß aufgestanden?«, entgegnete Michael.

»Ich gebe dir eine Chance, mir vorab zu erzählen, worum

es bei diesem Treffen heute geht, oder wir beide werden uns zukünftig nicht mehr viel zu sagen haben.«

Michael spazierte betont entspannt zu ihm rüber und lachte rumpelnd auf. Seine Art, einen auf charmant zu machen. Aber John war keiner seiner Studenten oder Geschäftspartner, er fiel nicht darauf rein.

»Gibst du mir wenigstens einen Tipp, warum es dich so auf die Palme bringt, dass ich euch heute hierhergebeten habe? Du hättest nicht kommen müssen, weißt du?«

»Michael, ich meine es bitterernst.«

»Das tust du immer«, neckte er ihn und schien Johns Reaktion nicht verstehen zu wollen. »Was willst du hören?«

»Die Wahrheit.«

»Als gäbe es nur eine davon«, meinte er, kam vor ihm zum Stehen und bedachte John mit einem abgeklärten Blick. »Außerdem habe ich den Eindruck, du kennst sie schon.«

Als John nicht direkt abwiegelte, wich Michael ihm aus; musterte eingehend die Häuser um sie herum und die beleuchteten Zimmer hinter der Veranda. Bastiaan hatte es längst aufgegeben, nach ihnen Ausschau zu halten. Wahrscheinlich vertrieb er sich da drin gerade anderweitig die Zeit und probte seine Ausflüchte, was das verdammte CalTech Foto anging.

John wartete ab.

Die Chance, es ihm selbst zu sagen, wollte er ihm geben. Das hatte etwas mit Fairness zu tun. Die Möglichkeit, sich für das Richtige zu entscheiden, auch wenn man nicht wollte.

Nachdem Michael sich die Sache hatte durch den Kopf gehen lassen, blickte er wieder John an und gab sich geschlagen. »Na gut, welche Wahrheit willst du also? Die über dieses Treffen und den Globus, oder ...?«

»Die über deine Angst vor dem Tod wäre mir lieber. Ich würde auch wahnsinnig gern wissen, was du bereit bist zu tun, um zu wissen, wie es passiert.«

»Ich glaube nicht, dass ich sterbe.«

»Erzähl nicht.«

»Es passiert irgendetwas anderes. Und ich will wissen, was. Ja. Will ich, und ich bin bereit, einiges dafür zu geben. Aber das hier, John, dieses Treffen, ist nur ein rhetorisches Mittel. Man erfährt immer mehr, wenn man dem anderen nicht schon vorher die Worte in den Mund legt. Das ist dir doch bekannt. Du kommst unentwegt auf diese Art und Weise an Antworten auf deine Fragen.«

Ja, das war ihm bekannt. Auch die Taktik, ab Hälfte des Gespräches das Thema auf sein Gegenüber zu lenken, um gar nicht erst antworten zu müssen. Zwei Sätze weiter und er würde ausfallend werden, nur damit John sich ärgerte, vielleicht die Fassung verlor, vielleicht sein eigenes Interesse aus den Augen ließ, um sich zu wehren. Er kannte diese »rhetorischen Mittel« und ließ sich nicht darauf ein.

»Kein Grund zu lügen«, entgegnete er stattdessen. »Du brauchst uns? Wir sind hier. Du musst es nur sagen.« Wenn sie nur ein bisschen mehr so zueinanderhalten würden, wie die, die sich regelmäßig in Korsika trafen, sie würden alles überstehen können.

Doch Michael winkte wenig beeindruckt ab. »Komm schon, entspann dich, John. Wir haben alle unsere Geheimnisse und Ziele, von denen niemand weiß.«

»Und ich gönne sie dir. Spiel sie nur nicht gegen uns aus. Spiel sie nicht gegen Nathan aus.«

Michael hob erstaunt die Brauen, hatte nicht damit gerechnet, dass John Nathan auf den Plan bringen würde. Dabei war

er so oft das Zentrum ihrer Gespräche gewesen. So oft hatten sie versucht, zusammen eine Lösung zu finden. Ihn in eine solche Geschichte zu verwickeln, in eine Schnitzeljagd, die nur Michael etwas anging, war nicht in Ordnung.

»Dieser Junge ist schon lange verloren. Eine Lüge mehr oder weniger macht es nicht besser oder schlechter.«

»Dieser Junge versucht gerade sein Nötigstes, dein vorzeitiges Ableben zu verhindern«, gab John zurück und hielt sich selbst davon ab, mehr preiszugeben. Er war sich nicht sicher, was dieser Michael über den Ausgang des letzten Treffens in Oslo wusste, und er wollte nichts riskieren, seufzte stattdessen. »Vielleicht sollten wir zur Ausnahme alle ein einziges Mal nichts voreinander verbergen. Vielleicht könnten wir einander dann wirklich einmal helfen. Das, was wir gerade tun, hilft niemandem.«

31

Lydia Hallward zurück in New Orleans und das ganz ohne Zeugen und Empfangsparty!

Hätte ihr doch nur irgendjemand beigebracht zu fluchen.

Als wäre das nicht genug, musste es John sein, dem sie zuerst begegnete. Er stand vor der Veranda und wandte sich zu ihr um, als sie den begrünten Vorgarten hinter sich ließ; sah unzufrieden aus und hatte beide Hände in den Taschen seiner Lederjacke versteckt. Sie waren zu Fäusten geballt, das konnte sie sehen. Und leider gab es nun kein Zurück mehr. Er hatte sie bereits bemerkt. Es wäre albern, jetzt noch einmal kehrtzumachen.

Nun denn also, Schultern zurück und vorbei an diesem Mann, ohne eine Szene zu machen. Wie schwer konnte das sein? Nur ein einziges Mal.

Früher einmal hatte sie sich eine Zukunft mit John Hovecar vorgestellt. Nur so, zum Spaß. Eine Zukunft mit einem Mann, der schon einmal verheiratet gewesen war und Kinder hatte. Das allein waren schon Ausschlusskriterien, die kaum aufgewogen werden konnten. Außerdem war John eigentlich nicht interessant genug, um ihre Aufmerksamkeit über reine Höflichkeit hinaus zu rechtfertigen. Und doch stahl sich jedes Mal, wenn sie ihm begegnete, dieses Lächeln auf ihre Lippen. Wie ein zu grelles Reklameschild, das aufleuchtet, sobald jemand das Geschäft betritt. Sie hatte keine Kontrolle darüber. Auch nicht über den hoffnungsvollen Blick, den ihre Augen ihm ohne ihre Zustimmung zuwarfen, wenn er sie ansah.

Nun wollte Lydia sich selbst deswegen ungern böse sein, denn unverfänglich flirten war ihr ein gottgegebenes Talent, das sie oft genug für sich hatte nutzen können. Mit John zu flirten war zudem unkompliziert und machte Spaß. Er war schnell für einen kleinen Schlagabtausch zu begeistern und einer der wenigen, die mit ihr mithalten konnten.

»Hallo, mein Lieber«, sagte sie, um sich von ihrer eigenen Nervosität abzulenken. »Sieht aus, als hättest du ein paar Tage in einem Einsatzwagen geschlafen. Oder auf einem unbequemen Sofa?«

Um seine Lippen spielte ein winziger Funke Freude darüber, sie zu sehen. Nicht genug, um seine Laune deutlich zu heben, aber damit hätte sie auch nicht gerechnet.

»Ist dein Sofa so unbequem und oft benutzt, dass du weißt, wie ein Mann nach einer Nacht darauf aussieht?«

»Ou!«, machte sie gespielt beleidigt, denn er wusste es besser. Keiner hatte bisher ein Sofa ihrem Bett vorgezogen. Bastiaan war noch immer vor Beginn der Nacht gegangen und John selbst noch nie geblieben.

Auf ihre Vermutung, dass es vielleicht doch eher ein Streifenwagen war, ging er nicht ein, dabei lugte seine Dienstwaffe in ihrem Holster unter der Jacke hervor.

Stattdessen ließ er sie an sich vorbei gehen und lachte kurz auf, während er ihr nachsah.

Für den heutigen Abend war die Entscheidung auf ein Kleid gefallen. Es war nicht zu kurz, aber auch nicht sehr elegant. Sie fühlte sich wohl darin und das war in den letzten Tagen wichtiger gewesen, als Eindruck zu machen. John schien es nicht zu stören, dass sie heute weniger her machte als gewohnt. Sie genoss es, dass er den ganzen Weg über seinen Blick nicht von ihr nahm.

Wenn sie nur wüsste, wie sie auch mit Nathan so entspannt umgehen könnte, vielleicht würde der Mann dann auf ihre Annäherungsversuche anspringen. Bisher waren diese ein fruchtloses Unterfangen gewesen und allmählich lief ihr sprichwörtlich die Zeit davon, diesem legendären Reisenden, der er einmal sein würde, nahe zu sein; ihren Namen neben seinem in aller Munde zu wissen.

»Wirst du mir die Tür aufhalten?«, fragte sie kokett, als sie am Hauseingang ankam und sich halb zu John umwandte, der sich schließlich in Bewegung gesetzt hatte und ihr gefolgt war. Lydia war schon lange nicht mehr hier gewesen, schon ewig nicht mehr in dieser Zeit. Es fühlte sich merkwürdig an, vor dieser Tür zu stehen, ohne ihre Verwandten dahinter zu erwarten. Noch merkwürdiger, dass ihr Herz lieber mit John als mit jemandem wie Nathan an ihrer Seite durch die Eingangshalle der Hallwards schreiten würde.

»Interessant, dass du fragst, statt es einfach zu erwarten. Wächst du allmählich aus deiner Zeit heraus?«, hörte Lydia ihn in ihrem Rücken noch scherzen, bevor die Welt um sie herum zur Seite kippte.

Ihr Herz galoppierte ihr davon.

Lydia spürte, wie sie nach dem Türknauf langte. Wahrscheinlich waren ihre ohnehin schon dünnen Finger unansehnlich weiß, als sie das Stück Metall umfassten.

Doch sie musste sich an etwas festhalten. Etwas Solides in den Händen halten, um den Rest danach auszurichten. Es war ja nicht das erste Mal, dass das geschah. Auch wenn es jedes Mal ein bisschen nervtötender wurde. Sie mit jedem dieser Schwindelanfälle einen Moment länger brauchte, um wieder ins Jetzt zurückzufinden.

»Mir geht es gut. Mir geht es gut«, sagte sie in ihrer kristallklaren Stimme, die ihr noch immer jede Aufmerksamkeit eingebracht und von anderen Dingen abgelenkt hatte. Es ärgerte sie, dass diese Anfälle in letzter Zeit so oft über sie kamen, während sie sich in Gesellschaft befand. Niemand sollte sie so sehen müssen.

Johns Stimme erreichte sie von weit her. Sie verstand nicht, was er sagte, aber er klang besorgt. Das musste er nicht sein. Ihr Puls beruhigte sich schon wieder. Gleich war es vorbei.

»Wirklich. Nur eine unangenehme Angewohnheit meines Körpers«, meinte sie und klang plötzlich nicht mehr so glasklar, nicht einmal mehr in ihren eigenen Ohren. »Ich bin auch nicht mehr die Jüngste«, versuchte sie es mit einem Scherz auf ihre Kosten.

»Oh, Lydia. Du musst wirklich ganz dringend herausfinden, dass die meisten Frauen mit dem Alter nicht nur weiser, sondern auch perfekter werden.«

Sie rang sich ein perlendes Lachen ab. Es drang durch den Schleier des Unwohlseins wie Wasser und spülte sie frei. Als sie sich zu ihm umwandte, tat sie es aber doch nur, um es ihm zu beweisen. Dass sie noch stand. Dass nichts sie so schnell in die Knie zwang. Seine große Gestalt wankte vor ihr in ungleichmäßigen Bahnen hin und her.

»*Perfekt*«, imitierte sie ihn, denn bei ihm klang es wie eine Beleidigung oder ein Wort, das er in dem Zusammenhang nie verwendete. Es klang fremd. Und doch wie die Wahrheit. Als würde er daran glauben.

»Ist ein andauernder Prozess, ja.« Er lachte sogar. Sein grimmiges Gesicht strahlte zum ersten Mal seit Ewigkeiten. »Hin zur perfektionierten Menschlichkeit, jeden Tag ein bisschen mehr.« Mit ihm zu flirten … war so leicht. Es war so schön. »Lydia?«

John Hovecar, der unwahrscheinlichste Idealist auf diesem Planeten.

John Hovecar, der Mann, neben dem sie morgen aufwachen könnte.

»Lydia?«

John. Zu lieben und mit ihm zu streiten.

»Lydia!«

Mir geht es gut, wollte sie sagen. *Jetzt mach dir keine Sorgen. Ich bin eine erwachsene Frau. Ich kann auf mich aufpassen.*

Aber sie konnte nichts mehr, als in sein Gesicht aufsehen. Es befand sich direkt über ihr, wieder ganz verärgert und voller tiefer Linien. Seine Arme reichten um ihre Taille herum und hielten sie wie eine Geliebte mitten im Tanz.

Es geht mir nicht gut.

Ich bin verschwunden.

Ich liebe dich.

32

Nathan ging zu Fuß zu der Adresse, die John ihm gegeben hatte. Leider wusste er nicht, wie das Haus aussah, das er suchte. In dieser Zeit war er noch nie hier gewesen und Holzbauten überlebten in diesen Breiten selten ein Jahrhundert.

Mit einer weiteren Nachricht auf seinem Küchentisch hatte er sichergestellt, dass er eher hier sein würde als der Nathan, der die eigentliche Einladung erhalten hatte. Aber ob das am Ende ausreichte, das wusste er nicht. Wie irgendeiner annehmen konnte, dass das Reisen für ihn mehr war als nur raten und hoffen, war ihm ein Rätsel.

Trotz aller Voraussicht kam er auch dieses Mal ein paar

Straßen entfernt an. Die Hausnummern stimmten nicht und Nathan ärgerte sich, dass er nicht sofort den richtigen Weg fand. Er bemerkte erst am Ende der Straße, dass er in die falsche Richtung gelaufen und die Kreuzung vor ihm nicht die war, die er dort erwartet hatte.

Bei dem Anblick der Wegweiser hielt er inne und fühlte sich an Oslo erinnert. Dort war er auch zuerst herumgeirrt und fast zu spät gekommen.

Heute nicht. Du hast Zeit, du hast Zeit, du hast Zeit, sagte er sich selbst, während die feuchte Luft sich wie ein Film auf seine Haut legte.

An der nächsten Kreuzung prüfte er zweimal, ob er sich für die korrekte Richtung entschied, und erwartete bei jedem Schritt zu spüren, wie sein jüngeres Ich ihm diese Zeit aus der Hand nahm. Wenn dieser die Nachricht nicht bekommen hatte, war auch er jetzt auf dem Weg hierher. Sehr wahrscheinlich ebenfalls zu Fuß, weil auch er sich knapp verschätzt haben würde. Er wusste nicht, was heute Abend passieren würde. Was schon einmal passiert war, weil Nathan sich nach langem hin und her überlegen dagegen entschieden hatte, ihn zu warnen. Er erwartete ein Wiedersehen mit Basti, auf das er sich freute; vermutete, dass auch John da sein würde, was ihm nicht in den Kram passte; und dann noch Lydia und Michael mit seinen Geheimnissen.

Dieser Nathan war auf dem Weg hierher, weil er irgendwo ganz tief in sich drin wusste, dass diese Leute alles waren, was er hatte.

Nathan konnte noch immer nicht glauben, dass man sie erst mit dem Tod bedrohen musste, damit er einsah, wie groß ihr Platz in seinem Leben war. Er merkte, in der richtigen Straße angekommen, viel zu spät, wie katastrophal er sich verkalkuliert hatte.

Das ihm mittlerweile so bekannte Lachen holte ihn ein, noch bevor er die Dummheit seiner Arroganz in all ihrer Konsequenz begriff. Wie hatte er glauben können, er könnte es mit einem Verrückten aufnehmen?

»Ich bin mir fast sicher, ich hatte dich gewarnt«, sagte Hendrik mit diesem Lächeln im Gesicht, Sekunden nachdem Nathan mit schmerzenden Rippen auf dem Boden liegend zu sich kam und nicht hätte sagen können, wie genau er dort gelandet war. »Weißt du, ich habe das vorher noch nie probiert«, hörte Nathan ihn reden und rollte sich auf die Seite in einem erbärmlichen Versuch, auf die Beine zu kommen. »Mit so einem Messer ist man unnötig nah dran. Aber du hast ja recht. Nichts bleibt zurück. Keine Kugel, keine Patrone, keine Spuren. Und das ist der Plan.«

Nathan brauchte nicht in seinen Rücken greifen, um zu verstehen, was das Theater sollte. Hendrik hatte ihn bei dem Manöver, das sich in Sekundenbruchteilen abgespielt haben musste, entwaffnet. Er konnte mehr nicht getan haben, denn Nathan war immer noch hier. Kein Zwangssprung weit und breit. Und doch schien mit seiner Zeit etwas nicht zu stimmen, denn Nathan hatte Probleme, sich zu orientieren. Er hörte den anderen Mann, sah ihn aber nicht, bekam nichts mehr scharfgestellt in seiner Umgebung, und zwang sich unter Schmerzen in die Senkrechte, nur um sich gleich darauf wieder auf den Knien zu befinden; einem gezielten Tritt sei Dank. Auch das – keine Gefahr für sein Leben. Kein Grund zu gehen. Oder? Hatte Hendrik sich verschätzt?

Nathan schnappte nach Luft. Seine Rippen protestierten sofort mit einem ziehenden Schmerz.

Hendrik hatte ihn erwischt. Beim zweiten Mal.

Von irgendwoher drangen laute Rufe zu Nathan vor. Für einen Moment jedoch war das Gefühl eines Zeitsprungs alles, was Nathan wirklich wahrnahm. Wie mächtig sie immer an ihm zog, wenn es um sein Leben ging – die Zeit. Wie sie dazu neigte, alles andere auszublenden.

Er kämpfte dagegen an und blendete die Frage danach, wie schwer verletzt er war, aus. Es würde ohnehin eine Weile dauern, bis eine solche Erkenntnis wirklich ankam. Bis der Kopf verstand, was der Körper schon wusste. Hier verschwinden konnte er jedenfalls jetzt noch nicht, denn John wartete auf ihn.

Also erst dein Plan A und dann mein Plan B?, hatte John gesagt und allein bei dem Gedanken stellten sich Nathan die Nackenhaare auf.

Dazu durfte es nicht kommen. Doch Nathan merkte schnell, dass er nicht schmerzfrei atmen konnte. Viel Zeit blieb ihm nicht.

Stehen aber konnte er. Und sein Angreifer ließ ihn.

Er würde also leben, noch ein Weilchen.

Schließlich standen sie einander gegenüber.

»Oh, Jungs, bitte! Andere wollen hier ihren freien Abend in Frieden genießen«, kam es von einem Nachbarn zu ihrer Linken.

»Ihr verfluchten Spinner! Diebe! Ich alarmiere die Polizei.« Nachbar Nummer zwei. Beide wagten sich nicht auf ihre Terrassen hinaus, sahen sie im Halbdunkel hoffentlich nicht einmal richtig.

Hendrik wich mit einem breiten Lächeln auf dem Gesicht auf die ausgetretene Straße zurück. Hob sogar die Hände, um den Nachbarn zu zeigen, dass er keine bösen Absichten verfolgte, den Griff des Messers in seiner Handfläche verborgen, die Klinge versteckt im Ärmel des Mantels, den er trug. Einer der Nachbarn blieb trotzdem unentschlossen hinter einem Fliegengitter stehen. Nicht einen Moment lang nahm Hendrik seinen Blick von Nathan.

»Na los. Lauf. Ich folge dir«, versprach er und fühlte sich so verflucht sicher, Nathan biss wütend die Zähne aufeinander. Hendrik hatte schon bei ihrem letzten Aufeinandertreffen gewusst, wie er diesen unkontrollierten Sprung provozieren konnte, hatte es vielleicht in Oslo schon gewusst und für sich genutzt.

»Du hast ihm Bescheid gegeben«, brachte Nathan hervor, um dem Bedürfnis, zu springen, nicht nachzugeben. Er selbst hatte seinem vergangenen Ich nur gesagt, dass er zu spät kommen sollte, damit sie einander nicht in die Arme liefen. Er hatte nicht einmal wirklich in Erwägung gezogen, dass Hendrik das Gleiche tun würde. Er hatte darauf gehofft, hier einen verzweifelten Mann anzutreffen, mit dem man reden konnte. Den Hendrik aus einer Zeit, bevor sie einander tagelang bekämpft hatten; den, der nicht wissen konnte, dass Nathan diesen Anschlag überleben würde. Diesem Hendrik hätte er etwas vormachen können. Hätte sich auf seine Seite schlagen und so tun können, als hielt er seine Lösung für die Richtige. Und sei es nur lange genug, um herauszufinden, wie er es ihm würde ausreden können. Aber diesen Hendrik hatte er vorgewarnt. Er würde hier gar nicht erst auftauchen.

»Natürlich habe ich das.« Er lachte wieder, ehrlich amüsiert.

»Du bist so ein Amateur. Ich bin überrascht, dass du allein auf die Idee gekommen bist, noch einmal von vorn zu beginnen. Die Leute halten dich für einen der Besten von uns, aber ich habe dich kennengelernt, und du improvisierst mit jedem Schritt. Und das nicht einmal besonders gut. Wirst irgendwann mal Glück haben, was? Von allein wirst du nie darauf kommen, deine Probleme mit deinem Tod zu lösen.«

Nathan zwang sich, zur Ausnahme einmal die Klappe zu halten. Alles, was ihm im Kopf herumgeisterte, waren Panikgedanken und verbitterte Worte, die nur ihn selbst aufbringen würden, und das durfte nicht passieren. In die Richtung, in die dieses Gespräch ging, wollte er nicht gehen.

Denn der Tod löst überhaupt keine Probleme.

Er stand regungslos vor Hendrik, und der schien alle Zeit der Welt zu haben, sah ihn nur an und wartete ab.

Das reichte den Männern, die sie aus ihren Häusern heraus beobachteten. Sie ließen es gut sein. Einer von ihnen murmelte noch irgendetwas, aber keines seiner Worte kam bei ihnen an. Eine Haustür wurde schwungvoll und endgültig ins Schloss geworfen.

Und Glück würde nichts damit zu tun haben.

Wenn überhaupt – wenn Nathan überhaupt selbst herausgefunden hatte, dass man einen Reisenden nicht töten, wohl aber die Zeit für ihn zurückdrehen konnte, dann war es aus blanker Verzweiflung geschehen. Die gleiche Verzweiflung, die gerade eben durch seine Adern rauschte.

Er *wollte* springen.

Genau jetzt.

Er wollte verflucht noch mal von vorn anfangen! In diesem Augenblick. Auch wenn er bisher nicht daran geglaubt hatte,

dass es überhaupt den Versuch wert war. Er wollte nichts von all dem hier erlebt haben!

Einfach nur…

… noch einmal beginnen.

Und es dieses Mal richtig machen.

Ohne dass er es bemerkte, übernahm seine Unvernunft die Regie. Sie brach verzögert über ihn herein, wie jedes Mal, und nahm alle anderen Gedanken mit sich, wirbelte sie durcheinander und gab sie nicht mehr frei. Allmählich fühlte er den Schmerz der Stichwunde, die Hendrik ihm zugefügt hatte. Das Blut rann warm über seine Seite und sickerte in den Bund seiner Hose.

Hendrik hatte genau dort zugestochen, wo Nathan damals Salea erwischt hatte. Nur war Hendrik zögerlicher vorgegangen, ansonsten würde Nathan nicht immer noch stehen.

War das Messer in seiner Hand vielleicht wirklich nicht gewöhnt. Nur richtig zielen reichte hier nicht.

Das schien auch Hendrik allmählich aufzugehen.

Als Nathan auf ihn losging, rechnete er nicht damit, dass er dazu überhaupt noch in der Lage war. Bei Salea war alles so viel schneller gegangen. Doch Hendrik konnte ihm ausweichen, war besser, geübter. Nathan lief ins Leere und strauchelte über den sandigen Boden.

»Zumindest hattest du Verstand genug, *sie* für heute aus dem Spiel zu nehmen«, hörte Nathan ihn hinter sich sagen, während er noch versuchte, nicht über seine eigenen Füße zu fallen. Die Erwähnung von Salea ließ ihn augenblicklich erstarren, auf festem Boden oder nicht. Außer sich fuhr er herum und starrte in Hendriks arrogantes Gesicht. Wie lange musste er sich schon mit dem Gedanken abgefunden haben,

dass diese Frau nicht mehr Teil seines Lebens war, um so über sie zu sprechen? »Hatte ich nicht drauf gewettet. Du bist nicht dafür bekannt, dich um andere zu kümmern. Nicht einmal dafür, dir Gedanken darüber zu machen, was mit ihnen passiert, wenn sie dir die Informationen gegeben haben, die du brauchst. Ich schätze, man kann nicht alles vorhersehen, hm, Nathan?«

Er versuchte ihn nur noch wütender zu machen! Nathan sah es ihm an und konnte doch nichts dagegen tun, dass seine Worte ins Schwarze trafen.

»Das hier ist kein Spiel!«

»Es ist tödlicher Ernst«, stimmte Hendrik ihm zu. »Du gehst und ich lasse dich. Mein Angebot steht. Wie vorher auch.« Er legte den Kopf zur Seite und betrachtete einen Moment lang das Messer in seiner Hand. Es war nicht lang. Ließ sich gut verstecken. Ihr Blut hatte Nathan längst abgewaschen. Es war jetzt durch sein eigenes ersetzt worden und Hendrik blickte prüfend zu Nathan rüber. »Du siehst ein bisschen blass aus.«

»So gut bist du nicht.«

Nicht einmal gut genug, um sicherzugehen, dass er an alles gedacht hatte.

Nathan stürmte erneut auf ihn zu, viel Abstand war da ohnehin nicht zwischen ihnen. Dieses Mal tat er es mit seinem Messer in der Hand; dem kleinen, das er nie benutzte. Es befand sich normalerweise versteckt in seinem Gürtel, nur ihm bekannt und John wahrscheinlich.

Hendrik war ihm bei seinem letzten Versuch nur aus dem Weg gesprungen. Er hatte weder einen Arm zur Abwehr gehoben noch mit einer Waffe gerechnet. Er ahnte nichts von einem zweiten Messer, rechnete höchstens mit Nathans Jähzorn, der ihn zuweilen dumm machte.

Auch diesen Versuch, ihn zu Fall zu bringen, glaubte Hendrik beantworten zu können, indem er Nathan rechtzeitig aus dem Weg sprang und ihn ins Leere laufen ließ. Wahrscheinlich glaubte er, dieser Angriff würde genauso unkoordiniert enden wie der letzte. Aber Nathan hatte doch nur wissen wollen, wie schnell er war und wie schnell er selbst sein musste, damit nicht er es sein würde, der das Nachsehen hatte.

Nathan kam drei Mal zum Zug, bevor die Wunde in seiner Seite ihm die Luft zum Atmen nahm und ihn dazu zwang, zurückzuweichen.

Jeder Körpertreffer fordert Blut. Das war eine der ersten Lektionen gewesen, die Nathan im Umgang mit seinem kleinen Arsenal gelernt hatte. Manche mehr, manche weniger. Jeder genug für seinen Zweck. Alles, was Nathan heute brauchte, war, dass Hendrik so viel davon verlor, dass ihm sein Lachen im Hals stecken blieb.

Mindestens einer der Schnitte, die Nathan ihm zugefügt hatte, musste höllisch wehtun, und das sofort. Die kurze Klinge in seiner Hand war durch den Stoff des dunklen Mantels geglitten, Hendriks rechten Unterarm entlang, den er in letzter Sekunde doch noch gehoben hatte, um sich zu schützen.

Hendriks Gesicht verzog sich vor Schmerz, während Nathan eilig zurücktrat. Trotzdem schien er nach dem ersten Schrecken mehr überrascht als verletzt. Und Nathan sah schon von Weitem, dass auch die anderen Treffer nur oberflächlich waren. Sie würden Hendrik nicht aufhalten.

»Das war dumm von dir«, stellte Hendrik fest und richtete sich auf. »Wenn schon, denn schon, Nathan.« Wie zum

Beweis seiner eigenen Logik griff Hendrik unter seinen Mantel.

Nathan hatte das erwartet. Warum sonst hätte er ihn in dieser Zeit, an diesem Ort tragen sollen, wenn nicht um die Pistole darunter zu verstecken, die er das letzte Mal schon dabei gehabt hatte? Hendrik musste es wie eine praktische Lösung vorkommen, dass gerade Nathan so leicht aus einer Situation zu entfernen war. Ihm musste man nur mit dem Tod drohen.

Die Falltür, die sich in solchen Momenten immer für ihn öffnete, hatte er vorhin erfolgreich niedergekämpft, aber das würde er nicht noch einmal schaffen. Statt die Sekunden abzuwarten, die es Hendrik kosten würde, das Ding unter seinem Mantel hervorzuholen und auf ihn zu richten; die Sekunden, die die Zeit noch brauchte, um zu entschieden, verschwand Nathan und tauchte Minuten früher wieder auf. Einen kurzen Augenblick lang gab es ihn zweimal; die Situation war unmöglich und gleichzeitig wahr.

Nur weil er es in den letzten Tagen so oft getan hatte, schüttelte Nathan ohne lange Verzögerung das Durcheinander nach dem Sprung von sich und warf sich auf Hendrik, bevor der nachvollziehen konnte, was hier passierte.

»Und jetzt?«, fragte Nathan außer Atem, als Hendrik bewusst wurde, dass Nathan es geschafft hatte. Er zog die Klinge aus Hendriks Körper und hielt inne. Der Sog der Zeit war bereits spürbar. Hendrik ging in die Knie. Sein eigenes Messer fiel ihm aus der Hand und landete geräuschlos im Sand. »Und jetzt, was glaubst du, wo sie mich hinbringt?«

»Wage es nicht«, kam seine Antwort in einem Ton, der nicht einmal in der Nähe der Drohung war, die er hatte aussprechen wollen. Hendrik unternahm noch einen Versuch, sich aufzurichten, irgendetwas zu unternehmen. Aber sein Körper gab bereits auf.

Nathan sah ihm dabei zu, wie er schon viel zu vielen dabei zugesehen hatte. Den richtigen Punkt zu treffen war etwas, das Nathan tatsächlich ziemlich gut beherrschte.

Er legte seine Hand auf die Schulter des knienden Mannes, weil er nicht wollte, dass er ohne ihn verschwand. »Und ich dachte, das war genau das, was du wolltest.«

33

Hendrik ließ sich zurück nach Korsika bringen. In seine eigene Zeit. Nicht Elenas. Das Haus allerdings würde immer das Gleiche bleiben, auch wenn sie zweihundert Jahre trennten.

Der gleiche Ort. Immer der gleiche Ort.

Doch er war erleichtert, hier gelandet zu sein und nicht bei ihr. Manchmal, ganz selten, wenn er bei einem solchen Sprung an zu Hause dachte, kam er in ihrer Zeit raus. Dabei wurde es für ihn mit jedem Tag schwerer zu ertragen, dass es sie auch dort nicht mehr gab.

Mit einem energischen Kopfschütteln streifte er den Gedanken von sich.

Hallward war Geschichte.

Ihr letzter Tod hatte keinen weiteren Sprung ausgelöst. Es war einfach vorbei gewesen. Hendrik hatte nicht einmal bis zum Anfang zurückgehen müssen. Nicht das erste Mal, dass die Kette an Reisen unterbrochen wurde und alles ein Ende fand, bevor er beim ersten Zeitsprung dieser Person ankam, doch dieses Mal war er dankbarer als sonst. Lydia Hallward war er nun schon sehr lange gefolgt und hatte es allmählich sattgehabt. Die Partys, ihr gespielt erschrockenes Gesicht, diese Traurigkeit, die sie immer mit sich herumtrug, und Südfrankreich, das seinem Zuhause gedanklich viel zu nahe war.

In dem Moment, in dem der Tod ihn nicht mehr mit sich zum nächsten Sprung zog, war es erledigt, und er war einen Schritt näher an den Tag, an dem er hier auftauchen und seine Frau wieder da sein würde.

Noch immer wusste er nicht, was er mit all dem hier allein tun sollte, wie er sich zu benehmen hatte, in einem Haus, das seines war aber auch ihres. Immer noch fühlte es sich falsch an, darin allein zu sein.

Es waren jetzt fünf Jahre, seit sie gegangen aber nicht mehr zurückgekommen war.

Fünf.

Eine Ewigkeit für ihn, hoffentlich nur ein Wimpernschlag für sie. Denn es gab ein paar, die es geschafft hatten, zurückzukehren. Er hatte es selbst gesehen. Auch sie würde es schaffen und nach Hause kommen.

Hendrik nahm einen tiefen Atemzug und durchquerte das Wohnzimmer. Er stieß die Terrassentür mit dem Fuß auf und ließ das Messer, mit dem er Lydia getötet hatte, mit der Spitze voran in die frische Erde des kleinen Gartens vor dem Haus fallen. Er wollte es nicht in seinen vier Wänden wissen.

Gedanklich hakte er diesen Punkt auf seiner Liste ab.

Hallward erledigt.

Marstens nicht mehr weit.

Hunderte Reisen verhindert oder rückgängig gemacht.

Jetzt eine Dusche, etwas essen, einen klaren Kopf herbeizwingen und dann nach New Orleans. Was auch immer Peeregaard vorhatte, gerade schöpfte er das letzte Bisschen Nachsicht aus, das Hendrik für ihn aufbringen wollte. Im Grunde lohnte der Mann den Aufwand nicht, den es Hendrik machen würde, auch ihn aus dem Weg zu räumen, und es ärgerte Hendrik, dass gerade *er* in Oslo hatte dabei sein müssen.

Ein Nathan, der es noch nicht verstand.

Der Nathan Peeregaard, den Hendrik dort kennengelernt hatte, schien praktisch keine Kontrolle über die Zeit zu haben, wohin sie ihn führte und wann. Er war nicht in der Nähe der Person, die er einmal sein würde. Deswegen verstand er es nicht!

Dabei hatte es auch sein Gutes. Es war lächerlich einfach, diesen Mann zu einem seiner unkontrollierbaren Sprünge zu zwingen. Aber noch mehr Reisen zu provozieren war hier nicht die Lösung.

Abfällig stieß Hendrik im Vorbeigehen seinen schwarzen Mantel an. Er hing zusammen mit seiner Pistole und den kleinen Sprengkapseln für Notfälle griffbereit an der Tür, doch den Aufzug konnte er sich wohl für ihr nächsten Zusammentreffen sparen. Peeregaard wusste bereits, wer er war. Es gab keinen Grund, sich zu verkleiden. Obwohl der Mantel es ihm immer leicht machte, darunter etwas zu verstecken, von

dem er nicht wollte, dass jeder es sofort sah. Und Peeregaard schien der Aufzug zu verwirren. Vielleicht sollte er ihn doch tragen. In New Orleans.

Hendrik hatte die Dusche gerade angestellt, als ihn ein Geräusch vor der Badezimmertür innehalten ließ. In diesem Haus hatte es seit fünf Jahren kein Geräusch gegeben, dass nicht von ihm verursacht worden war.

Sofort stellte er das Wasser wieder ab, schritt durch den Raum und kam im Wohnzimmer an, gerade als Nathan Peeregaard neben dem ungenutzten Couchtisch zum Stehen kam.

Hendrik stockte der Atem, während der andere Mann sich in seinem Zuhause um die eigene Achse drehte.

»Okay«, meinte Nathan zu sich selbst, dann entdeckte er Hendrik. »Das ist es?«, fragte er und musterte ihn kurz und abschätzend, um herauszufinden, wen er da vor sich hatte. Hendrik tat es ihm gleich, doch Nathans Worte und der schneidende Ton, in dem er sie sagte, funkten ihm dazwischen. »Das hier?«, fragte er erneut und machte eine Geste, die den ganzen Raum einbezog; alles, was Hendrik sein Leben nannte. Der weiße Teppich unter Nathans Füßen bekam rote Flecken. Nathans Schuhe hinterließen Abdrücke darauf.

Als Hendrik nicht sofort reagierte, schnappte Nathan sich einen der Bilderrahmen von der Konsole neben dem Kamin. Elena strahlte ihn darauf an und landete kurz darauf in einem Meer aus Glassplittern auf dem Fliesenboden. Ein weiteres Foto aus besseren Tagen folgte, und ein weiteres, bis Hendrik endlich realisierte, was hier vor sich ging.

»Wann hast du es getan?«

»Wann?« Peeregaard fuhr zu ihm herum und hob drohend ein kleines blutbeschmiertes Messer. Er war aufgebracht, als hätten sie sich gerade eben noch in einem Streit befunden, doch er machte nicht den Eindruck, als wollte er ihn angreifen. Ganz im Gegenteil. Er bewegte sich in diesem Zimmer, als wäre es genau der Ort, an den er hatte gelangen wollen. Jetzt musste er nur noch herausfinden, was er mit den neuen Gegebenheiten anfing.

Hendrik ignorierte das Chaos aus Holzsplittern, Scherben und Erinnerungen zu seinen Füßen und sah ihn sich an, diesen Mann, der sein ganzes Leben lang so dringend Antworten gebraucht hatte, dass er daran zerbrechen würde wie niemand sonst. Die Fotos konnte er ersetzen, das, was Nathan getan hatte, um hierher zu gelangen, aber nicht mehr rückgängig machen.

Hendrik erinnerte sich an ihre Begegnung in Frankreich, auf der Party. Er hatte mit ihm gespielt, hatte ihn ärgern wollen, um herauszufinden, wie er Oslo hatte überleben können. Er erinnerte sich an ihre Diskussion im Treppenhaus seines Berliner Arbeitsplatzes. Keines dieser Treffen hatte Nathan wirklich gegen ihn aufgebracht. Immer hatte er nur Antworten gewollt.

»Wann ist doch vollkommen egal. Sie ist es, die du verlierst?« Nathan deutete mit der Waffe in seiner Hand auf die Bilder am Boden. »Ihretwegen versuchst du, unsere Reisen ungeschehen zu machen?« Er blickte zu Hendrik rüber und brauchte zwei Anläufe, um die Frage zu stellen, wegen der er eigentlich hergekommen war. »Hast du auch meinen Vater getötet?«

Und Hendrik sah ihm an, dass er es nur wissen wollte. Nur Gewissheit haben und endlich verstehen, warum sein Leben so verlaufen war, wie es verlaufen war. Warum gerade er nun hier stand.

Torken Peeregaard war eine Ewigkeit her. So lange schon, Hendrik konnte sich kaum mehr an sein Gesicht erinnern, obwohl es Nathans wahrscheinlich nicht unähnlich gewesen war. Bestimmt hatte er in seinem Alter die gleiche Statur wie sein Sohn gehabt. Doch so jung hatte Hendrik ihn nie angetroffen. Auch bei Torken hatte die Zeit ihn nicht bis zu den Anfängen seiner Reisen gezwungen. Auch sein Tod war schon viel früher eingetreten.

Hendrik entschied sich dafür, nicht auf diese Frage zu antworten. Hierbei ging es nicht um einen einzelnen Mann. Hierbei ging es um das Schicksal aller Reisenden. »Ich muss das machen«, sagte er und ging auf Abstand, zwei Schritte zurück, bis sich die Tür, an der sein Mantel hing, in seinem Rücken befand. Nathan musste ihn getötet haben, um hierherzukommen. Einen anderen Weg gab es nicht. Das durfte nicht noch einmal passieren. »Wenn du es verstündest, wirklich verstehen könntest, würdest du es auch tun. Ich habe dir angeboten, dich außen vor zu lassen. Das Angebot steht immer noch.«

»Aber es funktioniert nicht!«

»Natürlich tut es das!«, widersprach Hendrik vehement. »Ich weiß es. Sie wird wiederkommen. Noch einmal genug Energie haben.«

…für einen letzten Sprung zurück nach Hause.

»Einen Scheiß wird sie. Diese Fähigkeit, dieses, was auch immer es ist, eine verfluchte Sonneneruption, die unsere Zeit zerrissen hat, oder sonst irgendetwas, es wurde uns aus dem Nichts gegeben, und es wird uns wieder genommen. Das kannst du nicht verhindern.«

»Ich werde es –«

»Halt sie auf! Mit allem, was du weißt. Halt sie davon ab,

diese letzte Reise zu machen, von der sie nicht zurückkommt!«

»Ich kann nicht!« Wie konnte er es nicht verstehen? »Ich kann es nicht. Es betrifft mich. Es ist meine Vergangenheit.« Und er wusste, seine Stimme klang nicht mehr wie seine eigene, als er die Worte wiederholte, die seit fünf Jahren sein ganzes Leben bestimmten. »Es betrifft mich. Es ist meine Vergangenheit.« Immer und immer wieder hatte die Zeit ihm bewiesen, dass es nicht möglich war.

»Also tötest du uns. Uns alle. Weil du sie nicht retten konntest«, brachte Peeregaard heraus und konnte sich ebenso wenig über Wasser halten, angesichts der Verzweiflung in seiner Stimme. Sie ließ sie beide wie Fremde klingen. »Und änderst trotzdem nichts.«

Bisher nicht, nein. Bisher war es ihm nicht gelungen.

»Zusammen könnten wir es.« Nathan sah ihn an. »Wir könnten gemeinsam einen Weg finden. Ich habe das Treffen nach New Orleans verlegt. Das weißt du schon, oder? Das hätte ich allein nicht zuwege gebracht und trotzdem habe ich damit meine eigene Vergangenheit geändert. Deinen Anschlag wird es nie gegeben haben. Der Mann, der ihn verübt, wird dort nie auftauchen.«

Seinen Anschlag.

Marstens vorangegangener Tod hatte ihn nach Oslo geführt. Und dann waren sie plötzlich alle dagewesen. Ein ganzer Raum voll Reisender. Er hatte die Chance genutzt und sie alle um einen Zug zurückversetzt, doch statt weiter Michaels Ende zu folgen, hatte die Zeit ihn auf Nathans Spur gebracht.

Zusammen könnten wir es.

»Wie?«

Das Ende

TEIL ACHT

New Orleans, USA
07. August 1923
N 29° 57‘ W 90° 05‘

34

Der Schuss riss die Luft entzwei.

Die Erinnerung an die Explosion vor so wenigen Tagen, wie sie alles auf den Kopf gestellt hatte, was Nathan lieb und teuer war, machte sich mit ungeheurer Macht einmal mehr in seinem Leben breit. Nur dass dieses Geräusch reiner war, präziser, auf ein einzelnes Ziel gerichtet, statt alles um sich herum.

Nathan spürte seinen Körper reagieren. Ihm wurde eiskalt und gleichzeitig rauschte panikerfüllte Hitze durch seine Adern.

Doch die Zeit machte keine Anstalten, seinen Arsch aus dieser Situation zu werfen. Dieses Mal schienen sie beide zu wissen, dass die Kugel aus dieser Waffe nicht für ihn bestimmt war.

Nathan verstand sofort, dass er selbst nicht verletzt war. Er brauchte sich nicht abzutasten. Er wartete nicht auf den Schmerz. *Du bist sicher, sicher, sicher.* Denn er war in New Orleans und John war hier und niemals würde er zulassen, dass ihm etwas passierte.

Es war Hendrik, der neben ihm zu Boden ging, in dem Moment, in dem sie in New Orleans ankamen. Das dumpfe Geräusch, das sein Körper erzeugte, als dieser auf dem sandigen Boden der Einfahrt aufkam, klang nach dem Schuss, der

nur einen Sekundenbruchteil zuvor den Abend erfüllt hatte, banal.

Du bist sicher.

Doch alles andere war es nun nicht mehr. Und alle guten Absichten umsonst.

Johns grüne Augen, die ihn über die vor ihm ausgestreckte Dienstwaffe hinweg ansahen, waren bis zum Rand gefüllt; mit einer Trauer, die Nathan bekannt vorkam, und einer Entschuldigung, die John nicht über die Lippen brachte.

»Lydia«, war alles, was er sagte.

Nathan sah sich suchend unter den Anwesenden um. Michael, im dunklen Inneren des Hauses, vor dem sie standen. Bastiaan, mit einem erschrockenen Ausdruck im Gesicht direkt hinter John. Lydia, nirgends zu sehen.

»Was ist mir ihr?«, fragte Nathan noch nicht ganz Herr seiner Sinne. Sein Atem ging immer noch stoßweise und seine Stimme hörte sich rau an. Der laute Knall hallte in seinem Ohr nach und die Zeit durchflutete ihn nun doch, wollte ihn zum Reisen zwingen.

Alles war falsch. Alles an dieser Situation war falsch.

Lydia. Ihm fiel der Abend auf der Verlobungsparty wieder ein. Nathan hatte sie verschwinden sehen. Sterben sehen.

John ließ die Waffe sinken.

»Wir können das wieder ändern«, fing Nathan sofort an und sah sich nach Hendrik um, obwohl er nicht erwartete, dass er einen Schuss aus so kurzer Entfernung überleben konnte. Er fand ihn nur ein paar Schritte hinter sich auf der Seite liegen. Er rührte sich nicht mehr und Nathan wusste vor Wut nicht wohin mit sich. Sie würden ihm alles noch einmal erklären müssen! Wenn es das alles hier für ihn nie gegeben hatte … »Herrgott, John! Warum? Wir können das doch –«

»Es war ihr Letzter.«

»Ihr letzter was?«

»Sprung.«

Nathan wandte sich wieder zu dem Mann um, der so lange versucht hatte, ihn von Dummheiten abzuhalten, und nun selbst eine nach der anderen beging.

»Ich konnte ihr nicht folgen. Ich hätte es getan, aber sie ließ mich nicht. Die Zeit. Da war nichts mehr.« Die Waffe hatte er zwar gesenkt, sie aber nicht aus der Hand gelegt. Stattdessen trat er an Nathan vorbei, auf Hendriks Körper zu. Er war es, den die Zeit sich holen wollte. Jetzt verstand er. Deswegen konnte Nathan dem Drang widerstehen. Sie wollte nur Hendrik mit sich nehmen.

Und John. Wenn der es zuließ.

»Tu das nicht«, bat Nathan. John sah wortlos zu ihm auf, als er seine Hand auf Hendricks Schulter legte, wie Nathan es vorhin getan hatte. »Es wird nie enden. Wenn du das tust, wird es immer so weitergehen.«

»Es endet mit ihm«, widersprach John.

Nathan sah ihn an und wusste, dass es keinen Sinn machen würde, mit ihm zu diskutieren. John zu bitten, dem Sog der Zeit, der sich bereits daran machte, Hendriks Körper verschwinden zu lassen und nichts außer der feuchten New Orleanser Luft und seinem Blut auf dem Boden zurücklassen würde, nicht nachzugeben. Keinen Sinn, ihn zu bitten, aufzuhören.

Dann sollte es eben so sein. Ein Mann, der alles verloren hatte, gegen einen anderen.

Aber Nathan würde ihm nicht seine Zustimmung geben. Egal wie lange John ihn ansah und darauf wartete.

Nathans Gesicht zeigte nichts außer Schock und Enttäuschung, als er dort stand und John dabei zusah, wie er verschwand.

35

Michael war der Letzte, der das Haus der Hallwards verließ.

Nathan war zuerst gegangen, ohne ein weiteres Wort. Bastiaan hatte noch alle Spuren beseitigt, die darauf hinweisen würden, dass sie je hier gewesen waren, und war dann dem Beispiel seines Freundes gefolgt. Michael hatte ihnen dabei zugesehen und für keinen der beiden Worte parat gehabt, die das gerade Geschehene weniger endgültig hätten aussehen lassen können.

Nun saß er auf einem der Zweisitzer in dem stickigen Wohnraum, seine alte Ledertasche auf den Knien und starrte auf die Eingangstür. Sah immer wieder John vor sich, mit dem Rücken zu ihm und der Waffe in der Hand. Sah Nathan erschrocken innehalten und den anderen zu Boden gehen.

Michael hatte den Mann gekannt. Gut sogar. Zumindest besser als die meisten Menschen, denen er in seinem Leben begegnet war. Hendrik Funkes Büro befand sich direkt neben Saleas. Sie hatten oft einen Kaffee zusammen getrunken, hin und wieder über Belangloses gesprochen und einmal sogar gemeinsam in Saleas Kartons gespickt, während sie zwei Stockwerke über ihnen einem Studenten auf der Suche nach einem Nachschlagwerk half.

Hatte er gewusst, dass Hendrik ein Reisender war? Irgendwann einmal? Michael konnte es nicht sagen. Die Lücken in seinem Gedächtnis waren dieser Tage so groß, er wusste nicht einmal mit Sicherheit, wie er hierher gekommen war. In der Tasche auf seinem Schoß befand sich ein hastig angefertigter Abdruck zweier Kupferplatten, die er in Berlin deponiert hatte, nachdem er den Globus nicht mehr hatte finden können. Nicht in seiner Zeit, nicht in Saleas. Aber der Abzug tat es auch. Er hatte die Papiere den anderen heute zeigen wollen. Nun war es zu spät.

Frust ließ ihn jetzt stöhnend ausatmen und die Tasche noch fester an sich drücken.

Der leere Raum saugte jedes seiner Geräusche auf, als wäre er ein Vakuum. Gut möglich, dass er das auch mit seinen Gedanken tat, denn Michael bekam sie nicht mehr in die richtige Reihenfolge. Hatte er schon mit ihr über den Globus gesprochen? Würde er es noch tun?

Hendrik.

Wie hatte er das nicht kommen sehen können?

Michael wusste nicht, wie viel Zeit verstrich, bis er sich aufraffte und ging. Es war auch egal. Nichts würde das Wirrwarr in seinem Kopf oder das in seinen Reisen wieder richten können, da war er sich sicher. Und John hatte vielleicht sogar recht. Nathan eine solche Bürde aufzuerlegen, war nicht fair.

Nicht, wenn er selbst keine Antworten mehr auf dessen Fragen anbieten konnte. Und das war schon seit langem der Fall.

Epilog

Venedig, Italien
18. Mai 2017
N 45° 26‘ E 12° 20‘

36

Dichter Nebel lag über der Stadt. Graublau und undurchsichtig. Wie jeden Tag. Wie alle Tage, bis auf die wenigen Lichtblicke zwischen Ende Juli und Anfang September.

Die gute Nachricht lautete, dass dieser hier nicht giftig war wie der Smog über den Metropolen der 2030er. Das hier, das war nur die Natur; der Planet, wie er versuchte, sich selbst wieder ins Reine zu bringen. Die Menschen, die hier lebten, hatten lange aufgehört, darauf zu hoffen, dass der Nebel sich mit den ersten Sonnenstrahlen des neuen Tages auflöste. Sie wussten es besser. Sahen stattdessen jeden Tag dabei zu, wie die ganze Stadt in eine kühlende Wolke gehüllt wurde, die sie vor dem schützte, was da draußen auf dem Meer los war.

Nathan saß im Schneidersitz vor den Fenstern seines Schlafzimmers und blickte hinaus, als wünschte er ihn doch herbei, den klaren Morgen. Als hoffte er gegen jede Vernunft, dass dieser Tag noch einmal aufklarte und der Hafen in Sicht kam.

Sein Sitzplatz auf dem kalten Steinboden wurde allmählich unbequem.

Er hatte die Zeit vergessen.

Gegen Mittag hatte er die Nachricht gefunden. Er wartete seit Wochen darauf, aber er und seine Vorgänger und Nachfolger schienen kein wirklich gutes System zu haben, um einander Informationen zukommen zu lassen. Irgendwie hatte er immer gedacht, da sie in der gleichen Wohnung lebten, und das schon immer und für alle Zeit, würde sich schon etwas ergeben, wenn die Situation danach verlangte. Dass es bisher nie dazu gekommen war, bedeutete doch nur, dass es nie einen Grund gegeben hatte. Doch heute war es so weit gewesen. Seine eigene Handschrift, in einem Notizheft, das ihm fremd war, auf seinem eigenen Bett.

Die ersten zwanzig Seiten listeten alle größeren Reisen auf, die Nathan je unternommen hatte und einige, die er noch unternehmen würde. Nathan hatte das Heft im Stehen aufgeklappt und mit angehaltenem Atem durchgeblättert. Auf der letzten Seite standen die Anweisungen. Wie es weiter ging, warum er es tun musste, wie sie es schaffen würden, an den Punkt zurückzukommen, an dem sie zum ersten Mal allein gereist waren.

Wären sie nie gegangen, vielleicht hätte ihr Vater sie dann wiedergefunden. Vielleicht hätten sie eine Chance gehabt, selbst zurückzufinden, an den Anfang. In ihre eigene Zeit. Vielleicht wären sie nie an den Moment gelangt, an dem sie keinen anderen Ausweg mehr sahen.

Nathan wünschte, er könnte mit dem Nathan reden, der diese Zeilen geschrieben hatte. Er würde ihm so gern alles sagen, was er in den letzten Wochen gelernt hatte.

Nach ihm kamen noch mindestens einhundert Stationen. Gut zwanzig waren bereits abgearbeitet.

Eine morbide Route zurück in die Vergangenheit.

Nathan konnte sich heute, hier, in diesem Raum stehend, kaum vorstellen, wie sich derjenige gefühlt haben musste, der

angefangen hatte. Aber wenn schon er nicht nachvollziehen konnte, wie verzweifelt er gewesen sein musste, wie sollte es denen ergehen, die bisher noch nichts von dieser Aktion ahnten? Mit jedem Schritt zurück würde es für den nach ihm kommenden unmöglicher sein, das hier durchzuziehen. Es war offensichtlich, dass sie es nie zum Anfang zurückschaffen würden. Niemals würde er mit siebzehn Jahren so etwas tun.

Damals hast du daran geglaubt, hatte Salea gesagt und vollkommen recht gehabt. Damals hatte er daran geglaubt, dass alles irgendwie schon gut werden würde.

Das Heft lag jetzt hinter ihm auf seinem Bett, während Nathan weiter hinaus auf die Stadt blickte und nachdachte. Rechnete. Konsequenzen durchspielte.

Es war nicht nur der Hafen, das war ihm mittlerweile klar geworden. Er war nicht nur wegen dieses Anblicks immer noch hier. Er mochte diese Zeit, weil sie langsamer lief. Die Menschheit hatte es überreizt und machten ihre ersten vorsichtigen Schritte nach der unausweichlichen Kapitulation. Zurück zu Stein und Holz, statt Plastik und Öl; zu Fuß, statt in die vollgestopfte Metro; Abfahrt alle zwei Minuten. Und er mochte es, dass die Skyline zu seinen Füßen sich ihm nur an ganz seltenen Tagen in all ihrer Pracht zeigte. Es begrenzte seine Welt.

Heute war der Nebel so dicht, dass er, wenn er hinaussah, nur sein eigenes Schlafzimmer und sich selbst in der Spiegelung der Fensterscheiben ausmachte.

Er hatte es immer gewusst, aber noch nie in einem solchen Ausmaß gefühlt: Diese Zeit war nicht sein Zuhause.

Und er konnte nicht mehr aufhören, daran zu denken, dass er an dem Samstag, an dem er mit zwei Bechern in der Hand in dieses Archiv in Berlin getreten war, bereits gewusst hatte, was passieren würde, was passiert war. Er hatte es geahnt. Tat es zumindest in seiner Erinnerung. Irgendwo in seinem Kopf war die Szene abgespeichert, ohne dass sie in seiner Realität existierte. Er war gestorben!

Nun machte es Sinn. Warum Salea an diesem sonnigen Tag, als sie zwischen den anderen Opfern des Terrors im Mittelmeer blutend am Boden gelegen hatte, während ihre Angreifer noch wüteten und der Rest der Menschen floh, so schnell er konnte, gerade ihn angesehen hatte.

Von allen ausgerechnet seinen Blick gesucht zu haben schien.

Diese blauen Augen, die ihn seit Jahren begleiteten. Sie hatten sich an ihn erinnert, obwohl sie beide sich damals noch nie begegnet waren.

Salea. *Du veränderst gerade alles, was sich in meinem Leben abspielt.*

Sie hatte ihn erkannt. Ein kleiner Teil dieser Frau, die so lange mit ihm gerungen hatte, hatte ihn erkannt und gewusst, dass er dabei sein würde. Sie hatte sich daran erinnert, wie er ihr sagte, dass er nichts dagegen unternommen hatte und es auch nicht tun würde. Sie hatte ihn dort stehen sehen und es gewusst. Obwohl nichts davon passiert war.

Eine halbe Stunde lang versuchte Nathan sich auf dem Fußboden sitzend damit zu trösten, dass er sie jederzeit würde besuchen können. In ihrer Vergangenheit. Diese Option stand ihm weiterhin offen. Er könnte zurück und sie vielleicht auf einen Tee einladen. Es war noch Zeit zwischen der Salea, die er kennengelernt hatte, und dem Moment, in dem sie starb.

Nicht viel allerdings und er würde nie erleben, wie sie älter

wurde. Dickköpfiger, ohne Zweifel; wahrscheinlich immer noch sehr schön, ihre Augen eingerahmt in einem Fächer tiefer Falten, die sie noch glücklicher aussehen lassen würden, als sie es ohnehin immer tat, wenn sie über Dinge sprach, die sie begeisterte. In ihre Zukunft würde er nie zurückkehren können, denn eine Zukunft hatte sie nicht. Und erst recht nicht, wenn er tat, was sein zukünftiges Ich für ihn vorgesehen hatte.

Und so wurde die milchig graue Skyline vor ihm zu einer sonnenbeschienenen Straße mitten in Venedig.

Es war ihm nie aufgefallen, aber zu Beginn dieses Jahrtausends ereigneten sich die schwärzesten Momente viel zu oft unter einem tadellos blauen Himmel. Und jedes Mal schien das Grauen umso überwältigender, je schöner der Tag.

Die ersten Schüsse erklangen vollkommen aus dem Nichts, die Szenerie danach war surreal. In diesen Jahren hatte der Terror die ganze Welt in seinen Fängen gehabt und jede Aktion war ein neuer Schnitt ins ungeschützte Herz.

Nathan packte das gleiche erschrockene Entsetzen wie damals, als er unvorbereitet in dieser Situation gelandet war. Heute war er sich nicht mehr sicher, warum es ihn damals überhaupt nach Venedig verschlagen hatte, und warum zu dieser Zeit. Vielleicht hatte er einfach nur mal wieder nicht aufgepasst, wohin er ging. Eigentlich hätte das Datum Warnung genug sein sollen. Vielleicht war es ihm egal gewesen. In einem seiner Hefte gab es einen Eintrag zu diesem Sprung, aber er hatte ihn nie wieder gelesen. Das Heft nie wieder in die Hand genommen.

Und damals war er nur wenige Minuten hier gewesen. Als bewaffnete Carabinieri auf ihn zugekommen waren, hatte er sich der Situation entzogen.

Heute musste er laufen, denn er war nicht so nahe des Markusplatzes herausgekommen wie beim letzten Mal. Auf diesen geschichtsträchtigen Ort hatten die Männer und Frauen es abgesehen, die an diesem Tag in Venedig wüteten, und sie würden bis in den späten Abend hinein immer noch in der Lagune auf alles schießen, was sich bewegt. Medienberichten zufolge hatten sie nach dem ersten Anschlag ihre Runden gedreht, in den Fußstapfen der Fliehenden, bevor sie wieder auf den Platz zurückgekehrt waren, sich hinter Säulen und in Eingängen versteckt und auf die italienische Polizei und die Ersthelfer gewartet hatten.

Nathan erinnerte sich daran, dass Salea damals ein altmodisches Kleid trug, bedruckt mit gewaltigen roten Blüten oder Ähnlichem. Ihre Haare waren im Nacken kunstvoll zusammengesteckt gewesen. Irgendwo in ihrer Nähe hatte ein Blumenstrauß gelegen, daran erinnerte er sich auch. Als wäre sie von einer Feier gekommen oder auf dem Weg dorthin gewesen.

Schüsse erklangen irgendwo zu seiner Rechten. Nathan huschte sofort in einen Hauseingang und spürte sein Herz rasen. Doch er konnte niemanden in näherer Umgebung entdecken. Es waren nicht mehr viele Menschen auf den Straßen unterwegs. Alle hatten sich nach dem ersten Schrecken, der eine Massenflucht ausgelöst hatte, irgendwo verkrochen und hofften auf ein schnelles Ende des Grauens. Damals hatten seine Ohren die Schüsse kaum über die Schreie hinweg wahrgenommen. Heute war nichts mehr davon übrig.

Als er schließlich auf dem Markusplatz ankam, herrschte auch dort eine unwirkliche Stille. Und trotzdem dauerte es nicht lange, bis er Salea zwischen den am Boden liegenden Körpern ausmachte. Nathan hätte sie nie übersehen können, auch wenn er nicht so angestrengt nach dem bunt gemusterten Kleid gesucht hätte.

Er trat über den Blumenstrauß hinweg und ging neben ihr in die Knie. Die Szene war der in Oslo so ähnlich, dass er einen Augenblick lang nicht sicher war, in welcher Zeit er sich gerade befand. Sie hatte ihn damals ebenso erschrocken angesehen und er keine wirkliche Ahnung gehabt, was in einem solchen Moment zu tun war.

»Sag mir, wo du vorher warst. Direkt davor. Wo kann ich dich finden? Ich nehme dich mit, bevor es passiert.« Er hatte es schon einmal geschafft. Er könnte es wieder tun.

»Tu's jetzt«, sagte sie und ließ Nathan keinen Zweifel, dass sie wusste, wer er war und was hier passieren würde.

Unschlüssig kniete er neben ihr und wagte es nicht, auch nur einen Blick auf das verfluchte Kleid zu werfen. Jetzt, wo er sich wieder an diesem Ort befand, verstand er, wie sein Unterbewusstsein versucht hatte, es in der Erinnerung schön zu zeichnen, wie es dem Muster ihres Kleides die gleiche Farbe wie Blut gegeben hatten. Damit er die Blumen sah, wenn er an diesen Moment zurückdachte; nicht das, was sich unter dem Stoff verbarg. Der gleiche Mechanismus hatte bis jetzt auch verhindert, dass er den Markusplatz in all seiner Größe wahrgenommen hatte. All diese Menschen.

»Das wird nicht funktionieren. Ich kann versuchen, es gar nicht erst geschehen zu lassen, dich irgendwie vorher – Salea, sag mir, wo du warst! Wie ich dich davon abbringen kann, überhaupt herzukommen«, bat er und sah ihr ins Gesicht, das sein Kopf in seiner Ganzheit auch nicht hatte abspeichern wollen. Nur die Augen, die waren immer noch genauso, wie er sie kannte. Lebendig und unnachgiebig schön.

»Sag's mir!«, verlangte er. »Ich werde es versuchen. Ich habe es schon einmal geschafft.« Mit ihr! Sie hatte er schon einmal davon abgehalten, an diesem einen Treffen teilzunehmen. Er konnte nicht alles ändern, aber er konnte etwas ändern. Und dieses Etwas war ihr Tod an diesem Tag.

Um diesen Anschlag auf die Bürger Venedigs zu verhindern, war es zu spät. Und niemand hätte verhindern können, dass das Gebäude in Rom eingestürzt war, wenn derjenige nicht ganz am Anfang begann, jede Fehleinschätzung bis zu diesem Tag zu verhindern. Trotzdem hatte sie auch dieses Ende nicht erlebt.

Er blickte auf sie herunter. Sie in Sicherheit zu bringen, war alles, was er heute tun konnte.

Bitte. Lass mich.

»Ich bin glücklich.«

»Sag's mir, Salea. Sag's mir! Wo?«

Ihr Blick drifte an ihm vorbei. In seinem Rücken kamen Männer. Er konnte sie hören, aber er wollte sich nicht umdrehen. Er wollte nicht wissen, ob es Überlebende waren oder bereits die Uniformierten, für die man später an dieser Stelle ein Denkmal errichten würde. Er wollte keine Angst haben. Nicht um sich selbst. Noch nicht jetzt.

»Sag's mir und ich lasse es nicht geschehen.«

»... muss geschehen«, widersprach sie. Ihre Zunge genauso schwerfällig wie ihr Blick.

Also nahm er sie mit, in diesem Moment und keinem anderen. An einen Ort weit entfernt von diesem Massaker. Geschulte, behandschuhte Hände nahmen ihm ihren blutenden Körper ab und dieses Mal verschwand er nicht und ließ die Helfer rätseln. Dieses Mal musste er bleiben, denn man kannte ihn hier und wusste, wo er wohnte. Man nahm sein Geld und seine Daten und ließ ihn draußen auf dem Krankenhausflur auf einer in der Wand verschraubten Bank die Nacht durch warten.

Es muss geschehen.

Wie grausam diese Welt war, dass sie sich anders nicht aufrütteln ließ. Doch je länger er dort saß und auf Informationen der Ärzte wartete, desto klarer wurde ihm, dass sie recht hatte.

Sie würde es nicht erlebt haben, wenn er verhinderte, dass sie zu diesem Zeitpunkt in Venedig war.

Zum ersten Mal fühlte sich allein der Gedanke, die Warterei mit einem Zeitsprung abzukürzen, wie ein billiger Trick an.

Man verbot ihm den Zugang zu ihrem Zimmer. Einen ganzen Tag lang. Nicht einmal der Arzt durfte hinein, beobachtete die Geräte um sie herum nur aus dem angrenzenden Raum heraus. Erst, als man die wichtigsten Maschinen abstellte und ihrem Körper erlaubte, aufzuwachen, ließ man Nathan zu ihr.

Er stand direkt neben dem Bett, als Salea die ersten Regungen zeigte, legte ihr sanft die Hand auf den Arm, damit sie nicht aufwachte und sich allein fühlte. Ihm war nie bewusst gewesen, wie zerbrechlich ihre Hand in seiner aussah. Und er sah sie nicht gern an diesem Ort, der viel zu steril und aufgeräumt für eine Frau war, deren Zuhause aus übervollen Schreibtischen und leuchtenden Welten bestand.

Nathan hatte die Worte bereits im Mund – die, mit denen er sich seit Stunden selbst gut zuredete: Es ist alles in Ordnung. Nicht gut, aber nicht mehr am Ende.

Doch als er ihr ins Gesicht sah, war sie schneller.

»Das letzte Mal warst du für Tage verschwunden.«

»Es scheint, ich bin nicht gut darin, dich leiden zu sehen«, entgegnete er und klang tonlos und unberührt, selbst in seinen Ohren. Doch es war noch keine zwei Stunden her, da hatte er die Nerven verloren und auf dem Gang gewütet. Nathan wusste, dass man ihn vom Nachbarzimmer aus im Auge behielt, und gab Salea mit einem halben Lächeln zu verstehen, dass er vielleicht nur Witze machte. Sie erwiderte die Geste erschöpft und Nathan hätte viel darum gegeben, gerade jetzt einen ihrer trockenen Kommentare zu hören. Irgendetwas Wahres, das nur nach Sarkasmus klang.

»Ich danke dir, Nathan.«

Er sah ihr in die Augen. Am Leben und tiefblau, voller Schmerz und voller Hoffnung.

»Für dich, jeder Zeit.«

Nachwort

Eigentlich finde ich Nachwörter doof und jetzt sitze ich doch hier und habe das Bedürfnis, zwei Dinge zu sagen.

1, Zeit ist schon eine verrückte Sache. 2015 war ich auf meinem ersten Solotrip in Norwegen; Oslo, ums genau zu nehmen. Es war November, Vorweihnachtszeit, und einfach magisch. An meinem ersten Abend im Hotel bekam ich plötzlich viele besorgte Nachrichten von Familie und Freunden. *Paris. Batanclan. Tote. Verletzte. Mitten in der Innenstadt. Es ist noch nicht vorbei. Bitte pass auf dich auf. Sei vorsichtig. Ein Terroranschlag. Niemand weiß irgendetwas. Ich mache mir Sorgen.*

Glacial Blue entstand im darauffolgenden Jahr und ich wollte, dass es in Oslo beginnt, weil ich diese Stadt so lieb gewonnen habe, wie es mir in meiner Studienzeit mit Paris gegangen ist und vor Kurzem erst mit Amsterdam. Es ist dieser ersten Reise dorthin verschuldet, dass ein (Terror-)Anschlag eines der zentralen Themen dieses Buches ist. Im Kleinen – Hendrik, und im Großen – Venedig.

2015/16 war ein solcher Anschlag ein für mich unwahrscheinliches und dennoch absolut vollstellbares Szenario. Das Thema war damals in den Nachrichten allgegenwärtig und etwas,

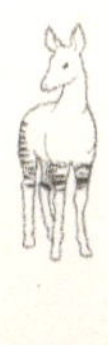

das ohne echte Vorwarnung über die Opfer hereinbrach, das man unmöglich selbst verschuldet haben wird, wenn es einen denn trifft, das man nicht verhindern kann, das man nicht unter Kontrolle hat. Es passiert. Und niemand, der dabei zu Schaden kommt oder sein Leben verliert, hatte etwas damit zu tun, wie es begann.

Was ich sagen will, ist: Es ist so ein perfektes Beispiel, um zu verstehen, dass es mehr als Zeitreisen bräuchte, um so etwas nicht geschehen zu lassen. Solche Dinge finden so viel früher ihren Anfang und sind am Ende ein dichtes, fast undurchschaubares Netz aus hunderttausenden Entscheidungen von vielen, vielen Menschen über viele, viele Jahre hinweg. Die einzige Möglichkeit, es zu verhindern, ist, es nicht noch einmal dazu kommen zu lassen. Jetzt einen anderen Weg einzuschlagen … Aber ich will nicht predigen.

Die Zeit …

Ich schreibe dieses Nachwort im Jahr 2020. Es wird 2021 sein, wenn ihr diese letzte Seite umblättert.

Willkürlicher Terror scheint mir unsere kleinste Sorge.

Z, ja, ich glaube, die Generation <30 ist vollkommen durch den Wind. Ich habe natürlich keine vergleichende Studie unternommen, aber als junger Erwachsener hat man heute das Gefühl, alle Türen stehen einem offen, nur um dann vor den gleichen Problemen zu stehen, wie die Generationen vor uns. Woher mit dem guten Job? Vielleicht nur einen, der okay ist, aber die Miete zahlt? Vielleicht doch nicht die Weltreise. Das

mit dem super easy reich werden ist auch nur ein Mythos, oder? Warum gehen online alle so ab nur ich nicht? Es kommt mir vor, als würden die Menschen heute tiefer fallen, weil ihre Träume so viel größer sind und das Smartphone in der Jackentasche einem ständig zeigt, was es alles noch zu haben gäbe, wenn man denn wollte. Aber was, wenn ich gar nicht will? Was, wenn alles, was ich will, irgendwo ankommen und glücklich sein ist?

Für alle, die es interessiert: Das zweite Zitat zu Beginn dieses Buches ist aus einem dicken Wälzer, der Sinologen helfen soll, sich in dem Wirrwarr aus chinesischen Originalquellen zurechtzufinden. Diesen Satz von einem Historiker zu lesen, hat mich als Student extrem verwirrt und macht mich heute extrem glücklich. Behalten wir also im Hinterkopf, dass es unklug ist, anzunehmen, dass sich im Leben immer alles so abspielen wird, wie wir denken, dass es das tun sollte.

rw
1. Sept. 2020 N 53° 31′ N E 8° 6′

PS: Mein Dank gilt meiner Mom, die bei jeder Reise an meiner Seite ist, und sei es nur per Telefon.

PPS: My most heartfelt thanks to A.S. for listening to my rants and knowing what I mean when I say I'M FINE.